기억의 양식들

김병익 글 모음
기억의 양식들

펴낸날 2023년 10월 9일

지은이 김병익
펴낸이 이광호
주간 이근혜
편집 유하은 김필균 이주이 허단 방원경 윤소진
마케팅 이가은 최지애 허황 남미리 맹정현
제작 강병석

펴낸곳 ㈜문학과지성사
등록번호 제1993-000098호
주소 04034 서울 마포구 잔다리로7길 18(서교동 377-20)
전화 02)338-7224
팩스 02)323-4180(편집) 02)338-7221(영업)
대표메일 moonji@moonji.com
저작권 문의 copyright@moonji.com
홈페이지 www.moonji.com

ⓒ 김병익, 2023. Printed in Seoul, Korea

ISBN 978-89-320-4218-3 03810

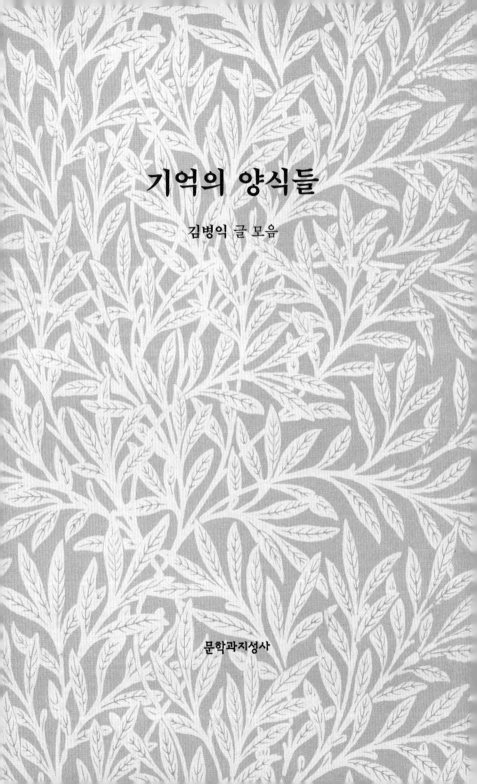

기억의 양식들

김병익 글 모음

문학과지성사

일흔네 해 전 초등학교 5학년 때

처음 얼굴을 내게 보인 정지영과

스물여섯 해 전 비로소 우리에게

갓난아기 얼굴로 다가온 이윤서에게

책머리에

아직 신문 칼럼의 묶음이란 따분한 일거리가 남았지만, 이런저런 편하게 지분거리며 써야 했던 산문들을 엮어 책으로 펴낸다는 일은, 돌이켜보니, 이게 아마 마지막이겠다는 걸 깨닫는다. 그 갑작스러운 깨우침이 아쉬워, 7년 전부터의 근래의 글들에, 기왕의 책 안에 들지 못한 오래전의 글들도 함께 모아 묶고 싶은 욕심이 일었다. 그래서 한창 문단 활동을 하던 때에 썼으면서도 단행본에 끼지 못한 글들과 젊을 때의 뜨겁지만 수선스러운 글들, 십대의 속셈 없이 어린 글들까지, 한자리에 몰아보았다. 아니나 다를까, 그 모인 글들이 잡스럽고 치기가 가득한 느낌들이어서, 그 유치함을 참으며 초교지를 보는데 나는 70년 전의 아린 소견부터 청년기의 뜨거운 분노까지 늘그막의 아쉬움과 이제의 한스러움을 한자리에서 한꺼번에 겪어야 했다. 이렇게 나는 이 책의 원고들을 살피면서 미수(米

壽)에 다가가는 나이에 이르기까지의 한 생애의 안쓰러운 내면 진행도 함께 겪어야 했다.

그 경험들을 그냥 기억이라 해야겠다. 어머니 등에 열로 들뜬 몸이 업혀 약방에 가던 가장 오랜 추억으로부터 묵은 시절을 회상하기 며칠 전까지의 내 존재는, 그래, 그 갖가지 기억들이 얽힌 덩어리라는 것들로 응어리지고, 흩어지고 다시 뭉쳐지고 아련해지며 더불어 일구는 잇달음, 돌이킴, 이어짐, 밀림, 쌓임 들에 나는 젖어 있었다. 그 덕택에 인간이란 기억의 존재란 것을 새삼 더욱 깊이 깨닫는다. 우리가 말을 할 수 있다는 것, 사유할 수 있다는 것, 인간의 존재로 다른 갖가지 생명들과 어울릴 수 있다는 것. 이 모두가 지난 일을 쌓고 지우며 짓고 그래서 그 기억을 현존의 것으로 재현해 준다는 것, 인간에게만 허용된 문화와 문명, 역사와 의식이 그래서 가능했다는 것, 이 모두가 이제 다해도 억울할 것 없을 나이 덕분이라는 것 등등의 뒤늦은 깨달음을 나는 다시 확인한다. 내가 이 책에 '기억의 양식들'이라는 대담한 제목을 붙인 까닭이다.

여기서 '양식'이란 두 가지 한자어를 함께 쓰고 싶다. 그것은 기억을 '양식(良識)'화함으로써 시간과 체험을 내면화하는 일을 가리키며, 더불어, 그 기억을 '양식(樣式)'화함으로써 사상으로 얽고 언어로 공유하는 과정이다. 나는 기억의 이 두 가지 작업으로 인간의 발전과 성숙이 이루어져왔다고 생각한다. 그렇다고 해서 내가 이 책에서 이처럼 거창한 의미를 감당할 수 있다고 감히 말하는 건 아니다. 다만, 철이 나면서부터 적기 시작한 글줄들이 두 세기의 문화와 문명을 겪으며 일구어진 생각들과 어울려 이처럼 거창한 말의 지경에까지 이를 수 있었음을 이해하게 되었을 뿐이다.

이 책은 5부로 나누었다. 시기적으로 은퇴한 뒤 나온 『기억의 깊이』(문학과지성사, 2016) 전후로 발표한 근래의 글들과 함께 읽을 만한 예전 글(Ⅰ, Ⅱ), 한창 그 나이에 어울릴 세상살이를 하면서도 그 중년의 뻔뻔한 책에 넣지 못하고 놓쳤던 글들(Ⅲ), 그리고 그 공공연한 살이에 끼어들기 전의 순진한 시절 느껴야 했던 아픔과 서러움의 글들(Ⅳ), 그리고 기록과 회고의 글로 여민 것(Ⅴ)이 그렇다. 그러나 이 모두가 공적인 기록도 못 되고 내면화한 추억으로 젖기도 저어한 문자들이어서 당당한 문장이 못 되고 수줍게 자리를 스스로 양보해야 마음 놓일 것들이다. 그럼에도 굳이 그런 글들만 모은 것은 못나도 내 것일 수밖에 없는, 그렇기에 밖으로부터 타박당하는 설움을 피해 싸안아주기 위해서이다.

이 부끄러운 글들을 문학과지성사의 책 목록으로 넣어주기를 허락해준 이광호 대표와 이근혜 주간에게 먼저 그 후덕과 후의에 대한 감사의 인사를 드린다. 내 고마움은 누구보다 이 책의 편집자인 유하은 씨에게 드려야겠다. 그는 내 어지러운 글줄에 맥락을 잡아주고 사사로운 체모에 당당한 체통과 체면으로 가림해주었다. 문학과지성사의 이분들은 이렇게 허술한 글들도 제대로 엮이면 한 권의 책 모습을 갖출 수 있다는 것을 나를 본보기로 보여준 것이다.

내가 다른 것이 아닌 이런 출판사를 만들 수 있어 그 덕을 보게 해준 옛 친구들인 고 김현, 고 황인철, 고 김치수, 그리고 이제는 십자가 앞에 독실한 기도를 드리고 있을 김주연 생각이 간절하게 깊어진다.

2023년의 10월을 보내며
김병익

| 차례 |

책머리에 6

I 기억의 자리들

II 기억의 형상들

Ⅲ 기억 일구기

IV 숨어 있는 기억들

V 기억을 밝히다

I
기억의 자리들

땅끝, 그 끝의 환한 열림

고향은 경상도고 자라기는 대전이어서 호남 출신 친구를 처음 만난 것은 서울로 진학하고 나서였다. 그런데 신문사 기자가 되어 문학을 담당하면서 사귀게 된 많은 친구들이 전라도 출신의 또래 문인들이었다. 그들은 가까운 지인 정도가 아니라 나보다 후생이면서 문학의 선배가 되는 남도의 목포 출신 김현과 북도의 고창 출신 김치수, 그리고 그의 뒷자리를 마련하기 위해 힘겨운 일을 해야 했던 장흥의 이청준이었다. 여기에 내가 4·19 제3세대의 문학인으로 앞세운 소설의 김승옥과 끌어안고 싶은 같은 세대의 막내 시인 황지우가 있었다. 그들을 통해 강호무, 박상륭, 최하림, 김형영도 함께 어울렸고, 후에 1970년대 후반에 이르도록 우리 문단의 주도 세력으로 활동한 문인들이 바로 이 호남 출신들이었다. 처음에 그들 말소리가 부드럽게 사근사근 울리는 낯선 억양으로 들리다가 새삼 시골스러운 정감으로 따뜻하게 다가왔을 때, 그들이 내게 안겨준 우정은 이미 내 생애를 휘젓기 시작하고 있었다. 내가 그들과 문학 동인이 되고, 실직하고 나서는 출판사 동업자가 되고 필자와 독자가 되어 문학 동네의 형과 아우가 된 것이다. 그 친구와 후배 들이 왕성한 문학 활동을 하고 있을 때, 그리고 김현과 이청준이 때 이른 나이로 이 세상을 먼저 하직하고 나서, 나는 문학비와 문학 자리 등 그들의 뒷일들을 이루기 위해 그들 고향을 더 자주 들락거리며 부산을 떨어야 했다.

그 부산함 속에 내가 해남에 간 것은 김현의 목포 문학비를 건립하고서도 얼마 후였다. 이청준의 장흥을 오가며 이 '바다 남쪽' 해남이란 아름다운 땅의 이웃임을 알게 되었다. 가난에 시달리던 이청준이 고향에 발길을 끊다시피 하며 귀향을 회피하다가 어느 결에 옛집과 동네로 발걸음을 들이밀더니 드디어 고향길 이야기, 시골 어른들 이야기 그리고 자신의 어린 시절 이야기 등 이른바 '귀향 소설'로 속내를 펴기 시작했고, 그러면서 친구들을 꼬여 장흥으로, 그의 시골집 회진으로 데리고 가 먹이고 재우고 구경시켜주고 했는데, 그 마실길이 강진이며 해남을 거치게 마련이었다. 이청준은 지나는 길에 보이는 언덕이며 산날맹이를 손가락으로 가리키며 그 능선의 흐름을 짚어 학이 두 날개를 펴고 솟아오르는 형상이라고 그려주기도 하고, 자기 집 앞 넓은 들판이 물막이로 일군 바닷가 땅임을 설명하기도 했다. 우리는 그의 『당신들의 천국』 자리 소록도를 한 바퀴 돌기도 했고, 다산이 유배로 산 초당에도 올라 그 담백한 초가 마루에 한나절 지켜 앉아 있기도 했다. 그는 한 뼘이라도 더 제 고장 자랑을 하고 싶었는지 우리를 대흥사와 미황사로 데려가 보여주며 절도 불교도 모르는 우리에게 언제 배우고 알았는지 그 절들과 스님들 이야기를 해주었다.

내가 바다 남쪽 '해남'을 이름이 아니라 형상으로 안 것은 이즈음이었다. 30년 전이고 그때만 해도 옛 명소를 밝히고 새 구경거리를 만들어 관광 소개를 하기는 고사하고 안내판도 제대로 갖추지 못한 수준이어서 명찰도 설명도 없이는 그 값을 제대로 알아보기 힘들었다. 그래도 대흥사의 넓고 단정한 마당과 겉치레 없이 의연한 탑이 참 품위 있게 보였고, 미황사의 탱화는 이청준의 설명으로도 눈에 잘 들어오지 않았지만 절 바닥 밑으로 뚫린 땅길을 지나 마당으로 오르던 독특한 오름길이 재미있었다. (내 기억을 자신할 수 없는 것은 절 모습을 다른 것과 헷갈리게 알고 있을 수도 있을 만큼, 시간이 많이 지났다기보다 내 회상을 믿을 수 없기 때문이다.) 그러고는 마침내 이른 곳이 땅끝마을 전망대였다.

그때는 우리 글쟁이 부부가 열 명 넘게 동행했던 것 같다. 전망대에 올라 먼 남쪽 바다를 바라보았고 그 안의 홀에서 무언가 마시며 지껄지껄했을 것이다. 그런데 웬일인지 이때의 이 전망대 안에서의 일행들을 감싼 홀 안의 분위기는 내게 어두침침하게만 기억된다. 아마 실제로 어두웠을지도 모르고 많은 걸음으로 눈길이 피로해 있었을지도 모르겠다. 사진도 찍고 찍히며 전망대 주변을 어슬렁거리고 구경도 했을 터인데, 지금의 내 회상에는 그 세부는 사라졌고 우리 주변을 감싼 분위기는 좀 침침했고 피로해 있었다. 돌이켜보는 내게 확연했던 것은 내가 알고 있는 '토말', 우리의 '땅끝'은 적어도 이렇지 않았다. 환하게 열려 있는, 남쪽 바다가 질펀하게 열려 있는 곳이어야 했다. 그 파랗게 환히 열려 있는 곳을 떠올리자 내가 왜 이처럼 어둡게 느껴야 했는지 깨달았다. 나는 우리나라 땅의 끝자리를 아주 밝고 맑게, 크게 열려 있는 모습으로 본 적이 있어 그 기억 속을 헤매고 있음을 깨달았다.

이 전망대에 오기 아마 두어 해 전이었을 것이다. 나는 모스크바에서 열리는 국제도서전 참관을 핑계로 소련을 구경하고 헝가리와 체코를 잠시 들렀다가 독일을 거쳐 귀국 비행기를 탔다. 프랑크푸르트에서 만난 두 친구와 로맨틱 가도Romantische Straße를 거친 여행도 했기에 소련, 동구에 이어 독일 내부까지 구경은 많이 했지만 그랬던 만큼 몸은 피곤했고 마음은 향수에 젖어 있었다. 창가에 타 하늘을 내다볼 수 있었던 그 대한항공기가 아마 중앙아시아를 거쳐 중국 내륙을 날아 드디어 황해를 건너 한반도로 오르는 참이었다. 하늘은 맑고 바다는 푸르렀으며 햇빛은 밝고 공기는 투명했다. 지루한 산들과 무거운 구름들에 창밖 구경도 지쳐 바깥세상도 별 볼 일 없이 여겨질 즈음, 문득 바다가 열리고 그걸 건너며 그 푸르름에 젖어 마음을 새로이 다잡고 '이제 드디어 우리나라로 와 가는구나' 하고 안도감을 품는 참이었다. 문득 육지가 보이며 곁으로 파란 바다의 신선한 색깔들 가운데로 해안선을 그으며, 낮은 언덕이 나타나고 그 언덕 맞춤한 자리에 작고 허연 비석 같은 게 눈에 띄었다. '아! 저것, 토말비 아냐?' 나는 여태 보지도 못했던, 그 뜻밖의 '땅끝!'을 보았던 것이다.

기이할 정도로 맑은 날, 그 환한 저편에, 분명 보이지 않을 것이지만 그럼에도 나는 또렷하게, 그렇게 읽었다. '토말', 그 '땅끝'! 여기가 한반도 땅의 마지막이구나! 여기가 우리 삶의 터전 끝자리구나. 나도 미처 예감하지 못한 감탄들이 잇달아 조용히 솟구쳤다. 저기까지 적어도 5백 길은 더 될 터인데, 어쩜 저리 선명하고 분명할까. 그 반가움은 나만 느꼈던 건 아니었던 것 같다. 기내 방송 마이크를 통해 기장의 목소리가 들려왔다. "저기 아래로 토말 비석이 보입니다. 손님 여러분, 그 비석을 내려다보세요." 그 목소리가 높고 좀 들떠 있어 수백 번 이 상공을 들락거렸을 기장도 이런 맑고 또렷한 토말비를 본 것은 아마 처음인 듯, 승객들에게 이 반가운 풍경을 자랑하고 싶었던 것 같다. 나는 3주가 넘는 긴 여행 끝에 드디어 우리나라에 돌아오는 중이었고, 그리고 이 나라는 이처럼 밝고 환하고 흰한 땅이었다! 나는 감동했다. 내가 아시아 대륙의 끄트머리 나라, 그 나라의 땅끝 자락을 시작으로 열어가는 자리에 드디어 오르게 되었다는 더없는 안도감, 그 '막힌 끝의 열려감'을 보는 특별한 정서에 젖었고 우리 땅이 이처럼 글자 그대로 금수강산이라는 데 흐뭇했다. "새 나라의 어린이는 일찍 일어납니다. 잠꾸러기 없는 나라 우리나라 좋은 나라……" 뜬금없이 속에서 솟아나는, 내가 맨 처음 학교에서 배운 노래. 나는 속으로 흥얼댔고 즐거웠고 밝았고 기뻤고 자랑스러웠다.

해남은 그렇게 환한 모습으로 내 안에 박혀왔다. 밝고 맑고 가없이 트이고 열려 있는 곳, 그 이름마저 바다의 남쪽…… 끝이라면 으레 막혀 있고 당연히 닫혀 있게 마련이고 그래서 막막하면서도 어둡고 답답하고, 그래야 하는데, 이 땅의 끄트머리는 바다로 환히 열려 있고 하늘로 한없이 퍼지고 있고 맑은 대기 속으로 드러나며 따듯한 햇볕으로 안겨 있고, 푸른 바다와 육지와의 경계로 아름답고 자랑스레 버티고 있구나. 해남은 그렇게 내게 우리나라를 안고 왔고, 그 해남을 따라 한반도 대륙에 올라 김포로 향하는 하늘길도 그렇게 열려 펴 있고 그 아래 땅길도 줄 서 있었다. 이 발견이 착시이고 그 기억이 환상일까? 내 회상을 들은 친구는 그 높은 하늘에서 어찌 그리 크지 않은 비석이 보이겠는가, 내 착각이고 오인일 것이라고 내 속을 건드렸다. 그래서 내 부실한 기억력의 잘못일 수 있겠다 싶은데, 그런데, 그 환한 하늘 아래 크지 않은 허연 비석의 모습은 또렷하게 회상되고 기장의 들뜬 목소리가 지금도 귓가에 맴돌고 있다.

어떻든 그 이후의 나는 이 고생스럽고 서러운 땅을 답답히 여길 생각을 하지 않았다. 이미 이 땅에서 겪어야 할 고초도 다 겪었고 당해야 할 설움도 버텨냈으니, 이 나라에서의 우리 삶과 푸른 바다를 껴안는 곳, 열린 땅끝에 이르는 착지감을 느끼기 시작한 것이었다. 과연 그랬다. 우리 젊은 시절만이 아니고 중년까지 괴롭히던 이 땅의 꽉 막혀 닫혀 있듯 하던 폐쇄감은 1990년대로 들어서면서 조금씩 풀리기 시작했고 그래서 숨 쉬기도, 말 나누기도, 뜻을 같이하기도 좋을 분위기로 천천히 열려가며 부드러워지고 있었다. 내가 땅끝을 내려다보며 그 환한 열림의 감동을 느끼던 때가 동구의 공산권도 그렇게 풀리기 시작하던 즈음이었고, 그래서 세기말에 희망의 새로운 세기를 바라보고 싶던 참이었다. 내가 비행기 창을 통해 내려다본 해남의 땅끝은 그렇게 열려가는, 펼쳐지고 있는 희망의 환한 세상 첫 자락이었다. 여러 해 전 좁게 흐르는 두만강 건너로 바라본 온성에서 삼천리, 그 끝이 바로 여기였다.

나는 새삼 인터넷으로 그때로부터 30년 후의 요즘 해남을 구경했다. 공룡 자국도 박혔고 자연사박물관도 섰고 이순신 장군이 활약한 우수영 바다도 펼쳐져 있었고 모노레일로 돌아다니며 관광을 즐길 수도 있게 되었다. 그러나 전망대에서 바라본 토말 풍경, 아니 그보다 앞선 공중에서 내려다본 땅끝의 땅을 바라볼 수 있었던 이후의 모습들보다 그 관광 안내는 새삼스러워 보이지 않았다. 그 환한 땅끝을 내려다보며 젖어든 이 땅에의 정다움과 그 뜻의 속매김으로 해남은 내게 더없이 밝은 모습과 환한 느낌이 되어 다가온 것이었다.

[임철우 외, 『해남 땅끝에 가고 싶다』, 일상이상, 2022]

숲과 문화, 그리고 숲의 문화

제가 처음 서울 구경을 한 것은 초등학교 4학년 여름방학 때였고, 저를 맞은 제 외숙이 저를 데리고 처음 보여준 곳은 집 앞의 서울대학도, 우리 정부가 설 광화문도 아닌, 외진 자리의 '청량리 임업시험장'이었습니다. 전차를 타고 걸어 이른, 이른바 '숲'에는 나지막한 언덕과 다듬지 않은 들판에 나무들이 군데군데 여름 햇빛 속에 몇 그루씩 힘없이 서 있었습니다. 그 초라한 그 모습은 74년이 지난 지금도 아련히 기억되고 있습니다. 아마 홍릉이 아닐까 후에 짐작된 곳입니다. 그때 제 어린 소견은 마땅히 산속에 있어야 할 임업의 시험장이 왜 서울 큰 도시에 있을까 의아스러운 것이었습니다. 2년 후 조용하고 지적이며 다정한 서울의대생이었던 그 외숙은 전쟁 때 인민군에 징발되었고 그리고 실종되었습니다. 그해 봄 외숙은 반에서 수석을 다투면서도 가장 가까이 사귄 친구와 이 시험장에서 영원한 우정의 표시로 네 나무, 내 나무의 묘목 두 그루를 나란히 심으셨다고 합니다. 외조모님은 서울 수복 후 그 친구와 그 묘목을 찾아보셨는데, 네 나무는 싱싱하게 자라고 있었지만 그 옆 외숙의 '내 나무'는 말라 버려져 있었다 합니다. 그걸 보신 외조모님은 더 이상 막내아들의 생환을 단념하셨다고 말씀하셨지만, 저는 인간의 운명을 나무에 의탁한 이 설화적인 마음 아린 이야기를 자연스러운 체념으로 받아들였습니다.

이후 저의 생활은 여느 사람들처럼 도시에서 아스팔트 위에서 진행되었고, 땅집에 살면서 몇 그루 나무를 심어보기도 했지만 지금도 새삼스럽게 회상되어 제 속마음을 헹구는 숲속 체험을 좀더 고백하고 싶습니다. 저는 군대 생활을 전방에서 사병으로 근무했는데, 행정 부대였기에 여가가 많아, 여름철 일과가 끝나면 자유로이 뒷산 골짜기에 올라 숲 사이로 흐르는 계곡물에 몸을 씻고, 동료들과 선선한 공기 속에서 유쾌한 환담으로 저녁을 보낸 일이 잦았습니다. 지방 도시의 도심지에 살았던 저로서는 처음 누리는 자연과의 교섭이었고, 자연과의 자연스러운 쾌감의 향유였습니다. 저는 그 시기를 제 번잡스러운 삶에서 가장 조용하면서도 싱싱했던, 제 생애의 '괄호 안 휴식기'로 다스리고 있습니다. 그러고서 30여 년이 지난 1989년 저는 친구들과 독일의 프랑크푸르트에서 로맨틱가도로 스위스에 다녀온 사치를 누렸습니다. 그 유쾌한 여행 중 우리는 슈바르츠발트의 한 마을에 이르러 그 숲속의 작은 여관에서 하룻밤을 지냈습니다. 지은 지 얼마 안 된 듯한 그 아담한 여관의 작은 방에 들어서자 온 방 안이 그 싱싱한 나무 자재로 환했고 나무 향이 가득했습니다. 탁자와 침대는 물론 천장, 벽, 바닥이 모두 나무로 되어 있고, 작은 창으로 내다뵈는 건 검푸른 숲이었습니다. 시멘트 범벅의 제 일상에서 문득 벗어나 참신한 향기의 세계로 들어온 듯했습니다. 그로부터 서너 해 후 이번에는 아마존강 상류의 페루에서였습니다. 우리 일행은 먼저 워시 부락민들의 환영 공연을 보고, 작은 배를 타고 숲에 가려져 드문드문 흩어져 있는 오두막 방으로 안내되었습니다. 1인용의 이 오두막은 흙으로 지어졌고, 전기도, 그러니 텔레비전도, 라디오도 없고 신문도, 으레 있을 법한 성경도 없었습니다. 흐릿한 등불 빛 속에서 자다 깨다 하며 전깃불은 한 치도 들어오지 않는 깜깜한 한밤을 지내야 했던 저는 저절로 문명의 이기라는 것, 현대의 삶이라는 것, 인류의 운명이라는 것 등 감내하기 힘든 근원적인 사유와 감상에 젖어 보냈습니다.

이 사사로운 체험과 비슷한 경험들은 이미 많은 분들도 더 깊고 즐겁게 공유되어 있을 것입니다. 사실 저는 등산도 하지 않고 집 앞의 공원도 자주 걷지 않습니다. 그렇기에 오히려 제 몇 번의 인상적인 숲의 경험은 깊고 따뜻하게 회상을 부르는 은근한 성찰의 계기가 되기도 합니다. 이 때문에 저는 주말마다 교외의 산에 오르는 분들의 정서를 이해할 수 있었고, 한 가족이 텐트를 치고 산속 생활로 며칠 휴가를 보내며 지내는 장면을 부러워하기도 했습니다. 저는 차도와 인도 사이, 그리고 그 인도에 두 줄로 늘어선 가로수의 거리들을 멋진 광경으로 바라보게 되었고, 창밖으로 보이는 작은 산언덕이 푸른 숲으로 싸인 풍경을 흐뭇한 기분으로 즐기며 군데군데 그 사이의 벤치나 인공물까지도 생활의 여유로 받아들였습니다. 그리고 자주 중학생 때 공휴일로 정해진 식목일에 산에 작은 묘목을 심던 일을 되살렸습니다. 그때의 우리나라 산들은 벌거숭이 민둥산들이었고, 공중의 비행기 속에서 내려다본 우리나라 땅덩이가 뻘건 황무지로 보였다는 어른들의 말을 실감하던 일을 기억해냈습니다.

그런데 어느 사이, 우리 눈이 닿는 산들은 푸르러, 그 푸르름이 어울려 두터운 살집으로 풍성해져 있고, 텔레비전 화면에 비친 곳곳의 숲들과 그 나무들 사이의 골짜기가 이루는 유유한 경치들은 여유 있고 유복한 우리나라를 자랑하고 있었습니다. 이 풍요 틈 사이에 정자나 한옥들이 어울려 우리 자연의 경관들이 더욱 다소곳한 아름다움과 그윽한 정경을 만들어주고 있었습니다. 정말 우리 땅은 금수강산이구나 탄복할 수밖에 없었습니다. 유럽과 일본에서 본 자연의 풍요를 우리나라에서도 볼 수 있었던 것입니다. 우리나라가 가장 모범적인 녹화국으로 성장했다는 말을 들었고, 이어 대한민국이 선진국으로 국제적인 평가를 받았다는 보도도 보았습니다. 저는 푸른 산과 유복한 자연이 경제적 풍요와 삶의 향상에 어떤 관계가 있을 줄을 미처 모르고 있었습니다. 우리 자신과 그 주변을 돌아보고, 지구의 허파인 아마존의 삼림지대가 매년 몇십 제곱킬로미터씩 불살라 없어진다는 말을 읽고 그 실상이 수긍되었습니다. 자연보호로 주장되든, 녹화 작업으로 강조되든, 환경보호로 설명되든 숲과 나무, 그 사이를 흐르는 물과 바람이 곧 그 나라의 경제적·문화적 수준을 알려주며, 그 땅의 현재를 살피고 앞날을 재는 바탕이 된다는 사실이 분명하게 읽혔습니다. 가장 가난한 나라에서 세계 열번째 부자의 나라, 가장 후진적인 사회에서 가장 열정적인 신진의 분위기를 갖춘 사회로 발전한 모습을 저는 비로 여기서 볼 수 있었습니다.

저는 이제야 산과 들의 숲과 나무들이 생명이면서, 그 생명을 낳고 키우고 보살피는 환경이 된다는 그 복합적인 성격도 깨달았습니다. 식물들은 동물들처럼 뛰어놀며 스스로 생명의 조건에 적응하는 진화의 변화를 겉으로 보이지 않지만, 그럼에도 남모르게 지리와 기후의 그 환경에 예민하게 반응하여 그 스스로의 삶을 선택하고 적응하고 열매 맺고 생명을 존속시킵니다. 그 생명의 두터운 소망을 피하지 않으면서 그 나무들이 이룬 숲들이 다른 나무와 풀들, 벌레와 짐승들이 살고 먹고 자라며 사라지는 삶의 터전으로 자리 잡도록 만들고 있다는 그 뒤얽힌 양면적인 존재상을 본 것입니다. 자연의 세계에서 그 자체가 개체의 생명을 독자적으로 영위하면서 바로 그 자신과 함께하는 무리들과 더불어 스스로 환경이 되어 다른 생명들의 생존 조건이 되고 있다는 의외의 사태에 저는 새삼 놀랐습니다. 생명이자 그 생명을 존속시켜주는 환경이 된다는 그 이중의 존재 의미를 여기서 처음 본 것입니다.

더 나아가, 자원의 지나친 과소비와 거기서 비롯된 탄소 과잉으로 지구의 생태와 기후가 악화하고 있는 추세를 억제하기 위한 숱한 노력과 정책들에서, 왜 산소 생산을, 그 가장 확실한 방안으로서의 나무와 숲의 양성을 고려하지 않는지 의아해하지 않을 수 없었습니다. 오늘날 인류의 전도에 가장 위협적인 요소가 에너지 과잉 소비로 말미암은 온난화 현상입니다. 앞으로 2030년까지 기후 상승을 1.5도로 억제하자는 목표를 전 지구적 작업으로 약속하면서 탄소 생산을 줄이고, 태양력, 풍력, 수력으로 에너지원을 대체하기 위해 노력하고 있습니다. 그런데 왜 우리는 나무와 풀들이, 숲과 가로수들이 기온을 낮추고 산소를 증가시킨다는 사실을 생각하지 못하고, 다른 데로만 대책과 정력을 모으고 있을까요. 왜 현대 생활들은 산을 깎아 길을 내고 땅을 덮어 넓게 아스팔트를 깔고 나무 대신 시멘트와 철강의 빌딩 숲을 만들고 있을까요. 굴을 뚫고 언덕을 밀고 하는 장면들을 보며, 저는 지구의 이 땅덩어리가 얼마나 아파하고 있을까 하는 가이아가 아파했을 통증을 느끼기도 했습니다. 그 우주 유기체설을 그대로 믿는 것은 아니지만, 묘목의 말라감과 그 묘목을 심은 외숙의 죽음을 예언하는 인간 생명과의 관계를 부인하지 못하는 심정으로, 나무를 태워 만든 에너지를 사용하는 것에서 나무를 키워 에너지원을 만들어야 하는 당위를 떠올린 것입니다.

저는 도시의 피곤에 젖은 시민들이 여행을, 그것도 원시 후진의 땅을 찾아다니는 행장을 보며 문명이 주는 피로는 그 문명을 생성하기 전의 반문명 혹은 비문명에서 보상받을 수 있는 게 아닐까 생각하기도 했습니다. 품위 있는 정원이 오히려 민나무들로 장식되듯이, 가장 육체적인 힘의 경쟁에서 그 승리자가 월계수로 명예를 기림받듯이, 그리고 첨단 디지털 과학기술이 작은 숲속 마을에서 싹트고 번창한 것처럼, 문명적이고 기술적이며 첨단적일수록 가장 자연적이고 원초적이며 정적인 상태에서 그 의미와 활력을 얻는 것이 아닐까 하는 것입니다. 실제로 현대문명의 단초인 디지털 기술은 미국 캘리포니아의 계곡 숲에서 시작되었고, 우리의 현대 과학기술도 이 삼림연구소와 그 옆의 한국과학기술연구원의 숲속에서 시작했습니다. 젊은 과학자들은 숲속의 작은 동네에서 나무를 자르고 태워서가 아니라, 그 나무가 이룬 경관 속에서, 그 나무가 풀어주는 시원한 공기를 마시며 그 경치를 이루는 자유로움의 상상력을 통해 창조의 세계를 만들어낸 것입니다. 가장 현대적인 문명이 가장 자연적인 환경 속에서 일구어졌다는 것은 역설이 아니고 현대 과학의 실제입니다. 자연은 문명의 삶이 싹트는 자리를 마련해주었으며, 그 자연의 생명력으로 미래의 삶을 열어준 것입니다. 가장 자연스러운 것이 가장 문명적일 수 있다는 것, 혹은 거꾸로 가장 문명적인 것이 가장 자연스러운 자리에서 융성하게 자란다는 것, 생명의 가장 생생한 실존이 나무와 풀이고, 그 생명을 키우고 지켜주는 것이 그 자연의 숲과 들이라는 역설에 자유로운 상상이 미친 것입니다.

자연과 문명, 숲과 첨단과학의 상상력, 나무의 실재적 존재와 디지털의 가상공간과 같은 대결적인 항목들이 마주하여 대화하는 모

28

습이 여기서 상상됩니다. 서로 도전하며 거부하고 등 돌리는 듯한 것들이 실제로는 어디선가 만나고 눈짓하고 화해하며 협력하는 모습으로 비치는 것입니다. 이런 자유 연상은 물론 저의 것만이 아니라는 것을 마들렌 치게의 『숲은 고요하지 않다』(배명자 옮김, 흐름출판, 2021)에서 보았습니다. "생명의 절반은 질서"란 지혜에서 출발한 그의 생명관은 그 생명체들이 바이오커뮤니케이션을 교환함으로써 생명의 질서를 유지할 수 있다는 관찰을 통해 진행됩니다. 독일의 이 생물학자는 동물과 식물, 나무와 벌레가 이룬 숲의 세계에서 다양한 음파와 발광, 갖가지 표정과 움직임으로 정보를 만들고 보내고 받으며 서로 소통함으로써 공기와 물, 먹이와 위험을 알리고, 서로 돕고 할퀴며 혹은 서로 삼키고 키우며 싱싱한 생명들의 화음을 이루고 있음을 발견합니다. 그것은 마치 "오케스트라에서 다양한 악기가 소리를 내는 것처럼 자연의 생명체들도 다양한 물질을 진동시켜 소리를 내는" 모습으로 보입니다. "식물 뿌리는 우리 눈에 보이지 않게 땅속에서 퍼지고, 그곳에서 다양한 이웃을 만나며" "동물은 신경세포 덕분에 주변 변화에 빠르게 반응하고, 근육세포 덕분에 움직일 수 있고" 절지동물로부터 모든 숲속의 생명체들은 "주변의 일부인 것처럼 이웃 세상과 완벽하게 맞추는" 세계를 발견합니다. 그래서 그는 "우리 주변에 사는 생명체들의 생존은 같은 공간에 사는 수많은 다른 생명체와 얼마나 성공적으로 의사소통하며 조화롭게 살고 있는지" 그 '거대한 전체의 일부로서 생명들이 약동하는 활약'을 드러내고 있습니다.

이 생명들의 조화, 위협적이면서 호혜적이고, 서로 피하면서 후원하고, 그리하여 공생하며 정보를 나누고, 자신의 생명을 지키면서 다른 생명에도 그 기회를 나누는 아름다운 지구적 조화에서 저는 뜻밖의 가능성을 얻습니다. 진보주의적인 이론가 김병권의 『진보의 상상력』(이상북스, 2021)은 우리에게 제기되는 세기적인 논의 주제로 자본주의가 키우는 '부익부 빈익빈'의 사회적 양극화 현상과 함께 기후 위기 문제를 제기하고 있습니다. 경제적 평등주의는 정치적 민주주의와 함께 인간 사회의 정신적·물질적 변혁을 통해 인간 스스로 수정해야 할 일입니다. 이 문제는 공유자산을 확대함으로써 이 양극화의 빈 공간을 줄일 수 있을 것인데, 자연을 대변하는 숲이 자연의 삼림과 도시의 공원 등으로 가장 크고 중요한 그 공유자산의 한 부분을 이루고 있습니다. 우리나라 숲의 공익적 가치는 220조 원을 훌쩍 넘어 1인당 국민소득보다 많은 430만 원으로 추산되고 있습니다. 숲은 더 나아가 또 다른 인류적 과제인 기후 위기 문제를 극복할 가장 효율적인 방안이 됩니다. 그것은 대기에 산소를 공급하여 탄소 과잉으로 말미암은 온난화를 억제할 것이며 지상에 습도를 유지하여 기온 상승을 제어합니다. 오늘의 지구에서 탄소 배출의 역사적 책임이 서구는 20퍼센트, 북미 대륙은 27퍼센트, 아시아는 13퍼센트라는 추산은 산업혁명으로 말미암은 지구의 환경 파괴를 어디가 더 크게 책임져야 할 것인지, 어떻게 그 잘못을 극복할 수 있을 것인지를 시사해줍니다.

여기에 저는 세번째 문제로 제기할 디지털 문명의 부정적 영향에 대한 예방을 숲의 문화 진작에서 찾아야 한다고 생각합니다. 5천 년 전의 문자 발명과 5백여 년 전의 인쇄술 확대에 이은 50년 전의 디지털 기기의 발명과 그 적극적 보급으로 인간의 지능과 거기서 형성되는 정신적·내면적 양상도 변화하지 않을 수 없게 되었습니다. 알렉산더 도서관 설립 소식을 들은 소크라테스가 인간의 기억력 상실을 우려했던 것처럼 15세기의 지식인들은 대중에 의한 지식의 추락과 남용을 두려워했습니다. 오늘의 디지털 문명은 많은 인문주의자들에게 정신의 낙후를 걱정케 하고, 가상공간의 창출은 헉슬리의 『멋진 신세계』처럼 인간의 인간다움이 과연 가능할지에 대한 두려움을 자아내고 있습니다. 새로운 문명과 그것을 통한 지적·정신적 생산성이 더욱 풍요하고 활발해지고 있음에 동의하면서도, 저는 그 문명의 탈자연화·비인간화에 대한 우려를 지우지 못하고 있습니다. 저는 디지털 문명에 대한 기대와 함께 비판도 동시에 가지고 있음을 고백하고 있는 것입니다. 저는 컴퓨터 자판을 두드려 이 원고를 만들면서 느끼는 능률성을 평가하면서 동시에 제가 여전히 이해하지 못하는 가상공간이란 새로운 영역에 대한 두려움을 피하지 못하고 있습니다. 저는 아무래도 아날로그적 감성과 지능에서 벗어나지 못한 구세대임을 인정하면서도, 아날로그적 사유의 지적 체계가 지닌 자유로운 창의성보다 기능적 계량의 기계적 효율성이 더 강조되는 디지털적 능률주의를 걱정하고 있습니다. 숫자놀이의 조급성과 마침내 우리가 부닥칠 가상공간의 허망한 세계에 이르기까지 우리 문명이 그 디지털적 사유법으로 끌려가지 않을 수 없음을 저는 알고 있습니다. 그러나 구글에서 검색하던 인간이 이제 구글로부터 검색당하는 자본주의적 정보사회에 살게 되었다는 『감시 자본주의 시대』(김보영 옮김, 문학사상, 2021)의 쇼샤나 주보프의 지적처럼 우리는 우리가 만든 인공의 환경 속에 갇혀 인간다움을 소진하고 있는 것이 아닌가 두려워하고 있는 것입니다. 그렇기에, 우리 인간이 지닌 아날로그적 세계의 미덕, 그러니까 능률보다 의미를, 가격보다 가치를, 성과보다 상상을, 도구적 합리성보다 존재론적 합리성을 더 존중하는 그 자유 정신적 자세는 앞으로 문명의 성장이 부닥칠 인간의 한계에 대응할 뜨거운 자산이 되리라 믿습니다. 저는 인간이 세계와 그 인식이 비록 발전하고 달라지더라도 인간이 인간일 수 있는 이유, 그것이 자연의 섭리에서 태어나 생명을 얻은 운명적 존재임을 믿고, 자연과 그것이 잉태한 생명을 통해 비인간화의 함정을 피할 수 있지 않을까 소박하게 짐작해봅니다. 그 자연의 생명력이 모이는 보금자리가 삼림이며, 그 개체적인 실재가 나무일 것으로 짚어보기도 합니다. 저의 이런 보수적 관점은 물론 고리타분한 아날로그 세대의 시든 사유겠지만, 그럼에도 부활이란 뜻을 가진 이스터섬의 운명이 보여주는 문명과 자연의 관계를 생각하면, 자연과 그 표상인 숲에서 인간의 자유와 개성을 회복하고, 사람다운 삶을 누릴 자연의 문화적 성격을 존중하지 않을 수 없습니다. 이때 숲은 일상의 도피로서의 조용한 자리임을 넘어, 반인간적 추세를 제어하며 인간화로 지향하는 그리운 역동적 공간이라 믿어마지않습니다.

그 믿음이 숲의 생리와 문화의 가치를 다시 생각하게 하는 숲과 문화연구회의 목표와 실천 과제일 것입니다. 제가 어릴 적 일을 회고하며 이 계제에 설화로서의 숲의 서사로부터 21세기 디지털 문명으로의 진행에 이르는 과정을 돌이켜보며, 숲의 깊은 의미를 다시 캐내려고 한 것은 이 때문이었습니다.

감사합니다.

[숲과문화연구회 창립 30주년 기념 세미나, 2022. 5. 27]

품위의 문화사회를 향하여

초등학교 입학한 지 한 학기 만에 문자가 바뀐 교과서를 받았고 6학년 때 전쟁을 피해 부산으로 피난을 갔다. 대학 졸업을 앞두고 4·19, 이듬해 5·16을 맞았고 31개월 전방 사병 생활을 마치며 기자로 사회생활을 시작했다. 그렇게 해서 나는 해방이며 분단, 독립이며 전쟁, 혁명이며 독재와 산업화를 맞고 겪었으며 그 실재의 의미를 몸으로 경험했다. 성장기에는 곡절이 그처럼 많았지만 중반 이후의 내 생애는 평탄했고 안정과 약간의 풍요를 누렸다. 사회 일선에서 물러나 팔십대 중반에 이른 이제, 나는 조금도 가난한 백성이 아니며 후진국 국민이라고 부끄러워하지 않아도 되었다.

우리 시대의 석학 송호근 박사와 이처럼 다행한 생애의 역사를 회고하면서 식민 상태에서 자유국가로, 후진국에서 선진국으로, 빈곤국에서 풍요를 자부할 수 있게 된 과정이 어떻게 가능할 수 있

있는지 짚어보았다. 우리 국민의 은근과 끈기를 되살리기도 하고 미국이 부러워하는 교육열도 불러내며 영점지대에서 폭발하는 생명력을 짚기도 했다. 그럼에도 충분치 않아 끌어낸 것이 '국운'이란 주관적 운명관이 안겨준 행운이었다.

그 자부심과 행운에도 불구하고 현재의 우리에 대한 아쉬움은 남았다. 성취의 한국인 심리 속에 도사린 허영, 우리 문화 속에 감춰진 피상성 같은 것들이었다. 송 박사는 그것을 천박함으로 짚었고 나는 예의 없음으로 꼽았다. 타이틀을 만들기 위한 위조, 과장, 조작 혹은 악플에서 보이는 모욕, 학대, 악의 들이 쉽게 볼 추태이고 무례였다. 문화적 허욕과 사회적 무책임, 정치적 팬덤화, 여론의 경망 들은 지나치게 빠른 성장이 치르는 허망한 대가이며, 성찰의 고통 없이 이룬 욕망의 속모습이다. 여기에 지구온난화 방지, 생태 보호, 자원 낭비 억제란 전 지구적 과제가 상기되었다.

그 반성을 치른 날의 한밤, 문득 잠깐 내 머릿속에 한마디 경구가 뛰어들었다. '품위'란 말이었다. 우리는 품격 없이 너무 급하게 성장했고 두려움 없이 세상을 접했으며 부끄러움 없이 허세를 부려온 것이 아닐까. 나는 얼마 전 '검소한 풍요' '성장 없는 발전' '우정 어린 경쟁' 같은 공동체 문화의 반어적 의미를 떠올린 적이 있다. 우리의 정신문화는 빛나면서도 번쩍이지 않는 태도의 도저한 품위에서 피어나야 할 것이리라. 이제 과제는 품위 있는 문화를 위한 사회교육이며 준절한 예의 사회를 키울 문화 훈련일 것이다.

[NEAR 재단 창립 기념 세미나, 2022. 6]

아름다운 우리 책, 그 말과 그림과 집

'아름다움(美)을 읽는다'란 말에서 나는 세 가지 뜻을 생각했다. '읽기'에 그것은 당연히 책을 가리킬 터인데 그 아름다움이란 그 책에서 읽는 아름다움, 그 책이 보여주는 아름다움, 그리고 그 책의 아름다움 들일 것이다. 이런 아름다운 우리 책은 짐작보다 참 많았는데, 내가 여태 보관한 책들 가운데 마침 맞춤하다 싶은 세 권을 뽑았다.

우리 현대 시문학 전통 중 내가 가장 아름답고 뜻깊다고 생각한 작품이 우리말의 결이 살아 있던 식민지 시대 김소월의 『진달래꽃』, 한용운의 『님의 침묵』이며, 이어 해방 후에 나온 **『서정주 시선』**(정음사, 1956)을 짚는다. 내게는 서정주 시집으로 민음사판의 『서정주 전집』과 함께 단행본 시집으로 『신라초』(정음사, 1961),

『동천』(민중서관, 1968)과 이 『시선』이 있는데, 내가 굳이 이 시집을 고른 것은 내가 대학 시절에 구입한 이 책을 가장 많이 읽은 탓도 있다. 내가 갖지 못한 그의 『화사집』과 『귀촉도』에서 26편을 보탰기에 '선집'이기도 하지만 그 후의 새 작품 20편을 한자리에 모아놓았기에 신작 시집이기도 하다.

옛 멋과 모던 보이의 댄디풍을 함께 가진 서정주는 평상의 말들을 끌어들여 그의 시행에 끼어 넣으면 묘하게 참으로 시적인 리듬과 의미를 생생하게 뿜어낸다. 내가 가장 좋아하는 「푸르른 날」이 그 뛰어난 예이다. "눈이 부시게 푸르른 날은/그리운 사람을 그리워하자//저기 저기 저, 가을 꽃자리/초록이 지쳐 단풍드는데//눈이 나리면 어이하리야/봄이 또 오면 어이하리야//내가 죽고서 네가 산다면!/네가 죽고서 내가 산다면!" 길지 않은 이 시에 사용된 어휘는 몇 개에 그치며 그 말들의 되풀이 사용으로 시의 리드미컬한 음감과 그 깊은 함의를 마음껏 발휘하고 있다. 그 시행들을 소리 내어 읽으면 도드라지게 자라나는 맛깔들로 그 어조들이 얼마나 우리 감성을 풍성하게 키우며 아련한 그리움의 열망에 휩싸이게 하는가. 시니피앙의 조작을 통해 시니피에를 창조하는 그의 시적 천분에 감탄하지 않을 수 없다. 또 「부활」의 첫대목 "내 너를 찾아왔다 순아. 너 참 내 앞에 많이 있구나. 내가 혼자서 종로를 걸어가면 사방에서 네가 웃고 오는구나"에서 시인은 얼마나 많은 얼굴들을 불러내고 세상의 아우성을 들려주는가. 그는 몇 마디 말로써 이 세계의 숱한 어울림들, 지나감들, 그리움들을 불러일으켜주고 있다.

읽기보다 낭송함으로써 시를 읽는 사람들에게 간곡한 심정을 한껏 호소하며 우리말의 아름다움을 어떻게 생동하게 키우는지. 정말 우리말을 사랑하는 사람들만이 느낄 수 있으리라.

미술에 대해 문외한이면서 그럼에도 우리 그림에 대한 활달한 정서와 그것의 시대적 의미를 깊이 공감하게 만드는 『**민중미술 15년—1980~1994**』(국립현대미술관 엮음, 삶과꿈, 1994)은 내가 책으로 보는 아름다움의 뜻을 생각하게 한다. 1970년대의 유신과 1980년대의 군사정권 아래 억압받고 소외된 민중의 존재에 대한 깊고 뜨거운 열정이 '민중운동'으로 한국 사회에 폭넓게 전개되었다. 먼저 문학에서 발견된 '민중' 의식은 사회과학 전반과 종교, 예술의 경계 없이 번져나갔고 그중 가장 작품적 성과를 거둔 것이 민중미술일 것이다. 그렇다는 것을 '1980~1994'의 15년에 걸친 반권력적, 반전통적, 반권위주의적 그림 운동의 성과들을 가장 보수적일 '국립'현대미술관이 대규모의 전시로 보여준 데서 짐작할 수 있다. 이 책은 그 전시회의 도록이면서 민중미술의 전개와 성격을 설명하면서 리얼리즘 속에서 드러나는 저항적 정신의 활발한 전개와 그 강력한 감수성을 보여주고 있다.

여기 수록된 작품들은 회화 1과 2의 170여 점, 조각 40점, 판화와 사진 그리고 만화까지 포함한 약 30점, 여기에 특집으로 다룬 민중미술가 오윤 등 230여 작가의 가지가지 작품 4백여 점이 수록되었다. 그 작품들은 종래의 우아하고 정적이며 의례적인 품새를 벗어버리고 소박하고 거칠고 멋대로의, 그러나 저항과 현실의 꿈틀거리는 모습들이 품은 생동감을 뿜어낸다. 높은 벽에 걸어 감상해야 할 종래의 정적인 그림들과는 달리, 여기저기 아무런 시선으로도 들어오는 일상의 범속한 모습들, 문득 낯익어 다가오는 우리 삶의 평범한 일상으로 옆에 와 있는 장면들의 그림을 보게 한다. 그것은 생활 속의 질박한 움직임이고 삶 속의 살아 있는 정서이며 권위의 무게에 대한 저항이고 그래서 소박당한 우리 근원적 정서의 새로운 발견들이다. 이 리얼리즘적·생명적인 생생한 그림 운동들이 역사적인 우리 회화의 한 시대사적 보람들을 시인 고은의 헌시가 잘 읊고 있다: "그것은 가슴 벅찬 현실이기도 하고/오롯이 역사이기도 하고/만물을 일으켜 세우는/새로운 내일이기도 하다/아름다움은 하나가 아니라/이 세상의 건설과/이 세상 밖의 진실까지/거기까지의 아름다움 아니냐." 나는 더 이상 여기에 붙일 말을 찾지 못한다.

지난겨울 점심때, 나는 북촌의 5층 건물에서 문득 창밖의 풍경을 내려다보았다. 삼각산 줄기의 푸른 숲과 그 아래 조용히 숨어 있는 듯한 한옥 몇 채가 보였다. 돈화문 안의 비원이었다. 나는 기와집의 함초롬한 모습과 그 점잖은 자세에 비로소 눈이 밝아졌다. 스카이라인의 빌딩들이 임립한 가운데 이처럼 품위 있는 집채를 가진 우리 도시는 얼마나 의젓한가. 그래서 다시 찾아 감상한 것이 이기웅이 엮고 서헌강, 주병수가 사진 촬영한 『**한옥**』(열화당, 2015)이었다. 서울에서 제주로 팔도 곳곳의, 기와집과 사당에서 초가집과 너와집까지 우리와 우리 조상들이 살아온 집들을 보여준 이 책은 70채의 전통 한옥이 지닌 품위를 아름답게 보여준다. 그 따뜻한 사진들은 이 한옥들이 자리한 주변 풍경서부터 대문과 벽, 지붕과 마루, 방과 부엌, 마당과 정원, 헛간과 장독 등 삶의 세세한 자리들을 살뜰하게 보여준다. 그 일상의 터전이 무척이나 아름답고 그 모습을 설명하는 글들이 맞춤하게 자상하며 그 모든 것들을 '책'이란 좁은 공간 안에 넉넉하게 처리한 솜씨가 조화롭다.

나는 이 책에서 우리 조상들의 삶이 얼마나 진중하고 살림살이가 겸손했는지를 보았다. 거창하기를 마다하고 장식적이기를 사양하면서도 여유 있고 품격 갖춘 생활의 자리에서 우리의 선조들이 어떻게 법도를 지키고 예의를 중하게 여겼는지, 일상의 금도를 느낄 수 있었다. 자리의 생김새와 그 쓰임새가 그 임자의 삶의 태도와 마음, 나아가 문화의 혼을 보여줄 것은 분명하다. 가난하게 살면서도 움츠러들지 않고 많이 풍족하면서도 거만을 떨지 않고 몸에 맞는 크기의 살림집에 분수에 맞는 의젓한 삶을 살았음을, 그래서 빛나되 번쩍거리지 않는 태도의 긍지를 새삼 깊은 마음으로 볼 수 있었다. 우리가 요즘 불만이 많고 분노를 쉽게 터뜨리는 일이 잦아진 것은 그 망할 아파트에 사느라 우리 한옥들로 안아준 정서를 잃어버린 탓이 아닐까.

[2022]

예술 창조의 숨은 위엄

주최 측인 한국문화예술위원회로부터 '문화예술기록물의 보존과 활용을 위한 법률 개정을 위한 논의'라는 딱딱한 제목을 들을 때는 그 무거움에 눌려 사양하려던 제 생각이 '예술가들의 아카이브를 위한 문화예술위원회의 지원 정책 제안'이라는 부드러운 말을 듣고 나서는 오늘 이 모임의 발제 책임을 맡기로 스스로 마음을 바꾸었습니다. 제 문학 동료들의 경우가 먼저 생각났고 그것으로 제 발언의 빌미를 잡을 수 있겠다 싶었기 때문입니다. 소설가 이청준과 홍성원, 평론가 김현 등 먼저 간 세 친구 이야기입니다.

『당신들의 천국』「눈길」의 이청준은 그의 사십대 때인 1984년에 홍성사에서 전집 간행이 시작되었지만 아마 자금 문제로 중단되고, 2001년 다시 열림원에서 두번째 전집 간행이 착수되었지만 역시 중단된 뒤 작고 2년 후인 2010년 문학과지성사에서 34권의 결정판 〈이청준 전집〉으로 새로이 기획, 간행되기 시작해 8년 만에 완간되었습니다. 제가 여기서 특히 주목하며 우리의 문학 전집으로는 처음 보는 작업으로 높이 평가하는 것은 이 전집의 각 권마다 권말에 붙은 「텍스트의 변모와 상호 관계」란 연구입니다. 34권 전집 모두 같은 필자 이윤옥 박사가 집필한 이 '텍스트 연구'는 가령 이렇습니다. 이 책의 표제작이면서 신인급 젊은 작가 이청준에게 동인문학상을 안겨준 「병신과 머저리」에 대해 권말의 텍스트 설명은 먼저 '『창작과비평』 1966년 가을호 발표/제12회 동인문학상 수상/최초의 단행본 수록: 『별을 보여드립니다』, 일지사, 1971'로 작품의 이력을 소개합니다. 그러고서 1) 실증의 정보; 2) 텍스트의 변모, 인물형; 3) 소재 및 주제 등 세 가지 측면으로 이 작품의 형성과 구성, 인물의 설정과 이야기 또는 사태의 진행, 그의 다른 작품과의 연관, 그리고 어휘와 문장의 변화와 수정, 완성의 과정을 면밀하게 대비하여 그 인물들과 서술들을 통해 어떻게 작품이 달라지고 발전하며 최종의 완성작으로 이루어지는지 그 과정을 밝힙니다. 그 '실증적 정보'를 통해 단편 「병신과 머저리」는 작가로 데뷔도 하기 전, 군 입대 전의 재학 시절 대학 노트에 습작으로 씌어졌다는 것, 홍성사와 열림원에서 신판이 나올 때, 작가에 의해 어휘와 표현들이 어떻게 바뀌었는지, 그래서 인물이나 사건, 묘사와 표현이 어떻게 서술되고 변모했는지 그 변화의 과정을 추적합니다. 그 과정 조사와 대비를 위해 이윤옥 박사는 당초의 원고, 첫 발표작, 단행본 수록본, 다른 출판사의 판본(홍성사판, 열림원판)을 일일이 대조해서 그 어휘, 문장, 묘사, 표현의 달라짐을 모조리 비교 병기합니다. 그래서 우리는 이 「병신과 머저리」가 처음 「아벨의 뎃쌍」이란 표제의 습작으로 씌어진 후 작가의 성장을 겪으면서 작품으로의 진화와 단어·수식의 변화, 사건의 변모와 그 의미의 진전 과정을 볼 수 있게 됩니다. 이처럼 한 작품, 한 작가의 내면과 그 진화를 들여다볼 수 있는 자료는 우리 문학 출판의 역사에 없었던 성과이며, 프랑스의 그 유명한 갈리마르 출판사의 플레이아드판 전집의 텍스트 비평보다 더욱 끈질긴 작업이 되었습니다. 작가에 대한 보다 깊고 완벽한 연구는 바로 이 같은 작업에서 기초되어야 할 것입니다. 우리가 문학 연구에 이처럼 풍요한 시선을 갖출 수 있게 된 것은 우선 연구자 이윤옥 박사의 그리 빛이 나지 않는 고된 실증의 끈질긴 작업 성과로 감사드려야 할 것이며, 대학 노트로부터 여러 중복된 판본들의 실물을 그대로 보존해온 이청준 자신과 그 유족들의 노력 덕분으로 축하해야 할 일일 것입니다. 그의 이 자료들은 그가 소년 시절 문학에 꿈을 키우며 성장한 광주광역시의 국립아시아문화전당에 보관되어 있습니다.

같은 1960년대 소설가 홍성원의 경우,『남과 북』『먼동』등 대작의 장편들을 많이 쓴 이 작가는 그 연재작들은 출판되었지만 모두 합치면 50권이 훌쩍 넘을 그의 전집은 아직 준비되지 못하고 있습니다. 그와 개인적으로 가까웠던 저는 그 스스로 잘 드러내고 싶어

하지 않는 작품 이전의 자료들을 본 적이 있습니다. 그의 창작 버릇은 대학 노트에 행갈이 없이 마구 이어가는, 그것도 깨알같이 작은 글씨로 초고를 쓰는 것이었습니다. 노트 한 페이지에 200자 원고지 80매 정도의 단편 하나가 수록될 정도였지요. 그 깨알 글씨를 원고지에 옮기면서 제대로 띄어쓰기, 행갈이를 하며 원고 수정을 한다는 것이었습니다. 그와 별도의 창작 메모 노트에는 작품에 설정된 인물들의 모습, 특징, 습성, 이력, 가족 계보 등등 그리고 그 인물들이 활동한 시절의 관직, 풍속, 가령 쌀값 등의 물가까지, 『수적(水賊)』의 경우 배의 구조, 종류, 군복의 모양새, 혹은 가령 이순신 장군이 전사한 뱃머리 모양까지 글로 그림으로 도표로 적고 그리고 약술되어 있었습니다. 그 한 권이면 『수적』의 현장이 되는 남해안의 지도와 풍물, 농부와 어부들, 군사 조직, 적군과의 대진표까지 일목요연하게 알 수 있었습니다. 어디에서 조사했는지, 그 기록들은 한 작품의 자료가 될 뿐 아니라 한 시대의 사회사, 풍속사, 제도사 혹은 전투사의 안내서로 다가옵니다. 그런데 그 귀중한 자료들은 아쉽게도, 그의 유족들 집에만 보존되고 있어 그의 창작과 그 시대사 이해의 필수적일 그 구체적인 증거들이 공적 자리에 공유되지 않고 잠복되어 있습니다. 홍성원의 그 풍부한 자료들은 수원시가 관심을 가졌다가 더 이상 진행되지 않아 그냥 유족의 사유로 묻혀 있습니다.

13년 전에 잇달아 작고한 두 소설가 친구들보다 18년 앞서 작고

한 평론가 김현의 경우는 더욱 안타깝습니다. 치명적인 암 진단을 받은 그는 자신에게 다가오는 종말을 받아들이면서 한편으로는 그 즈음 기대되는 젊은 시인들의 시적 작업에 대한 분석을 집필하여 사후에 『젊은 시인들의 상상세계』(문학과지성사, 1984)로 묶일 시론집 원고를 쓰면서, 그럼에도 그는, 그의 후배가 목격한 바에 따르면, 어느 날 오후 그가 쓴 일기며 받은 편지 등 그의 뛰어난 비평 작업의 아카이브가 될 자료들을 난로에 태우고 있었다 합니다. 자기 유고를 태워달라는 유언을 남긴 작가로 유명한 프란츠 카프카의 경우, 그 유고 집행을 위임받은 친구 막스 브로트가 그 작품의 위대함을 깨닫고 유언을 어겨 책으로 낸 것이 『심판』을 비롯한 그의 세 장편소설이지요. 김현은 그 스스로 불태워 없앴기에 후대에 그의 날카로운 분석력, 방대한 지식, 빠르고 정확한 이해력을 볼 수 있는 기회를 카프카처럼 남겨주지 않았습니다. 목포문학관이 건립될 즈음, 그가 프랑스 유학 중이던 1974년에 제게 보낸 편지가 우연히 발견되어 그 한 구절이나마 그 문학관의 김현 방을 장식하며 살아남아 관람객들에게 전달될 수 있었습니다. 그 에피소드를 회상할 때마다 저는 자신의 유고와 유품을 이 세상에서 지워버리는 비장한 감정에 깊은 울림을 받으면서도, 그의 일기며 단상, 편지와 낙서로 펼쳐졌을 그의 숨은 내면, 방황하는 정신과 자유로운 상상력을 더 이상 자세히 볼 수 없게 된 것은 그 자신을 위해서만 아니라 뛰어난 평론가이며 학자이자 문장가인 그를 잃은 우리의 문학적 불행이기에 안타깝다는 생각이 들기도 합니다.

저는 제 가까운 친구들의 문학적 자료들이 어떻게 처리되었는지 그 세 가지 사례를 말씀드렸습니다. 창작품이 이루어지기까지의 갖가지 자료들을 온전하게 보전하여 후대의 연구자들이 이용할 수 있도록 공적으로 제공되는 경우, 아직 사적인 수준으로 소장되어 그 활용을 기다리고 있는 경우, 그리고 모두 불대워 사라진 경우입니다. 서구의 경우, 뛰어난 작품들과 작가들은 여러 형태로 그 원형과 관련 자료들이 수집되어 그 작품 – 작가의 삶과 그 숨겨진 내면, 작품의 생성과 발전 과정을 이해할 수 있습니다. 가령 T. S. 엘리엇의 『황무지』는 에즈라 파운드로부터 수정을 많이 받았는데 그 교정지가 남아 있어 두 시인의 관계만이 아니라 문학사적 위치로 정립된 작품의 생성을 심층적으로 분석하며 한 작품의 진화와 성취 과정을 파악할 수 있게 되었습니다. 그것이 바로 문학의 연구이고 문학사의 전통 수립이며 문학적 자산의 실현일 것입니다. 이청준의 문학을 보다 더 잘 이해할 수 있다는 것은 가령 난해한 이상(李箱)의 문학들도 이청준 경우처럼 그의 사적 기록들이 남아 있다면, 그래서 후학들의 연구에 제공되었더라면 그의 숱한 문학적 수수께끼들이 좀더 분명하게 해명되었을 것이며 그에 대한 실증적 이해도 더욱 풍요로워졌을 것임을 알려줍니다.

그런데 우리 문학의 경우, 우리 삶의 다른 측면에서처럼 지속적으로 보존되는 행운을 누릴 수 없었습니다. 아니 어느 나라보다 불행하고 수선스러운 역사 때문에 전통이든 유물이든 제대로 온존될 수 없었습니다. 한말 이후의 급격한 정치-경제적, 사회-문화적 소란으로 우리 삶의 형태도 엄청나게 변했습니다. 오두막집에서 기와집으로, 단독의 땅집에서 공동의 아파트로 우리 생활의 거처들이 변모했고 그나마 주택들이 신축·개축되고 교육과 취업으로 이전·이동하며, 유례없이 활발한 도시화와 주택 개발로 우리 생활의 터전은 끊임없이 변모하여 우리 국민은 평균 4년마다 집을 옮겨 다녔습니다. 이사 때마다 익힌 가구와 묵은 물건들은 쓰레기로 버려지고 낡은 옛것으로 잊혀지며 신품의 물건들로 교체되었습니다. 해방 이후 4분의 3세기 동안 우리 삶의 거점과 양상이 얼마나 변동하고 변화되었는지 회고하면 우리 스스로 아찔해질 정도입니다. 비교적 거처의 요동이 적었다는 제 경우만 해도, 농촌에서 지방 도시로, 다시 서울의 이곳저곳으로 거처를 적어도 여섯 번 옮겨야 했습니다. 그와 함께 제가 살던 곳은 이제 모두 더없이 변했고 사라지기도 했습니다. 저도 이삿짐을 싸면서 제가 가지고 있던 많은 묵은 것들, 주상복합으로 옮기면 쓸 수 없는 것들과 보존할 수 없는 것들을 버려야 했습니다. 그 아쉬움을 느낄 때마다 미국 영화 「작은 아씨들」에서 시골집 지붕 밑 방에 보관된 딸들의 상자들을 열어보던 장면이 떠오릅니다. 그 상자들에는 딸들의 유년기·성장기의 옷과 장난감들과 함께 책이며 노트들이 보관되어 있어 한 인간이 자라면서 남긴 삶의 흔적들을 보여주고 있었습니다. 우리는 그 지붕 밑 방도, 묵은 상자도 없고 우리 전통의 시골집도, 그래서 옛 물건들이 쌓였던 다락도, 문서며 책 몇 권 쌓여 있던 책장과 문갑도 사라지고 그래서 우리의 성장과 이동의 기록도, 살고 자라오며 성숙해져왔음을 증거할 물증들도 더 이상 찾을 수 없게 되었습니다. 그렇다는 사실을 뒤늦은 나이에 깨달으면서 우리야말로 '고향상실자 Heimatlose'가 되었음을 실감했습니다. 우리는 그것을 발전, 풍요로 생각 혹은 착각해왔던 것입니다.

제가 신도시로 이주하면서 후에 특히 후회한 일이 있습니다. 제 묶은 대학 노트는 그래도 가져왔는데 산만한 편지들은 볼 것 없이 모두 없애버린 것입니다. 제가 아쉬워한 것은 사실은 어리고 젊었을 때의 친구들과 나눈 제 의미 없는 편지가 아니라 우리 현대문화사에서 서간 문화의 의미가 사라져버린 문화사적 상실감이었습니다. 서구의 인물사 연구나 역사 서술에서 가장 중요한 1차 자료로 인용되는 것이 서간문이란 사실을 저는 여기서 거듭 강조하고 싶습니다. 가령 피터 게이가 저술한 『프로이트』 전기의 권말 참고도서 목록에서 프로이트의 저서와 논문, 그에 대한 연구서들 못지않게 중시되고 있는 것이 프로이트의 서간집이었습니다. 편지 상대에 따라, 편지를 통해 토론된 주제에 따라 분류되어 간행된 서한집 목록이 26종이나 되는 것을 보고 저는 감탄하지 않을 수 없었습니다. 서양의 전기 연구서 말미에 붙은 참고 도서 목록에서 주고받은 편지들을 모아 정리한 책이 이렇게 많다는 사실에 우리는 크게 놀라지 않을 수 없게 됩니다. 뉴턴과 미적분 개발권자로 논쟁을 벌인 독일의 철학자이자 과학자인 라이프니츠의 편지는 근 5만 통 보관되어 있는데 아직까지 그 해독을 마치지 못했다는 대목을 본 적이 있습니다. 헤이즐 롤리Hazel Rowley라는 미국의 저자는『보부아르와 사르트르—천국에서 지옥까지』에서 두 사람의 계약 결혼을 비롯해 그들의 주책없는 애정 행각을 추적하는데, 그 이야기는 둘 혹은 그 주변 친구들 간의 편지를 자료로 재구성하여 이루어진 결과였습니다. 그들은 한 집 안에서도 문자로 하루 일정을 알리기도 했고 자신들의 애정 행각을 고백하기도 했습니다. 저는 서구인들, 그 지식인들이 편지로 일상의 사건과 심정들에서 형이상학적 담론까지 무척 활발하게 전개했다는 사실을 이렇게 확인한 것입니다. 그들은 편지를 보내기 전에 복사를 해두고 오고 간 편지들은 모두 보관해두는 습관이 있는 것 같습니다. 서간만큼 객관적인 사실과 내면적인 표현이 잘 어우러진 자료는 없을 것입니다. 선비의 나라인 우리의 경우도 크게 다르지 않았을 듯합니다. 퇴계 선생과 그의 제자 기대승이 7년 동안 계속한 '사단칠정론' 논의는 안동과 광주의 먼 거리를 오가는 사제 간의 편지들을 통해 진행되었습니다. 조선조 한문학을 연구하는 정민 교수의 여러 연구들은 우리 실학자들과 청국 학자들과의 서신 담론에 의거하고 있습니다. 이 방면의 커다란 업적을 활발하게 발표하고 있는 그의 연구에서 큰 애로점은 그 서신들이 우리가 소장한 것이 아니라 미국의 하버드-옌칭연구소나 일본의 대학 혹은 학자들의 소장품들이라는 점입니다.

제가 때아니게 서간에 대해 길게 강조하는 것은 우리 문화예술위원회나 그 위원회가 마련하여 발전시키려는 우리 기록원의 작업에 서간이 그만큼 중요하고 연구 작업에 큰 기여를 하고 있음에 유의해주기를 바라서입니다. 우리 지식인 사회에서도 서간 문화에 대해서는 그 존재며 의미에 그리 큰 관심을 가지고 있지 않습니다. 처음 소개한 이청준이나 홍성원도 그들이 친구나 선후배와 나누었을 편지에 대한 화제는 없고 또 그 사신들은 개인적인 삶을 감추고 있어 드러내기를 바라지 않을 듯합니다. 더구나 붓에서 펜으로 옮겨가던 우리의 글쓰기가 컴퓨터의 '글치기'로 크게 바뀌면서 편지도 종이와 우편에서 스마트폰과 이메일 화면으로, 그리고 구구절절한 하소연에서 지나가는 짤막한 소식으로 가볍고 편하고 짧은 내역으로 변하고 있습니다. 우리가 편지라면 연상될 여러 모습과 사연이 이제 페이스북과 트위터가 함께하는 디지털의 SNS로 옮겨가고 있습니다. 문화와 생활, 매체와 소통 도구의 변화에 따라 그 나름의 새로운 문화가 이루어지겠지만 전래의 문자 사용이 지녀온 문화와 그 의식은 쇠퇴하고, 아마도 사라지고, 서간이란 독특한 문화의 양식은 이제 끝날지도 모르겠습니다. 그럼에도 다시 제가 강조하고 싶은 것은 그 서간들이 가장 확실한 사건의 증언이고 인간 내면의 가장 진솔한 기록이며 표현이고, 그것들의 모임이 역사와 문화의 속살을 보여준다는 점입니다. 다행히 근년 철학자이며 언론인인 최정호 선생님이 서간 문화에 매우 적극적으로 작업하고 계시는 것을 보고 있습니다. 공연 예술에 대한 애정이 매우 깊은 최정호 선생님은 이한빈 박사와 삼십대에 나라의 장래에 대해 나눈 서간들을 출판하신 데 이어 근래 대학 친구인 기업인 모하 이헌조 선생과 교환한 서신도 책(『모하 이헌조 서한집』, 이승룡 엮음, 학자원, 2021)으로 간행했습니다. 일찍 서간문의 중요성과 그 문화적 의미를 확신하신 선생님은 '나와 인연 맺은 쉰다섯 분의 서간'을 실물 사진과 함께 그 문장을 정리한 『편지』(열화당, 2017)를 내면서 그 첫 면에 카를 야스퍼스가 그분의 방명록에 적어준 "참된 것은 우리를 맺어준다"라는 말씀을 옮겨 적었습니다. "참된 것은 우리를 맺어"주는 편지야말로 가장 중요한 문화적인 공적·사적 자료일 것이며 제가 그 점을 길게 소개하는 것은 우리 아카이브에 우선적으로, 그리고 가장 중요하게 챙길 자료가 이 편지들임을 강조하기 위해서입니다.

제가 갓길로 뒷길로 지루하게 말씀드린 것은 지금 한국문화예술위원회가 문화예술기록물 보존을 강화하기 위한 법 개정의 필요성을 논의하는 데 저 나름의 동조를 하고 있기 때문입니다. 역사와 문화를 보전하고 키우려는 작업은 이미 3천 년 전 알렉산드리아 도서관 건립 때부터 진행되어왔습니다. 이 도서관 건립 소식을 들은 소크라테스는 이제 사람들이 더 우둔해지겠다고 탄식했다지만, 그러나 인간들의 개인적 생애나 부족 혹은 민족의 역사는 기록되고 재생되어야 했습니다. 그래서 서양에서는 수도원과 대학을 통해, 우리의 옛적도 사고(史庫)와 서원을 통해 공적·사적 전적과 함께 기록과 문서가 보관되어왔습니다. 오늘의 우리도 지방자치제의 활성화로 도서관과 박물관, 예술가들의 집과 문화회관을 통해 그 문화적·예술적 성취들을 수집·정리·전시하는 작업이 매우 활발하게 전개되고 그것이 문화 복지 차원으로 확대되고 있음을 매우 반갑게 보고 있습니다. 이 현상은 가난하게 성장해왔던 저희 세대의 안타까운 상실감을 이겨낼 국민적 다행으로 여기지 않을 수 없습니다. 그럼에도 우리 문화생활에서도 그리 익숙지 않은 아카이브의 활성화에는 매우 미흡함을 실토해야 할 것입니다. 도서관, 박물관, 미술관, 음악관 등 예술 문화 공간은 대부분 그 최종적 완성품을 전시·보관·활용하는 곳이기 때문에 그 최종의 완성에 이르기 위한 인간과 예술가들의 고뇌와 열정, 정신과 정서, 상상력과 그 물적 토대의 실물, 혹은 거기에 숨겨진 내밀한 방황과 절망, 일탈과 실험 들을 보여주기는커녕 오히려 감추고 있습니다. 그것들은 함부로 개방되거나 조심성 없이 만질 수 있는 것이 아니며 그렇기에 더욱 신중히 관리하고, 그래서 까다롭게 모시고 다루어야 할 문화의 따뜻한 속살과 살아 있는 실체가 되고 있습니다. 처음 제가 소개한 것처럼 이청준의 지적 고뇌가 어떻게 태어났고 어떤 모습을 거치며 성숙하고 완성되는지, 홍성원이 재현한 역사가 구체적으로 어떻게 진행되고 그것을 들여다보는 작가의 내면과 객관적 사실 인식이 어떠했는지를 그들이 남긴 일기와 쪽지, 전한 편지와 버린 글에서 짐작할 수 있기 위해서는 반드시 아카이브가 정중하게 모신 자료들, 그 은밀한 해독을 통해야 할 것입니다. 그만큼 그것들은 원초적이고 유일한 것이며 존중받아야 할 정신적·실물적 자산들입니다. 여기에는 예술가들이 발견하고 인식하며 완성에 이르기 위한 창조적 고뇌와 지적 방황, 일상의 실패와 고독한 싸움, 자유로운 상상과 흘깃 스치는 창조적 번쩍임의 순간이 숨겨져 있습니다.

그 실제의 모습들은 여러 형태로 우리에게 제시될 것입니다. 작가의 구상 메모와 습작들, 일기와 앞서 그 중요성을 거듭 살핀 편지들, 그가 끄적거린 낙서 쪽지, 읽던 책의 메모, 펜이며 안경 등 그가 즐겨 쓰던 애완품들, 특히 그런 그의 모습들이 박힌 사진들(아직 카메라가 대중적으로 보급되지 않았던 시절의 톨스토이는 3만 점의 사진을 남겼다 합니다)과 그림들이 우선 떠오릅니다. 화가라면 동생 테오와 나눈 편지들과 함께 수천 점의 습작을 남긴 반 고흐처럼 버린 그림, 쓰던 화구, 아끼던 가구, 그리고 아마도 고갱과 함께한 '노란 집' 같은 덩치가 큰 물건도 생각될 것입니다. 음악가든 무용가든, 혹은 오늘의 문화에 비로소 태어난 백남준 같은 비디오 아티스트든 그들이 작업하고 촉발당하며, 사용하고 기록하고 만들고, 만들다 실패하고의 모든 인연들의 물적 흔적들이 모여야 할 것입니다. 아카이브는 주로 그 예술가들이 남긴 문자들로 집중되겠지만, 그것은 예술 이전의, 예술 바깥의, 또는 예술 이후의 예술적 속살이 되고 예술가의 실재가 되어야 한다고 저는 이해하고 있습니다. 이런 예술의 잡것들이 완성된 예술품의 자산이 되며 우리의 예술 이해와 그 사랑에 관여하고 있을 것입니다. 성취를 향한 실패의 집적, 완성에 이르기 위한 도정의 쓰레기들, 끝내 이를 수 없을 최종을 향한 중도의 좌절 기록들이 우리가 존중하고 수용해야 할 아카이브의 내용과 실재일 것입니다. 역사와 예술이 하나의 집요한 진행이라면 아카이브의 소장품들은 그 진행이 만들거나 흘린 물적 증거일 것입니다. 그런 점에서 사소한 유품들, 쓰잘 데 없어 보이는 잡품들이 인간의 진짜 기록이고 살아 움직이는 역사와 예술의 증후가 될 것입니다.

저는 이런 산 증표와 움직이는 증후들이 우리 옛날 벽장과 문갑 속에 여전히 숨어 있다고 짐작합니다. 아마 그 대부분은 제가 짐작한 것처럼 아예 버려지고 잃어버린 망실품이 되기도 했겠지만 그래도 아직 우리 어딘가에 숨어, 들키기를 기다리고 있을지도 모릅니다. 서랍을 다시 뒤지고 낡은 시골집 뒷방을 살피며 우리가 미처 못 버린 것, 못 알아온 것, 못 본 척해온 것들을 다시 찾고 먼지를 떨어 원래의 모습으로 닦아내고 나면 그것들이 우리의 지나간 역사들을 되살려주고 우리가 무심히 넘긴 예술에 다시 눈뜨게 하며 우리 눈 밖의 문화에 새 눈을 뜨게 할 것입니다. 그 사사로운 잡것들, 버려도 아깝지 않을 영원한 미완성품들이 앞으로 태어날 숱한 작가, 미술가, 음악가, 예술가 들에게 영감으로, 발견으로, 재해석으로 다시 창조될 것입니다. 저는 우리 디지털의 21세기든, 그 이전의 오랜 아날로그 시절이든, 풍요하며 편의로운 새 문화와 문물 속에서 우리가 잊은 것들, 버린 것들, 사라져버린 것들이 그 안에, 그 변두리에, 그것이 이루어지기 전의 숨은 시간과 의식으로 여전히 잠겨 있다고 생각합니다. 문화의 시원, 문명의 원형으로서의 아카익 archaic, 케케묵었으면서도 과거의 시간적 위엄을 드러내는 그 아카이브의 면모를 되살리며 그 문화의 활성을 향해, 그 가치의 존중을 위해, 그 의미의 활용을 바라, 오늘의 우리는 새로이, 집요하게, 의식을 가지고 전면적으로 진지하게 고려해야 한다는 사실을 저의 이 늙어 묵은 의식으로 다시 강조하고 싶습니다. 그것이 역사적 삶의 수용이며 그 문화적 사건들의 부활이고 예술 창조가 거느린 시간의 숨은 위엄 되찾기입니다. 그것은 그래서 끝내 삶의 의미를 다시 살아내는 일이 될 것입니다.

감사합니다.

[포럼 〈국가문화예술 아카이브의 현재와 미래〉, 2021. 11. 29]

자유의 광장 문화를 향하여

— 국립현대미술관 개관 50주년을 축하하며

국립현대미술관 개관 50주년을 축하하며 반세기에 걸친 한국 예술과 문화에 들인 큰 기여에 감사를 드립니다. 미술에 문외한이며 예술과 문화의 현장에서 물러난 지도 20년에 가까운 제가 이 귀중한 행사의 기조 발표를 맡은 탓에, 저는 제가 인사를 올리는 현대미술관의 시작과 그 후의 역사와 성격에 대해 상식적인 질문부터 스스로 갖게 되었습니다. 이 미욱한 성찰로부터 제 축하와 기대를 위한 소감이 시작될 것입니다.

'국립현대미술관'은 통상적인 명칭임에도 저는 그것이 '국립'이고 '현대'라는 데 이 미술관의 새삼스러운 이력이 부여되었다고 생각합니다. '국립'은 특히 예술 분야에서 권력적이고 권위적이며, 그래서 전통적이고 보수적이란 이미지를 갖습니다. 그러나 '현대'란 말은 그 당대에서의 새로움이란 뜻을 함축하고 있어 전통을 극복하고 권력으로부터 자유로울 것을 요구하고 있습니다. 국가가 설립하고 운영한다는 권위주의적 전통과 이에 도전하는 현대성에의 의지가 부닥쳐 어울리고 있음이 그 명칭에서 시사되고 있습니다. 의례적인 언사이겠지만 저는 여기서 국립현대미술관의 다양하게 열릴 수 있는 성격을 엿볼 수 있을 듯합니다.

현대미술관은 1969년 경복궁에서 개관한 후 그동안 과천 본관과 덕수궁관, 서울관 그리고 청주 분관으로 확대해왔습니다. 저는 그 네 미술관이 위치한 지정학적 성격으로 현대미술관의 위상과 역할을 발견할 수 있으리라 생각합니다. 경복궁에서 옮겨 온 덕수궁관은 한국 미술이 조선조 시대의 전통문화와 서구 세계 예술의 조우에서 출발하고 있음을 암시하고 있습니다. 1986년 번잡한 도시로부터 벗어나 교외의 외진 자리의 현대식 건물로 자리 잡은 과천 본관은 세속으로부터 벗어나 초월적 상상력으로 작품이 창작된다는 예술의 낭만성과 창조력의 근원을 보여주고 있습니다. 2013년 서울의 도심에 옛 건물을 개축하여 만든 서울관은 생활인들의 정서적 고양을 위한 예술이라는 오늘의 시민사회적 관점을 드러내줍니다. 2018년 처음으로 지방 도시에 개관한 청주관은 수도권의 독점에서 지역으로 하방하며 한국민 모두의 예술 복지를 향유할 계기를 제공할 것입니다.

현대미술관이 참여해온 반세기의 역사는 세계적으로도 현대 예술과 문화의 거대한 혁신이 전개되던 변화에 조응하고 있습니다. 문화와 예술의 주제가 되고 그 기반이 되는 현실의 역사는 우리 경제와 사회가 그래왔듯이 압축 변화를 이루어왔습니다. 성공적인 산업화를 통해 크게 높아진 경제적 성과, 사회 변화와 과학 발전에 의한 생활 문화의 향상, 그를 통한 인간관계와 의식의 세계화는 기존의 민주주의 이념과 실천으로 사상과 정서의 자유를 더욱 넓혀주었습니다. 생활은 풍요로워지고 사유는 개방되며 정신은 변화를 추구하게 되었습니다. 그 변모를 확인해주는 듯, 우리의 예술도 고전의 문화 예술에서 현대의 그것으로 확산되는 과정으로, 그리고 다시 첨단의 전위예술로 움직여왔습니다. 고전적 회화예술에서 출발한 우리 미술도 반세기의 역사 속에서 모더니즘을 수용하고 포스트모더니즘을 전개하며, 더 나아가 설치미술과 비디오아트 같은 캔버스를 벗어나는 새로운 장르로 뛰어든 지 오래였습니다. 20세기는 해체되고 현대주의는 기존의 전통으로 밀려나며 예술의 다양한 미학이 새로운 세기를 반영하고 있습니다.

이 거대한 변화는 오늘의 예술에 새로운 성격을 부여했습니다. 정치적·종교적·윤리적 해방으로 획득한 예술 창작의 자유, 귀족 혹은 부르주아로부터 시민과 대중으로의 예술 향수층의 확산, 높은 성상의 위치로부터 우리 눈높이로의 예술 작품의 하방, 그리고 삶의 양식 변화와 더불어 그것을 가능케 한 과학기술의 자극이 무엇보다 근대 이후의 예술에 근본적인 변화를 일으켰습니다. 이로써 현대 예술과 문화는 벤야민이 말하는 복제 시대의 예술이란 매우 착잡한 성격의 미학을 알게 모르게 우리 일상 속으로 내화했습니다.

산업화 이후의 예술은 그 창조적 개성과 독자성을 발휘하면서 작품의 복제와 대량생산, 그 수용층의 탈특권화, 시민들이 공유할 대중성을 확보해야 했습니다. 예술의 창작과 그 수용의 대립적인 양상이 현대 예술의 고민이 되지 않을 수 없었습니다. 고급예술과 대중예술, 순수예술과 참여예술, 예술을 위한 예술과 실용예술이 중첩하며 경쟁하게 된 것입니다. 이 모호한 현대 예술의 작품 복제 시대에, 가령 문학은 그래도 완강하게 그 변용에 저항했지만 번역과 2차 창작의 과제를 져야 했고 청각예술은 서구의 고전음악과 다른, 가령 재즈와 같은 토착 음악처럼 리듬이 전혀 다른 음악들을 받아들이면서 라이브에서 LP로, 여기서 CD로, 그리고 디지털 음원으로 다급한 변화들을 수용해야 했습니다.

아마 어떤 예술보다 현대 기술 개발의 영향을 가장 크게 받은 것이 시각예술일 것입니다. 전통적인 회화예술은 19세기에는 사진, 20세기에는 영화의 도전을 받고 그것들의 독자성을 인정하여 별개의 예술 장르로 독립시키지 않을 수 없게 됩니다. 그럼에도 구상의 회화는 추상미술과 그래픽아트로 확산되고 개념예술로서 회화예술의 성격을 개편하고 뒤샹의 변기로 기성품의 미학이 인정됩니다. 변화는 여기서 그치지 않았습니다. 만화가 덧붙었고 그래픽아트가 주목받았으며 상업미술, 응용미술, 디자인, 패션, 키치가 시각예술의 장르 속으로 스며들었습니다. 이와 함께 정물화는 키네틱으로, 캔버스는 자연과 환경으로 확산되어 동화와 설치미술을 만들었고, 디지털 기기의 개발과 함께 당연히 컴퓨터그래픽아트가 생기고 TV 예술의 새로운 장르로 각광받으며 정착되었습니다. 앞으로 더욱 적극적으로 개입할 AI와 가상현실이 예술과 미술의 장래를 어떻게 변화시킬지 주목해야 할 단계에 우리는 와 있습니다. 예술 복제 산업 시대의 물적·심적 영향이 이렇게 기존 예술 전반의 형상을 바꾼 20세기 중반 이후의 미술의 현대적 변화를 우리 현대미술관이 함께해온 것입니다.

이 변혁적인 시대의 문화와 예술을 우리의 현대미술관의 역사가 담아 그 변화의 중심 공간으로 자리하며 발전해왔기에 그 의미가 새롭게 다가옵니다. 우리 미술관은 한반도가 '그라운드제로'로 폭파된 때로부터 약 반세대 후에 개관했습니다. 저는 한국현대미술관이 개관하던 1960년대 초입에 4·19와 5·16이라는, 오늘의 한국을 형성할 두 개의 역사적 계기가 일어났음에 주목합니다. 대학생들에 의해 폭발된 혁명은 정치적 자유를 향한 열정의 표현이면서 근대성의 내면을 추구하는 자질이었고 한 해 후의 군부 혁명은 근대 산업사회로의 경제적 자유를 향한 욕구의 표출이면서 그 실천의 동력이었습니다. 이 두 개의 자유는 유감스럽게도 지향과 실행에서 강제와 저항으로 충돌하며 권력과 정신 사이에 갈등과 대립을 일으켰습니다. 산업화와 수출 입국을 강요하면서 정치적·내면적 자유를 억압했던 현실 권력은 그러나 그 때문에 깊어질 문화적 상실감에 다행히 무심하지 않았습니다. 현대미술관을 설치하며 국민들의 문화 예술에의 소망에 관심을 채워주면서 문예진흥원을 창설하여 예술가들의 창조에의 열정을 격려해주었습니다. 그럼에도 예술 창조의 기반이 되는 자유가 물적 발전을 독려하는 권력으로부터 억제당하는 사태를 피할 수는 없었습니다. 권력은 그 강제에 저항하는 사상과 상상력의 자유를 억제했고 예술가와 지식사회는 그 억압의 고통 속에서 좌절하면서 대항했습니다. 4·19의 감동 속에서 이 두 가치 지향이 일으킬 충돌과 갈등을 예감하듯 발표된 것이 최인훈의 『광장』이었습니다. 그것은 국토의 분단과 그 이데올로기의 대치를 구체적인 서사문학으로 구현하면서 사유와 정신은 밀실에 유폐되고 공동체적 연대감은 공허하게 휘발되는 냉전 세계의 대결적 패러다임을 재현하고 있었습니다. 현대미술관이 치른 반세기 역사의 전반부가 바로 그 대결과 모순의 시대였습니다. 개인과 전체, 자유와 통제, 가진 사람들과 못 가진 사람들이 서로 부딪고 억압/저항하며 소통이 차단되고 충돌하던 불화가 만연하던 때였습니다.

그러나 우리 한국인은 마땅히 감탄하지 않으면 안 될 만큼 지혜롭고 역동적이었습니다. 반세기에 걸친 압축 성장을 통해 우리 역사는 기적적인 성취를 이룬 것입니다. 아프리카 적도 지역의 세상에서 가장 가난한 나라들과 비슷했던 우리나라가 세계 선진국 수준으로 따라붙은 것입니다. 이 경제적 비약이 이룬 심성사적·문화적 성취는 크게 강조되어야 할 것입니다. 저는 그 성취의 처음을 자유에 두고 있습니다. 그 자유는 일상 시민 생활의 자유에서 더 나아가 정치적 민주화와 더불어 문화적·예술적 자유에 더 큰 힘을 주었습니다. 이러기까지 민중문화에 대한 새로운 발견과 그 공감의 열정적 표현, 대담한 상상력과 도전적인 표현이 우리 문화 예술의 정신으로 표출되면서, 그리고 그로 말미암은 고난들과 억압들을 극복하면서 우리는 사유와 상상력의 자유, 정신적 금기로부터의 해방을 얻어냈습니다. 우리 현대미술관 50년의 후반부는 그 자유와 해방에서 새로운 상상력과 표현법을 발휘하며 본질적인 의미에서의 예술의 현대성을 구현하는 시기였습니다. 현실의 자유와 더불어 사상과 예술 창작의 자유를 획득한 우리의 치열한 경험은 예술이 권력과 대항하여 그 소망을 성취하는 아름다운 본보기로 전시되어야 할 것입니다. 이 자유의 실천은 거대 권력을 해체하면서 미세 권력을 피워주었고, 우리의 눈을 경계 밖 세계의 다양한 시선으로 넓혀주면서 우리 스스로를 다시 살피게 했으며, 지난 것의 구속으로부터 새로운 실험의 감동으로 바라보도록 우리의 감각에 생기를 불어넣었습니다. 전망과 감수성, 인식과 소망의 이 같은 확대와 변화는 생활의 여유와 사회관계의 복잡을 누리면서 품위와 관용, 취향과 향유의 삶을 사는 새로운 라이프스타일을 일구고 한류 문화에 대한 자부심을 키워주었습니다.

저는 현대미술관의 50년 이력에 오늘에 이르기까지의 이러한 우리 역사가 배어 있다고 믿습니다. 그것은 현대미술관에 전시된 작품들을 통해, 그것을 기획한 의식에 의해 표현되었을 것입니다. 제가 짚을 수 있는 사례의 하나로 저는 이 미술관에서 크게 연 민중미술전시회를 기억하고 있습니다. 진지한 역사 인식과 심미적 표현 간의 맥박 뛰는 상응을 진하게 느끼게 한 이 전시회에서 예술이 품어야 할 인식의 자유와 그 열망, 여기서 비롯된 창작의 새로운 주제와 방법론의 개발, 그러기 위해 요구되는 기성 관습과 상투성의 거부 등으로 전날의 예술이 갖지 못했던 서정적 아름다움과 서사적 힘이 대지적 정서 속에서 신선하고 뜨겁게 분출되고 있음을 느꼈던 것입니다. 이 민중예술의 열정 앞에서 백남준의 호모루덴스적인 비디오아트가 귀중한 세계 미술의 새로운 개척으로 편입되는 과정을 보았습니다. 저는 자유를 통해 다양한 예술을 추구하는 역동성을 발견했고 힘찬 상상력이 현대 예술의 맥박으로 뛰고 있음을 확인했던 것입니다.

이 감동을 회상하면서 반세기의 역사를 넘어 개관 100주년을 맞이한 현대미술관의 미래를 바라봅니다. 그 기대와 예감에 솟아 드는 것이 한 세기 전의 '빈 분리파 선언'이었습니다. 20세기가 시작되고 새로운 세계의 전개를 전망하면서 그들은 구태의연한 권위주의적 기성 미술계로부터 독립을 작정하고 "시대는 그 스스로의 예술을, 예술은 그 스스로의 자유를!"이란 구호를 외쳤습니다. 그들은 새로운 시대에 어울릴 새로운 예술 창조를 추구하면서 그 창조가 가능할 자유를 외쳤습니다. 저는 시대와 예술, 그리고 그 사이에 반드시 작동해야 할 자유는 그들 분리파만 아니라 모든 시대의 어떤 예술가들에게도 불기피한 전제로 반아들이고 있습니다. 앞으로의 우리 예술과 미술은 기왕의 틀을 깨고 넘고 기존의 장르를 합치고 넘나들며 세계화와 지역화, 그 두 방향을 뒤얽는 글로컬의 창작을 할 것입니다. 이러기 위해 분리파가 외치듯 우리도 자유를 거듭소구할 것입니다.

저는 그 자유, 우리 한국의 역사와 미래를 위해 반드시 확신해야 할 자유를 다시 강조합니다. 그 자유는 우리의 기구했던 20세기의 역사를 극복하며 21세기의 희망의 상상력을 키울 자유입니다. 그리고 그 자유는 국립현대미술관이 50주년 기념으로 여는 심포지엄의 키워드로 설정한 '광장'에서 그 한 면모가 드러나기를 기대합니다. 21세기의 광장은 반세기 전의 이념의 대결과 체제의 대치에서 해방하여 감수성의 투명함, 상상력의 발랄함, 정신의 거침없음과 이해의 자재로움, 그리고 이 모두의 서슴없는 교환, 대화의 동참, 인식의 포옹, 실천의 연대가 이루어지기를 꿈꿉니다. 이 소통과 화해, 연대와 공유가 함께할 자리가 자유의 광장입니다. 이제 우리가 만들어야 할 새로운 세기의 광장은 공포로부터의, 억압으로부터의, 빈곤으로부터의, 소외로부터의 앞 시대의 고전적 자유를 넘어, 풍요를 향한 자유, 소통을 향한 자유, 화해를 위한 자유 그리고 창조의 자유가 이루어지는 공간입니다. 이 공감과 연대의 광장에서 저는 예술가들이 어깨를 겯는 평화와 사랑의 예술 창조가 이루어지기를 소망하고 있습니다. 그 광장의 공간이 이루기 결코 쉬운 것이 아니기에 우리는 끊임없이 바라고 추구하며 상상하는 공간으로 열어가야 할 것입니다. 자유를 꿈꿈으로써 미래를 성취하는 문화 공간, 새로운 열망으로써 사랑이 풍요롭게 피어나는 광장의 예술을 꽃피울 것입니다. 꿈과 그 꿈을 향한 열정이 예술을 만들고 그 예술은 세계를 바꿀 것입니다.

[국립현대미술관 개관 50주년 기념전
〈광장: 미술과 사회 1900-2019〉 학술 세미나, 2019]

인간 이해의 착잡함
—— 이완용의 경우에서 시작된

몇 해 전, 나는 박태원의 '소설가 구보씨'가 된 기분으로 『경성 모던타임스』(문학동네)를 읽으며 식민지 시대 초기와 겹친 근대화의 서울을 헤맨 적이 있었다. "1920, 조선의 거리를 걷다"란 부제를 달고 있는 이 책은 기자로 전 시대의 생활 문화사를 탐사한 박윤석이 2014년에 상자한 것이다. 나는 '황금정'이니 '미스꼬시'니 하는, 내 어릴 적에 어른들한테서 얼핏 들은 서울 동네의 식민지 시대 이름들을 흥미롭게 되새기는 중에 뜻밖의 대목과 마주쳤다. 이완용이 손병희 선생으로부터 3·1 독립선언 운동에 참여해달라는 요청을 받고 "매국적이란 이름을 이미 들은 나는 그런 운동에 참여할 수 없소. 이번 운동이 성공하여 독립하면 동네사람들이 먼저 쫓아와 때려죽일 것이오. 손 선생의 운동이 성공하여 내가 그렇게 맞아죽게 되면 다행한 일이겠소"(pp. 243~44)라고 사양한다는 이야기였다. 이 대목은 "이완용은 손병희의 예상대로 고발하지 않았다"라고 매듭짓는다.

이완용이 '매국노'라는 상식에 조금도 달리 생각하지 못해온 내게, 당연히 손병희 선생이 그에게 3·1운동에의 참여를 권유했다든가, 그가 민족 독립운동이란 거대한 비밀 사건을 알면서도 고발하지 않았다는 일은 이 방면에 무지하고 무관심이었던 내게 뜻밖의 정보였다. 설마 하는 생각이 손병희/이완용 양쪽에 들면서도 그 에피소드의 제보가 우리 언론사의 초기 시절 기자로, 내 젊은 시절에도 현역으로 활동한 유광렬 선생이 1974년에 연재한 〈나의 이력서〉에서 나왔다는 데 의심을 달기도 어려웠다. 긴가민가한 상태로 남은 이 의심이 다시 돋은 것은 작년 『동아일보』의 토요기획 연재 '3·1운동 100년 역사의 현장' 때문이었다. 기사 「"천도교-기독교 힘 합칩시다"… 초유의 종교연대 운동 성사」(2018년 5월 19일자) 서두에 손병희 선생이 1919년 2월 이완용의 집에서 '형형한 눈빛으로' "세상에서 당신을 매국적이라고 하는데 흥국대신 한번 될 생각은 없소?"라고 재우치자 이완용은 "고맙소"라고 한 후 "내가 2000만 동포에게 매국적이라는 이름을 들은 지 이미 오래이오. 이제 새삼스러이 그런 운동에 가담할 수는 없소" 하고 대답한 후의 말은 앞의 책에서 소개된 대목과 같은 말이었다. 안영배 기자의 이 인용은 『의암 손병희 선생 전기』에서 나온 것인데 같은 유광렬 선생의 글에 전거를 둔 것이었다. 여기서 좀더 자세히 밝힌 것은 이 손병희-이완용의 대화가 손 선생의 사위인 우리 아동문학의 창시자

방정환 선생의 회고에 그 출처를 두고 있음을 밝힌 점이었다.

이래서 내 관심이 좀더 죄어졌다. 손병희 선생이 전 민족적인 일치된 열망으로 추진된 독립선언에 친일파의 거두이며 한일합방의 매국적인 이완용에게 이런 제의를 할 수도 있고 나라를 팔아먹은 국적 이완용이기에 이 생애를 반전시킬 제의를 받고 거절하면서도 일본 경찰에 알리지 않을 배포도 있음 직할 것이었다. 소설가 홍성원은 이 비슷한 야사를 내게 전해준 적이 있다. 일본 경찰서의 조선인 형사가 늘 하는 순찰 중에 밤늦도록 인쇄기 돌리는 소리가 나는 보성사 인쇄소에 들어가 문득 「독립선언문」을 발견했다. 눈이 번쩍이는 그에게 인쇄소 주인은 침통하고 간곡한 말로 이 인쇄물의 중요성을 역설한 후 이번 한번 눈감아주기를 절망적인 기분으로 호소했고 그 형사는 아무 소리 없이 한참 응시하다가 돌아갔는데 다행히 서에 보고를 하지 않았는지 무사히 「독립선언문」을 배포할 수 있었다는 이야기였다. 형사는 후에 그 사실이 밝혀지면서 신의주 경찰서로 좌천되었다고 했다. 이 비슷한 에피소드가 안영배 기자의 앞 연재분 2주 후 기사 「독립선언서 인쇄 현장 덮친 악질 조선인 형사… 거금 주고 무마」(2018년 6월 2일 자)에 나온다. 한밤 보성사의 인쇄기 돌아가는 소리에 종로경찰서 조선인 형사 신철(혹은 신승희)이 근처를 지나다 듣고 수상히 여겨 인쇄소 안으로 들이닥쳐 인쇄 중인 선언문을 집어 들었다. 육 척 장구의 이종일 사장은 손병희 선생에게 이 위급을 보고했고 "손 선생은 선뜻 5000원의 거금을 신문지에 싸서 내주었다." 신철은 "겸연쩍게 웃더니 사라졌다.

그의 웃음에는 일말의 민족적 양심이 담겨 있는 듯도 했다." '이달의 독립운동가'로 선정된 보성사 이종일의 비망록과 그에 대한 보훈처 발표를 출처로 밝힌 이 기사는 "수많은 애국지사들을 붙잡아 감옥에 보낸 악질 형사로 소문난" 신철이 이 사건이 들통날까 봐 동거녀까지 버리고 만주로 도주했다가 붙잡혀 압송되는 중에 "개성역 인근에서 기차에서 뛰어내려 자살했다"는 후일담을 전한다.

나는 신철 같은 형사의 이야기도 흥미로웠지만 이완용의 경우는 매우 진지하게 생각되었고 그의 독립선언서에서의 신의는 보다 분명하게 확인하고 싶었다. 그래서 예스24에 들어가 찾아낸 것이 김윤희의 『이완용 평전』(한겨레출판, 2011)이었다. '대한제국' 시대의 연구로 학위를 받은 사학자여서 그의 서술은 믿을 수 있을 것이었다. 〈한겨레역사인물 평전〉 총서의 하나로 나온 이 전기는 표지에 '극단의 시대, 합리성에 포획된 근대적 인간'으로 이완용을 소개하고 있어 그에 대한 객관적인 분석과 서술이 기대되었다. 그는 육영공원에서 영어와 신학문을 배웠고 주미 공사관의 외교관으로 근무한 친미파였고, 이범진과 제휴하여 '친미파의 수령'으로서 "반일정책을 표방하면서" 김홍집 내각에 압력을 가했다는 것, 독립협회의 발기인으로 참여하여 독립공원 건설 등을 위한 사업을 추진할 위원장으로 선출되는 등 친일파와 맞은편에 자리하고 있었다. 그러나 을사조약이 강요되고 고종이 이에 굴복할 것이 예견되자 "이완용은 최종적으로 친일파로 돌아섰"고 경술년에는 "한국이 이미 백사가 허물어지고 스스로 쇄신할 힘이 없기 때문에 타국에 의뢰하지 않으면 안 되는 상황이다. 의뢰할 나라가 일본이라는 사실은 세계 각국이 인정하는 바"로 여기고 이토가 강요하는 병합 안에 조선 왕조를 위한 약간의 수정을 가하고 동의하게 된다. 저자에 의하면 "그는 주권이 없더라도 황실과 대한제국민이 편안하다면 그것이 더 나은 선택이라고 보았다. 명분, 대의, 정의보다는 실리를 추구하는 근대 실용주의자적 사고를 갖고 있었다"(p. 259). 이완용이 며느리와 상간을 했다는 등의 포악한 소문이 만들어질 정도로 '을사오적'으로서의 국민적 적개심을 당하고 있었지만 이 책의 결론에서 내린 이완용론은 신중하면서도 객관적인 것으로 읽힌다: "이완용이 매국노라는 오명을 쓴 것은 인간성을 상실한 그의 탐욕 때문이 아니라 현실을 인정하는 가운데서 나름대로 '합리적인 실리'를 추구했던 그의 사고 때문이었다. 무모하게 분개하거나 실리 없는 의리만을 고집하는 태도를 버리고 어쩔 수 없는 상황에서 최대한 이익을 위해 합리적이며 실용적인 사고를 지닌 인물이었다"(p. 299).

방정환의 회고를 통해 살린 유광렬 선생의 기억에 의존한 3·1 독립선언 운동에 관련된 이완용과 손병희 선생과의 담판 에피소드는 『이완용 평전』에 비치지도 않는다. 합병 후의 재산까지 상세하게 셈을 하고 있는 이 평전의 저자 김윤희가 유광렬 선생의 회고록을 못 보았는지 그 기억에 신빙성을 두지 않아서였는지 짐작하지 못한 채, 아마도 학자적 신뢰감을 얻기에는 그 삽화가 나약한 증거라고 판단했을 것이란 막연한 추측만 든다. 오히려 저자는 3·1운동에 대해 이완용이 "헌병이 사람을 잡아 가두고 상해를 입히는 참혹한 일이 벌어진 것은 무지한 청년배들이 제멋대로 소요를 일으켰기 때문이라고 한탄"했고 김윤식과 이용직이 일본 정부에 독립청원서를 제출해서 체포되었다는 소식을 듣고 "조선민족이 소멸할 운"이라며 경학원 강사들에게 경거망동하지 말 것을 지시했다는 이야기를 전한다. "대한제국의 주권을 포기하는 대신 조선 인민이 문명화된 사회를 살게 된다면 그것이 실리를 얻을 것이라고 생각"한 이완용이 을사조약에 동의하게 되는 논리적 구조는 차라리 일본 신민이 되어 백성들이 개화하고 부유해지면 더 좋고, 어쩌면 그럴 때 독립의 기회가 가까이 올 수 있다고 생각한 이광수의 친일 논리와 비슷하다. 실제로 한말이나 식민 시대의 많은 현실주의자들이 이름만 독립국가인 조선왕조의 백성이 되느니 일본 국민이 되어 번듯한 국민적·국제적 체면을 세우는 것이 보다 실리적이라는 생각을 할 수 있었고 실제로도 그래서 많은 사람들이 친일파 자리로 옮겼다. 『이완용 평전』의 저자도 이완용의 이런 '현실주의적 변용'의 과정을 추적하고 있었다. 그러나 이해한다는 것이 용서한다는 것이 아님을 저자는 끈질기게 확인시켜주고 있다.

역사학자도, 친일파 척결주의자도 아닌 내가 이완용의 행적에 이처럼 관심이 컸던 것은 문제적 인물에 대한 학문적 분석보다 인간적 심리 이해의 한 케이스 스터디를 위해서였다. 우리나라가 '혐오사회'로 악화되어 인정이 메마르고 말씨가 험악해지고 있는 모습으로 변해가는 것이 나로서는 무척 안타까웠다. 어쩌다 이렇게 되었을까 생각하며 짚어보다 보니 국권 상실과 해방, 한국전쟁과 유신체제로 우리 역사가 기구하게 움직여왔고, 적어도 치열한 경제 성장의 긴장과 유신체제로 극에 달한 반공 정책 시절에 만들어진 강퍅한 심리 구조로 이런 사태가 심해진 것이 아닐까 싶어졌다. 그런 참에 가장 높은 친일파의 우두머리가 이런 '인간적인' 모습을 보였다는 데 흥미를 느끼지 않을 수 없었다. 나는 이완용이 친일 행위를 했다는 사실에 회의나 이의를 갖는 것도 물론 아니고 독립선언 운동의 낌새를 알고도 고발하지 않았다고 해서 그가 용서받을 족적을 남겼다고 생각하지는 않는다. 나는 다만 '친일파'라는 한마디 낙인으로 한 시대의 주인공을 단색적으로 색칠하며 그의 전면을 지울 수 있을까 하는 데 동요를 느꼈기 때문이다. 어떤 악한이라도 인간적인 모습을 보이기도 하고 아무리 성자적인 생애를 살았던 사람도 범용한 인간다움을 가지게 마련이며, 인간은 어쩔 수 없는 존재론적 한계와 함께 어떤 악한도 보기에 따라 훌륭한 미덕도 발휘하게 되는 것이 상례이다. 그런데 우리의 일상적인 사람 보기는 흔히 한마디 말로 그의 전 생애, 그의 모든 존재성이 한 색깔로 색칠되어버리는 것이다. 문제의 이완용도 무능이나 악덕으로 가장 높은 총리대신 자리에 오른 것은 아니었을 것이고 더구나 당대의 뛰어난 서예가이기도 했다. 그의 친일 논리도 한 나라의 절망적인 파탄기에 그 희생을 조금이라도 줄일 한 가지 방법으로 고위 지도적 인사나 지식인들이 고민할 의제 중 하나였을 수 있다. '이완용'이란 당대 최고의 거물을 '친일파'란 단 한 마디 말로 몰아 그 인격적 존재 전체를 단정할 수 있을까.

자칫 잘못 받아들여질까 두려워하면서도 이런 매국노에 대한 판단에 잠시 유예의 여유를 갖고 싶은 것은 우리 현실의 역사에서 그런 무자비한 일차원적 사유로 인간을 난도질하는 경우를 자주 보아왔기 때문이다. 해방 후의 '친일파'의 낙인에 이어 나온 저주의 말이 '빨갱이'였다(북쪽에서는 아마 황순원의 「카인의 후예」에 나오듯이 '반동분자'일 것이다). "아무개가 빨갱이"란 말 한마디에 그의 인격, 인간성 모두가 부정당해버린다. '친일파'처럼 '빨갱이'는 단순한 이단자가 아니라 배신자며 악덕자이고 범죄자이며 파괴범이고 정신 파탄자이며 인격적 결격자, 위험분자로 찍힌다. 그것이 사회 구성의 주체인 사람들을 판단하고 대우하는 기준이 되어 거기에 금 그어 가두면 그는 사회적 부재자로 몰려 살아야 한다. 그렇게 낙인찍힌 사람은 퇴출되어야 할 그림자 인생으로 갇히고 마는 것이다. 나도 40여 년 전 남산에 며칠 연행된 적이 있었는데 어쩌다 그 연행 사실을 알게 된 앞집의 한 부인이 나에게 '빨갱이'란 말을 썼다. 기자협회장으로 당시에 물밀듯 번진 언론자유운동에 관련되어 탄압받았다는 사실은 모르거나 무시되었다. 그 엉뚱한 낙인에 놀랐지만, 내 경우는 다행히 신문에 널리 알려진 것이어서 그 부인 한 사람만의 오해에 그치고 만 일이었다. 그렇게, 그 '빨갱이'란 말은 '친일파'란 말에 이어 우리 사회에 범죄 집단으로 금을 그어 상종하지 말고 단죄해야만 할 대상으로 가두고 있었던 것이다. 한번 찍힌 낙인으로 더불어 오는 갖가지 오해와 불명예 들, 그리고 다른 관점이나 이해, 가능성이나 미덕의 삭제, 이런 일차원적 인간 평가가 이 정보의 시대에 오히려 폭력적인 억압으로 우리를 제압해오는 것이 아닌가 하는 두려움이 요즘의 나를 무겁게 누른 것이다.

인간은 이해하기 결코 쉬운 존재가 아니다. 그것이 조건반사로 움직이는 동물이나 사유가 없는 다른 영장류와 근본적으로 다른 점이다. 우선 인간은 겉과 속이 다르고 이전과 이후에 달라지고 지금의 것이 내일 어떻게든 변한다. 겉과 속이 다른 것이 단순한 위선이 아니고 시제에 따라 변하는 것이 그저 시속 때문이 아니다. 예의란 것이 우리의 인간적 관계에 품위를 얹어주고 이타심이나 선의는 자신의 욕망 대신 타인의 필요를 채워준다. 시간과 상황이 달라져 생각과 태도가 변하는 것은 자연스러운 일이며 교육이나 독서, 종교나 사유를 통해 지난 것에 대한 반성을 부르고 새로운 변화와 결단을 이끌어오기도 하고 생애의 진로를 바꾸기도 한다. 실제로 인간사의 중요한 대목들은 이런 사적 욕망에 공적 명리를 앞세우거나 이념이나 사상을 전환하는 데서 나타나는 경우가 대부분이다. 예수의 제자들을 탄압하던 바울은 하느님의 목소리를 듣고 사도가 되었고 탕아 어거스틴은 성경의 한 구절을 보고 성자의 길에 오른다. 간디는 순진한 변호사에서 영국인의 식민지인에 대한 차별을 당하고 분노에 젖어 비폭력 독립운동가가 되었고 박정희는 사형 언도를 받은 '빨갱이'에서 사면된 뒤 자본주의 경제 건설의 주역이 되었다.

더구나 인간은 매우 착잡한 존재이다. 프로이트가 보듯이 일상의 나가 있고 무의식의 나가 있으며 나를 뛰어넘는 나가 있다. 욕망의 인간이 있고 절망의 인간이 있으며 초월의 인간이 있다. 도덕적 인간과 종교적 인간, 미적 인간 혹은 정치적 성격, 경제적 능력, 공학적 기능, 예술적 재능이 다투며 어울려 있다. 작은 한 인간의 몸뚱이 안에는 지능과 지식, 욕심과 사양, 기능과 예능, 타산과 양보, 기대와 반성이 서로 얽혀 있다. 대단한 자산가가 바그너 음악제를 즐기기 위해 바이로이트에 여행하기도 하고, 훌륭한 예술가인데도 이재에 기막힌 솜씨를 발휘하기도 한다. 더 많고 적음, 더 늘이고 줄임, 더 빛나고 뒤로 숨김 등 인간에게는 수수께끼 같은 갖가지 다양성과 복합성, 욕망과 참회, 갈등과 단념, 경쟁과 양보 들이 섞여 어울리고 싸운다. 그러면서도 우리의 여러 얼굴은 필요에 따라 다른 모습으로 나선다. 때로는 정치가, 경제인이기도 하지만 과학자이며 작가, 사장이며 시인이란 호칭이 얼마든지 가능하기도 하다.

따라서 착잡한 인간 존재에 대한 호명과 분석의 언어도 단순하지 않다. '정치적'이란 말에는 부정적 비아냥과 지도자를 향한 존경이 함께하고 예술가란 호칭에는 존경과 함께 현실적 무능력자란 함의도 가지고 있다. '인면수심(人面獸心)'이란 말이 있으니 서양 동화에서처럼 '수면인심'이란 경우도 가능할 것이다. 한 생애를 정결하고 곧이곧대로 살아 존경받는 인물도 있지만 악덕과 함께 뛰어난 성취를 이룬 위인도 있고, 다방면으로 활동하여 남부러운 능력으로 평가받는 인간도 있지만 어느 면에서는 한없이 무능한 대신 다른 면에서는 비상한 재능을 발휘하는 인물도 있고, 많은 과오에도 불구하고 위대한 정신의 경지에 이른 인격도 있다. 한 인간을 간단한 한마디 형용사로 평가하는 일이 가능하겠지만 그 겉을 벗기고 안을 들여다보면 결코 하나의 이름으로 규정할 수 없는 숱한 복합, 이종, 변형 또는 나아가 형용모순의 수식이 필요한 경우로 범벅된다. 지킬 박사와 하이드 씨도 상당히 단면화된 복합 인격이며 인간의 실세는 그 이상으로 착잡하다. 그 인간의 착잡함이 인간적 매력이며 당연히 인간다움의 면목이다. 그것을 단 하나의 형용사로 낙인찍는 것은 분명 폭력이다.

이 상식적이고 의례적인 이야기를 이완용에 대한 소개로부터 시작한 것은 인간의 다양 다면의 모습들이 한 사회를 착잡하고 다각적으로 구성하며 그 사회의 착종한 모습이 다시 인간 이해의 시선으로 잡혀들게 만든다는 사실을 새삼 확인하였기 때문이다. 나는 이완용이 나라를 팔아먹은 매국노라고 해서 그가 쓴 글씨의 명필다움을 부정할 생각이 없다. 우리말의 가능성을 최상으로 끌어올린 시인이 몇 편 일본어로 작품을 썼다 해서 그의 성과를 훼손할 뜻이 없다. 톨스토이는 늙어서도 성적 욕망을 주체하지 못했고 도스토옙스키는 한때 노름꾼으로 어린 아내를 절망시켰다. 요컨대 우리는 그의 공적과 악행, 그의 인간적 약점과 동시에 사회적 기여를 고려하며 그 관계에 대한 내면적 혹은 심리적 구조를 살펴 평가해야 한다는 것이다. 그래야 할 필요를 오늘의 사회와 여론 속에서 더 자주 느끼지 않을 수 없기 때문이다. 문학은 홍성원의 믿음처럼, 이 단면적이고 일차원적인 인간과 역사 해석의 겉을 헤집고 그 안의 깊고 착잡한 진실을 찾아내는 정신적 탐구 중 가장 세련된 기제이다.

　우리의 오늘날 사회는 자유롭고 무엇보다 정보가 차고 넘칠 정도로 풍요롭다. 문제는 그 자유로움과 풍요로움이다. 지나침은 모자람과 같다[過如不及]는 것인데, 너무 많은 정보는 그 진실의 무게에 혼란을 주며 선택의 까다로움을 안겨준다. 그것이 좋은 말로는 다양성이겠지만 대체로 '혼란'이란 말로 요약될 수 있을 것이다. 더구나 인터넷으로, 카톡으로, 유튜브로, 페이스북으로, 블로그로, 갖가지의 넘나드는 정보들이 착종하며 그 정보 속에 우리의 의식과 판단을 혼란시켜 그 의미를 희석해버린다. 정보가 너무 많아서 그 쓰레기 정보들 속에서 허우적거리는 셈이다. 정보 과잉이 정보 무지의 반전을 일으키는 현대 문명의 허구 속에서 우리는 충분한 사유와 판단을 할 수 없게 된다. 이 정보들이 대체로 온라인으로 전파되고 있는데 그것이 1과 0의 두 숫자의 이진법으로 구성되었다는 것이 상징적이다. 실제로 1과 0 사이에는 0.9, 0.8에서 0.02, 0.01, 아니 그 아래 숫자로 더 세분될 수 있는 차이를 가지고 있는데 컴퓨터는 다만 그 1과 0의 둘 중 하나로 택일을 요구하고 있다. 'Yes'인가 'No'인가, 좋은가 나쁜가. 그러니까 어느 사람이 이런 점은 좋고 저런 점은 약점이며 여기서는 공헌이지만 저기서는 범죄가 된다는 갖가지 상황 변수가 개입할 여지가 엄청 많음에도 그저 '좋다'와 '나쁘다' 혹은 '그렇다'와 '아니다' 하나를 택해야 한다. 사람은 나쁘든가 좋든가이며 일은 성과가 있든가 없든가 어느 하나다. 그런데,

진실은 그 사이 혹은 그 밖의 어딘가에 있다. 그것은 아날로그 문명이 갖는 모호성이라는 인간적 덕성이 집어낼 수 있는 장점 중 하나가 될 것이다.

이 평가의 단일성, 이해의 선택성이 디지털 사회의 인간과 사회의 이해 방법이 될 수도 있다는 것이 아날로그 시대에 성장한 '자유지식인'으로서 가장 불편한 사정이다. 지금 우리가 흔하게 보는 다양한 의견들의 상충이 갈등의 부정적 양상으로 흘러가는 것이 이런 탓에 있는 것이 아닌가 하는 짐작도 그래서 든다. 한 세기 너머 전의 이완용이 내게 달려들어 인간 이해의 방법에 대한 회의를 안겨준 것은 뜻밖의 일이면서 이미 상식화한 디지털 사회에 불안해하는 심리를 다시 더듬거리며 따지게 만드는 자연스러운 성찰의 주제가 되고 만 것이다. 이 성찰의 과제는 나보다는 디지털 시대에 살아야 할 우리 후생들에게 더욱 필요할지도 모른다. 이완용의 에피소드와 그의 평전을 읽은 후 그에 대한 내 부정적인 평가가 바뀐 것은 아니지만, 그에 대한 빡빡한 인식에 좀 윤기가 돈 것은 사실이었다. 그것으로 인간을 이해하는 데 좀더 부드럽고 탄력을 가진 여유를 품게 되었다고 나는 다행스레 여긴다.

[『본질과 현상』 2019년 봄호]

정치가의 말

— 야당 의원이 수상 처칠에 대해 맹렬하게 비판하는 발언을 하고 있었다. 그 뜨거운 연설의 어느 대목에 문득 의회의 여야 동료 의원들이 슬그머니 피식 웃음을 지었다. 처칠도 미소를 띠고 있었다. 그 의원은 후에 자기가 셰익스피어에서 인용한 한 대목의 단어가 틀렸다는 것을 알았다.

오래전 어디선가 읽은 이 오래된 에피소드가 아직껏 기억에 남는 것은 셰익스피어의 한 구절을 잘못 인용한 것을 의원들이 모두 알아차릴 정도로 높은 국민적 교양 수준에 압도당하면서도 그 오류에 대해 아무도 꼬집지 않고 웃음으로 넘긴 대범한 인품들이 인상 깊었기 때문이었을 것이다.

— 대통령은 국방장관의 교체에 대해 이견 때문이라며 그가 쿠데타를 음모했다는 소문의 진위를 묻는 기자의 의혹을 부인했다.

그는 미국의 200년 헌정사에서 반민주주의적인 '군사적 반란'이란 말조차 있어서는 안 된다고 믿었기에 국회의원, 희극배우와 함께 모의한 반국가적 사건의 진실을 끝내 입에 담지 않았다.

이 줄거리는 1960년대 미국의 베스트셀러였던 『5월의 7일간 Seven Days in May』이란 스릴러 소설의 마지막 이야기이다. 1960년대 초 군대 졸병 시절에 읽은 이 소설을 검색해보니 기억대로 두 기자의 합작으로 찰스 베일리와 플레처 네블이 함께 쓴 베스트셀러였다. 전화교환원의 우연한 감청에서 알게 된 정치권력 음모는 군비 축소를 통해 동서 간의 평화 체제를 이루려는 대통령의 정책에 극우파 정치인과 퇴역 장성 그리고 코미디언이 반발하여 군사 쿠데타로 정부 전복을 음모했는데, 대통령의 재빠른 조처로 이 긴급 사태를 예방하고 관계자를 해임하여 반대파를 무력화시키는 데 성공하고 난 후 대통령은 기자회견을 갖는다. 그 자리에서 대통령은 한사코 '쿠데타'란 말을 피하는데 그것은 미국 200년의 민주주의 역사에서 헌정 질서의 전복을 의미하는 어떤 말도 나와서는, 적어도 국격을 위해서는 안 된다는 신념 때문이라고 서술자는 설명하고 있다. 내가 50여 년 전에 읽은 소설의 줄거리를 아직도 기억하고 있는 것은 그 소설이 한국의 5·16 군사 쿠데타를 모델로 했다는 소문 탓도 있었지만, 주인공 대통령과 그를 형상화한 두 작가가 가진 미국 민주주의에 대한 진지한 신념과 그 신뢰의 확고함이 보이는 엄숙함 때문이었다. 그들은 자기들 시대에 민주주의의 역사를 부인하는 쿠데타란 말을 결코 용인할 수 없었고 그래서 극우파들의 반헌정사적 모의조차 있어서는 안 될 일로 믿었고 국민들에게 이런 수치스러운 사건이 알려지는 것조차 용납할 수 없었다. 나는 민주주의의 전통에 어떤 흠결이라도 내는 것을 그토록 완강하게 거부하는 그들의 정치적 자부심과 확신에 감동했다. 그즈음 우리나라 통수권자는 정치적 반대자나 정적들을 제거하면서 으레 '반국가적' '반정부적'이란 말을 서슴없이 썼고 시위하는 대학생이나 학자, 문화인 들에게도 으레 '일부 불온한 반체제적 지식인'이라고 거침없이 지칭했다. 나는 이 대조적인 장면에서 민주주의에 대한 신뢰와 정치적 품위의 격차를 실감했다.

처칠의 에피소드와 미국 베스트셀러를 근래 기억에 새삼 다시 떠올린 것은 고세훈의 『조지 오웰』(한길사, 2012) 평전 때문이었다. 지난봄에 뒤늦게 펼쳐 읽기 시작한 이 책의 서론에서 나는 "정치는 언어를 타락시켰고, 타락한 언어는 정치를 부패하게 만들었다"(「프롤로그—권력의 주변을 서성대는 지식인들에게」, p. 36)는 구절을 보고서 다시 정치 언어에 대한 환기를 가진 것이다. 내가 볼 수 있던 국내외의 숱한 인물 전기와 평전 중 가장 깊고 진지한 저술로 읽힌 이 책에서 나는 모호하게 여겨온 오웰의 행적 여러 가지를 명쾌하게 이해할 수 있었고, 소설 못지않게 뛰어난 오웰의 에세이와 시사의 글을 인용하면서 분석한 글에서 오웰의 정치적 감각을 볼 수 있었다. 그는 사회주의자였지만 결코 마르크시스트는 아니었고, 밑바닥 가난을 겪으면서도 영국 사회주의 지식인들의 모임인 페이비언 소사이어티에도 동조하지 않았으며, 러시아 공산주의에는 『동물

농장』과 『1984』에서 보듯이 그 체제가 구상한 전체주의에 대해 맹렬한 반감을 가지고 있었다. 나는 그가 이런 점에서 이상주의적 혹은 낭만주의적 사회주의자가 아닌가 싶기도 했지만 내가 달리 또 감탄한 것은 그의 『1984』를 보면서 감탄했던 '신어new speak'에 대한 발상이었다. 그것은 권력이 자신의 힘을 어떻게 유지하는가에 대한 기발하면서도 매우 그럴직한 언어 조작의 기술을 폭로한다.

소설 『1984』에 부록으로 첨부된 「신어의 원리」는 '빅 브러더'의 전체주의 체제를 완성하기 위해 권력은 2050년까지 신어 체계로 언어생활을 바꾸려고 한다. 그 계획은 우선 어휘 수를 대폭 줄이고 그 뜻을 단순하게 만드는 것이다. 가령 '덥다'와 '춥다' 사이의 여러 상이한 상태, 표현을 제거하여 예컨대 '선선하다' '서늘하다' '으스스하다' '쌀쌀하다' 등 중간의 다른 감각적 표현들을 모두 제거하고 더 나아가 '춥다'란 말을 버리고 '덥다'와 '안 덥다'로만 한정해 사용토록 한다. 그리고 한 어휘에 드러낼 여러 풀이를 한 가지로만 단순화시킨다. 가령 '쌀쌀하다'란 말에는 날씨가 차가워졌다는 뜻 외에 당연히 유비될 수 있는, 둘 사이의 관계가 멀어졌다거나 사람 성격이 냉랭하다거나 시장 거래가 줄어들었다는 심리적·형상적 다른 내포를 모두 제거한다. 그 언어 사회는 매우 단순하고 명료하다. 아무런 내면적 이의나 복합성, 애매성이 있을 수 없고 착잡한 심리적 표현도 인식되지 않는다. 그것이 얼마나 무서운 일인가는 쉽게 확인할 수 있다. '평등하다'란 말에서 양적인 균등의 뜻만 남겨두고 인간들의 권리와 존중에서의 평등이란 의미를 지우면 자연히 정치적·사회적 평등의 개념과 이념도 사유되지 않는다. 아니, 평등이란 말이 없는데 어떻게 '인간 평등'이란 정치적·사회적 인식이 태어날 수 있겠는가. 사물은 실체가 먼저 나타나고 그 이름이 붙는 것이겠지만 문명의 언어들은 말이 먼저 만들어지고 그것에 맞는 실물이 개발되는 것이 흔하다. 성경의 말씀대로 "태초에 말씀이 있었으니" 그 말씀에 따라 세상이 만들어지는 것이다. '신어'의 세계에서 '자유'란 말의 진의를 없애고 '없다'는 뜻으로만 사용할 때 없는 것은 물건이며 정치적 자유란 의식되지도 않는다.

고세훈의 『조지 오웰』은 명문 고교 이튼 스쿨을 나왔지만 옥스브리지(옥스퍼드, 케임브리지)로의 진학을 포기한 이 정치적 자유주의자가 대여섯 개의 언어를 알 정도로 언어에 민감하다는 사실을 밝히고 있지만 말의 존재론적 의미에 대한 오웰의 설명은 기발하기를 넘어 참담하기까지 하다. 말이 없으면 실체도 인식되지 않는다는 것, 시니피앙이 없으면 시니피에에 대한 인식도 가능하지 않다는 것은 우리말의 현대적 과정에서도 잘 확인된다. 복거일의 미래-역사소설 『역사 속의 나그네』에서도 현대의 사회경제제도의 명칭들을 어떻게 15세기 우리 중세인들에게 알려줄까 고민하며 '회사'를 '계'로 이름 붙이는 장면이 나온다. 복거일의 『역사 속의 나그네』에는 25세기의 청년이 시간주머니[時廊]를 타고 우주 시대로 회항하다가 16세기의 조선조에 불시착하여 당대의 조선인을 계몽하고 통치하는 이야기로 진행되는데 그 주인공은 현대의 사회경제제도의 명칭들을 어떻게 우리 조선조 중세인들에게 알려줄까 고민하지 않을 수 없게 된다. 그래서 가령 '회사'를 만들면서 그런 말이 없기에 당시 백성들에게 유행한 '계'란 말로 이름 붙이는 장면이 나온다. 우리가 현재 사용하고 있는 거의 대부분의 개념어나 문명어는 일본 혹은 중국에서 번역되어 들어온 것인데, 그것들의 실체는 우리 동양의 전통 사회에는 없던 것이다. 우리 동양 사회가 근대화되면서 서양 말의 번역을 통해 그 말의 실체가 형성된 것이다. 가령 지금 나는 '사회'란 말을 썼지만 전통의 동양 역사에는 '사회'로 지칭될 만한 적절한 것이 없었다. 그래서 'society'란 서구어를 번역하면서 19세기 일본인 학자들은 사교, 교제, 단체 등 여러 말로 번역하다가 '사회'란 전에 없던 말을 만들어 사용하기 시작했고, 그것이 번져 지금은 한자 문화권의 보편적인 어휘가 되었다. 우리가 가장 즐기는 'love'란 말도 그랬다. 젊은 미혼 남녀의 사랑이 사회적으로 인정되지 않았기에 적절한 역어가 없었다. 엇비슷하지만 정확하지 않은 말로 옮겨지다가 한 잡지가 부부간의 금슬을 말하는 '연'과 부모가 자식들에게 주는 '애'를 합해 'love'를 '연애'로 번역한 후 그 말의 보급과 함께 젊은 남녀들의 '연애' 풍조가 번지기 시작한 것이다. 동양의 한자 문화권에서 가장 먼저 서구화에 성공한 일본이 서양의 문물을 도입하면서 동양 사회에 존재하지 않는 문물제도를 어떻게 말로 옮길 것일까 고민하는 이야기가 야나부 아키라의『번역어의 성립』(김옥희 옮김, 마음산책, 2011)에 재미있고 실감나게 서술되고 있다.

이렇게, 말이 먼저 태어나고 그 실체가 뒤따라 태어난다는 사실을 확인하고 그 역순의 논리를 적용하면『1984』의 '신어'의 세계가 된다는 것을 어렵지 않게 짐작할 수 있다. '사회'든 '연애'든 서구의 말이 먼저 우리 동양 사회에 들어온 후 그 실체가 태어났다는 사실을 환기한다면 말과 사물의 관계가 의외로 착잡하다는 사실을 깨닫지 않을 수 없다. 동양의 '분서갱유'나 서구 기독교에서의 '금서'와 나치의 '분서'는 모두 권력의 자기 보전과 확장을 위해 말을 없애고 그 말들이 품고 있는 개념, 인식, 사유를 제거하려는 권력의 의지를 증거한다. 그러나 실제의 세계 역사는 대체로 말의 새로운 개발과 제작, 그래서 그 개념적 실체 대상의 증가와 확대를 보여왔다. 셰익스피어 시대에 4만 개였던 어휘가 이제 그 두 배 이상으로 증가했고 우리말도 1930년대의 한글 사전에 수록된 어휘보다 대폭 늘어났으며 지금도 매년 한글학회는 새로 등재할 어휘들을 채집·심사하고 있다. 문화와 문명이 발전하고 우리 인식과 사유가 확대되며 언어생활이 복잡해짐에 따른 언어 증가와 그 뜻의 다의화, 복합화의 사태에 필연적으로 부닥치지 않을 수 없다. 이 점에서 오웰의 미래관은 역설적이다. 그러나 그가 떠올린 미래 사회는 순수한 권력을 공고히 장악하려는 전체주의에 대한 공포였으며 우리가 당면하고 있는 실제 사회는 문물의 풍요와 확산, 그와 함께 움직이는 사유와 인식의 증폭, 새로운 사고의 전개와 그 인식의 방법적 다양성을 향하고 있다. 오웰은 전체주의의 권력이 행사할 수 있는 언어 정책에 대한 탁월한 발상을 가지고 있었던 것이며 우리는 그의 이 발상에서 교훈을 얻고 있는 것이다.

 역사의 진전과 더불어 사물과 언어가 풍요해지는 대세를 동의하더라도 나는 반드시 낙관하는 것만은 아니다. 실제로 우리의 일상은 말의 남용과 오용을 통해 로고스적 언어의 진실과 품위를 잃는 경우를 너무 자주 보아오기 때문이다. 말이 잘못 쓰이고 타락하고 위신을 잃고 진실을 호도하는 예를 자주 보는 탓이다. 역설적이게도 그것은 한편으로는 문명의 남용에서 오고 다른 한편은 자유의 오용에서 온다.
 여기서 말하는 문명의 남용이란 어려운 이야기가 아니다. 오늘의 인터넷과 스마트폰을 매개로 한 엄청난 정보의 폭발, 곧 언어의 대량 발화-생산이다. 컴퓨터를 통해 교환되는 메일과 카페, 문자와 카톡, 유튜브, 그리고 나는 사용할 줄 모르지만 이제 정치인과 명망가 들에게까지 대중화된 트위터와 갖가지 SNS 등 온라인, 그리고 이 덕분으로 오프라인의 공중에는 하루에도 수억 개의 어휘와 언어가 난무하고 있다. 그 많은 것들의 실상은 어떨 것인가. 그것들이 스마트폰이 나오기 전 인터넷을 통해 여러 형태의 정보로 유통될 때의 초기부터 그 9할은 쓰레기, 스팸으로 낙인찍혔다. 구텐베르크의 인쇄술 발명으로 도서 출판이 현저하게 늘어나면서 새로운 패러다임의 문명이 돋아나기 시작할 때 많은 성직자와 지식인이 대중의 싸구려 지식 전파를 우려하며 인쇄기 출현을 비판했는데 오늘의 컴퓨터를 통한 정보와 언어의 범람은 6세기 전의 그것을 훨씬 뛰어넘는다. 당시에는 책을 읽기 위해서는 문자를 알아야 했는데 문맹률이 매우 높았기에 책을 통한 문자 보급은 좋은 지식의 대량 확산이란 효과를 가져왔다. 그러나 오늘의 현상은 모든 사람들이 컴퓨터와 스마트폰의 의례적인 사용으로 유통되는 언어의 범람 속에서 무의미, 가짜, 오류, 악용의 언어들이 전파를 타고 말로 이룰 수 없는 속도와 진폭으로 유포되고 있다. 언어의 남용이 언어의 타락을 가져온 것이다. 말 많은 세상이 말로써 말이 더 많아지고 있는 것이다.

언어의 남용은 말의 오용을 가져온다. 가볍게 발설되고 빠르게 전파되는 가운데 말의 진실성과 품위는 더불어 날아가며 그 값어치를 떨어뜨리고 만다. 언어 사용과 보급이 자유롭기 때문에 말의 진실성과 그 신뢰감은 사라지고 오직 말의 재빠름, 새로움, 경쾌함이 인기를 모으고 화제를 일으킨다. 연예인의 개그가 대중의 유행어로 번지고 유명인의 실언이 인기를 모은다. 그 개그와 실언이 말의 진실성과 무게를 날려버린다. 그 전업 생산자인 코미디언과 인기 정치인들은 말의 옳고 그름, 믿음과 깊이를 고려하는 것이 아니라 그것의 전파력, 호응력, 대중화, 인기화를 목표로 한다. 그러니까 언어의 오용을 통해 그들은 인기를 긁어모으고 남용을 통해 대중성을 확보한다. 더 안쓰러운 것은 그 언어의 오용이 현대 정보 문명의 힘으로 언어의 남용과 상승작용을 일으켜 말의 휘발성이 더욱 큰 진폭으로 강해진다는 점이다. 문화와 문명의 발전이 어김없이 함께 달고 오는 부정적 양상이리라.

이 우울한 관찰 속에서 그 뚜렷한 예로 다가오는 인물이 내가 보기에는 미국의 트럼프이다. 그는 미국 정치사에서 처음으로 '전자적 재잘거림'을 권력 속으로 끌어들인 인물일 것이다. 그는 '트위터링'이란 재잘거림을 통해 정치의 무거움과 진지함을 가벼움과 우스꽝스러움으로 바꾼 인물일 것이다. 그것은 가령 1960년대의 케네디가 제시한 미래를 향한 도전적 자세나 바로 10년 전 유색인종인 오바마의 평등 세계를 향한 열정을 버리고 국제적으로는 장사꾼의 흥정으로, 국내 정치에서는 으름장과 거짓말로 미국 민주주의 체질을 개악한 인물이다. 나는 워싱턴과 제퍼슨, 링컨과 루스벨트의 이상주의적이고 품위 있는 정치 행태의 실추를 안타까워하면서 미국 자유민주주의의 타락이 정보 문명의 급진에 따라온 정치 언어의 타락에 뒤따르고 있음을 발견한다. 드레스덴에서 박근혜 대통령이 했던 "통일은 대박"이라는 선언을 듣고 놀란 이유도 이와 비슷하다. '대박'은 영어로 치면 파친코 집에서 그 종사자들이 크게 외치는 '잭팟jackpot'이란 말이 될 터인데, 달리 품위 있는 어휘도 많을 것임에도 하필 시정인도 함부로 쓰기 민망한 어휘를 그처럼 쉽게 터뜨리는 데 나는 놀랐다. 더구나 '통일'이라 할 때 우리가 당연히 예상할 그 실제는 남의 자본·기술과 북의 노동력 결합을 의미할 터인데 이렇다면 식민 시대의 원주민일 북의 주민은 그 '통일'을 어떻게 받아들일 것인가.

앞서 나는 서두에 오웰의 평전 저자의 "정치는 언어를 타락시켰고, 타락한 언어는 정치를 부패하게 만들었다"는 말을 인용했다.

'통일 대박'에 못지않게 경박하고 품위 잃은 말들이 정치인들에게서 마구 양산되고 있음을 보면서 정치적 타락과 언어의 경박을 다시 확인한다. 세월호 희생자 가족에게 "진짜 징하게 해 처먹는다"는 폭언, '반민특위'를 오웰의 신어처럼 비틀어 쓴 '반문특위'란 악용을 들으며 우리도 어느 사이 '1984식 언어 왜곡'의 시대에 들어간 것이 아닌가 씁쓸해지지 않을 수 없었다. 우리 정치인들에게 여야 협정을 기대하기 어렵다 하더라도 서로 얼마나 독하게 상대를 경멸하고 같잖은 존재로 낙인찍는가 경쟁하듯 하는 위신 추락의 행태를 보는 내 눈이 너무 가혹할지도 모르겠다. 1990년대의 정치인들만 해도 정적에 대한 공격이 심하다 하더라도 이처럼 천박하지 않았고 고약하지 않았다. 자신의 품위 있는 태도가 상대 정치인들에게 더욱 우월한 인품을 보임으로써 야비한 언사로 삿대질하는 상대보다 얼마나 격조 높은 정치적 품위를 갖추었는가를 보여준 것이었다. 다시 말하지만, 정치적 타락이 정치적 언어로 나타난다면 정치적 지도력은 정치 언어의 품위로 드러난다는 사실을 우리 정치인들이 다시 새겨두었으면 하는 것이, 정치를 모르기에 더 천진하게 말할 수 있는 한 시민으로서의 나의 소망이다.

추기

이 원고를 쓰던 즈음에 '고위공직자범죄수사처법'을 위한 '패스트트랙'을 놓고 여야 간의 물리적 충돌이 벌어지고 있었다. 눈이 어두워져 심해진 오타를 고치며 퇴고하는 이 원고의 청탁 마감 날 아침, 나는 집에서 보는 한 신문에서 "패스트트랙 찬반 진영의 국회 내 물리적 충돌로 이날까지 여야 의원 68명이 무더기로 고소고발을 당했다"란 1면 기사, 또 다른 신문의 "도둑놈이 매들어/그쪽이 도둑놈 심뽀"란 여야 대표들의 발언을 옮긴 2면 표제, 그리고 세번째 신문에서 "의원 수십 명 고발당한 한국당, 불안감 속 '지켜낼 것' 목청"이란 3면 제목을 보았다. 우리 국회 구성원에는 '의원'의 '의(議)' 자가 의미하는 '옳은 말' '옳음을 위한 말' '옳게 하는 말'이란 한자가 어울리지 않는 듯하다. '의가 없는' '의가 없어야 할' '말이 필요하지 않은' 폭력 단체 관련 기사를 보는 느낌이었다.

[『본질과 현상』 2019년 여름호]

포용과 배제

  대산문화재단에서 발행하는 『대산문화』 2019년 여름호에는 홍
정선 교수의 「문학교과서와 친일문제, 그 해결점을 찾아서」가 실렸
다. 내가 오래 궁금해하면서 그 실제를 곰곰이 생각하게 만든 이 글
은 오늘의 우리 국어 교과서에 친일파로 규정된 문인들의 작품들
이 제거되고 있는 '배타적 민족주의'를 탄식하고 있다. 이 글의 보
고에 의하면 "금년 3월부터 사용하기 시작한 친일파 문학인들의
작품이 본문에서 철저하게 배제되어 있다. 최남선, 이광수, 김억,
김동인, 주요한, 임화, 서정주 등이 바로 그러한 경우"라는 것이다.
그때야 나는 '3·1운동 100주년'이란 민족사적 큰 기념을 맞으면서
가령 KBS에서 「독립선언문」을 윤독하는 프로그램을 중요한 시간
에 방송하면서도 정작 그 필자를 밝히지 않은 소행의 어리석음을
확인할 수 있었다. 선언문의 필자 최남선과 함께 그 선언문의 서명

자 중에 섞였을 훼절자 때문에 33인의 이름이 소개되지 않았다는 것, 이 선언문에 앞서 동경 유학생들이 발표한, 이광수가 그 필자인 2·8선언문도 기념되지 않았다는 것이 떠올랐다. 그러니까 우리 치욕스러운 식민의 역사에서 가장 치열하게 저항한 사건을 엄숙하게 추모해야 할 행사에서 정작 그 사건의 대표적인 인물들의 이름에 대한 추념은 빠져버린 기형적인 행사가 되어버린 것이다.

우리 근대문학사에서 두 편의 독립운동사 선언문 필자 이름만 삭제된 것만이 아니다. 한국 현대문학의 출발이 되는 이광수의 장편소설 『무정』(1917)이 무시되었고 우리 현대 시의 처음이 되는 「불놀이」의 주요한과 우리 시사에서 최초의 현대 시집 『오뇌의 무도』(1921)와 그에 이은 첫 창작 시집 『해파리의 노래』(1923)를 상자한 김억의 이름도 지워졌다. 김동인은 우리 문학사에서 최초의 순문예지로 볼 동인지 『창조』(1920)를 간행했고 거기에 「약한 자의 슬픔」을 발표함으로써 우리 단편문학의 효시를 선보였다. 김동인은 동인지 운동으로 한국 문단을 새로운 체제로 개편함으로써 "새로운 문학 운동의 기치가 올라가고 문학사상에 하나의 구획을 그은"(백철) 소설가였고 그 스스로도 "문어체의 사용, 과거형의 도입, 3인칭 여성대명사의 창안, 새로운 용어의 발굴"(「문단 30년의 자취」)로 우리 문체의 근대화에 큰 기여를 했다. 임화는 시와 함께 카프문학의 주도적인 이론가로 연구되고 있으며 우리 문학사를 활기차게 구성하며 한국 정신사에 마르크시즘의 과학성을 도입함으로써 진보적 문학 이론을 구성한 이념문학의 개척자였다. 서정주는 1930년대에 활동을 시작하여 『동천(冬天)』 등 숱한 명시를 발표하면서 김소월 이후 우리 시문학의 가장 뛰어난 언어 구사와 서정적 상상력의 절정을 이룩한 천생의 시인이다. 우리 문학의 남상과 시초, 가장 중시되어야 할 최상의 언어적 성취가 "망령처럼 떠돌고 있는 우리의 문학교육에 의해 허구가 될 수밖에"(홍정선) 없게 된 것이다.

나는 앞에서 언급한 우리 근대문학 초기의 소설가나 시인 들이 거대한 문학사적 업적을 생산했다 해서 그들이 후에 친일로 변절한 잘못을 부인하거나 가볍게 보지 않으며, 그들에 대한 비판을 오히려 당연한 도덕적 판단으로 받아들인다. 그들이 최남선의 '문장보국(文章報國)'의 '역사적 사명'을 끝내 버리고, 일본의 정통성을 인정해 대학생들에게 전쟁의 학보 입대를 권고하거나 혹은 일본어로 친일의 글을 쓴 것은 우리에게 실망스럽고 나쁜 전례이다. 그들의 행적이 변절과 매국의 손짓을 하는 결과가 되고 말았다는 것은 참으로 안타까운 사건이다. 더구나 그들 곁에는 한용운의 당당한 민족주의, 이육사와 윤동주의 서러운 죽음이 자리하고 있으니, 더 버티지 못하고 일본 제국의 억압과 유혹에 굴복한 그들의 생애가 참으로 유감스럽지 않을 수 없다. 『한국 문단사』를 『동아일보』에 연재하던 1972년, 젊은 날의 나는 당시 유신 체제의 선언과 정권의 회유책으로 여러 지식인들이 권력에 굴복하는 모습을 보며 독립불기(獨立不羈)의 만해에 대해 연재의 두 회분을 쓰고 이어 춘원의 변절에도 역시 두 회분을 할애하여 "춘원의 훼절이 이루어지는 동기는 춘원 자신의 것이지만 그의 굴복이 보이는 비극성은 우리의 것"
으로 보면서 "그의 변절은 그 후의 숱한 변절자를 용납시켜 주었고
지성인으로서 지조의 포기는 지식인의 굴절과 어용화에 대한 비난
을 피하게 만들었다. 이것은 근대 한국 정신사의 가장 비굴한 전철
이었다"(졸저 『한국 문단사』)라고 쓰고야 말았다. 그러나 그로부터
47년이 지난 이제 돌이켜보아도 나는 그 '친일 작가'를 비판히면서
도 다행히 그들의 문학작품이 이룬 성과를 배제하지 않았다. 오히
려 삼십대 중반의 나는 "문학사적으로 분석할 때의 자부심과 문단
사적으로 관찰할 때의 슬픔이 공존하는 심정을 고백하지 않을 수
없다. [……] 이 원고를 마칠 즈음 한국 문학과 문인들에 대한 무한
한 애정과 존경을 품지 않을 수 없었다. 우리 선배들의 훌륭한 모습
과 비굴한 잘못들의 모두가 일종의 운명애처럼 필자를 사로잡은
것이다"(같은 책 서문)라고 고백하고야 만 것이다. 젊은 시절의 이
생각들을 다시 돌이켜보며 그때의 심정이 지금껏 변하지 않고 있
음을 나는 대견해한다. 아니, 오히려 47년 전의 혈기 방장한 청년의
사유가 어떻게 이처럼 스스럼없었을까 기특해지기까지 했다.

　나는 문학과 도덕이 같이 가는 것은 아니라고 생각한다. 그것은
근원이 다르기 때문이다. 도덕은 어떤 범주를 긋고 그것으로부터
의 월경을 억제한다. 그러나 문학은 기성의 금을 넘는 상상력과 그
표현에서 자유가 우선한다. 문학적 상상력과 도덕적 규제를 혼동
하는 것은 범주의 오류를 범하는 것으로 인식의 혼란이 빚은 오해
이다. 문학은 이미 그어진 기성의 틀에서 벗어나 새로운 인식을 발

견하는 것이며 그 틀이 그은 금들을 지우기를 열망한다. 금기를 지켜야 한다는 의무와 그것을 뛰어넘으려는 열망이 맞서는 것이 도덕과 문학 간의 관계 양상이다. 보들레르와 플로베르, D. H. 로런스가 재판을 받아야 했고 제임스 조이스가 외국으로 떠돌아야 했던 것은 그들의 자유정신이 현실의 도덕적 억압으로 금제당했기 때문이다. 그러나 그 후의 역사는 그 '불온한' 작가들의 도전이 현실 인식의 새로운 틀로 수용되고 있음을 보여준다. 우리의 '친일파 작가'들의 훼절을 2차 대전을 전후한 미국의 시인 에즈라 파운드나 프랑스의 소설가 셀린에 비교하는 것도 실제적인 참고로 생각해볼 수 있다. 이들은 파시즘에 동조했다는 혐의로 전후에 재판을 받았고 문학상 수상에서 제외되거나 해외로 추방되었다. 그러나 파운드는 머지않아 문학상을 수상했고 그의 문학을 기리는 학회도 구성되었으며 셀린도 귀국하여 조국에서 죽음을 맞이하며 가장 권위 있는 텍스트로 정평을 누리는 갈리마르 출판사의 '플레이아드판'으로 그의 전집이 수습되었다. 파운드의 미국 현대 시에 대한 기여는 그렇게 지속되었고 프랑스의 우파 문학이 그럼으로써 그 의미를 유지할 수 있었다. 이렇게 볼 때 작가의 훼절과 배신은 오히려 한 정신의 기복이 어떻게 이루어지고 변화를 이루며 사유와 인식의 전환이 그들의 상상력에 어떤 결과를 가져오는지, 그의 문학을 어떻게 인식·평가하게 하는지 중요한 텍스트가 되지 않을 수 없다. 오히려 뛰어난 문학적 성취를 이룬 작가나 시인 들이 무엇 때문에 조국으로부터 비난당할 짓을 해야 했는지, 일본 식민 통치의 강압과 회유의 실례를 들여다볼 수 있다. 또한 그들의 친일을 통해 일본의 간악을 더욱 실감 있고 책임 있게 통감할 수 있을 것이며 그럼으로써 그들이 이룩한 우리 문학의 언어미학과 민족주의적 심성에의 기여가 패배로 귀착하는 사태의 진상과 진의를 다시 살펴볼 수 있을 것이다.

우리 국어교육에서 홍정선이 지적한 대로 한국 문단의 중심 줄기를 이룬 문학인들을 배제함으로써 오는 상실은, 작가와 뛰어난 창작의 성과와 변절의 세심한 심리 과정의 훌륭한 예를 잃고 말았다는 것 이상으로 더 큰 한국문학사적 상실을 가지고 온다. 앞서 암시했지만 좀더 상술하고 싶은 것이 이 문학사적 상실이다. 나는 이광수로부터 시작하는 한국 근대문학의 진전을 말했지만 그의 역사소설과 계몽소설 들은 당시의 한국인들에게 기여한 민족주의적 정신 함양으로 재평가되어야 한다. 그는 우리 현대문학을 일으켰고, 유교적 봉건주의가 압도하는 사회에 자유연애 사상을 제시했으며, 여러 역사소설을 통해 우리 민족주의적 정서를 환기시켰다. 그러므로 그가 일본에 정신적으로 투항하고 친일 행위를 했다는 것은 그의 작품을 타기하기보다 더욱 심층적인 이해를 통해 그러기까지의 그의 내적 굴곡의 과정을 분석할 자료로 되살릴 과제를 우리에게 안겨준다. 최남선도 한국에서 비로소 현대적 잡지 문화를 창시했고 신체시를 창작했으며 그 스스로 시조문학을 개발함으로써 우리 전통문학의 부활을 이룩했고 역사학과 문화에 대해 해박한 그의 지적 편력은 현대적인 의미로 재평가될 수 있을 것이다. 말기의 생각, 혹은 몇 편의 일본어 글이나 친일적인 행위로써 그들의 생애와 문학적 성취를 제거한다면 우리 한국 현대문학에서 크게 기록되어야 할 작가와 작품의 근원을 버리고 그러잖아도 넉넉하지 못한 우리 문학의 열정적인 성과들을 스스로 깎아 지워버리는 결과를 빚을 뿐이다. "인도를 버려도 셰익스피어를 포기할 수 없다"는 칼라일의 말에 우리 생각이 미친다면 그들의 '매국'이 준 손실보다 그들이 언어와 정서로 기여한 풍요가 훨씬 커서, 그리고 그들의 잘못이나 탓을 통해 우리가 포기해서는 안 될 어떤 '인도'다움보다 더 큰 귀중한 유산과 반성의 자료들을 거두어들일 수 있을 것이며 그를 통해 우리의 지적 자산은 더욱 풍요로워질 수 있을 것이다. 역사의 유산은 우선 자랑스러운 성취에서 상속되는 것이지만 그 실패와 오류를 통해 더욱 의미있는 자산으로 키워낼 수 있다. 부채도 자산인데, 실제의 역사는 얼마나 많은 잘못과 실수로 쌓여온 것인가.

겨우 한 세기 남짓한 우리 근대사는 참으로 기구했고 그 운명 때문에 배제의 역사가 주류를 이루어왔다. 신문학 초기에는 보수 수구의 봉건주의를 비판하던 이광수가 자유결혼을 주장한 지 10년도 되지 않아 '신경쇠약성 빈혈성'을 자랑하는 신문화의 '문사'들에게 '수양'을 충고하고, 염상섭은 자기기만의 위선에 빠진 기독교 신교양 지식인과 고문에도 굴하지 않고 목숨을 잃는 '마르크스뽀이'의 상반된 모습(『삼대』)을 묘사하고 있지만 해방 이후의 우리 역사는 더욱 모질었다. 어느 날 문득 덮쳐온 해방과 더불어 친일과 청산

문제가 큰 현안으로 대두되었고 분단과 함께 6·25 이후 '빨갱이'의 척결은 집요한 반공 교육으로 거칠게 우리 문화의 엄청난 손실을 초래했다. 월북 작가와 예술가, 북한의 한국문학과 문화가 새로 '발굴'되고 재인식되는 것은 그로부터 한 세대가 지난 1990년대에 이르러서였다. 그 엄혹한 손실의 시대 속에서도 '보수 반동'이 대결하고 전진 세대와 전후 세대 간의 상반된 풍속(정비석의 『자유부인』과 안수길의 『전후파』)이 드러났다. 4·19 이후 한글세대와 일어세대 간의 문화적 갈등(1960년대의 '세대 논쟁')이 일어났고 1970년대는 거대한 민중주의가 폭주했다. 그 민중주의의 물살 속에 운동권이 기세를 올리고 마침내 5·18과 6·29를 거쳐 정치적 민주화가 크게 진작되는 민주화의 1990년대로 들어서면서 이후 경제적 세계화와 권력의 해체주의를 거쳐 페미니즘, 소수민족의 문화적 다양성, 커밍아웃하는 성소수자의 인권과 반려동물의 생명권에 대한 관심과 애정까지, 미세 권력의 길로 문학적·문화적 인식의 자유로움이 확산되어왔다.

나는 이러한 다양한 주장과 갈림을 오히려 환영하는 편이다. 내가 이해 못 하거나 공감하지 못하는 것도 많지만 그것까지 모두 포함해서 그 갖가지 다름과 갈림이 서로 존중되고 관용되기를 바라고 있다. 그 다름과 갈림이 변증적 과정을 거쳐 새로운 사유와 지혜를 우려내기 때문이다. 내가 우려하는 것은 그 유파와 상이함이 서로 선을 긋고 상대를 인정하지 못할뿐더러 제거하려고 드는 독단이다. 해방 후에는 친일파여서, 6·25 후에는 빨갱이여서, 21세기에 들어서는 보수 '꼴통'이어서 상대를 없는 상태로 제거한다는 것, 무화(無化)시킴으로써 상대적 존재감을 지우려는 것이 오히려 역사의 진실을 왜곡하고 그 발전을 저해하고 있는 것이다. 1980년대 민중문학론이 기승할 때 한 중진 시인이 「민중과 문학」을 발표했다. 나는 그 글이 제시하고 있는 민중적 현실과 그 문학적 표현에 공감했다. 그러나 내가 반발한 것은 그 실제 문학인의 태도에 대한 필자의 불만이었다. 가령 그는 김수영에 대해 민중문학이 가져야 할 혁명성과 자유를 가지고 있음에도 도시적이고 소시민적이기에 제외해야 하고 신동엽에 대해 총체적·시대사적 전망에도 불구하고 소박함과 감상성 때문에 민중문학가로서는 미흡하다는 지적을 하고 있다. 못마땅한 것이 제거되어야 한다는 이 글을 보고 나는 같은 내용을 순서를 바꾸어 접근했으면 어땠을까 생각했다. 그러니까 김수영은 도시적이고 소시민적이지만 혁명성과 자유에의 열망을 통해 민중적 전망과 열정을 드러내고 있으며, 신동엽은 소박함과 감상성의 한계를 가지고 있지만 민중문학에 대한 총체적·시대사적 시각을 제시하고 있다고 생각해보자. 같은 진단이라도 앞의 경우에는 이처럼 민중문학이 미숙하기에 이제부터 새로이 시작해야 한다는 허망한 결론에 이르지만, 내 생각대로 전망한다면 민중문학은 벌써 대단한 성과를 얻었고 앞으로 더욱 발전·진전시킬 희망을 갖는다는 긍정적인 전망을 다지게 될 것이다. 그것은 민중문학의 앙상한 논리에서 벗어나 그것의 형성 과정과 미래에의 획득하는, "단순한 수사적인 표현상의 문제가 아니라 포용력과 개방성, 그리고 누적적 성취에 긍정적 시야를 우리에게 마련해준다"(나의 「민중문학론의 실천적 과제」, 『들린 시대의 문학』, 문학과지성사, 1985)는 상반된 길을 보여준다.

나는 이 인식의 대조적인 모습을 '배제'와 '포용'이란 어휘로 정리하고 싶다. 배제는 전제된 요건에 맞지 않기에 밀쳐내고 지우는 것이고 포용은 다름에도 불구하고 끌어들이고 보태는 것이다. 이런 예를 미국과 중국, 그리고 우리나라와 일본에서 발견할 수 있다. 미국은 당초부터 이민자들이 개척하고 나라를 이룬 곳으로 세계 방방곡곡의 가난한 백성들, 쫓기는 사람들이 모여 살아왔다. 그러기에 그들에게는 관용과 이해가 전제되었고 서로 다른 피와 문화가 어울림으로써 미국적 문화를 새로이 만들어내고 다름을 제거하지 않고 포용과 수락의 태도로 받아들이고 용해함으로써 팍스 아메리카나를 이룰 수 있었다. 현재의 트럼프가 미국 내외에서 비판받는 가장 큰 이유가 그 이의와 이민족의 포용을 거부하는 데서 일어난 것이다. 중국은 그 넓은 땅덩어리에 한족 외 55개의 소수민족이 살고 있다. 공산당 체제 속에서 그 숱한 소수민족들은 자신들의 언어와 전통을 유지하면서 중화민국의 통합적인 체제 안에 공존하고 있다. 그 내부에 장족이나 위구르족처럼 분리 독립을 요구하지 않는 한 소수민족들은 자치주로의 인정이나 소수 종족 문화 정책으로 기록·보존되고 있어 중화의 대국을 지키며 후진 상태에서 '굴기(屈起)'하여 세계 제2의 국부를 이루는 데 성공한다. 우리나라의 경우 이제 비로소 다민족 사회를 받아들이기 시작하고 있지만 아직 그 수용 능력은 한계를 보이고, 더욱이 오래전부터 존재한 '단일민족' '백의민족'의 순결성에 대한 신화화가 여전히 풍속과 이해의 주류를 이루고 있다. 그래도 세계로의 진출과 함께 취업과 결혼을 위해 이민하는 외래인들을 수용하며 그 인식을 조금씩 수정하고 있다. 반면, 일본은 '대동아공영권'을 주장했음에도 그것을 아시아 제국들의 식민화로 몰고 가면서 한국어의 말살과 창씨개명을 통해 민족의 통합이 아니라 한 민족의 전통과 정체성의 소멸을 기도했다. 오늘에 이르러 한국이 점차 개방적인 상태로 변화하는 것에 비해 일본이 폐쇄적으로 나아가고 있음은 지금 벌어지고 있는 경제 보복으로 뚜렷이 볼 수 있다. 내가 바라는 포용은 상대의 이질성을 존중하여 그 존재와 공존하고 하나의 사회로 컨센서스를 이루는 것이며, 그래서 배제와 제거로 자기중심의 존재론적 고집과 고독을 벗어나는 것이다.

다름을 존중하면서 그것을 통해 통합적 심성을 갖춘다는 것은 물론 쉬운 일이 아니다. 그것은 많은 배려와 양보를 요구하는 것이며 다른 사유와 태도의 존중을 필요로 한다. 물론 그런 심리적 태도가 쉽게 이루어질 리는 없다. 그럼에도 우리는 그런 방향으로 나아가지 않으면 안 된다. 우리가 그런 포용적 태도를 취할 때 우리는 보다 많은 풍요와 다양성을 얻을 것이다. 친일 작가를 비판하되 그들의 작품을 수용함으로써 우리의 문학적 자산은 그만큼 커지고 그 자질은 그처럼 다양하고 넓은 진폭으로 확산될 것이며 그러는 만큼 우리 자신의 인식과 정신의 폭이 크게 늘어날 것이다. 요컨대 나는 친일파의 이해와 함께 더 나아가 우리 심성의 크기를 키우고 이해의 깊이를 더하기를 바라는 것이다. 나는 말살이 아니라 존중을 희망하는 것이고 배제가 아닌 포용을 소망하는 것이다. 배제의 논리에서 포용의 정신으로 진전할 수 있을 때 우리 정신은 그 이상으로 풍요해지고 역사에 대한 관용이 넓어질 것이다. 우리가 물질적으로나 정신적으로 왕성하고 인간에게나 세계에 기여할 수 있는 아름다운 민주주의적 덕성도 여기서 더욱 활발해질 것이다.

[『본질과 현상』 2019년 가을호]

작가를 기리는 방법

    2019년 9월 하순, 내가 살고 있는 고양시의 아람누리도서관에서 조용한 모임이 열렸다. '故 최인훈 작가 문학정신 계승·발전을 위한 토론회'였다. 이 신도시로 옮겨와 산 지도 벌써 18년이 되어가는데 이런 모임에 참석해본 적 없이 게으르게 살아온 내가 이 토론회에 불쑥 나가기로 한 것은 작년에 작고한 최인훈의 기념사업이 그의 이름을 붙인 도서관 건립 쪽으로 향하고 있다는 말을 들었기 때문이다. 생전에 가진 그와의 친분을 보아 마땅히 기념사업을 위한 논의에 참석해야 한다고 생각했지만, 나는 우선 그 기념사업의 내역이 반가웠고 그 일이 꼭 성사되기를 깊이 바랐다. '최인훈 도서관!' 그 많은 문인들의 문학관, 문학상, 학회 등 갖가지의 숱한 추모 기념사업들이 있지만, 아마 작가의 이름을 붙인 도서관은 처음일 것이다. 고양시장까지 참석한 이 토론회에서 내가 맡은 최인훈 문학의 의미와 평가는 그저 소개였을 뿐이고, 도서평론가 이권우의 제안, 고양시와 고양신문사를 비롯한 여러 관계자들과 문인들의 발표·토론을 통해 강조된 것이 그의 이름을 붙인 도서관이었다. 장소와 규모, 운영 등 논의해야 할 여러 가지 실제의 문제들이 있지만 고양시나 기념사업 추진 관계자와 유족 등 거의가 이 사업에 동의하고 있는 듯해 몇 해 후면 우리는 처음으로 문인의 이름을 기념하는 도서관을 갖게 될 것 같다.

　존경하는 작가, 시인 등 문학인들을 기리는 여러 가지 방법 중에 그 이름을 딴 문학상 제정이 가장 활발했다. 우리 문단에서 처음 제정된 문학상이 1955년 『사상계』가 김동인의 이름을 가져와 시행한 '동인문학상'이다. 상의 권위가 대단해서 당시의 문학인들은 이 상의 수상을 최고의 영예로 여겼다. 6·25전쟁을 겪은 전후의 문단에서 김성한, 선우휘, 손창섭 등 전후 작가들과, 1960년대 김승옥, 최인훈, 이청준이 이 문학상을 수상하여 당대의 문학적 기류를 보여주었다. 1970년대 중반에 '김수영문학상'과 '이상문학상'이 제정되어, 상금이 많지는 않지만 그 명예가 작가의 활동을 크게 자극했는데, 그해 가장 뛰어나다고 인정한 시와 소설 작품에 그의 문학적 성취와 성과를 제대로 평가한 것이었다.

　그리고 이제 작고한 시인, 소설가 혹은 평론가와 수필가 등 문학인의 이름으로 수여하는 상들은 글쎄, 백여 개 되지 않을까 싶다. 작고한 문학인의 가족이나 그가 활동한 지역의 자치단체 등이 경쟁하듯 문학인의 서거에 이어 만든 것이 문학상들이다. 문학상은 고인이 된 작가의 명예를 기억하고 기리는 좋은 방법이면서, 후배 작가·시인들을 격려하는 따뜻한 자극이 되고, 원고료 수입에 의존하는 가난한 문인들에게 경제적 도움도 되는 일거삼득의 문학인 기념사업으로 가난한 우리 문단에 분명 큰 도움을 주어온 것이 사실이다.

그렇게 긍정적으로 생각해온 나도 이제는 새로운 문학상 제정을 그리 달가워하지 않게 되었다. 문학상, 그것도 작고한 문인의 이름을 붙인 문학상이 너무 많기 때문이다. 많은 것은 다른 물건들처럼 평가 절하되고, 그 축하의 무게를 잃는다. 그래서 그 상은 영예로운 것에서 범상한 장식으로 졸아든다. 그것을 이겨내기 위해 상금을 올린다. 단편 한 편, 시 한 편에 몇천만 원의 상금이 시상되기도 하는 것은, 서양이나 미국의 경우에서 보아도 무척 많은 금액이고, 상의 권위를 세우기 위해 상금을 올리는 상금 인플레 현상으로 변질되기도 한다. 프랑스의 가장 권위 있는 공쿠르상이 약 만 3천 원(10프랑)이란 건 예외적으로 볼 수 있겠지만, 해외의 숱한 문학상들이 우리의 상금보다 결코 많지 않다. 게다가 우리의 문학상 대부분은 작품상이어서 작품 하나에 주어지는 것으로, 작가의 평생에 걸친 문학적 성취를 기리는 작가상은 별로 보이지 않는다. 그래서 노벨문학상이 한 문학인의 생애가 이룩한 업적에 수여된다는 점을 나는 우리나라의 문학상 관계자들에게 간곡하게 환기해주고 싶다. 작품상은 그해 발표된 작품 중에서 선정하는 것이어서 개별 작품에 대한 평가로 심사되고 따라서 시류에 많은 영향을 받는다. 그러나 문학인이 한평생을 기울인 문학적 작업과 한 생애에 펼쳐진 정신을 기리는 작가상이 별로 보이지 않는다는 것은 우리의 문학상이 장기적인 안목으로 문학인의 생애와 업적을 평가하지 못하고 있음을 말해준다. 게다가 우리 작품상은 두 번 받는 것이 허용되지 않고 되도록 한 작품에 복수의 문학상들이 겹치는 경우도 피한다. 그러나 퓰리처상의 경우는 반복해서 받기도 하고, 다른 이름의 상을 한 작품이 중복해 받기도 한다. 우리 문학상의 편협성과 제한성은 상이 많아질수록 더 심해지는 듯하다.

작고 문학인의 추모 방법으로 근년에 많이 수행되는 것이 문학관 건립이다. 문학의 역사가 긴 서구에는 곳곳에 문학관이 있고 그 성격도 다양하다. 내가 요즘 재미있게 본 책이 『임헌영의 유럽문학기행』(역사비평사, 2019)인데 러시아와 독일, 영국, 프랑스의 시인과 소설가 열 명의 문학 현장 기행이다. 기행이란 말 그대로 작가의 생애와 작품만이 아니라 그 작가와 인연을 맺은 사람들, 그리고 그의 생가나 작품의 배경들을 실감 나게 소개하고 있다. 여기서 저자가 독자를 자주 안내하는 곳이 문학관인데, 한 작가에게 여러 개의 문학관이 있음도 알려준다. 가령 생존 당시뿐 아니라 사후 소비에트 체제에서도 최상의 영광을 누린 톨스토이에게는 세 개의 문학관이 있다. 모스크바의 국립 박물관과 그가 살던 '집 박물관' 그리고 야스나야 폴랴나의 그의 생가가 그것이다. 톨스토이만이 아니라 우리도 이름을 겨우 아는 웬만한 문인들도 문학관을 가지고 있다. 그러나 말이 문학관이지 태어난 생가, 혹은 잠시 머물며 창작 활동을 했던 자리들로, 일반적인 집들과 그리 다르지 않은 것이 대부분이다.

내가 처음으로 밟은 유럽 땅은 스톡홀름이었다. 그곳에서 스트린드베리라는 극작가의 집을 구경했다. 그런데 그의 문학관은 지금도 사람들이 거주하는 아파트 중 한 집이었고, 이웃 주민들이 들락거리는 건물 안의 문학관은 그가 사용한 가구며 장식들이 생전과 다름없이 그대로 놓여 있었다. 딱 하나, 시계만이 그가 임종한 시간에 멈춰 있어 그의 부재를 증명하고 있었다. 서구의 거의 모든 예술가의 기념관이 그럴 것이다. 그가 살던 그대로, 그가 책을 읽거나 글을 쓰던 그대로의 모습으로 보존되어 있는 것이다. 내가 가장 좋아하는 도스토옙스키의 레닌그라드 집을 구경한 적이 있다. 모든 것을 거의 그대로 보존한 집의 한 방 안에 유물을 전시해두고 있었다. 거기 있던 그의 데스마스크 앞에서 사진을 찍은 것이 나에게 가장 자랑스러운 기억으로 남아 있다.

그러나 우리 문학관은 새로 짓거나 다른 건물을 리모델링해서 규모가 크고, 그 문학인과 관계가 없는 관광 명소로 건축해 장식화하기 때문에 실감을 잃기 일쑤다. 우리나라의 옛날 집들은 흙이나 나무로 되어 있어 쉽게 허물어지고, 전쟁으로 불에 타버리거나, 아파트 건립을 위해 부수는 것이 예사였다. 그러다 보니 작가의 문학관을 만들기 위해서는 옛집을 헐어 새로 짓거나 보수하며 늘릴 수밖에 없게 되었다. 그래서 문화 관광에 눈뜬 지자체가 그 지역 출신 작가의 문학관을 지을 때, 되도록 예산을 많이 들여 크고 화려하게 세운다. 그래서 어떤 문학관들은 공원 못지않게 넓은 지역 관광지로 건립되기도 하고, 설령 옛 모습을 복원하더라도 크게 키우거나 속을 바꾸어 도무지 작가 생전의 모습과 분위기를 살리지 못하는 경우가 많다. 그래서 작가 생전의 숨결을 느끼고 그의 삶을 상상하기가 힘들다.

게을러 여러 곳을 보지 못한 내 눈 구경에 작가 생애의 풍경을 떠올리게 해준 곳은 문학관이 아닌 성북동의 이태준과 강진의 김영랑, 안성의 조병화, 장흥의 이청준 생가 정도이다. 나는 이태준의 집에서 차를 마시고, 영랑의 집에서 모란을 보았으며, 조병화의 방에서는 그가 즐기던 파이프 담배 향기를 맡고, 이청준의 오두막 방을 본 후 「눈길」의 초입을 걸었다. 작가 생전의 분위기에 젖어, 문학의 집이 자랑할 문학인들의 숨결을 제대로 누린 것이다. 지자체들이 경쟁하듯 건립하는 우리의 문학관에서 이런 문학적 정취를 느끼기는 쉽지 않다. 봉화의 '김주영 객주문학관'은 폐교를 이용해 작가와 그의 작품 세계를 다양하게 바라볼 '작품'으로 콘텐츠를 개발하여 『객주』란 소설을 뛰어넘어 우리 민속사를 들여다볼 수 있도록 흥미롭게 '제작'하여 문학관으로서의 또 다른 경지를 제시하고 있다. 그러나 다른 자리에서도 참으로 안타까움에 젖어 말한 바 있지만, 원주의 박경리 생가는 선생이 생전에 손수 파고 심고 무거운 돌을 옮겨 만든 정원을 모두 헐어 『토지』의 무대 평사리를 모작해냈는데 그 모습이 하동 평사리 문학 동네의 우스꽝스러운 아바타일 뿐이었다. 박경리 선생의 손길을 지워가며 많은 돈을 들여 굳이 이런 유치하다기보다 몹쓸 작업을 했는지 이해되지 않는다. 문학관 중에는 그 작가의 사후에 문학적 평가를 받아 후세들이 만들 것이란 상식을 버리고 문인 스스로 건립하는 자기 우상화의 경우도 더러 있는 듯하다. 최근에 우연히 본 한 은행의 회보(『Gold & Wise』 2019년 10월호)에 소개된 문학관은 1920년대의 시인 김소월과 살아 있는 시인 자신의 호를 잇대어 붙인 '소월-아무개 문학예술기념관'으로, 2010년대의 시인이 한 세기 전의 우리 시문학의 절정과 같은 항렬의 위상으로 스스로를 추켜올린 것이다.

작가, 시인의 예술적 향취를 느낄 수 있는 공간적 작업은 거창한 문학관 건립에 못지않은 방법이 더 있을 것이다. 구소련의 거의 모든 도시마다 푸시킨의 이름을 붙인 거리가 있는데, 남산 둘레길에 붙은 '소월로'처럼 길이나 공원, 공공건물에 그 지방 출신의 예술가나 문학인 이름을 붙이는 것은 경비를 들이지 않으면서도 추모의 정을 보여주는 지혜로운 방법일 것이다. 유럽의 도시를 다니다 보면 문득 한 주택에 붙은 작은 표지판에 아무개가 언제부터 언제까지 이 집에서 살았다는 안내를 흔하게 볼 수 있어 그 건물이 예사스럽지 않게 느껴지도록 만든다. 그것은 그 작가의 기림이면서 그 동네의 품위를 드러낸다. 내가 사는 집 바로 앞의 공원은 30만 평이나 되는 상당히 넓은 공간으로 여러 휴식 시설이 있는데, 그 호수 앞에 정지용의 시비 하나만 딱 서 있다. 그 공간에 더 많은 시비나 문학인 동상이 설 수 있지 않을까 싶어 그 자리들이 참 아까웠다.

서울의 지하철 유리 판막이에 시가 적혀 있는 것이 좋아 보인다. 넓은 광장이나 거리에 이런 문화적 기념물을 설치하거나 안내판을 붙이면 우리의 도시들과 동네들이 예사롭지 않고 정치·경제만이 아니라 진정한 예술적 공간임을 확인시켜줄 수 있을 것이다.

뛰어난 작가를 기리는 가장 중요한 일은 그 작가의 문학과 세계를 연구하는 작업이라고 나는 믿는다. 그런데 문학관 건물의 건립에 수십에서 수백억을 사용하면서 정작 학문적·문화적으로 그 의미가 가장 깊고 그 성취와 영향을 폭넓게 볼 수 있는 학회나 학술지의 활동은 매우 미미한 것이 우리 지식 – 문화 사회의 한 면모이다. 내가 들은 바로는 한국연구재단의 등재지로 인정된 문학인 기념 학술지는 상허 이태준과 구보 박태원 등 몇몇이 있고 이상, 채만식, 고은 학회도 그 활동이 보이며, 학회와 연구자의 이름이 적힌 박경리의 연구서도 여러 권 간행되었다. 아마 춘원 이광수나 횡보 염상섭의 학회도 있음 직한데, 그 활동은 잘 짐작하지 못하고 있다. 우리나라의 숱한 문학지와 문화 계간지들이 이상하게도 작고한 작가들의 재평가 작업에는 게으르다는 점을 여기서 지적하고 싶다. 현역 작가의 특집이나 외국 작가의 소개, 새로운 연구 방법론의 도입에는 매우 열성적이지만 탄생 혹은 작고 몇 주년을 맞는 작가, 시인들의 학문적·문학적 행사는 아주 드물다. 가령 작년, 2018년은 최남선의 신시 발표와 우리 근대 잡지 『소년』의 창간 110주년이고,

그보다 한 해 전인 2017년은 우리 장편소설 문학의 효시인 이광수의 『무정』 발표 1세기이며, 3·1독립운동 100주년이 되는 2019년은 우리나라 최초의 문학동인지 『창조』의 발간 1세기가 되기도 한다. 이런 획기적인 계기에 걸맞은 문단적·학문적 행사나 재평가 작업이 있었는지, 모르는 것을 게으른 내 탓만으로 돌리기에는 억울하다. 교보문고의 『대산문학』이 매년 탄생 100주년 되는 작가들을 추념하는 행사를 하는 것은 보았다. 지난 11월, 개관 50주년을 맞는 국립현대미술관이 발표 50주년을 맞는 최인훈의 『광장』을 빌려 〈광장: 미술과 사회 1900-2019〉의 심포지엄을 연 것이 문학과 미술의 통섭을 이룬 이색적인 성공 사례를 보여준 것이 아닐까 싶다.

우리 문학계가 다른 학문적·예술적 성과에 비해서도 문학적 업적들을 잘 보관·연구하고 있지 못하고 있음이 더욱 아쉬워진다. 그래서 내가 우리 문단과 문화 정책에 간곡히 바라는 것이 아카이브의 구축이다. 작가의 발표된 작품들만이 아니라 원고, 교정지, 그리고 일기와 구상 메모들, 사진과 유품들, 특히 중시해야 할 서간들을 통해 그의 작업 과정, 독서와 사유, 인간관계, 일상생활 등 작가 연구에 가장 중요한 1차 자료들을 수집·정리·보관하여 연구자들에게 제공하는 것이 아카이브의 작업이다. 우리가 그리 주목하지 않았던 서간들은 작가 연구와 생애, 사상 재구성에 제일 긴요한 소재가 된다. 서구 학자나 예술가 들, 가령 프로이트나 마르크스의 경우에 몇만 통에 이르는 편지들이 20~30권 규모로 발행되고 있지만 우리의 경우는 서간문학이 거의 없다시피 한 것이 사실이다. 이 편지들을 비롯한 일기들, 메모들, 교정지들이 한 작품의 완성에 이르는 작가의 상상력과 문장, 세계 인식과 인간 이해의 연구 자료가 되는 것이다. 34권에 이르는 문학과지성사판 〈이청준 전집〉은 주석으로 작품과 연관된 다른 글들과의 관계, 그 문장의 수정 과정이 낱낱이 기록되어 있다. 모든 자료들을 치밀하게 추적하고 대조한 이윤옥의 텍스트 비평 작업으로 이루어진 성과이지만, 그것이 가능할 수 있었던 것은 아카이브를 위한 이청준과 그 가족의 노력 덕분이었다. 이런 원본 보존의 도서관적 작업이 우리 문학사 연구와 문단사적 기념사업에 가장 부실한 부분이다.

내가 최인훈 도서관 건립을 무척 반가워하는 것도, 이 도서관이 최인훈 문학의 아카이브 역할을 감당하고 나아가 그와 이웃한 다른 작가들에게 그런 혜택이 가기를 바라기 때문이다. 그렇게 된다면 이 도서관은 한국 현대문학 연구의 가장 중요한 공간이 될 것이다. 현재 구성은 되었지만 아직 전모가 나오지 않은 국립현대문학관을 내가 주목하는 것 또한 아카이브 역할을 맡아주기를 바라서인데, 국립현대문학관이 그 작업을 하더라도 최인훈 도서관이 해야 할, 할 수 있는 일은 숱하게 많을 것이다. 그렇게 될 때 우리 작가들을 기리는 진정한 작업이 가능할 것이고, 그것은 작가의 외면만이 아니라 내면, 그 창조성과 상상력, 위대한 노력과 깊은 영향력의 안을 들여다볼 수 있게 만들 것이다.

[『본질과 현상』 2019년 겨울호]

평화의 촛불
— 탄핵 사태와 관련하여

표정 감춘 감표위원들의 면모를 초조하게 바라보았다. 마침내 결과보고서가 의장에게 넘어갔다. 의장이 드디어 발표한다. "총 투표 수 299명. 찬성 234표, 반대 56표……"

마침내 박근혜 대통령에 대한 탄핵이 재적의원 3분의 2를 훌쩍 넘어 가결됐다. 내 예상을 넘었고 내 기대를 채우는 표차로 대통령의 권한은 정지됐다. 하지만 그 결과를 보는 마음은 당초의 심정과 달리 차라리 쓸쓸했다. 나는 탄핵을 지지했으며 또 그러리라고 기대했지만, 우리 대통령에 대한 탄핵의 민의는 내 짐작보다 훨씬 강했다. 어쩌다 우리는 이런 정치적 후진에 처하게 되었는지, 우리 국가원수는 어쩌다 국회와 국민으로부터 이처럼 참혹한 불신의 대상이 되었는지.

그러나 나는 박 대통령에 대한 동정은 조금치도 없다. 그는 정확하게 말하면 '고장 난 지도자'였고 '부재하는 통치자'였다. 그는 국가의 최고 권력을 사유화함으로써 시스템을 망가뜨린 지도자였고, 세월호 사태에서처럼 스스로를 은폐시킴으로써 지키고 살려내야 할 국민에게 아무런 책임감을 갖지 않은 무력한 지도자였다. 그는 비서실과 내각을 가지고도 그 공적 자원을 활용하지 않고 최순실 개인에게 의존하고 나라의 예산과 조직을 수렴비선(垂簾秘線)으로 넘기고 최고 공직자로서의 공공적 지도력을 포기했다. 그는 국가 원수로서의 위치를 자부하지 못했고 그 자리의 힘을 사물화(私物化)함으로써 대통령으로서의 자격을 상실했다.

대통령에 대한 국민적 불신은 촛불 시위와 여론의 압도적인 비판을 통해 더욱 격앙됐다. 국가 통치와 더불어 자신의 행동을 선택해야 할 지존의 자리에 있는 그는 형식적인 사과 끝에 그 결정권을 국회에 위임했고 마침내 헌법재판소에 위탁함으로써 자신의 공적 권력을 허상으로 만들었다. 그것은 통수권자의 결정권 부재를 가리키는 것이었다.

지도력 상실, 의무의 포기, 그리고 마침내 대통령이란 존재감의 상실을 확인시켜주며 그를 탄핵한 우리 시민들의 고양된 민주 의식에 나는 감격하고 감사한다. 우리 시민은 주말마다 광장에 모여 무력감만 주는 대통령에게 퇴진을, 하야를, 마침내 탄핵을 요구했다. 그들은 4·19 때처럼 돌멩이를 던지지 않았고, 6월 민주항쟁 때처럼 화염병을 투척하지 않았고, 대신 아름다운 촛불을 켜고 시위를 했다. 그들은 또 외쳤고 행진하며 촛불로써 희망을 피워 올렸다.

그리고 "대통령이 무너뜨린 국격, 국민이 쌓아올렸다"(『동아일보』 2016년 11월 28일 자, A1면 기사 제목)는 내가 본 가장 아름다운 말처럼 우리 권력층이 허망하게 깨뜨려버린 우리 민주주의의 역사에 새로운 소망의 탑을 쌓았다. 한강의 기적이란 경제적 자부심, 한류라는 문화적 활기 위에 우리는 촛불로 꽃 그림을 그려 민주주의의 실현이라는 또 하나의 성취를 이룩한 것이다.

12·9탄핵은 앞으로 우리에게 더 많은 문제를 제기할 것이다. 헌법재판소의 결단은 어떻게 내려질지, 이에 따른 정치적 공백을 어떻게 채우고 경제적 무기력을 어디서 되찾을지, 실제적이고 혹은 절차적인 숱한 문제들, 연쇄적으로 난감한 사태들을 만나게 될 것이다.

그러나 나는 걱정하지 않는다. 전쟁도 겪었고, 쿠데타를 만나고 유신으로 신음하며 국정 최고 책임자의 시해(弑害)도 보았고, 외환 위기로 경제적 파국에 빠지기도 했다. 그러나 우리 국민은 4·19혁명, 5·18민주화운동, 6월 민주항쟁으로 그 고통을 모두 이겨냈고 그 갖가지 어지러움을 풀어냈다. 그럴 수 있다는 자신감과 기대감이, 역사의 현장을 민주 국민의 축제로 여겨 뛰어드는 가족들의 모습에서, 경찰 버스에 꽃 스티커를 붙이는 청소년들과 시위 후 청소하는 젊은이들의 감동적인 그림에서, 다시 깨우쳤다. 여기서 보다 아름다운 시민상이 꽃피리라는 희망을 껴안을 수 있었다. 과연 '대한민국은 민주공화국'이었다.

나는 무력했던 국회가 사심 없는 지도자들의 모임을 통해 우리 정치사회를 복원하고 무능한 권력을 대행할 대의의 정신을 발휘하며 정치적·행정적 공백, 경제적·외교적 함정 속에 빠지지 않을 지혜를 찾아내기를 바란다. '헬조선'을 씻고 '5포'의 절망을 이겨 화해와 평등의 자유민주주의 패러다임을 변화시키도록 합심해야 한다.

오늘의 탄핵을 우리 역사의 역동적인 탄력의 힘으로 변혁시키고 무능한 통치권의 개편을 통해 우리 정치사의 새로운 의식이 현실화되기를 바란다. 지난 두 달 동안 보고 함께하며 소리친 함성들이 무력한 우리 정치를 향한 아우성임을, 탄핵을 의결한 국회의원들을 향한 것임을 그들 스스로 먼저 인식해야 한다.

'사람이 곧 하늘'인 국민들은 눈을 똑바로 뜨고, 또 다른 박근혜 대통령이 나오지 않도록 삼엄한 감시를 계속할 것이다. 1960년, 1987년, 그리고 2016년, 새 세대 출현 때마다 드러낸 새로운 한국의 젊은 민주주의 의식이 지금 피어나고 있는 것이다. 나는 아마도 내 생애의 마지막일, 그 꽃피는 한겨울의 민주주의 대한민국에 축하를 드리고 있는 것이다.

[「권력이 깨뜨린 민주주의에 소망의 탑 쌓아… 국민이 이겼다」,
『동아일보』, 2016. 12. 10]

기림

─ 황인철 변호사

황인철 변호사가 우리 곁을 떠난 지 30년이 되었습니다.

한 세대가 지났음에도 그가 한 일, 그가 남긴 공은 오히려 더 따뜻하고 깊이 있게 우리를 감싸고 있습니다.

이에 그를 그리며 그의 뜻과 공을 다시 살려 그가 태어나 자란 이 고장에

간곡한 정을 들여 기림돌을 세웁니다.

우리의 우러름과 아낌, 배움과 자랑이 조용히 이어져

그가 바라는 내일의 우리 모습으로 넓고 힘 있게 번지기를 바랍니다.

그의 생각과 말은 여전히 지금 ─ 이곳에서 멀고 긴 앞날을 향해 살아 움직이며

맑은 눈, 바른 몸, 밝은 정신으로 퍼지고 있습니다.

그가 남긴 따뜻한 마음과 환한 지혜, 아름다운 뜻은 이 말을 전하는 글씨보다 진하게, 그 글씨를 적은 돌보다 오래 박혀 살아 있을 것입니다.

저기 마주한 까치산과 노적산은 그가 바라보며 꿈을 키우던 뫼이고

여기 다가온 용동바위와 따악골은 그가 뛰어놀며 뜻을 굳히던

그의 살뜰한 마당이었습니다.

[인권변호사 황인철 30주기 기림비 제막식, 2023. 5. 10]

II
기억의 형상들

노후의 책 읽기
── 마지널리언marginalian의 즐거움과 불편함

편하게 저녁 먹는 자리에서 시인 정 형이 지나가는 말로 문득 말했다. "그 책 읽기 말이야, 그거 왜 하지?" 핀잔처럼 슬며시 다가오는 그 질문에서 그가 내 '책 읽기' 연재를 마뜩잖아 하고 있다는 느낌을 바로 전달받았다. 왜 그가 못마땅해하는지 나는 묻지 않았다. 『본질과 현상』에 연재하는 〈김병익의 책 읽기〉 글들이 심에 차지 않거나 그 댓글 달기의 형태가 마음에 들지 않는 것은 분명히 알겠지만, 나는 그 코멘트에 아무런 반문도, 반박도, 해명도 하지 않았다. 그럼에도 그 이후 하루 동안 그 문제는 내 속에서 줄곧 맴돌았다. 그리고 나는 이미 내 자신이 내려두었던 결론을 이 잡지를 주관하는 현길언 선생에게 메일로 알리고 연재를 그치는 것에 양해를 구했다. 내 돌연한 결정으로 구멍 난 자리를 메꾸기 위해서라면 '노후의 책 읽기'를 주제로 지면을 대신 채울 원고를 드리겠다고 했다.

이 글은 그러니까 내 뜻을 정중하게 받아들인 현길언 선생과 그분이 열심히 애써 일해 보람을 거두고 있는『본질과 현상』에 〈김병익의 책 읽기〉를 끝내며 그 전말과 함께 그동안 얽힌 내 소감을 고백하기 위한 것이다.

나이는 일흔을 넘겼고 공직이든 공적 업무든 일로부터 물러나게 된 것은 아주 즐겁고 개운한 일이었다. 삼십대 말에 신문기자에서 떨려나 출판사를 창업하기까지 반년간의 무직 – 무사의 '방학' 이후 이처럼 해방된 기분을 느끼기는 처음이었다. 그러나 그 행복한 노년의 기대도 마음대로 누릴 수 있는 것이 아니었다. 그 자유로움으로 비어버린 자리에 어떤 형태의 것이든 내용이 있어야 했다. 백지처럼 휑하게 열린 시간에 무엇인가로도 담아두어야 할 것이었고 그 빈자리는 물론 저절로 채워지는 것이 아니었다. 나는 운동을 좋아하지 않아 거실에서 뒹굴망정 집 앞의 호수공원 산책도 어쩌다 하는 일로 미루고 퇴직을 한 다른 친구들처럼 그림을 그리거나 사진을 찍거나 여행을 할 자질도, 바람도 갖지 않았다. 내가 그런 예술 작업의 재주도 없고 몸 놀리기도 내 아내 못지않게 바라지 않고 그저 편히, 자유롭게, 지내고 싶은 대로, 아무 일 하지 않고 노후를 보내자, 싶었을 뿐이고, 마치 방학을 맞은 초등학생처럼, 그래, 방학 대신 노년의 안식으로 내 마지막 삶을 해방된 어린아이처럼 풀어놓고 놀자고 작심했으며 그 생각만으로도 참으로 신나고 행복한 것이었다. 사리는 그처럼 분명했지만, 그런데 그 빈 시간을 무언가로 채워 넣지 않으면 안 되는 것이었다. 그리고 그것은 결국 책으로 낙착되었다. 한평생을 문학-학술-출판계의 기자로, 출판-편집자로, 문학평론가로 살아온 내가 이제 할 수 있는 것이 달리 무엇이 있을 수 있겠는가. DVD로 영화를 보기도, TV로 야구 중계나 바둑을 즐기기도 했지만 그것들만으로 내처 시간이 닳아지는 것도 아니었다. 그 틈새, 아니 정직하게 말하면 시간의 가운데 기둥을 만지면서 그 무료함을 무엇으론가 채우지 않으면 노년의 자유는 주체할 수 없는 것이었다. 그래서 정말 할 일 없어 잡은 일이, 책 읽기였다. 할 일이 없어 할 수 없이 책을 들었다면 너무 자조적인 말이겠지만, 한 생애에 걸친 습성이 결국 지울 수 없는 관성으로 작용한 것이었다.

그래서 내가 관계했던 출판사에서 가져온 책들, 저자 서명으로 보내진 책들, 신문의 출판 면에 소개되어 구입한 책들에 다시 손이 가기 시작했다. 이것저것 내키는 대로 읽고, 읽다가 던지기도 하며 자유스레 잡독, 난독을 했다. 굳이 글을 쓰거나 무슨 연구를 하거나 하는 의미를 거두는 집중적이거나 일관된 작업 없이, 집히는 대로, 펼쳐지는 대로 자유롭게, 뜻 없이 책들을 보는 생활에 젖어들게 된 것이다. 이것저것, 길고 짧은 것, 무겁고 가벼운 것, 문학이나 인문학 혹은 과학, 국내서나 번역서 등등 가림 없이 눈에 잡히는 대로, 손으로 펼친 대로 문자 그대로의 '자유 독서'로 내 책 읽기가 이어졌다. 그렇게 의식을 방목하던 참에 문득 일본의 노벨문학상 수상작가 오에 겐자부로의 에세이에서 읽은 한 대목이 떠올랐다. 어떤 주제든 하나를 붙들고 3년 동안 관계된 책들을 읽으면 그 문제에 대해 일가견을 갖게 될 것이어서 자신은 젊었을 때부터 그렇게 독서를 해왔다는 것이다. 그렇겠구나 하는 동의가 금방 이루어졌다. 나도 내 나름으로 읽고 쓰고 만들고 하며 책에 관련된 일에 40여 년을 보내왔지만 이렇게 집중적으로 효율성을 갖춘 독서는 할 수도 없었고 실제 기의 한 적도 없었다. 청탁에 의해 쓴 글이 대부분이고 그 주제는 이것저것 제각각이어서 내게 한 가지 주제로 집중할 것을 허용하지 않았다. 더구나 나는 기자 혹은 명색 평론가였고 책임에 굳이 매일 연구자도 아니며 아카데믹한 저서를 낼 생각도 없었다. 그래서 내 책 읽기의 폭은 넓되 얇고 다양한 만큼 가벼웠다. 고민하고 힘들여 썼다 싶은 글이 없는 것은 아니겠지만, 전반적으로 내 글쓰기의 노력은 산만했고 무게중심이 없었으며 그래서 초점도 희미했다. 그렇다는 것은 내 책 읽기가 일관성 없이 그때그때의 필요에 따른 것이었고, 그것도 거칠게 훑는 눈길에 뜨이거나 필요한 부분만 떼어 보는 독법에 젖어 있어왔음을 고백하는 것이다. 게다가, 나이가 너무 낡아져 내 스스로도 이런저런 글을 쓰기 위한 글 읽기로부터 벗어날 즈음도 되었고 그래서 내 방만한 책 읽기를 다 잡을 필요도 없었기에 그 '자유 독서'는 즐거웠고 편했고 유쾌한 것이었다. 어떤 목적이나 필요가 있어서가 아니라 그냥 읽는 것, 어떤 동기나 사정이 있어서가 아니라 그저 배우고 공감하며 즐기는 것뿐이었다. 나는 문리대에 입학하면서 그 대학을 '리버럴 아츠liberal arts'로 표기하는 이유를 비로소 실감했고 또 그것을 실행할 수 있는 자리에 들어섰음을 실감하게 되었다. 그것은 내게 무엇에 매달려야 할 것으로부터의 자유로움, 용도나 목적으로부터의 벗어남, 그 어느 것에 집념해야 할 이유가 없는 해방감을 안겨주기에 충분했다.

노년의 내가 부담감 없이 들기 시작한 책들은 소설이나 시집, 비평집의 문학 도서보다는 전기나 역사, 과학이나 문명에 관련된 책으로 쏠리고 있는 가운데 문득 기왕이면 오에 겐자부로가 권한 바처럼 집중적으로 독서하는 것이 좀더 의미있겠다는 생각이 다시 들었다. 그래서 그동안 이 사정, 저 핑계로 미루었던 개인의 문학 전집으로 독서의 폭을 모았다. 우선 젊었을 때부터 빠져들었던 도스토옙스키의 소설들을 출판사 열린책들이 역간한 25권의 전집, 그러고서 역시 내 청년 시절의 정신적 터전처럼 여겨진 카뮈 작품과 글들이 김화영 교수의 번역으로 책세상을 통해 간행된 20권의 전집들을 택해 우직하게 순서대로 읽기 시작했다. 중도에 공직에 잠시 매인 사정으로 중단되기도 했지만 그 일에서도 자유로워지면서 내 전집 읽기는 계속되었다. 카뮈는 내가 고등학교 시절에 『이방인』으로 처음 만났고 도스토옙스키는 초등생 때 그 이름을 알았지만 고등학생 때 『죄와 벌』과 대학 시절 『카라마조프가의 형제들』로 빠져들었고 군대 졸병 시절 영어 번역판으로 보면서 내 속에서 전율을 일으켰던 작가였다. 이 두 작가에 이어, 그리 감동하지 못했지만 소설가 김원일이 거의 멘토로 삼고 있는 토마스 만의 책 여러 권이 추가되었다. 어떻든 내 젊은 시절의 고뇌 속에서 실존의 고통스러운 세계를 보여준 대가들의 문학과 정신 세계를 칠십대에 들어서야 비로소 그 전모를 보게 된 것이다.

잡독에서든 정독에서든 나는 이 세 작가 외의 고전들이나 종교 도덕서들은 의도적이라 해도 좋을 만큼 피했다. 나는 아직 새로운 지식들, 낯선 잎들에 더 큰 호기심이 들었고 그래서 신간, 신역의 '오늘의 책'들로 내 독서가 몰렸다. 나이 많고 일상의 짐에서 벗어난 아내가 기독교나 불교의 종교서들을 많이 읽도록 도와줄망정 나 자신은 그런 만년의 지혜와 덕성을 가다듬어줄 책들에 쏠리지 않고 오히려 21세기의 새로운 변화와 그것을 몰고 온 디지털 문명, 혹은 내 이력과 관계없는 인물들의 전기에 끌려든 것은 스스로 생각해도 좀 의외였다. 그래서 내면 검색 끝에 얻은 그 이유는, 고전이나 평정한 정신으로의 성찰들은 우리가 수행은 못할망정 의식, 무의식중에 이미 알고 있는 교훈들이며 그것을 새삼 반추하며 내 자신을 노년의 현자나 세속의 인자로 정좌시킬 자신도 욕심도 못 가지고 있다는 점, 그리고 더 크게, 아날로그 시대에서 디지털 시대로 거대하게 변화하며 지적 생태 자체가 달라지고 있는 세계에 대한 인식이 더욱 절실하게 육박해오고 있음에 내가 몰려 있기 때문이었다. 그래서 내가 모르는 과학 도서, 어슴푸레 아는 역사책, 낯설든 친밀하든 여전히 호기심을 일으키는 인물들의 전기나 자서전들에 내가 본업으로 여겨야 할 문학 도서나 인문 도서보다 더 다급한 대상으로 눈독을 들이게 된 것이었다. 물론 그 책들은 특히 과학의 경우 미적분의 개념도 모르는 수준으로 이해하기 어려웠지만, 역사서나 전기에서는 인문적인 시각으로 이 세계, 이 지식사회의 새로운 모습들을 대충으로나마 열람할 수 있었다.

그런데 책들은 왜 그처럼 쏟아져 나오는지, 참으로 부러운 도서 문화 세계에 나는 놀라며 즐길 수 있었다. 내가 신문사 문화부의 출판-문학-학술 기자로 일하던 40여 년 전에는 참고서와 만화를 제외하고 일반 신간 도서는 1천여 종에 불과했는데 이제는 그 30배는 될 정도로 출판계의 작업이 왕성했다. 그 책들은 모든 분야에 걸친 다양한, 아니 별의별 책들로 우리의 지적 자극을 일으키기에 충분한 것이었다. 숱한 신생 출판사들이 손익을 고려하지 않고 흥미롭고 의미있다고 여겨지면 대담하게 기획해서 간행하는 용기 덕분일 것이다. 그리고 더 중요한 것은 그 신간의 반 이상을 점할 번역 도서에서 우리말 문장이 원어민인 우리보다 더 유창한 한국어로 옮겨지고 있다는 점이다. 번역 문장이 쉽고 선명하며 자재로운 데다 역주가 풍성해서 읽는 데 큰 도움을 준다. 이는 우리의 번역 수준이 엄청 발전했을 뿐 아니라 외국어와 더불어 우리말 구사에도 그만큼 유창해졌음을 보여주는 것이다. 여기에는 번역대학원들이나 현지 언어 훈련, 그리고 인터넷 등의 덕을 크게 보았다. 그래서 번역 도서가 내 젊었을 시절보다 더 편하게 잘 읽혔다. 충실한 내용에 좋은 번역이니 얼마나 읽기 좋을 것인가. 그 읽기를 안내하는 신문 지면을 나는 많이 이용한다. 한 세대 전만 해도 도서 서평과 소개에 그처럼 인색하던 신문들이 이제는 주말판에 정례적으로 큰 서평, 작은 소개를 게재하여 신간 도서들에 관한 풍부한 정보를 얻을 수 있게 되었다. 나는 일반 대중을 향해 크게 다룬 서평체의 기사보다 어렵거나 전문적이어서 소수의 독자를 대상으로 한 1단 기사로 다룬 신간 소개에서 내가 살 책을 고른다. 분야나 주제를 보기도 하며 저자나 제목으로 흥미롭겠다 싶은 것을 골라 한 달에 네댓 권 예스24를 통해 구입한다.

그리고 일관된 의지 없이 우선 내 마음이 끌리는 대로 잡아 읽는다. 서양 중세 이야기를 본 후 나도 이해 못 할 18세기 지질학이나 19세기 전기학 책을 펴기도 하고 살바도르 달리의 자서전에서 식민지 시대의 서울 풍경으로 넘어가기도 한다. 그러니, 읽기는 하지만 중심이 없고 새삼 새로이 알고 배우지만 며칠 못 가 깡그리 잊어버린다. 요컨대 독서는 하지만 제각각 흩어져버리는 것이고 지식을 간추려보지만 내 안에 모이는 것이 없었다. 독서치고는 너무 비효율적이고 비생산적이며 오히려 책으로부터의 소외적인 효과를 얻을 뿐이었다. 그 미련한 독서 중에, '아차, 아쉽다!'라고 크게 탄식할 일을 그럼에도 예방할 수 있을 방법을 뒤늦게나마 발견한 것이 다행이었다. 얼마 전부터 책을 읽으며 포스트잇을 붙여 댓글 달기를 시작한 일이 그 '아차'의 아쉬움을 막아준 것이다. 나는 작품 비평이나 해설을 쓸 때 읽으며 메모를 하고 그 글을 마치면 그 쪽지를 버렸다. 그런데 자유 독서로 책을 대하면서 그에 대한 글을 써야 할 의무나 책임에서 면제되었기에 내가 밑줄을 긋고 기억해두고 싶은 구절을 만나더라도 그저 보고 감탄하고 기억 속으로 접어

놓았다가 얼마 후면 잊어버리고 내 의식에서 방치되어 사라져버리고 만다는 사실을 깨달았다. 원래부터 기억력이 약한 탓으로 사람 이름들을 곧잘 잊어 실례를 저지르기 일쑤였는데, 어휘도 잊고 문맥도 잃어버리는 낡은 나이가 되면서 그 건망증은 더욱 심해져 읽고 감명받은 부분을 살려내기는 고사하고 방금 읽은 책의 제목과 저자명조차 그 자리에서 잊어버리는 몰염치를 저지르는 경우가 점점 늘어갔다. 그런데도 그냥 속절없이 책 읽기를 계속했는데, 아마 배수아의 장편 『북쪽 거실』을 볼 때였을 것인데, 십대 아이들의 위험한 정서를 경쾌하게 묘사하는 데 매혹되었던 그녀가 이 소설 즈음에는 갑자기 까다롭고 고뇌스러운 정신의 무거운 세계로 옮겨가고 있었다. 곳곳의 그 징후들이 굵은 글자로 찍혀 박히면서 내 둔한 심금을 울려온 그 대목들이 그저 사라져 없어져버리는 것은 너무 아까운 일이었다. 이 묘사, 이 정서는 옮겨 적어두고 다시 읽어보자 싶어지지 않을 수 없었다. 그래서 두어 페이지쯤 그런 구절들을 잡아 컴퓨터에 입력했다. 그게 시작이었다. 이어 읽은 김훈의 『공무도하』, 돈 탭스콧의 『디지털 네이티브』로 내 댓글은 계속되었는데 그때가 2009년이었다.

시작은 끝이 아니라 계속을 요구했다. 그 '댓글 달기'의 재미와 의미(!)를 느끼면서 내 책 읽기는 책에서 책으로, 댓글에서 댓글로 이어졌다. 책을 보다가 가슴에 깊이 와닿는 묘사들, 친구들에게 전하고 싶은 재미있는 이야기들, 내 젊은 시절의 속살을 건드려 회상을 일으키는 장면들, 내가 배워두어야 할 지식들, 비로소 알게 된 사실들, 혹은 내가 동의할 수 없는 구절들, 이의를 제기하고 싶은 주장들 등등 내가 끄적거려두어야 할 대목들이 어느 책에든 어느 저자의 것에든 끼어 있게 마련이고 그것들을 나는 옮겨 적어야 했다. 거기서 나는 내가 그때 받은 느낌, 든 생각, 일어난 의견, 떠오르는 기억, 솟는 질문, 안타까운 공감, 고통스러운 탄식 등 그 자리에서 갖가지 형태로 솟고 일이니는 문장과 사실과 기록 들에 대한 자유스러운 소감과 반응들을 내키는 대로 적어 USB 메모리에 저장하기 시작했다. 그렇게 책을 보는 것이, 세수하면 자연히 수건으로 닦아야 하듯이 당연한 과정으로 상례화되고 그 일이 반복되고 지속되면서 식후의 물 마시기처럼 일상의 버릇된 절차로 굳어지는 것이었다. 그것이 의외로 의미있었던 것은 그 옮겨 적고 혹은 댓글을 다는 데서 내 자신과 저자의 사유와 감정을 음미하며 저자 혹은 타인과 소통하는 기회를 갖는 것이었고, 필요할 경우 다시 찾아 내 생각을 이어갈 수 있다는 점이었다. 그것은 메모이기도 단상이기도 하고 짧은 인용문 사전이며 내가 그 책을 읽었다는 증서이자 그 저자와의 대화록이 되었다. 나는 이런 책 읽기를 귀중하게 여겼고 즐겼고 자랑스레 생각했다. 때로 감동적인 서술이나 장면에 부닥치면 마치 한 새벽의 외로운 깨달음처럼 달관의 희열을 느끼면서 그 글을 옮겨 적고 감탄의 느낌표를 달기도 했다. 그 댓글 달기는 내 무의미한 일상에 의미를 일으키는 작업으로 오르기도 했고 잡문 쓰기에 실용적인 자료 공급원이 되기도 했으며 더러 서평 대신 문학지에 기고하기도 하는 글쓰기의 또 다른 형태가 되기도 했다.

그러는 중에 어디선가, 아마 신문에서였겠지만, 그렇게 책을 읽으며 댓글을 다는 것이 방주 혹은 난외의 글쓰기이며 이 여백의 글쓰기라는 마지널리아marginalia 작업은 서구 지식사회에서 오래된 전통이라는 설명을 보았다. 몽테뉴며 파스칼로부터 백과전서파를 넘어서까지 구텐베르크의 인쇄술로 근대 문화의 핵으로서 오늘날 우리가 보는 책이 확산·보급되면서 그 읽기에 쪽글을 다는 것이 왕성한 지적 작업의 하나로 승계·확산되었다는 것이다. 그 작업을 통해 내밀한 지적 전승이 이루어지고 서구 근대사상의 기초 자료로 축적되었으며 오늘의 지식사회에 편만한 앎의 동선을 이룬 것이다. 그러고서야 정문길 교수로부터 독일과 소련에서의 마르크스 전집 편찬에 가장 많은 토론을 벌이는 것이 마르크스가 읽은 책들에서 펜으로 자신의 의견을 여백에 메모로 적은 마지널리아를 어떻게 편집하여 전집으로 편입시킬 것인지의 문제라는 말을 들었다. 이렇게 이미 학자들, 문필가들에게 관행이 되어온 것을 나는 내 창안으로 착각하는 유쾌한 어리석음을 범하고 있었지만 나로서는 부끄러움 없이 내 스스로 발굴한 지적 작업의 하나로 즐겨 자랑스레 여겨온 것이다. 적어도 그 댓글 달기를 통해 내가 읽은 구절을 다시 음미하고 내 사유를 움직거리게 만들며 내 지적 축적을 두텁게 쌓는다는 자부심을 나는 나름대로 누릴 수 있었다. 그렇게 댓글을 달며 마지널리언으로 책을 읽는 시간은 때로 저자와, 그리고 저자가 다루고 있는 인물과 대화를 하며 토론하고 동의하는 따뜻한 소통의 자리에 있다는 밝고 환한 기분을 얻는 것이었다. 그 느낌은 시공을 뛰어넘어 노년의 외로움을 벗어나는 내 나름의 '만년의 양식'이란 안도감에 젖게 했다.

그런 프로토콜과 거기에 어울리는 즐거운 기분을 통해, 나는 내가 본 책의 거의 모두를 그런 식으로, 내 표현대로 말하면 책을 읽으며 '댓글 달기'를 계속해왔다. 근년에 들어, 컴퓨터에 입력해온 그 댓글 달기 원고를 출력해서 목차를 만들어 찾기 쉽게 묶어두기 시작했는데, 가령 작년 한 해는 90권 안팎에 A4 용지로 270페이지는 되어 내 댓글 달기의 왕성한 정력에 스스로 흐뭇해하기도 했다. 어떤 것은 한 작품에 반 페이지도 안 되지만 두꺼운 책들은 10페이지가 넘기도 하면서 거기에 내 지식과 인식, 사유와 의견을 적어두곤 한 것이다. 그것은 실제로 새로운 공부였고 기억의 환기였으며 내면적 성찰이고 저자와의 소통이기도 하지만, 가장 중요한 것은 내가 여전히 살아 있고 아직 성과는 미약한 대로나마 정신적 작업이 가능하다는 자기 삶의 확인이었다. 나는 그렇게 새로운 지식과 정서를 읽고 받아들이고 공감하며 내 것으로 익혀지기를 바라면서, 어떻든 적어도, 그 댓글 달기는 내 지루한 노년의 가장 중요한 일상이 되어 그 독서와 댓글 쓰기를 노년의 지적 작업으로 여기게 되었다. 실생활에서도 그 작업은 더러더러 맡아야 할 내 글쓰기에 큰 도움이 되었다. 신문에 정기적으로 게재할 칼럼은 그것 없이는 무척 힘들 정도로 귀한 자료가 되고 점점 더 희미해져가는 내 기억력을 채워주는 지식의 저장고가 되었다. 늘마에 이런 습관을 들이기 참 잘했다고 스스로 다행으로 여기며 학교 동문들에게 이런 식의 책 읽기로 노년의 교양 쌓기와 품위 갖추기에 시간을 쓰면 얼마나 좋겠는가 권하기도 했다.

그런데 그렇게 몇 해를 계속하면서 속에서 슬슬 움트는 불편을 느끼기 시작했음을 고백해야겠다. 그것은 여러 가지였다. 우선 그것은 무슨 책을 보든 댓글을 달아야 한다는 의무 과제로 무거워지기 시작하는 것이었다. 그저 읽고 재미있으면 있는 대로 보다가 내려놓아도 될 것을 굳이 포스트잇을 붙일 거리를 찾아 책에 끼우고 그 책을 다 보거나 보는 중이나 포스트잇을 찾아내 댓글 노트에 적는 일이 숙제로 되어버린 것이다. 그 댓글은 그 책을 보던 때의 즉흥적인 반응이라기보다 한참 지난, 그래서 동떨어지거나 억지로 댓글거리를 생각해서 쓰는 것이기도 하지만, 더 솔직하게 털어놓으면, '댓글을 위한 댓글 달기'로 의무화하기 시작하고 있었다. 그것을 까다로운 말로 바꾸면 책 읽기 혹은 글쓰기로부터의 소외감이랄까. 책 자체의 읽기 – 즐기기 – 누리기라기보다 댓글 달기의 일감 찾기 – 댓글 생각하기 – 마지못한 글쓰기가 되는 경우가 많아진 것이었다. 그래서 공자의 말씀이던가, 많이 읽기만 하고 생각하지 않으면 읽지 않느니만 못하다는 질책이 생각나고, 쓰되 생각하지 않아 오히려 무감해지는 내 자신에 대해 안쓰러워하고 있음을 깨닫게 된 것이다.

부지런히 읽고 쓰지만, 그럴수록 머리에 남지 않는다는 것을 실감하는 때가 잦아지면서 이 작업이 드디어 의심스러워지게까지 되었다. 그러니까, 분명 읽기는 했는데 그 읽기에 붙인 댓글의 양이 많아지면서, 어디서 읽었는지, 누구의 것인지, 더욱이 그 이야기가 무엇이었는지를 기억해내기 어려워지면서였다. 많다는 것은 모자라다는 것보다 더 나쁜 것이었다. 어떻든 그런 내 과유불급 사태를 피하지 못하는 일이 자주 일어났다. 출력한 글들을 펴고 찾아야 할 일이 너 번거로워지고 있음을, 그래서 또 하나의 요약본을 만들어둘 것을 생각하게 되었다. 그 댓글들의 색인이나 제목과 주제의 분류가 필요해진 것이다. 요컨대 새 노트에 댓글의 목록을 만들어야 했다. 그 탓에 나는 가령 칼럼을 쓸 때 인용하거나 빗대거나 할 듯싶은 구절들을 따로 정리하여 주제에 따른 메모를 다시 만들지 않을 수 없게 되었다. 그 댓글들의 분류와 정리가 더 절실해졌고 그것은 메모의 메모, 그래서 옥상옥이 되었다.

이 수고의 중첩만이 아니었다. 책을 줄거리 따라 읽을 때 만난 그 대목의 느낌이 시간이나 정황이 바뀌면서 같은 글도 달리 읽히기도 하는 것이야 당혹스럽긴 하지만 그것도 내 내면의 것이어서 굳이 못마땅해할 일은 아닐 것이다. 포스트잇을 붙일 당시에는 분명 무언가 가슴에 울려오는 것이 있었는데, 두어 날 지나 댓글을 달기 위해 그 대목을 펼쳤는데 무엇이 내게 감전을 일으켰는지 삼삼해지기도 한 것이어서 같은 책도 처음 볼 때와 나이 들어 볼 때 다른 반응을 일으킨다는 사실을 실감할 수 있었다. 내 댓글 달기는 어차피 내 소감의 표현이기에 그것도 그리 문제 될 것이 없겠지만, 보다 중요한 문제는 바로 그 곁에 있었다. 내 소감이 어떻든, 그 댓글은 바로 그 대목의 그 문장에 대한 댓글이고 책 전체 혹은 저자의 사유 전반에 관한 것이 아님에도, 댓글을 읽는 독자들에게 그리고 내 자신에게까지도 저작의 주장 혹은 저자의 사유 전반의 요지로 읽힐 소지가 다분하다는 점이다. 나는 지금 내가 읽고 있는 부분 혹은 대목이 불러일으킨 생각을 적는 것이지 이 책 전체 혹은 그 주제나 주장을 상대해 내 생각을 펴고 있는 것은 아니다. 그러니까 내가 인용한 대목은 저자의 중심적인 사유일 수도 있지만, 곁가지로 그치거나 변두리로 지나쳐도 좋을 것이기도 하고 무심한 재치일 수도 있으며 혹은 자신이 반대하는 생각을 끌어들인 것이기도 할 것이다. 그래서 내 댓글은 달이 아니라 달을 가리키는 손가락일 경우가 많을 것이었다. 그것은 책을 잘못 이해하고 달리 안내하는 것이며 가외 자리 혹은 말 그대로 난외의, 여백의 말이나 대목을 중심 주제나 주장으로 오도할 여지를 충분히 키우는 것이었다. 내 댓글을 『본질과 현상』에 연재하면서 내가 독자들에게 가장 주의드리고 싶은 것이 이 점이었고 나의 연재를 중단하도록 강하게 독촉한 것도 이 까닭이었다.

이런 불편감, 내가 책을 읽으며 저절로 들게 된 두려움을 자각할 즈음, 현길언 선생이 다시 〈김병익의 책 읽기〉 연재를 청해왔다. 현 선생은 내가 도스토옙스키와 카뮈를 읽으며 댓글 달기를 한다는 말을 내 무심한 자랑에서인지 듣고서 『본질과 현상』에 연재를 제의해왔고, 그때만 해도 내가 좀 방자해서 그 연재도 좋겠다는 생각을 넘어 의미있겠다 싶어 여러 회 동안 토마스 만까지 보탠 세 작가 읽기에서 나온 댓글을 원고로 보냈다. 내 기억으로는 독문학자 안삼환 선생이 토마스 만에 대한 내 댓글을 직업적인 관심사로 유심히 읽었던 것 같고 어딘가에 그 소감을 좋게 써주었다. 하긴 작가든 학자든 다른 작가, 학자의 글을 읽고 자신의 사상과 사유를 키우는 것이 당연한 과정이기에 그 마지널리언 작업이 문화적 자산의 한 부분이 되기도 할 것이다. 다만 나처럼 생각이 깊지 않고 학문이 높지 못한 사람의 댓글이란 여러 점에서 낭비에 불과할 것이 분명했고 어쩌면 오도할 여지가 다분했으며 게다가 지적·실제적 허영까지 키우기도 하는 것이었다. 오직 현길언 선생만이 불행하게도 과대 포장된 나를 보며 이 댓글 달기에서 내 내면의 어떤 원형이, 사유의 방식과 형태의 토대가 숨어 있지 않을까 기대한 것 같다. 시인 정 형이 내 이런 자의식을 여지없이 일깨워준 것이다.

그렇다는 것을 깨달으면서 나는 당장 현 선생에게 내 댓글 달기의 연재를 포기해줄 것을 부탁했고 내가 꽤 단호했는지 현 선생이 선선히 수락하면서, 〈김병익의 책 읽기〉를 기대하여 비워두었을 자리를 채우기 위해 내가 대체물로 제안한 「노후의 책 읽기」를 보내주기를 청해왔다. 그래서 사태는 원만하게 해소된 것 같다. 나는 내 책 읽기의 단상을 더 연재하지 않을 것이고 독자들도 그 종이와 작업의 낭비와 다름없는, 아니 더 심한 폐해로부터 자유로울 수 있게 된 것이며 나 역시 비슷한 자유로움을 느끼면서 내 스스로에 대한 불편한 심정을 정리할 수 있었다. 그럼에도 한마디 나 자신을 위해 덧붙여야 할 말은 밝혀두어야겠다: 댓글의 불편함, 어긋남의 우려에도 불구하고 나의 댓글 달기는 계속될 것이고 그중 어떤 책의 것이 어딘가에 어쩌다 게재될 수도 있겠지만 정기적인 연재는 하지 않을 것이다. 책 읽기는 내 노후의 존재 확인이고 댓글 달기는 내 노년 의식의 알리바이가 될 것이기 때문이다. 댓글 달기도, 그리고 마침내 책 읽기도 하지 않게 되고 그 일들이 내게 불가능하다는 것을 깨달을 때면 '만년의 양식'을 염원하는 나도 어쩔 수 없이 알츠하이머 박사 앞에서 내 차례를 기다리고 있음이 틀림없으리라. 그것은 나 스스로를 위해 참으로 피할 수 없는 안쓰러움이겠지만, 피할 수 없는 운명이기도 하다.

[『본질과 현상』 2016년 겨울호]

희망은 처참을 넘어야

— 김규동의 시 「희망」을 읽으며

2011년 작고하신 김규동 선생님을 회상할 때는 으레 1970년대 후반의 선생님 생애의 한 모습이 눈앞에 떠오른다. 그때의 나는 청진동 골목의 작은 사무실에서 소꿉놀이하듯 작은 출판사를 시작한 지 얼마 안 되었을 때였고 그즈음 그 동네에는 내가 책임을 맡은 문학과지성사만이 아니라 백낙청의 창작과비평사, 이문구가 편집장으로 일하는 한국문학사 등 여러 문학지 출판사들이 박혀 있어 많은 문인들이 출몰하고 있었다. 나는 선생님을 길에서 뵙기도 하고 좁은 사무실에서 차를 한잔 모시며 선생님의 이런저런 이야기를 듣기도 했다.

나도 몸이 작지만 선생님은 거기에 더해 매우 마르셨고, 살이 없는 얼굴에는 주름살들이 겹겹했고, 웃음도 말소리도 조용하며 말씀 내용도 겸손하셔서 전체적인 인상이 가난의 모습으로 다가왔다. 그러나 오해 없기를 바란다. 선생님의 면모에서 뵌 '가난'은 내가 성경에서 가장 좋아하는 "가난한 자는 복이 있나니 천국이 저의 것임이라"라는 대목의 그 마음의 '가난함'이었다. 그 '가난한 마음'은 내게 이 세상과 사람들에 대한 겸손을 뜻하는 것이었고 오만과 편견이 없는 순수를 보여주는 것이었다. 당시 선생님의 세속에서의 삶이 어떤 상태인지는 모르는 채 문단으로나 인생으로나 대선배인 선생님의 인상은 오직 '가난한' 선비의 검소한 내면으로 소박하게 다가와 젊은 나의 고개를 숙이게 만들었다.

근 40년 전의 그 인상을 떠올리며 다시 펴본 선생님 시들 중에 마음을 아주 가까이 울려오는 작품이 「희망」이었다. 1977년의 시집에 수록되었기에 내가 선생님을 가끔 뵐 수 있을 때의 작품이지 싶은 이 시는 선생님 젊은 시절의 모더니즘 계열도, 이 시 이후의 참여적 시문학에도 넣을 수 없는, 오직 '시인'으로서, 그것도 고향을 잃고 전쟁의 고통을 치르고 귀향도 불가능해진 고독한 시인으로서 안간힘으로 '희망'을 품어 안으려는 의지를 보여주고 있다. 길지 않은 이 작품에서 선생님은 일제강점기의 고난을, 6·25의 서러움을, 실향민의 스산함을 통해 슬픈 민족사적 서사를 술회하면서 "깨끗한 한 개의 희망"을 꺼내 우리에게 보여준다. 그것이 아프게, 그러나 참된 고백으로 다가오는 것은 그 희망이 "처참한 것을 넘어서야" 온다는 진실을 드러내 보여주기 때문이다. 그래, 판도라가 마지막으로 인간에게 남겨준 '희망'이란 선물도 이 세상에서 인간들이 처참한 고통을 통해 얻을 수 있는 것이었다. 그 희망의 진실은 오십

대의 김규동 선생이 칠십대 말에 이른 지금의 내게 남겨준 역설의
소망이었다. 삼가 선생님의 명복을 다시 빈다.

[2016]

김수영 기사에 대한 후기

김수영은 너무 일찍 물러나갔고 나는 좀 늦게 들어섰다. 그래서 그가 중견의 시인으로 문단의 중심에서 열정적으로 활동할 때 나는 그 주변에서 기웃거리기 시작한 지 겨우 2년 남짓한 문화부의 신참 기자였다. 그는 식민지 교육 속에서 2차 세계대전을 겪고 한국전쟁의 와중을 헤맨 사십대 후반이었고 나도 역시 2차 세계대전을 거쳤지만 유아기였고 첫 한글세대였으며 6·25를 겪을 때는 초·중등생의 어린 소년기였다. 게다가 나는 술을 마시지 못했기에 시인 황동규를 따라 명동의 은성에 가서 가령 이봉구 같은 문인들이 술 마시는 모습을 엿보긴 했지만 그들과 어울릴 계제는 물론 언감생심이었다.

그렇게 김수영과 나는 문단을 겹쳐 지낼 일이 적고 짧았다. 그리고 그에 관해 쓴 글은 모두 세 편이었다. 그 글들을 쓴 시기도 많이 떨어져 있고 따라서 그 글들의 성격도 달랐다. 처음은 그와 인터뷰를 하고 쓴 신문기사, 두번째는 그의 사후 15년 만에 편찬된 추모 문집에 대한 서평, 그리고 나머지가 그의 40주기에 읽은 추모사였다. 그렇기에 그의 시에 대한 직접적인 비평 작업도 없고 그와의 인간적인 사귐에서 얻을 수 있을 에피소드도 가진 것이 별로 없다. 그의 서거 50주기를 맞이 준비되는 문집 편집자로부터 받은 정중한 청탁을 영예롭게 생각했음에도 내가 쓰게 될 글은 살아 있는 회상은 별로 없이 그에 관해 쓴 내 변두리 글 세 편에 대한 회고로 모이지 않을 수 없겠다 싶었던 것은 그래서였다. 그것이 오래전에 쓴 글이기에 김수영에 대한 내 회상은 김수영 관련 글에 대한 나의 기사 혹은 주석에 불과할 수밖에 없으리라. 자기 인용을 넘어 '자기 발췌'를 하며 그 글들의 주변을 기억해내려고 애쓰는 지금의 나와 생전의 그의 열기에 젖은 목소리를 회상하는 세월의 거리는 반세기를 넘은 것이고 그 시간은 그의 48년 생애보다 먼 것이었다. 그래서 이 글은 다소 생소한 형태를 취할 수밖에 없었다. 그에 관한 내 오래전의 글들에서 발췌하고 김수영에 대한 그 무렵의 내 생각과 이해를 돌이켜본 것에 지나지 않는다. 그러니까 김수영에 대한 회상이 아니라 그를 보는 나 자신의 회상이 될 것이다. 이 게으르고 덧없는 회고에 대해, 50주기 추모 문집 편찬자에 앞서 김수영 선생님께 먼저 사과를 드린다.

김수영 씨의 '번역에 대한 분방한 야심'

시작 생활 20년에 "아직 내 시집은 없다"고 말하는 김수영 씨는 한 술 더 떠 "시집을 낼 필요가 있을까"고 반문한다. 『새로운 도시와 시민들의 합창』이나 『평화의 증언』 등 기왕의 시집은 사화집이지 시집이 아니란다.

"모든 것을 제압하는 생활 속의/애정처럼/솟아오른 놈 무위와 생활의 극점을 돌아서/나는 또 하나의 생활의 좁은 골목 속으로/들어서면서/이 골목이라고 생각하면서 무릎을 친다"(「생활」)의 승화를 찾는 이 시인의 실생활에서는 오히려 "여기!"라고 무릎 칠 일이 불혹의 나이에야 잡혀가는 것 같다.

연전을 졸업하면서 연극운동에 뛰어다니다가 해방 후 모더니스트들과 시업을 시작한 그는 교사로, 신문기자로, 간판업까지 거쳐 양계를 한 10년 하다가 그도 그만두었다. 지금은 이것저것 외국 것의 번역 일에만 몰두한다. 현대사회가 '폭력과 창부의 문화'라고 신랄하게, 마치 이십대 입지의 나이처럼 공격하면서 "예술은 마음의 대화다. 지금은 그 대화가 통하지 않는다"고 흥분한다. 예술가(혹은 시인)는 "평화로운 사회가 이룩되기 위한 조그만 조약돌"이므로 그 조약돌의 공헌은 분량과 장르나 형식이 문제가 아니고 "진정한 대화에 이바지할 수 있는 것은 어떤 것이고 좋다"는 것이다.

그는 "시를 계속 쓸 가능성"도 있고 시론도 쓰고 싶어 한다. 그러나 보다 자기 것으로 의식하는 조약돌의 역할은 현재 하고 있는 번역 일

이라는 것. 번역을 컨덕터(지휘자)로, 번역을 '반역' 아닌 '재창조'로
보는 이 시인은 번역을 통해서만이 '깡패와 창부의 문화'를 계몽하는
첩경이라고 주장한다.

그의 번역에 대한 야심은 불혹의 나이를 잊게 한다. 로마의 여류 버
질의 시로부터 현 미국 시인 로버트 로웰, 기독교 성서로부터 현대의
정치·시사 논문에까지 너무 많다. 그 분방한 야심들을 천천히 가려내
고 보니 그의 '필생의 작업'은 '세계현대시집'으로 집중된다.

이미 S. 스펜더, C. 샤피로, T. S. 엘리엇, R. 로웰 등 구미의 쟁쟁한
현대 시인의 시를 번역했지만, 번역하기 위해 직장을 버린 그 시간을
현대시와 시론들을 국역, 장대한 시집을 내겠다는 것이다. 우리나라
는 이제 모더니스트의 폐단을 억눌러야 하며 모던포엠의 진짜를 보여
주는 게 자기 시집 한 권보다 더 값진 소임으로 믿고 있다. 그리고 그
는 단언한다. "현대시가 난해하다는 건 지독한 와전입니다."

—『동아일보』1967년 2월 4일 자

동아일보 문화부에 근무하기 시작한 지 1년 좀 넘어 기획 기사로
우리 중견 예술가들의 야심적인 작업 목표를 시리즈로 연재하기
위해 '여기에 걸다: 내 필생의 작업'을 기획하고 기자들이 분담해서
기사화할 때 열두번째로 내가 김수영을 인터뷰하여 쓴 기사이다.
1967년 초의 김수영은 아직 우리 시문학의 절창인「풀」을 발표하
기 전이었고 이어령과의 치열한 순수/참여 논쟁에 미처 들어가지
않은 시기였다. 예술계의 중견으로 앞으로의 작업에 큰 기대를 가

질 시단의 인물로 김수영을 선정하게 된 것은 당시의 문학지들과 친구 황동규의 평가에 의지했을 것이다. 아마 동아일보 뒤편의 연다방에서 우리는 만났을 것이고 차를 마시며 토로되는 그의 말들은 참으로 다변이면서 열정적이었다. 화제는 내가 기대한 시 창작의 야심이 아니라 당시의 지식사회와 예술계에 대한 비판과, 그래서 더욱 뜨겁게 거론되는 모더니즘이었다. 그가 잇달아 말하는 것은 시론이고 예술비평이며 현대 문명이었다. 그는 「오감도」를 발표하면서 독자들의 고리타분한 비판을 한탄한 이상처럼 그의 당대가 아직 벗어나지 못한 후진국 지식인들의 뒤처진 의식과 고리타분한 정신을 맹렬하게 비판하고 있었다.

여전히 풋내기 기자였던 나의 이 기사가 포착한 그의 '필생의 작업'은 그 자신의 시적 세계와 그를 향한 시집 구성이기보다 우리에게 그 수준에서나 형식과 주제에서 요원하게 보이는 '세계현대시집'이었다. 당시의 지식인들에게 인기 있던 미국의 문예지를 그는 열독했던 것 같고 그것들의 시와 시론, 문명론을 읽고 번역도 하면서 그 눈으로 돌아본 우리 시단은 참으로 촌스럽고 낡은 것이었으리라. 그러니까 그의 모더니즘은 그의 독창적인 시 창작의 구성과 이론이라기보다는 이 우직하고 둔감한 문학적·예술적 정서를 뒤집어놓을 어떤 새롭고 강렬한 인식과 그 표현법이 아니었을까 싶다. 그가 신동엽에 대해 "모더니즘의 때를 입지 않았"다고 박인환에 대해 "시를 얻지 않고 코스튬만 얻었다"고 힐난할 때 우리의 현대화가 얼마나 잘못 인식되고 피상적으로 수용되었는가에 그는 분개하고 있었던 것이다. 그의 우렁우렁한 열변은 4·19를 성공시키고도 문화와 예술, 지식인의 사고와 인식이 여전히 후진적이고 무기력하고 협소한가를 시인으로서보다 지식인의 젊은 인식으로써 비판하고 있었다. 그 낡은 보수성을 그는 싱싱한 미국의 시와 그 또래 지성인들의 문학 – 문화론을 옮겨 전하고 '후진' 우리나라 지식사회를 깨우쳐주는 것으로 한국 모더니즘을 향한 채찍을 휘두르고 싶었던 것이리라.

진화 혹은 시의 다의성

"그렇다, 지난 반 세대 동안 참여론으로부터 민중문학론에 이르기까지, 그리고 그것들을 배태시킨 현실적 정신적 변화를 싸안으면서, 김수영의 문학은 김수영의 문학에 대한 견해와 더불어 진화했고, 그것은 단순한 문학적 현상으로 그칠 수 없이, 나아가 문화적인 현상으로 의미를 부여받게 되었던 것이다." (pp. 316~17)

"순수문학론과의 논쟁 때문에, 더욱 강화된 참여론자로서의 이미지를 갖고 있었는데, 그가 거기에 고착되지 않고 보다 폭넓게 인식되고 있다는 점은 한 시인에게 열려진 의미의 망을 위해 다행한 일이라고 생각된다. 왜냐하면, 어떤 작가와 작품이 일의적으로 해석된다면, 그것은 그 작가·작품을 위해서나, 그에 대면하는 전반적

146

인 정신세계를 위해서 불행한 일이기 때문이다. 다의적으로 해석되고 복합적으로 사고한다는 것, 그것이야말로 김수영 자신이 가장 소망하던 문화적·문학적 형상이 아니었을까." (p. 318)

i) 염무웅은 김수영을 "한국 모더니즘의 위대한 비판자였으나 세련된 감각의 소시민이요, 외국문학의 젖줄을 떼지 못한 도시적 지식인으로서의 모더니즘을 청산하고 민중시학을 수립하는 데까지 나아가지는 못하였다"고 지적; ii) 백낙청은 "그가 '모더니즘의 극복에 이르렀음'을 인정하면서도 그 극복의 실천에 김수영의 한계가 개재한다고 비판"; iii) 김현은 그의 "비시적 요소와 현대문명을 도입하기 위해서 도입하는 태도까지를 비판"한다고 말하고 "모더니즘을 하나의 문학적 조류로 이해한 것이 아니라 세계를 이해하고 관찰하는 정신"으로 받아들인다; iv) 김우창은 김수영이 진정 원한 것은 "시작 행위 속에 의식을 포기하는 것이 아니라 그 속에서 완전한 의식에 이르고자 했던 점에서 피상적으로 이해된 이런 유파와 다르다고 할 수 있으며" 그래서 "그의 행동으로서의 시의 언어와 이상은 완전히 정직한 언어에 이르고자 하는 그의 예술가적 양심과 별개의 것이 아니었다"고 설명한다. (pp. 319~20)

위의 네 가지 관점에서 제기되는 문제는 "i)과 ii)가 김수영의 모더니즘을 모더니즘이라는 기법으로 받아들이고, 그가 난해시를 썼다든가 혹은 민중적·역사적 현실을 외면한 것과 깊은 관련을 맺은,

그래서 그의 한계와 비판을 거기서 발견해야 한다는 논리를 펴고 있는 반면, iii)과 iv)는 그의 모더니즘을 정신으로 이해하고 그에게 평가될 수 있는 시적 자산이 그 정신에서 연유하고 있다는 관점으로 전개되고 있는 대조점에서 비롯된다. 모더니즘은 과연 기법인가 정신인가, 혹은 조류인가 양심인가. 아마 루카치에게는 비판받아야 할 기법 혹은 조류였을 것이고 브레히트나 마르쿠제에게는 정신이고 양심이었을 것이다." (p. 320)

김종철은 「풀」을 읽으면서 거기서 제시되는 '자유'가 "반드시 정치적 자유만으로 그치지 않고 '존재론적 자유'로 고양되고 보편화되어 이해된다는 점"을 강조하고 있다. 김현 역시 "그의 시에 스민 근원적인 정서로의 설움·비애로부터 출발하여 사랑과 혁명으로 지양되고 적에 대한 증오와 자기연민으로 발전되면서 그는 자유를 시적·정치적 이상으로 생각하고 그것의 실현을 불가능하게 하는 여건들에 대해 노래한다"고 지적하고 유종호 역시 "그의 자유가 정치적 자유를 포용하고 있음"을 보여주면서 그러나 "정치적 자유 너머로까지 뻗쳐 있다는 것 또한 명백"하여 '시적·윤리적 자유의 행사'로까지 진전했다고 고찰하고 있다. (p. 322)

"그의 주제가 가령 자유라면, 그것은 그것에 상응할 수 있는 귀중한 다른 개념들과 뒤얽혀 있다. 예컨대 김수영의 시에 접근하는 김우창의 양심, 황동규와 김인환의 정직, 유종호의 자기갱신 능력과

148

도덕적 급진주의, 오규원의 '예민해서 혁명가가 못 된 혁명주의', 김주연의 모더니즘, 이상옥과 김영무의 사랑이 모두 자유와 한가지로 뒤얽힌 시적 매개어이다." (p. 322)

"유종호의 날카로운 지적처럼 김수영이야말로 '탕진될 줄 모르는 가능성이자 안타까운 미완성'의 뚜렷한 본보기". (p. 326)

위 발췌는 황동규가 김수영 서거 15년을 맞는 1983년, 그의 『시여, 침을 뱉어라』(1975)를 베스트셀러로 만든 민음사의 위촉을 받고 그의 문학과 정신을 논의한 시인론과 작품론을 모은 추모 문집 『김수영의 문학』에서 필자가 임의로 뽑은 것이다. 그는 20여 년의 문단 생활에서 한 권의 개인 시집과 한 권의 합동 시집밖에 출판하지 못했다. 그러나 그의 사후 13년 동안 세 권의 전집과 두 권의 산문선집, 그리고 별권으로 이 추모 편서가 나왔다. 이는 김수영의 이해에 여러 시사점을 준다. 그가 생전보다 사후에 더욱 문제적인 인물이 되었다는 것, 그의 산재한 시와 시론 혹은 산문 들이 열심히 수집되고 열독되었다는 것, 또 그의 정신과 시문학에 대한 이해와 분석이 다양하게 확산되고 진화했다는 것을 의미한다.

그는 이어령과의 순수/참여 논쟁을 뜨겁게 진행하고, 교통사고를 당해 마치 자발적인 운명의 선택처럼 삶을 마감했다. 그리고 그가 생전에 제기한 문제들이 그의 사후에 더욱 열정적으로 담론화되었다. 그가 열기에 차 전개한 논의처럼 뜨거웠던, 그러나 마르크시즘적이라기보다 리버럴리즘적으로 볼 수 있는 참여론이 1960년대 말의 박정희 체제 속에서 일기 시작한 이후 이 논의는 리얼리즘을 거쳐 민중문학론으로 진전한다. 이 과정에서 순수한 지적 자유주의자였던 그에 대한 인식이 변화한다. 그는 참여파의 맹장으로서 사후에도 여전히 뜨거운 문학적 참여론의 분화구가 되었지만, 민중론이 활발해지면서 그의 지적 모더니즘 혹은 도시적 엘리티즘이라는 입지는 밀리기 시작한다. 그는 결코 민중은 아니었고 오히려 민중의 우둔함을 타기할 까다로운 지식인형이었다. 이 정황 변화 속에서 그에 대한 열정이 진정되는 한편 그의 시 자체에 대한 음미와 분석이 시작된다. 황동규의 김수영론 편집은 이런 가운데 이루어졌다. 그래서 그의 서문에 "순수문학론과의 논쟁 때문에 더욱 강화된 참여론자로서의 이미지를 갖고 있었는데, 그가 거기에 고착되지 않고 보다 폭넓게 인식되고 있다는 점은 한 시인에게 열려진 의미의 망을 위해 다행한 일이라고 생각된다"는 진단이 가능하게 된다. 그게 다행인 것은 한 시인이 편향적으로 해석되는 억압을 김수영이 벗어나고 있다는 것, 작품은 완결된 것이지만 그 작품을 보고 수용하는 의식에 따라 그 시의 해석과 의미, 평가는 진화한다는 문학사회학적 의미를 구체적으로 실현해주고 있기 때문이다. 실제로 김수영의 시는 참여론자들은 물론 순수론자나 상아탑의 연구자들 모두에게 여전히 뜨거운 상징으로 읽혀왔지만 그 상징의 의미는 조금씩 달랐다. 그러나 그 다름은 외적 정황에서 비교적 자유롭게 벗어나 시 자체의 분석에서 우러나온 것이다. 내가 발췌한 글은 그 의미망의 다양성, 혹은 시의 다의성을 추적한 것이다. 그리고 유종호의 평 "김수영이야말로 탕진될 줄 모르는 가능성이자 안타까운 미완성"이란 말이 강한 인상으로 환기된다.

시대의 상징이 된 시인

"그가 자신의 전존재를 걸어 맞짱을 뜨던 1960년대는 4·19와 5·16의 배반적인 사태가 잇따르며 분단의 비극이 심화되고 이념의 고착이 강화되는 가운데 권력과 문화, 성장과 보수가 갈등하고 민족주의가 솟아나며 근대주의가 열망되던 착종의 시대였습니다. 모든 것들이 끓어오르며 갖가지 것들이 분탕하고 충돌하며 뒤얽히고 있었던 것입니다. 이 60년대를 가장 60년대적으로 살아낸 분이 김수영 시인일 것입니다." (p. 134)

"그는 투명한 사유와 힘찬 정신으로 자신의 자유에의 열망을 형태화하며 도전적인 논리의 적절한 문체로 표현하여 쇳소리 울리는 거센 젊음의 목청으로 외쳤습니다. 그의 사유와 언어들을 저는 지성이란 말로 요약하고 싶습니다." (p. 135)

이렇게 볼 때 1968년에 그의 생애가 끝난 것은 그를 위해 어쩌면 하나의 아름다운 운명일지도 모르겠습니다. [……] 「풀」을 비롯한 그의 시들은 자유를 열망하는 그 후의 정신들에게 풍요로운 상상력의 불을 당겨주는 창조의 원천이 되었고「시여, 침을 뱉어라」와 같은 뜨거운 시론들은 당대의 역사에 괴로워해야 하는 시인들에게 열정적인 저항의 기름이 되었으며 '김수영'이란 시인은 바로 그 이름 자체로써 시대를 인식하고 반성하며 현실을 비판하고 극복하는 시적 계기가 될 수 있었습니다. [……] 그는 실체로 수용되면서 상징으로 기능했고 역사화하면서도 현존하는 정신으로 살아 있었고 실존하면서 신화로 승화했습니다." (pp. 135~36)

그의 40주기를 맞으며 창비에서 추모 학술제를 열 때 읽은 추모사[2013년에 출간된 나의 책『조용한 걸음으로』(문학과지성사) 수록, 인용에서는 이 책의 쪽수로 밝힘]에서 꺼낸 몇 구절이다. "60년대를 가장 60년대적으로 살아낸 분"이란 구절, 그리고 그는 "실존하면서 신화로 승화"되었다는 구절에 대해 좀더 구체적인 전말을 붙이고 싶다. 1968년 6월 17일 아침, 신문사에 출근하자 우선 들어온 소식이 김수영 시인의 교통사고로 말미암은 급서였다. 기자라는 직업으로 우선 내가 할 일이 그의 때 이른 횡변에 대한 추모의 글 마련이었다. 나는 그와 가장 가까운 시인 신동문 선생께 전화를 드렸다. 전화를 받은 그분은 우두망찰, 말소리는 떨리고 더듬거리며 흐느끼다시피 했다. 늘 맑고 환하게 웃음 짓던 그분이 사색이 되어 어쩔 줄 모르고 당혹하며 괴로워하는 듯한 모습이 보이지 않는 송수화기 너머 전화선을 타고 선연히 떠오르고 있었다. 억지로 원고 청탁을 드린 후 다음 날 아침 뵙고 원고를 받으며 들으니 신 선생도 그럴 수밖에 없었음을 알 수 있었다. 바로 전날 신 선생은 김수영 시인과 이병주 소설가와 한잔을 했다. 그런데 나이가 같은 소설가와 시인은 전혀 상반된 세계의 대조적인 인물이었다. 김수영은 쉰소리에 격한 비판의 목소리를 거침없이 쏟아내는 야성의 예언자 같은 모습이지만, 이병주 소설가는 부잣집 출신답게 여유 있고 차분한 품을 다듬는 분이었다. 그 상반된 모습으로 1차의 술을 마시고 2차를 가자는 이병주 선생의 유혹에 김수영 시인은 "너 같은 부르주아와 술은 안 마셔!"라고 쏘아붙이고 뒤돌아 휘적휘적 버스길로 걸음을 잡았다고 했다. 그리고 신수동 고갯길을 넘어 집 근처에서 내려 길을 건너다 달려오는 버스에 치였던 것이다.

물론 사고는 우연이었다. 그러나 시대의 상징으로 신화화하고 싶어 하는 정신에는 그 사태가 결코 우연스러운 것으로 받아들여지지 않고 피할 수 없는 정황의 필연적인 운명으로 다가온다. 그는 그가 경멸하는 노회한 부르주아의 능글맞은 여유를 거부했고 당시 그 부근이 밭이었던 동네의 길을 건너다 버스에 압살당했던 것이다. 그것이야말로 경제성장주의에서 비롯된 사이비 현대성과 아직도 묵은 구습에서 덜 벗어난 전통의 충돌로 말미암은 희생이었다. 나는 이 추모문을 읽고 처음 뵙는 미망인 김현경 여사에게 이 추모사를 올렸다.

[『시는 나의 닻이다』, 염무웅·최원식·진은영 엮음, 창비, 2018]

맏형 같은 최일남 선생님

최일남 선생님 부음을 듣고 바로 분당 서울대병원 영안실로 달려 갔고 문상을 하고 아픔을 달래며 다녀오는 길은 참으로 멀었다. 일 산으로 오는 1시간 반의 자동차 길을 나는 내 이십대 후반의 추억 으로 채우고 있었다. 뵌 지는 여러 해 되었지만 해마다 안부 전화를 올렸는데 올해는 그 인사를 그냥 넘겼다. 귀가 어두워지고 중간에 서 말을 전하는 사모님도 작고하셔서 내가 최 선생님과 소통하는 길이 막혀 있었기에 전화 안부마저 미루고 있었던 것이다. 그랬기 에 아흔 너머의 그분 작고 소식은 새삼스러울 것은 아닐 수 있지만 그분과의 인연은 쉰 해 너머 전의 멀면서도 아직 생생한 인연으로 돌아가고 있었다.

내가 최 선생님을 처음 뵌 것은 동아일보사 수습기자로 입사해 막 신문사 생활을 시작할 때였다. 그분은 문화부장으로 윗자리에 앉아 계셨지만 밖으로 나다니지 않고 신문, 잡지, 책 등등에 자잘한 무명 회보까지 갖가지 것들의 읽기만 계속하셨다. 거기서 취재할 거리도 찾고 그걸 맡아 쓸 필자를 구하면서 막 기자 일을 배우기 시작한 내게 기삿거리를 주거나 내 글을 받아 고쳐주고 내 취재를 재촉하셨다. 그러니까 내가 기자 생활을 시작하고 배운 것은 그분 밑에서 그분을 통해서였고 내 언론계 생활은 그분을 본(本)으로 삼았다. 그래서 내가 얻은 그분의 혜택을 그분의 문학으로 갚으려고 나는 애썼다. 최 선생님은 젊은 나이에 『문예』와 『현대문학』 추천으로 이미 작가로 데뷔하셨지만 신문사 일 때문이었는지 작품 쓰는 일은 미루셨다. 나는 친구들과 계간 『문학과지성』을 만들기 시작하면서 작품을 써달라고 조르며 그분이 문단으로 돌아와 작가 생활을 다시 여시기를 독촉하였다. 그리고 그렇게 얻은 작품을 내가 신문사에서 밀려나 시작한 출판사에서 간행할 수 있었다.

공적인 관계가 개인적 관계로 늘어나며 직장의 상하 자리가 문학의 동료 자리로 다독거려지면서, 최 선생님과 나는 그렇게 선후배의 허물 없는 사이가 되었고 그분도 내 독촉으로 마치 사이좋은 숙질처럼 속을 열어주셨다. 사회와 지식 생활의 연륜이 실제의 나이보다 훨씬 긴 사이였지만 말씀에는 격을 두지 않고 버릇없는 아우 대하듯 속 편히 어울려주셨고 그래서 나는 경륜의 차이가 있음에도 마음 편히 속 이야기를 나누고 말씀을 올리곤 했다. 무엇보다 1950년대에 문단과 언론계 활동을 시작한 그분과 1960년대에 대학을 졸업한 나의 세대적 차이를 짚으면서도 그것으로 격을 차리지 않으셨고 전후의 아프레게르와 4·19 근대화 시대의 기질적 차이를 허물없이 받아주셨다. 나와 세상 나이로는 6년 차이지만 기자로서의 연배 차이는 그 두 배가 넘어 세대적 거리를 피할 수 없음에도 최 선생님은 이를 염두에 두지 않고 마치 짓궂은 막내 대하듯 내어린 기자 생활을 다듬고 키워 연배의 격차를 넘는 동료로 챙겨주신 깃이다.

그런 공덕에 대한 내 사은은 그분을 다시 문단으로 모셔 오는 일이었다. 나는 김현 등과 어울리면서 계간 『문학과지성』 작업을 시작했는데 그때 비로소 그분의 작품 쓰기를 졸라 기어이 창작을 게재할 수 있었고 그즈음 다시 시작한 작가 생활에서 얻은 그분의 중편들을 모아 문학과지성사 이름으로 간행할 수 있었다. 내가 조그마한 출판사를 처음 연 1975년 말 개업을 축하하기 위해 손수 옷걸이를 선물로 사 들고 손바닥만 한 청진동 사무실을 찾아오신 그분의 다정한 우의는 반세기가 지난 지금까지도 순진한 젊은 시절의 추억으로 생생하게 살아 온다. 서울대 국문과를 졸업하셨고 그에 앞서 젊은 나이에 「쑥 이야기」로 문단에 데뷔하셨으며 민국일보, 동아일보, 한겨레 등 여러 신문사의 문화부 데스크와 논설 쓰기를 거치며 언론 생활을 계속하면서도 끝내 작품 창작에도 못지않은 힘을 기울여 『춘자의 사계』 『누님의 겨울』 『만년필과 파피루스』 등 많은 창작집을 내셨고, 그래서 우리 문학을 더욱 풍요롭게 만들었으며, 숱한 인물과 진행하신 인터뷰 기사들은 우리 민주화 과정의 생생한 증언으로 기록될 것이다.

키 작은 나보다 더 작은 키, 그럼에도 험한 세상 짓궂은 사람들을 푸근히 싸안는 포용, 격식을 차리지 않고 누구에게나 격의 없이 말을 트는 대화 태도는 내게 선배처럼, 허물없는 친척 형처럼 다가온다. 그분을 잃고 문상한 후 돌아오는 동안 마치 존경을 더하지 않을 수 없는 다정한 맏형을 잃은 것 같은 상실감에서 벗어날 수 없었다. 우리는 이렇게 어른의 품을 떠나고 선배의 정을 잃을 수밖에 없는 것일까. 집으로 향하는 그 길은 아프고 안타까웠다.

[2023. 6]

자유와 현실
— 최인훈의 경우

1

최인훈 씨는 그의 데뷔작「그레이 구락부 전말기」에서 이후의 문학적 작업을 예시하고 있다. 우선 이 단편의 제목에 사용된 '그레이'는 후의 장편『회색인』으로 다시 반복되고 있거니와 첫 장편인『광장』의 전체를 미만하고 있는 색채로 나타난다. 그것은 청명한 낭만주의 시대에서 암울한 세기말의 먹구름을 거친 현대의 주조색이며 신의 죽음 이후 긍정과 부정의 중간쯤에서 질문은 있되 회답의 실마리가 없는, 끊임없이 방황하고 실험하고 반추하며 패배하지만 쓰러지지도 일어서지도 못한 엉거주춤한 머뭇거림이 계속되는, 어떻게 보면 세계는 명증한 것이지만 다시 눈을 씻으면 카오스가 더해가는 현대인의 심상에 배색으로 깔려 있다. 명백히 의식적으로 사용된 이 상징적인 수식어는 이십대의 사색가가 쓴 이 첫 작품에 그대로 구체화되면서 "눈에 벌겋게 핏발을 세우며 밤샘을 하여 책을 읽던" 주인공이, 이 주인공의 배후에서 조작하는 작가 최인훈이 현대의 회색인이란 스스로의 거점을 분명히 선언하고 나선 것이다.

잘 알려진 이 단편의 서두는 파우스트적인 권태로 시작한다. 대문호의 거인상처럼 르네상스의 전인적 감상에 못 미치지만 '현'이란 청년은 그답게 '책에 음(淫)한 시절'을 거치자 '결국 책을 버리'고 "책이 쓸모없음을 안 것이 책의 쓸모의 모두였다"는 역설을 깨닫는다. 그러나 최인훈 씨의 파우스트는 메피스토펠레스와 현실 속으로 헤엄치는 대신 우연한 친구의 권유로 '순수의 나라에 산다는 의식을 지속'할 것을 목적으로 한 그레이 구락부에 가입한다. 여기서 파우스트와 현과의 결별은 괴테와 최인훈의 차이이자 19세기 서구와 20세기 한국의 차이를 보이고 있다.

엄밀하게 말해서 흔히 지적되듯 '서구적 발상'의 작가란 최인훈 씨의 의식이 한국이란 제한된 상황에 머문 것은 아니지만 이 작가의 비동양적 논리성에도 불구하고 끊임없이 20세기 후반기의 한국이란 독특한 처지에 관심을 보이고 있다.

카프카의 작품·주인공이 두문자로 익명화된 것처럼 「그레이 구락부 전말기」는 주인공 외의 모든 인물들을, 현이 사랑하는 여자까지 포함하여 두문자로 비개성화시키고 있다. 이들은 레코드 음악을 듣고 혹은 그림을 그리고 잡담을 하고 조그만 방 안에서 뒹굴기도 하지만 그 배역은 K라도 좋고 M이라도 관계없다.

모두는 '현'이란 인물에 귀속시킬 수 있고 이 비밀 조직은 동질적인, 따라서 이질의 복합체가 아니라 단세포의 통합체로 구성된다. 회원들 간에는 토론도 심심치 않았고 모이는 시간이나 모여 앉아하는 일들도 제각각이었지만 이 구락부는 '항상 변함없는 고독의 안식처'였고 '민사는 이렇게 간단히 해결돼'버리도록 운영되었다는 것은 이 '관조'를 이상으로 삼고 '창(窓)의 철학'을 내세우는「그레이 구락부 전말기」의 단세포적 구성을 잘 말해주는 것이다. 이 젊은 클럽이 물론 내부에서의 갈등을 안고 있었지만 해체되지 않을 수 없었던 원인은 오히려 밖에 있었다.

절대 비밀을 고수하던 나태의 클럽에 파국이 온 것은 정치적 결사로 오인받은 경찰 때문이었다. 외부와의 '시각에 의한 교섭'은 현실의 세계에서 오래 지탱할 수 없는 것이다. 어떤 이유로든 그런 순수의 상태로 나태를 즐길 수 없을뿐더러 그것이 정치적 상황에 관련돼버리는 경우는 우리가 전혀 볼 수 없는 것이 아니었다.

최인훈 씨의 첫 작품 전말은 이렇다.「그레이 구락부 전말기」가 전개한 이야기들은 작가 최인훈의 이후 10년간의 문학적 작업과 거의 일치하고 있는 것 같다. 봄부터 연말에 이르기까지 클럽에서 이전 혼자 있을 때 하던 그대로 사색하고 외로워하고 변증하는 일을 계속하는 것은 적지 않은 장·단편을 발표해오던 이 작가의 내막과 부합시켜준다. 폐쇄된 방 안에서 유리창과 시가와, 그리고 세계를 바라보듯, 자신의 사변 속에서 행위와 사건을 관조하고 있는 것

160

이다. 이러한 작가의 태도는 마치 아리스토텔레스의 제자처럼 서성거리며 '문학과 철학'에 대해 토론하던 소요학파의 그것을 연상시킨다. 확실히 그의 사색의 방향은 아리스토텔레스적인 본체론이었고 오늘날의 기능주의는 아니었다. 다만 고전과 다른 것은 단정적인 철리가 아니라 기왕의 반추였고 손쉬운 모범 답안의 작성이 아니라 어려운 질문의 연속적인 제기였다. 그의 의식은 의미의 추출이 아니라 의미의 부여였고 에너지의 발산이 아니라 에너지의 제거였다. 다시 말하면 아리스토텔레스적 관심을 가진 현대의 회색인이었던 것이다.

2

「그레이 구락부 전말기」에서 우리가 발견할 수 있는 사소한 관심의 하나는 이 작품에 등장하는 인물들의 현실적인 신원이 전혀 나타나지 않는다는 점이다. 다른 회원은 물론 현이나 '키티'까지 그들의 직업이 무엇인지, 어떤 방법으로 생활하는지 아무런 암시를 주지 않고 있다. 그들의 분위기로 보아 학생 또는 그만한 세대의 룸펜으로 추측될 뿐이다. 이 사소한 발견은 그러나 반공 포로로 현실의 선택을 강요당하는 『광장』을 제외한 장편 『회색인』이나 중편 「가면고」 또는 「구운몽」에서 더욱 확대됨을 알 수 있다.

물론 『회색인』의 '독고준'은 학생으로, 「가면고」의 '독고민'은 안

무가로,「구운몽」의 '독고민'은 간판쟁이로 각각 신분증을 내밀고 어렸을 때 잘살았다가 월남해서 고생한다는 식으로 이력서를 제출하고 있다. 그러나 그뿐이었다. 그 주인공들은 무엇으로 먹고사는가, 가족은 어떤가란 현실적인 문제들은 거의 샅샅이 제거되고 있다. 좀더 구체적으로 말해서 이들은 모두 먹을 것, 입을 것, 또는 가족과의 유대감에 대한 아무런 부담도 지지 않고 있다. 속인이 으레 갖기 마련인 돈에 대한 욕심이나 명예 또는 사회 진출에의 꿈이 거세되고 있다. 꼭 한 번,『회색인』의 '독고준'이 변심한 매부에게 협박, 매부의 옛 노동당원증을 파는 사건이 있다. 등록금을 마련하기 위해 재벌인 매부와 거래하는 것이다. 그러나 이 경우 돈의 욕심은 '독고준'의 본성적인 물욕이었다기보다 히로인으로 등장할 '이유정'이란 매부의 현재의 처제와 접선시키기 위한 고의적이고 장황한 계기를 만들기 위한 것으로 보인다.

주인공의 일상성의 결핍이나 현실적 욕망의 제거는 최인훈 씨가 아닌 다른 많은 작가의 경우에서도 왕왕 볼 수 있다. 사실 그것은 주인공의 의식에서나 작품의 전개에 그리 중요한 것은 아니다. 그러나 이 사변적인 작가에 있어 등장인물의 사생활성의 제거는 지나치게 충실해서 돈이나 가족이란 일상적인 것은 물론 성욕이나 식욕이란 인간의 동물적 현실성마저 거의 제거시키고 있다. 즉 그는 완전한 자유인으로 자신의 인물을 만들고 있다.

동물적인 본능이나 인간적인 욕망 또는 가족과의 연대란 의무감이 우리의 순수한 의식을 교란시키는 요소임은 가장 평범한 진실이다. 그러기에 사색의 정진이나 의식의 순화를 위해서는 현세의 속사를 떠나는 것이 가장 현명한 방법이다. 그럼으로써 완전한 사고의 자유, 공명한 판정의 능력을 가질 수 있다. 최인훈 씨가 의도한 바는 바로 이러한 순수의 자유인인 것 같다. 그의 주인공들은 부모나 처자가 없어 자신의 물욕이나 명예욕으로 그의 학문과 문학에 오점을 찍을 리 없다. 현실적인 부족감으로 말미암은 콤플렉스로 자신의 판단을 오도시키지 않아도 된다. 그는 초현실·초여건적인 입장에서 소요하며 변증하고 판단하는 것이다.

그러나 최인훈 씨는 주인공의 의식의 순화에만 멈추고 있지 않다. 그는 현실과 역사, 인간과 세계를 명증한 눈으로 보고 자신의 사고를 언어의 예술로 수용시키기 위해 전통적인 플롯의 파괴까지 서슴지 않고 있다. 「가면고」는 '독고민'의 현재의 진행과 그가 구상하고 있는 발레 공연작과 최면에 의한 몽환 세계의 목격을 같은 주제로 중복 혼합시키고 있다. 근원적인 사랑에 의한 구원이란 파우스트적 주제를 연상시키는 이 작품은 전생의 추적과 현생의 사건, 그리고 상상의 픽션이 아름답게 병행하는,『광장』과 함께 그의 가장 완벽한 구성으로 성공하고 있다. 그러나 여기서도 직접적인 연관이 없는 일기와 심리학 서적의 인용이 장황한 부분을 차지하고 있거니와 「구운몽」에서는 후반부가 완전히 몽환의 사건으로 전개되었고 『회색인』의 속편인 『서유기』는 '독고민'이 서두에서 문득 시작한 몽상이 줄곧, 전편을 구성하고 있다. 「구운몽」의 몽상은 열병 환자의 그것처럼 쫓김 받는 악몽이지만 『서유기』는 완전한 의식의 손오공으로서 불경을 찾는 원숭이의 모험처럼 새로운 가치의 발굴을 위해 실존 인물을 도마 위에 놓고 칼질하는 모험을 하고 있다. 전통적인 형식을 파격하는 작가의 모험은 「놀부뎐」이나 「춘향뎐」에서 더욱 현학적인 솜씨로 전개되고, 마침내 연작 「총독의 소리」처럼 주인공 없는 지하방송문으로 이루어진 반소설(反小說)로까지 빌진하게 된다.

여기서 사용된 '반소설'이란 그 기법이나 배경이 물론 서구의 그것과는 다르다. 「총독의 소리」가 발표되던 당시 그 작품의 평가는 높았지만 여기에 사용된 독특한 기법과 그 의미는 별달리 논의되지 않았다. 그의 작품은 엄격히 말해서 '의식의 흐름'을 추적했다기보다 '사고의 언어적 전개'였다는 것이 더욱 마땅할 것이다. 어떻든 어떤 소설에든 사고의 주체는 명백히 드러나 있었다. 그러나 「총독의 소리」는 극단적으로 인물을 완전히 제거시키고 소리만 남겼다. 물론 화자는 비밀 방송을 하는 총독의 망령이지만 그것은 행위나 사고 또는 형태까지 말살된, 인물로서는 실격된 것이다. 오직 이 유령 방송을 통해 작자의 신랄한 현실 비판의 에세이적 사설(辭說) 또는 사설(社說)만 늘어놓는 것이다. 그것은 작자의 사적 표현대로 주인공을 앞면으로 내세우는 재래의 소설 형식을 거꾸로 뒤집어 배경을 앞으로 내세우고 주인공을 감춘, 전통 소설의 뒷면으로 보인다. 그 형식은 어떻든 작자의 발언을 자유롭게 표현하기 위해 역설적인 전개 방법을 채택했다는 것은 작자의 새로운 실험의 성과이기도 하거니와 기왕의 그의 작품처럼 주인공을 통한 작가의 자유

의 갈구는 표현 형식으로부터의 해방으로까지 발전했음을 보여주
는 것이다.　·

3

　우리는 여기서 이 사변의 작가가 형상화시키고 있는 의식의 흐
름을 서구의 그것과 잠깐 비교해볼 필요를 느낀다. 헤세의『싯다르
타』는 성자가 되어가는 과정에서 끊임없는 내부와의 대화로 속세
로부터의 자유를 찾고 있고, 조이스의『율리시스』는 단 하루의 끊
임없는 의식의 흐름이 방대한 어휘로 추적되고 있다.『싯다르타』
는 탕자적 생활에서 선(禪)적인 노력으로 속세의 삶과 연을 끊어가
는 자유인의 모험이고,『율리시스』는 돈과 부정한 아내와 잃어버
린 아들과 그리고 조국과 예술과 종교가 뒤범벅이 된 집념이 방황
하는 일상의 의식에서 헤어나지 못하고 있다. 이들은 전혀 다른 세
계를 갖고 있으면서도 당초부터 고전적인 자유가 부여되지 않았고
현재 있는 상태에서 앞으로 있어야 할 상태로 지향하고 있다는 점
에서 궤를 같이하고 있다. 그러나 최인훈 씨의 주인공들은 처음부
터 자유인과 구애 없는 의식에서 출발하여, 있었던 것으로부터 있
어야 할 것으로 추출 작업을 진행하고 있다. 우리는 구태여 이 작가
의 입지점을 동양과 서양 혹은 헤세나 조이스와 최인훈과의 차이
로 평가할 필요는 없을 것이다. 오히려 회랍이나 르네상스 시대의

본체론적 질문 제기나 서구적인 철저한 논리적 사고방식을 개화 이후 가져보지 못한 우리나라에서 최인훈식의 탐구는 상당히 필요한 것으로 보인다. 흔히 지적되는 동양의, 그리고 우리의 직관적 사고방식과 비논리성의 결함은 서양의 논리적 접근 방법으로 보충돼야 하며 특히 스스로의 자각이 서기 전에 물밀 듯 들어온 서구 문화의 양식으로부터 해방되기 위해서는 서구적 방법론의 도입이 요긴할 것이다. 아마 이러한 점에서 최인훈식의 자유인과 편견 없는 사변은 퍽 유용한 존재가 아닐 수 없을 것이다.

최인훈 씨 자신은 언젠가 한 신문기자와의 인터뷰에서 "문제는 사실보다 진실에 있다. 소설이 픽션인 한 그 허구성을 가능한 한 활용하여 진실을 묘사해야 하지 않는가"라고 밝힌 적이 있다. 이것은 극적 스토리가 전개되지 않는 대신 현학적인 토론과 형이상학적인 의식을 지나치게 표출시킨다는 자신에 대한 비판에의 변명이라기보다 사건의 핵심을 그 행위나 물리적 연관성에 두기보다 그것이 의미하는바, 나와 세계와의 상호 파악에 둔다는 자신의 입장을 천명하는 말일 것이다. 사실 그는 '의식의 놀이'를 택했고 이 의식의 놀이는 모든 것을, 몽상과 현실의 교착이나 그의 단편에서 자주 보이는 끔찍한 살인의 연출이나 그 파격적인 소설 기법에서나 주인공, 또는 그 행위, 또는 뒤에서 조정하는 작자의 연출에까지 충분한 베리에이션을 가능케 했다.

여기서 추가돼야 할 것은 최인훈 씨의 인물들이 현실의 여건으로부터 해방된 자유인이며 상당한 지식인이란 패턴을 보여주고 있을 뿐 아니라 '독고'란 희성을 갖고 있다는 점이다. 『회색인』의 '고독'을 연상시키는 이 성은 우연히 얻어진 것이 아니라 분명히 작가의 고의적인 작명으로 생긴 것 같다. '독고민'이나 '독고준'이 현세적으로 외로운 사람이라는 것뿐 아니라 '자유인'이란 형이상학적 인간에게는 세계의 고독을 모두 싸안은 듯한 고민 속에 스스로 고독의 짐을 지는 인간이다. 고독하다는 것은 인간의 원초적인 존재상일뿐더러 고독의 에너지로 더 넓은 세계와 더 높은 세계로 자신을 확대해갈 수 있는 것이다. '민'이나 '준'은 한없는 픽션의 세계를 달리면서 끊임없이 내부의 독백과 의식의 모험을 전개하는 것이다.

결국 최인훈 씨의 대부분의 작품은 '그레이 구락부' 회원들이 '현'의 동질적 분신이듯 작가 자신의 패턴을 가진 인간들로 구성됨을 발견하게 된다. '현'과 그의 일당들이 모여서 주제를 바꾸어가며 비슷한 생각과 비슷한 행위를 하듯 최인훈 씨 자신이 작중인물로 현신하면서 무대만을 달리할 뿐 몇 가지 유형적인 방법으로 '진실'을 탐구하는 것이다. 따라서 그의 작품들이 '연작'의 형식을 밟는 것은 무리가 아니다. 『회색인』「구운몽」『서유기』는 독고 씨의 현실과 몽상의 여행기이며, 「열하일기」「금오신화」는 고전을 현대의 현실로 변현시킨 것이며, 「놀부뎐」「춘향뎐」「공명」은 전근대인 또는 당대의 의식을 반추하며 재평가한 것이고, 「총독의 소리」 I·II·III은 적의 눈으로 본 현실 폭로의 소리다. 이들은 결국 자신이 분류하듯 독고의 여행, 고전, 총독의 세 가지 시리즈를 이루고 있다. 그러나 가능한 것은 단편으로 이루어진 고전과 총독의 시리즈를 독고의 세계 일부분으로 충분히 삽입하더라도 어떤 모순이 일어날 수 없다는 것 ─ 다시 말하면 '독고'가 의식으로 혹은 몽상으로 방황하며 만들 수 있는 하나의 에피소드적 성격을 가질 수 있다는 점이다. 하나의 완성된 단편이 무한히 신축시킬 수 있는 장편에 포괄할 수 있다는 것은 쉬운 일이 아니며 이것은 최인훈 씨의 독특한 소설의 변형력에 의한 것이리라. (이러한 예로「가면고」의 처면에 의한 전생의 복귀를 그린 부분이 다시 한 잡지에 단편으로 발표된 것을 들 수 있을 것이다.)

4

파우스트적인 상황에서「그레이 구락부 전말기」적인 작업을 시작한 최인훈 씨의 목적은 무엇일까? 지성 있는 자유인을 주인공으로, 수많은 책과 끊임없는 의식과 사변으로, 아이러니와 위트가 혼합된 투시력으로, 파격적인 기법과 대담한 변형으로 그가 추구한 것은 무엇일까? 이 문제를 검토하면서 우리는 최인훈 씨가 서구적 발상과 방법에 의함에도 불구하고 그의 작업 대부분은 서두에서 이미 말했듯 '현대 한국의 회색인'의 가치 설정임을 다시 깨닫게 된다. 물론 그의 작품에는 비슷한 유형의 여성이 늘 등장하여 주인공의 의식에 깊이 관여하고 지식의 한계 위에서 사랑에 의한 구원을 찾고 있음이 드러난다. 그의「가면고」는 우리 문학작품 중에서 가장 완벽하고 차원이 높은 사랑의 문학의 하나일뿐더러 파우스트의 구원을 연상시키는 고전적인 영혼의 탐구를 보여주고 있다. 이 작가의 저력은 우리 작가 중에서 가장 풍부한 지식욕과 명증한 논리성을 발휘함에도 거기에 멈추지 않고 오히려 거기서 시작하는 한계의 극복에 있다. 죽음에 대한 강렬한 증오 때문에 지성인의 잔인성을 거침없이 발휘하는 그에게 영혼의 세찬 단련을 통한 구원의 갈망은 종교가 없었던 우리에게까지 깊은 감명을 던져주고 있는 것이다.

그러나 사랑과 죽음, 권태와 구제만이 그의 주제였다면 그처럼 많은 요설과 실험을 늘어놓을 필요까지는 없을 것이다. 그의 숱한 '의식의 놀이'가 현대의 심층 심리학으로부터 고전에 이르기까지 뛰어다니며 도로할 이유까지 없을 것이다. 오히려 그의 주요한 과제는 어딘가에서 밝힌 '추적자'로서 현재의 진단과 현실의 재구성인 것 같다.

작가 자신이 지적이기 때문에 주인공이 지성인으로 나타날 수 있겠지만 지성인을 작품에 등장시키는 고의적인 의도가 그렇다고 무시될 수는 없다. 그는 한국의 젊은 지성인을 통해 우리의 역사와 문화유산을 재평가하고 우리의 의식구조를 분할하며 그것이 어떤 현실 속에 어떻게 작용할 수 있는가를 탐구하고 있는 것이다. 그는 전통적인 소설 양식으로 반공 포로가 된 '이명준'이 제3국을 선택하고, 그러나 그 선택마저 스스로 포기하며 자살하는, 좌절할 수밖에 없는 '가치 상실의 광장'을 이미 진단한 바 있거니와 마치 '행위는 없고 사고만 남은' 듯한 『회색인』과 『서유기』는 정치적 상황으로부터 국민적 인간상에 이르기까지 현실과 현실 속의 인간을 날카로운 평론가의 에세이처럼 신랄하게 까뒤집고 있다. 그의 개인적인 사회관은 점차 확대해서 우리 역사와 우리 민족 전체로 번져가면서 비판만은 더욱 가혹하고 첨예해졌다. 그에 따른 작품 기법의 변화도 점점 내담해졌다. 우리는 기초적으로 이 모든 것을 긍정한다.

그러나 이즈음 와서 우리는 결론 삼아 그에게 느끼는 저항감을 피력하지 않을 수 없다. 그 하나는 「총독의 소리」와 「공명」에서 보인 행위 없는 소설, 작가의 육성이 소설화되지 않고 생방송 그대로 표출되는 것이 어디까지 가능하느냐는 점이다. 이 작가의 독특한 성격과 그 의미는 일단 성공적이라고 긍정했지만 그렇다고 이들 작품 속에 내포된 위화감까지 전면적으로 수긍한 것은 아니다. 재래식 소설을 보던 눈으로 본다면 「총독의 소리」는 작자 자신이 사견으로 밝힌 '지능 높은 기자의 독설적인 사설'이고 「공명」은 우리의 한 문학평론가가 시도한 것과 같은 에세이적 인물론이다. 이 사설이나 에세이는 이미 그의 장편 중에도 충분히 삽입된 바 있지만 그것이 소설화되기 위해서는 전편의 주제와 연관되는 한 부분으로 허용하는 편이 보다 타당할 것이다. 더구나 신문기사의 문체가 아닌 사설, 객관성을 포기한 에세이는 '말의 놀이'를 유도시키기 십상이고 최인훈 씨가 심심찮게 삽입해온 말놀이는 그 필연적인 연관성을 잃는 경우가 없지 않아 작가의 작품에 대한 근엄성에 회의를 일으킬 때도 있다. 근래의 그의 반소설적인 작품들은 하나의 실험

170

으로서, 혹은 과도기적 작업으로서 간주될 수도 있을 것이다. 사실 이 작가의 의식 상태나 그간의 발전 과정을 살필 때 이러한 위화감을 그는 쉽게 극복할 수 있으리라 기대된다. 그러나 그것은 다음의 문제요 지금의 것은 아니다.

그러나 보다 근본적인 한계감을 주는 것은 그의 냉철한 현실 파악과 끊임없는 사실에의 관심에도 불구하고 그것은 실세계와 상당한 거리를 유지하고 있다는 점이다. 이 말은 그의 이해와 판단이 어둡다는 것이 아니라 지나치게 명증하기 때문에 체온을 가진 인간을 느끼기보다 투명한 어둠을 통해 응시하고 있다는 기분이다. 그것은 그가 사변적인 언어를 구사하고 독자를 자신의 형이상학적 의식 세계로 끌어들이는 이유 때문만은 아니다. 아마 '사실보다 진실에 충실'하며 행동보다 관조를 선택하는 작자의 입장 때문일 것이다.「그레이 구락부 전말기」에 나오는 '창' 타입의 인간이란 곧 작자 자신의 이러한 입장을 잘 설명해준다. '난로의 기사'란 칭호를 받은 '현'이 '일장의 연설' 중에 "행동의 손발은 갖지 못하고 관조의 창문만을 가진 인간형이 있다. 손 하나 발 하나 까딱하긴 싫고 다만 눈에 보이는 온갖 빛깔 형태를 굶주린 듯 주시함으로써 보람을 느끼는 사람, 이런 사람은 '창' 타입의 인간이다"라고 스스로 변명하는 것은 작자 자신에게도 적용된다.

결국 우리는 최인훈 씨의 현실이 '자유인의 관조'에 의한 창 안의 것임을 보게 된다. 방 안에서 한 인간이 내적으로 겪을 수 있는 현실의 분량은 실제의 일어날 수 있는 것보다 더 넓고 다양하고 풍부한 것이지만 그것은 '잉크병 속의 현실'로 폐쇄화할 위험을 내포하고 있다. 극단으로 말해서 최 씨의 작품이 지나친 관념에의 남용이나 사변적 논리의 과용으로서 보다 방 안에서 상상된 현실이란 이유로 인물 없는 철학의 문학으로 편향되고 있다. 우선 최인훈 씨가 패턴으로 상정하고 있는 완벽한 자유인이 실제로 존재할 수 있을까, 사르트르의 말이 아니라도 당연히 세계에 앙가제되지 않은 인간이 있을 수 있을까 하는 회의를 제기시킨다. 최 씨의 주인공이 현실로부터 완전히 격리됐다는 얘기는 아니다. '앙가제'된 상태는 보다 구체적인 여건에 잡혀 있는 상황이며 그것이 문학의 소재가 되기 위해서는 보다 적극적인 의미로 구속돼야 할 것이다. 머릿속에서 상상된 현실, 언제나 마음만 먹으면 탈피할 수 있는 여건이 아니라 운명과 싸우고 숨 쉬고 부닥치는 인간에게 간섭당하며 세계의 질서와 무질서 속에 자신의 공간을 갖고 있는 인간의 상황이어야 한다.

작자에 대한 이러한 요구는 지나치고 때로는 부당할 수도 있다. 최인훈 씨가 관조하는 자유인의 창을 통한 세계의 음미는 인간과 자연의 명증한 파악을 위해 보다 냉철한 입장에 서려는 데가주망으로 충분히 납득할 수 있다. 그리고 그것은 여러 차례 피력했듯 우리 문학에 상당한 중량과 면적을 차지한다는 것을 부정할 수 없을 만큼 성공적이었다. 그러기에 우리는 그에게 '이제는' 하고 제기할 수 있을 것이다.

그것은 데가주망이 앙가주망으로 전환돼야 한다는, 작가에게는 다소 불쾌할지도 모를 기대를 가질 수 있다. 데가주망은 물론 한없이 계속될 수 있는 것이고 우리가 또 그것을 비난할 수 없는 것이지만 근래 작가가 보이는 산만성이나 지루하게 느껴지는 사설은 그의 현실로부터의 차단이 더 넓은 세계로 문을 열어준다기보다 한자리에서 맴도는 좌절이나, 악의적으로 보면 장난기의 남용으로 매너리즘에 빠졌다는 느낌을 주고 있다. 이런 한계는 결국 작가가 벗어나야 할 것이고 그의 작품은 현실로의 앙가주망으로 극복할 수 있을지도 모른다는 가능성을 검토하게끔 한다.

또한 문학 독자의 입장으로서도 현실의 진의는 주인공의 사변으로써보다 주인공의 행동으로써, 친근하고 현세적인 동료 의식을 느낄 수 있는 인물의 움직임으로써 더 많은 감명을 느낄 수 있으리란 점도 논의돼야 할 것이다. 우리가 그의 문학에서 얻고 싶은 것은 자유인의 사고라기보다 자유인이 되기 위해 각고하는 비자유인의 수련인 것이다. 파우스트가 신학 논문이 아니라 그의 가련한 사랑과 장엄한 죽음으로 우리를 압도하고 있음에 동의한다면 최인훈의 인물들은 보다 생동하는 세계 안의 인간으로 뛰어들어야 할 것이다. 우리가 그의 작품에서 자유인의 한계를 지적하고 현실의 새로운 참여를 요구하는 상당한 이유는 이런 점에 있는 것이다.

[『68문학』, 1968]

훨훨 날아오르소서, 최인훈 선생님

오늘 우리는 우리 문학사에서 가장 깊고 높은 절정의 작가로 한 생애를 바쳐오신 최인훈 선생님을 영원한 나라로 떠나보냅니다. 세상은 여전히 착잡하고 이 땅은 다름없이 삶을 옥죄기에, 정신의 무궁한 자유를 소망하신 선생님을 보내는 우리 마음은, 그래서 더욱 쓸쓸하고 외로워집니다. 매임 없는 영혼의 도저함을 보여주시면서 그 본보기가 되어오신 선생님은 우리의 몽매를 깨우쳐 언어와 사유로써 정신의 폭과 인식의 새로움을 가르쳐주시던 자리에서 홀연히 저세상으로 영육을 옮기고 계시고 있는 중입니다.

선생님은 그 외로운 자유로움으로 오늘의 우리 한국문학을 근대에서 현대로 비약할 단계를 세우셨습니다. 우리는 그 층계참에서 선생님의 아바타 이명준을 만나 남북으로 분단된 현실의 비극을 체감했고 끝없는 의식의 흐름을 보여주신 '회색인'의 서늘한 고민을 되새김했으며 '서유기' 같은 지적 방만 속에서 우리 의식의 일상을 점검했습니다. 우리는 선생님의 글에서 허망한 '웃음소리'를 들었고 가혹한 '총독의 소리'에 질겁했습니다. '옛날 옛적'의 정적으로 가려진 한국인의 소박한 고전적 원형으로부터 창백한 현대인의 '가면'을 쓴 내면적 공허에 이르기까지 선생님은 '광장'에서 일고 있는 숱한 소리와 모습들을 분방한 상상력으로 재현하셨습니다.

침묵의 시간까지 창작의 정신으로 싸안은 글쓰기와 읽기의 생애에서 선생님은 우리의 지적 감수성을 전후의 수난 의식에서 현대의 발랄한 지적 성찰로 성숙시켰고 개인과 집단, 과거와 현재의 광기 어린 충돌을 냉철한 이성과 세련된 정서 속으로 끌어안으면서 우리 시대의 정신적 표정을 짚어 그렸습니다. 우리 문학의 전범으로 넘겨주신 15권의 전집으로 한국문학의 랜드마크를 세우면서 문학적 소명과 예술적 천분이 어떻게 고전적 문체를 오늘의 문장으로 부활시키고 전위적 형식을 전통적 주제로 적분하는 모순의 창조적 성취가 가능할 수 있는 것인지를 보여주셨습니다. 아마도 지난 세기 중반 전후파 문학에서 4·19세대 문학으로 새로운 한국문학의 지평을 열면서 우리가 최인훈 이전의 문학과 최인훈 이후의 문학으로 또렷이 구분할 수 있었던 것은 선생님의 이 같은 창조적인 글쓰기 작업에서 비롯되었습니다.

청년 시절에 쓴「광장」을 노년에 이르기까지 적어도 다섯 번 이상 고쳐 쓴 완벽에의 집념, 모든 작품을 한자 혼용에서 우리 한글로 바꾸신 모국어에 대한 뜨거운 주체적 자의식, 일체의 정치적·집단적·행사적 모임과 활동에는 눈길을 돌리지 않으신 염결한 처신, 이성과 지성으로 역사와 현실을 진단하고 그 사유에 따라 한 치의 어긋남도 피하는 진지한 태도, 한평생을 지식인 예술가로서의 자부심으로 영욕을 거부하신 세속에의 결기, 그럼에도 어쩔 수 없이 새어 나와 또 다른 인간적 여유를 보이시는 유머와 애정 등등, 선생님의 생애를 지켜온 엄숙한 삶 속의 비범한 고결은 우리에게 끝내 잊히지 않을 문학인의 사표(師表)가 될 것입니다.

선생님은 후학을 가르치는 일 외에는 오로지 읽고 생각하고 쓰는 일로만 온 평생을 바쳐왔습니다. 글쓰기 작업을 작가의 노동 본령으로 실천하셨고 활달한 내면적 사유가 억압적인 사태와 대결하여 극복할 태도로 시범하셨으며 창의적인 문체와 기법을 우리 의식의 상투성을 전복하는 예술적 본의로 성취하셨습니다. 선생님에게는 사유가 곧 행동이고 상상이 실천이었으며 꿈이 현실의 화두였습니다. 그 역설을 통한 선생님의 사유와 삶이 현대 한국인의 혼란을 극복하는 방법이었고 아픈 과거를 승화하는 길이었으며 고통스러운 미래를 향한 새로운 전망이었습니다. 「태풍」의 현실이 「광장」에도 여전한 현존이 되고 있는 남북조시대에 현실의 억압에 버티며 그 현실을 뛰어넘는 상상력으로 상황을 통찰하고, 현재를 고뇌하면서 전통과 문명이 중첩된 언어적 지성으로 이 세계의 존재상을 선생님은 펼쳐 보여주셨습니다. 그 문학과 언어, 정신과 이성은 다시 배우고 새로이 생각해야 할 과제가 되었고 여기서 제기된 문명사적·

지성사적 비전은 우리 후배 문학인들에게 지극히 진지하게 모색할 과제가 되었습니다.

조용하면서도 자상한 사랑을 베푼 지아비를 잃는 아내와 엄격하되 온유한 아버지를 떠나보내는 자녀들의 깊은 슬픔을 쓰다듬어주시기를 바랍니다. 평화로운 저 나라에서 이 세상에 남은 자들의 아픔을 다독거려주시고 이 땅의 숱하게 모인 가난한 영혼들에게 축복을 내려주시기를 소망합니다.

이제 선생님, 남은 일은 뒷날에 맡기고 홀연한 기꺼움으로 거칠고 수선스러운 이 세상의 미련들을 버려, 기러기 셋을 향해 가누었던 사랑으로 훨훨 하늘을 날아 영원으로 비상하소서. 우리 모두의 깊은 안타까움을 모아 삼가 명복을 비오니, 무궁한 자유를 향해 평온히 소천하소서.

[소설가 故최인훈 영결식 영결사]

못 가진 것들에 대한 시샘

—— 종기에게

이제 집에 돌아간 지 한 달은 지났으니 네 여독은 풀렸겠지? 한 달 넘게 객지살이를 하며 이 사람 저 사람 만나고 이곳저곳들 다니는 네 귀국 생활이 무척 피로한 일일 텐데, 매년 봄 어김없이 서울에 와 번잡한 일정들을 치러내는 네가 여간 보기 좋은 게 아니다. 연례행사가 된 네 '모국에서의 타향살이'에 시간과 경비, 힘과 노력을 들여 이런저런 연고와 행사, 문단의 동료들과 친지들을 만나 정을 돋우는 모습은 참으로 따뜻하고 뜻깊은 일이다. 거기서 네 모국에의 사랑, 잃어버린 시간을 찾는 네 고운 시적 정서를 나는 읽고 있다.

'한일관'에서 가신 '문지 가족' 모임 사진이랑, 김후란 신생님이 찍어주신 우리 둘 사진을 받았겠지? 그 사진을 안전하게 보내는 데에 영인문학관의 '문인 교신전 1'의 팸플릿 '김영태의 편지들'을 사용한 것은 참 맞춤한 아이디어였다. 큰 사진을 끼워 넣을 정도로 사이즈가 여유도 있지만, 영태에게 보낸 네 편지들과 시가 수록된 그 책자가 영태에 대한 네 우정의 기념이 될 것이기 때문이다. 강인숙 선생님이 내게도 이 전시회 취지를 말씀하시고 묵은 편지들의 출품을 부탁하셨는데, 영태 편지는 내게 한 통도 없이 그가 그린 내 커리커처만 두 점 있었다. 서울에서 자주 만났기에, 또 내 무딘 편지 쓰기보다 전화 소통만 했기에 이처럼 영태에게 무정한 사람이 되고 말았다.

전시회 출품을 단념한 아쉬움 속에서 그 책자를 보며 영태 회상을 많이 했다. 내가 운영했던 문학과지성사 주력 상품 '문지 시인선' 표지의 시인 스케치 9할은 영태 작품이다. 그만큼 영태의 덕을 크게 본 것이지. 그 영태를 내가 문화예술위에서 퇴임하던 날 마지막으로 보았다. 혜화동 아파트의 작은 방에 동그마니 몸을 말고 깊은 잠인지 혼수인지에 빠져 눈 감고 꼼짝없이 누워 있었다. 몇 주전 그의 스케치들로 바자회를 열어 그의 항암 치료비로 약간의 도움을 준 바 있었지. 나는 그의 잔명이 많지 않다는 예감에 젖어 그의 작은 체구를 내려다보며 이 굳은 몸속에 칠십 평생의 삶과 시, 연극·음악·무용 등 공연 예술에 대한 풍성한 감성들이 뭉쳐 있다는 사실이 신기하면서 안타까웠다. 30분쯤 말없이, 그의 깨어 있는 눈도 못 보고 나만 그를 바라보다가 나왔다. 사흘 후 그는 유명을 달리했다.

이 장면에 이어 꼭 30년 전 톨레도 너의 집에 며칠 머물 때 영태에 대해 가혹하게 말한 일이 기억났다. 어쩌다 화제가 된 영태를 나는 그의 댄디즘적 자세를 들어 못마땅해했을 것이다. 어떤 현실적인 일에도 매이지 않겠다는 초연하다기보다 무관하다는 듯한 태도와 사치나 여기(餘技)로 보아도 좋을 키치의 세계에 탐닉하는 듯한 그 태도가 아까웠던 거지. 그때의 국내 정국은 고양된 정치의식 속에서 재야와 학생들의 격렬한 시위가 벌어지고 있었고 나는 여행 중에 미국 TV 뉴스로 그 살벌한 장면들을 보았었다. 그런 판에 영태의 그 무감한 표정을 쉬 수용할 수 없었지. 그가 스스로 '초개'로 여겨 시대 인식의 지평에서 내려앉는 것이 섭섭했었다.

네 편지와 '김영태의 편지들'에서 비롯된 이런 회상에 젖으며 그때의 내가 협량했음을 이제 시인해야겠다는 생각이 든다. 내가 예술과 사상에서 끝내 바란 것은 명분이나 간섭으로부터의 자유였다는 생각을 새삼 다시 하면서 그 시끄러운 시대에 목적과 억압으로부터의 해방이야말로 백남준처럼 영태도 먼저 몸소 보여준 바로 그 자세가 아니었던가 하는 걸 뒤늦게 깨달은 것이다. 나는 그러니까 정치와 도덕으로부터 예술과 사상이 자유롭기를 꿈꾸면서 정작 그 자유로운 태도에 대해 마땅찮아한 이율배반에 빠진 거지. 내가 정말 가지고 싶어 하면서도 감히 엄두를 못 낸 것을 영태는 이미 스스럼없이 즐기고 있었고 나는 그의 그 자유를 시샘했던 게 아닐까, 싶었던 것이다.

할 말이 더 있는데 다음의 이메일로 미루고 오늘은 기왕 나온 재간둥이 옛 친구 영태에 대한 후회 어린 이야기로 마치자. 언제나 밝고 아름다운 부인께, 우리 내외도 허리, 무릎 아픈 것이 많이 좋아졌다는 안부를 전해주기 바란다. 9월, 네가 즐거운 일로 잠시 귀국할 때 다시 반가운 만남을 기대한다.

[『문학의집』189호, 2017. 7]

이청준 문학에의 그리움

이청준의 문학은 우리 역사에서 가장 착잡하고 까다로운 20세기 후반기의 시대적 질곡에 정면으로 맞서고 있다. 그는 인문주의적 사유와 그것을 억압하는 권력의 팽팽한 긴장과 씨름해야 했고 고향의 농촌과 도시의 산업사회 사이 거친 길들을 헤쳐 다녀야 했으며 따뜻한 전통문화와 냉혹한 현대문명의 갈등을 아픈 고통으로 익혀야 했다. 그러는 가운데, 그는 민주화와 자유의 힘을 받들었고 산업화와 근대화의 면모를 살폈으며 강자의 철학과 빈자의 설움을 삭이고 고전적인 인품과 시속의 인물들을 사귀었다. 그 산란스러움에도, 그는 날카로운 비판적 지성과 온유한 정서, 아름다운 덕성과 존중받을 인품으로 지금 이곳의 갖가지 삶들을 성찰하고 옴미하며 평가하고 재현하면서 자신의 문학적 형상으로 품어 안았다.

질문하고 천착하며 인식하고 발견하는, 진지하고 반성하는 작업을 통해 그는 진실과 사실을 분간하며 의미와 의의를 발견하고 품위와 격조를 존중하며 마침내 가장 근원적인 사랑과 화합을 당부하고 구원과 영원으로 초월하는 고답적인 정신의 소요를 보여준다. 우리는 그의 소설에서 그가 싸워야 했던 당대의 주제들을 사유하고 그가 리얼리티를 위해 활용한 서사를 좇아 그에 합당한 문체를 음미하며 우리의 문학이 이를 수 있는 높은 상상력을 올려다볼 수 있다. 또한 그가 편 다각적인 관심들과 그 다양한 접근들을 통해 우리의 눈을 넓히고 생각을 깊이 하며 그의 추리적 언어로써 한국어의 시니피앙이 지닌 깊이를 재볼 수 있다. 그럼으로써 우리는 〈이청준 전집〉을 통해 한 뛰어난 소설가의 첨예한 세계를 바라보며 그가 짐 지고 있던 우리의 문제적 근대화 시대에 대한 고뇌와 극복의 정신사를 고찰하고, 갈등과 수난의 시선에서 화해와 행복을 향한 오늘의 한국인의 꿈을 꾼 내면의 탐색을 공유할 수 있게 된다.

　여기서 『병신과 머저리』 『당신들의 천국』 『선학동 나그네』 『눈길』 등 우리 문학사의 진수를 이룰 17편의 장편소설과 17권의 중단편집의 의미를 다시 읽으며, 우리는 새삼 그가 그린 고통스러운 한 시대의 역사적 진통을 되살릴 뿐만 아니라 그의 언어가 남긴 연륜과 궤적에 따라 우리 존재의 기반을 이룬 이 땅에 대한 서사적·서정적 의미를 재구성하게 된다. 20세기 후반기의 우리 역사는 그리하여 이청준의 문학에 의해 구체적인 형태를 보이게 된다. 그리고 인간의 보편적인 삶의 진상과 그 이면의 동정이 그의 정력적인 소설 창조 작업을 통해 진지한 모습으로 드러나고 있다.

나는 이 〈이청준 전집〉 완간을 축하하며 두 작업의 성과에 특별한 감사를 드린다. 이윤옥 씨는 집중적인 연구로 모든 이청준 소설의 원고와 교정지, 텍스트와 여러 판본들의 대조 분서을 통해 완벽한 서지 비평을 이루며 작품들의 모티프와 표현의 상관성을 유기적으로 연동시켜 그의 정본 확정과 문학 연구에 큰 다리를 놓았다. 이 섬세한 노력은 우리의 어떤 전집에도 볼 수 없었던 풍요한 성취로서 그 평가를 아무리 높이 해도 지나치지 않을 것이다. 작품의 주제를 시사하는 서른네 권 전부의 표지화를 그린 김선두 화백의 노고에 고마움을 드려야 할 것은 문학과 미술의 이처럼 따뜻한 제휴가 우리 출판사상 처음이기 때문이다. 동양화단의 중견이자 이청준의 고향 후배인 김 화백은 그와 향토에 대한 따뜻한 설화적 정서를 나누며 대화와 글-그림으로 마음의 풍경들을 공유해왔다. 두 분의 특별한 작업은 우리 문학 연구와 출판에 새로운 이정이 될 것이다.

유명을 달리한 지 10년, 나는 그가 그립고 그의 문학을 소중히 여기는 마음이 더해지지만 이제 이 서른네 권의 두꺼운 〈이청준 전집〉으로 내 마음을 달래야 하리라. 아마도 우리 문학사도 그의 작품에 대한 거듭된 독서와 연구로 아쉬움을 채우게 될 것이다. 그럼으로써 이청준과 그의 문학을 향한 사랑과 존경을, 그리고 우리 문학과 문학인들을 향한 이해와 수용의 마음을 단단히 여미고 먼 미래의 한국문학사에 크고 넓은 자리를 잡아드리게 될 수 있을 것 이다.

[〈이청준 전집〉 완간 기념 표지화 전시회 '행복한 동행',

2017. 7. 2]

오규원에게 보내는 뒤늦은 감사와 송구

― 그의 첫 시집 『분명한 사건』을 다시 읽으며

　내가 오규원을 처음 만난 것은 그의 시를 『문학과지성』에 재수록할 수 있도록 교섭하기 위해 약속한 1970년 말의, 지금은 물론 없어진 동아일보사 뒤편의 다방, 아마 '연'에서였을 것이다. 그는 긴 얼굴에 마른 몸이었고 안경 너머로 보이는 눈은 날카로우면서도 선량한, 그래서 깔끔한 인상이었다. 재수록 작품은 「정든 땅 언덕 위」(『문학과지성』 1971년 봄호)였고 추천한 이는 부지런한 김현이었다. 첫 만남부터 우리 사이는 매우 수월했고 바로 말을 놓는 사이가 되었으며 이런저런 일들을 핑계 삼아 자주 만나게 되었다. 그래도 좋을 만큼, 그는 단정하면서도 명쾌했다. 그해 그의 첫 시집 『분명한 사건』이 나왔다. 45년 전 일이기에 어떤 부분은 또렷하지만 대부분은 마치 안개에 둘러싸인 듯 분위기로만 남아 있다. 그와의 여러 일들은 흐릿한 회상들이지만 그와 만나고 놀고 잡담하고의 우정은 홍겨우면서도 부드럽게 오래 계속되었고 그 어울림에서 그는 늘 말이 분명하고 태도는 확실했다. 그가 홍보지를 책임진 태평양화학을 그만두었다는 것, 청진동 문학과지성사의 넓지 않은 방에 책상 하나 더 밀어넣고 도서출판 '문장사'를 창업했다는 것, 그의 요청으로 내 두번째 산문집 『문화와 반문화』(1979)를 낼 수 있었다는 것 등 크고 작은 추억들이 이 오래전의 기억 속에 잠겨 있다. 그럼에도 그의 첫 시집을 복간하면서 그를 회상하는 가운데 먼저 그리고 가장 집요하게 내 안을 붙들고 있는 것은 그에 대한 구체적인 감사와 안쓰러운 송구함이다. 이런 사연부터 먼저 고백하는 것을 독자들은 양해해주기 바란다. 그 일은 내가 내놓고 발설하지 않아 그리 알려지지 않았지만, 나로서는 그 덕택과 부담감이 그럴수록 깊어져 있었다. 나는 점점 잊혀져 무심해져온 그 일을 나 자신을 위해 먼저 회고함으로써 그를 위한 분명한 증언으로 남겨둬야 할 일이었다.

계간 『문학과지성』은 내 친구 황인철 변호사의 원고료 지원으로 간행되기 시작했고, 지면은 호를 거듭하면서 두꺼워져 원고료가 모자라 곤혹스러워지고 있을 때였다. 내가 난감해하는 것을 어떻게 눈치챘는지, 어느 날 오규원은 자기가 약간의 지원을 하겠다고 내게 제의했다. 서로 넉넉지 못한 월급쟁이여서 내가 의아해하자 그의 설명은 간명했다. 그는 당시 가장 많은 부수를 발행하는 태평양화학의 홍보지 『향장』의 편집 제작을 담당하고 있었는데 그 작업 때문에 거의 매일 인쇄소에 가야 하기에 회사에서는 출장비를 주었고 인쇄소는 그가 와서 수고하기에 역시 일당처럼 그에게 수고료를 지급한다는 것, 그러니까 이중으로 받는 일당의 하나를 『문학과지성』에 회사하겠다는 이야기였다. 그렇다면, 하고 나는 큰 부담감 없이 그 후원을 받아들였다. 액수가 얼마였는지, 얼마나 오래 계속되었는지, 어딘가에 있을 그 당시의 작은 회계 수첩을 보면 찾을 수 있을지 모르겠지만, 그 액수나 기간은 조금도 중요치 않게, 나는 이 조건 없는 지원에 참으로 감사했다. 도서출판 문학과지성사가 창사되고 그도 회사를 그만둘 즈음까지 계속되었을 그 후원은 실제로 가난한 잡지 운영에 많은 도움이 되었으리라. 그가 친구였기에 나는 따로 고맙다는 인사를 차리지 않았고 당시의 동인에게 보고는 했지만 밖으로 그의 선행을 밝히지 않았기에 거의 모르고, 잊고, 하며 지내왔다.

겹으로 감사해야 할 일은 초창기 교정도 볼 줄 모르는 상태에서 시작한 문학과지성사가 책을 내기 시작할 때 발행 도서의 장정을 김승옥, 권영빈과 함께 오규원이 많이 맡아주었던 일이다. 이 방면으로도 뛰어난 재주를 보인 그의 대표적인 장정이 이청준의 『당신들의 천국』(1978)과 조세희의 『난장이가 쏘아올린 작은 공』(1976)의 표지였는데, 문지사로서 출판 초창기의 활기를 크게 안겨준 그 소설 작품들이 베스트셀러이자 스테디셀러로 등극하게 된 데에는 그의 이 표지 덕이 적지 않았을 것이다. 거기다 어느 날, 그는 문지 시집 장정이 촌스러우니 바꾸라고 야단치듯 하며 표지 도

안 하나를 내밀었다. 그것이 이런저런 출판사들의 시집 총서 모범이 된 '문지 시인선' 표지 포맷이었다. 표지 둘레를 기본 색 한 가지로 깔아 구성하고 가운데에 시인에 따라 고른 색깔을 긴 네모의 틀안에 바탕으로 하여 시집 표제와 시인의 캐리커처를 넣고, 표지 뒷면에는 시인의 시에 관한 단장을 넣도록 한 그 장정은 한마디로 '혁신적인 멋'을 발휘하는 것이었다. 문학과지성사의 시인선이 이제 500권에 가까워지고 있지만, 100호 단위마다 큰 둘레 색만 바꾸며 근 40년 동안 그 구조를 유지해오면서도 여전한 모범을 자랑하며 '문지 시인선'의 높은 품격과 신선한 세련성을 지킬 수 있었던 것은 오로지 오규원의 이 높은 심미안이 잡아준 틀 덕분이다. 그는 마음에 들지 않은 품새는 남의 것이라도 참을 수 없었던지, 더러 나오는 잡지나 신문의 내 사진이 마땅치 않다며 내 얼굴을 여러 장 찍었다. 그 사진들은 내 얼굴 스냅 중 가장 잘 나온 것으로 내가 나한테 반할 만큼 멋져 보였다. 그의 사진 촬영 수준이 얼마나 높았는지 그후 그가 찍은 횔덜린의 집 사진을 내가 무척 탐을 내 빼앗듯 얻어내 사무실 벽에 걸어두기까지 했다.

금박한 감사장을 헌정해도 모자랄 그에게 그럼에도 나는 깊은 송구스러움을 지울 수 없는 일이 있었다. 내가 신문사 기자로 있을 때 모자란 잡비를 메우기 위해 잡문을 많이 썼는데 그런 나를 돕겠다고 그는 『향장』에 짧은 연재거리를 마련해주었다. '세계의 화제'였는지 세상일에 대한 가벼운 이야깃거리를 해외 뉴스에서 끌어와 소개하는 자리에서 나는 곧잘 독재 권력의 부패나 그것을 희화화한 이야기들을 끼워 넣어 들먹이곤 했다. 몇 달이나 되었을까, 나를 본 그는 지나는 말처럼 남산에 가서 당했더니 몸이 휘청거린다며 농담처럼 한마디 툭 던졌다. 유신 시절의 저승 악마 같던, 그 남산이라니 왜? 내 순진한 질문에 마지못해 한 대답이 내 칼럼 때문이었단다. 무가지로 뿌리는 이 대중 홍보지에서 겁도 없이 그런 불량한 글을 싣느냐며 무지막지하게 몽둥이질을 당했다는 것이다. 이 난데없는 사건에 나는 물론 깜짝 놀랐고 그에게 무어라고 위로나 미안해하는 말을 찾지 못했다. 내 무심을 탓하기 전에 필자가 아닌 편집자인 그가 왜 당했을까 당혹스럽고 난감하지 않을 수 없었다. 내가 일간지 기자였고 그는 홍보지 편집자였기에 만만한 그가 대신 당한 것이 틀림없었다. 그 일은 두고두고 내게 큰 빚이 되었으며, 그가 고칠 수 없는 병에 걸려 예상보다 일찍 세상을 떠나야 했던 것이 30년 전의 그 탓은 아니었을까 송구스러워지는 것이다. 다른 누구에게도 고백하고 싶지 않은 일이기에 그 빚은 내 안에서 깊어질 수밖에 없는 것이었다.

그의 첫 시집에는 나의 이런 무거운 소회는 아랑곳없이 젊은 문학청년의 언어를 향한 상상력의 고통스러운 싸움이 활달하게 펼쳐지고 있다. 세번째 시집 『왕자가 아닌 한 아이에게』(문학과지성사, 1978)의 해설에서 나는 그가 대기업의 홍보지 편집자로서 이쩔 수 없이 듣고 보고 혹은 끼어들 수밖에 없었던 자본주의 시장의 현장을 결벽한 시인의 눈으로 비판적인 관찰을 하고 있다고 썼다. 그 회사에서 물러나 작은 출판사를 운영하고 그러다 서울예술대학 시학 교수가 되었고 장년이 되어 허파 쪽의 쉬 나을 수 없는 중환에 들어 강원도 내륙의 외진 마을에서 투병하기까지 그는 문학과지성사를 통해 근 열 권의 시집을 냈다. 그 후기의 투병 중에도 결코 가시지 않는 왕성한 언어 탐구의 열정으로 그의 정신은 갈수록 더욱 투명해지고 섬세해지고 있었다. 그러지 않아도 도수 높은 안경으로 대상을 찬찬히 관찰하는 그는 숨 쉬기 힘든 허파에 힘겨워했기 때문에 아마 그 시선은 더욱 날카롭고 정밀했을 것이다. 마침내 그가 이 세상을 버린 후 나온 유고 시집 『두두』(문학과지성사, 2008)에 이르러서는, 사물과 자연에 대한 치밀함을 넘어 치열한 객관 묘사를 보고 나는 전율을 느끼지 않을 수 없었다. 사물에 대한 그의 극도의 정밀성을 근접 촬영 수법으로 획득하여 나름의 방식으로 개념화한 '날 이미지'의 시들에서 나는 타르콥스키의 영화를 보는 듯한 느낌을 가졌었다. 거기에는 이 세상의 잡스러운 것들을 티까지 지워 없애고 오직 투명한 시선과 거기에 포착된 사물의 순수한 형상과의 직절한 교호만이 존재했다. 그 극도의 객관성을 통해 역으로 그는 이 세상의 유정(有情)한 공감을 감염시키고 있는 것이었다.

그러나 그의 이십대에 씌어지고 묶인 『분명한 사건』(한림출판사, 초판 1971)은 그런 그에 이르기까지의 40년 전, 아직 난해시를 즐기던 1960년대의 시풍을 그래도 얼마큼 즐기면서 젊은 혈기와 열정이 어울려 '말'에 대한 팽팽한 긴장을 일으키고 있는 젊은 시인 오규원을 보게 한다. 이때의 그는 먼저 시의 원초적인 재료인 언어의 형태와 기능에 대한 저대로의 싸움을 벌인다. 그는 말이 지닌 모호함, 그것이 쉬 빠져 낡아버리는 상투화에 씨름을 걸고 있었다. 이광호와의 대담에서 그는 그런 자신의 '언어 탐구의 궤적'을 회상하며, 가령 "A가 B에게 1천만 원을 주었다"라는 한 문장에서 가능한 숱한 내포를 제시하고 이 난감한 말의 희롱에서 분명하고 싱싱한 언어직 명백힘 혹은 구상성을 얻으려고 노력했다고 고백하고 있다 (『오규원 깊이 읽기』, 이광호 엮음, 문학과지성사, 2001, pp. 28~29). 그 까다로운 노력이 『분명한 사건』 곳곳에서 드러나고 있다. 거기서 내 눈에 먼저 띄는 것이 한자어의 '어색한' 활용*이다. 수록된 첫 시 「西쪽 숲의 나무들」에서부터 그렇다. 여기서 묘사되는 "十七世紀 外套를 입은 산비둘기는/그해의 마지막 獲得처럼/차이코프스키 교향곡 몇 소절을 울었다"는 구절은 여전한 모양새의 깃털을 가진 산비둘기의 울음소리가 그해 세밑에 접한 차이콥스키 음악처럼 들렸다라는 이야기일 터인데, 지금의 우리 언어 관습으로 보면 어색하게 울려옴을 피할 수 없는 한자어 – 우리말로 조합된 언어적 수사는 이처럼 난삽하고 우회적이다. 그 까다로운 차사의 절차를 통해 시인은 묘사되는 대상의 친숙함을 언어적 낯섦으로 환치하여 우리에게 새로이 생생한 형상으로 상기시켜준다. 어색한 어법이 일으

---

* 나는 이 글을 1971년에 간행된 『분명한 事件』의 초판을 읽고 쓴다. 한자어의 혼용이 당시의 관행이었고, 오규원은 초판본의 많은 한자들을 그 후 2권으로 간행된 『오규원 시전집』(문학과지성사, 2002)에서 한글로 바꾸었다. 나는 오규원의 초기 시를 보면서 그의 시 창작을 향한 접근을 이해하기 위해 그의 당초의 한자어 사용에 관심을 두었다.

키는 그 강한 환기력(!)을 그는 도모하고 있는 것이다.

「現像實驗(別章)」이란, 제목 자체가 어려운 시에서도 "투명한 心象의 바다 속" "나의 家僕이 乳母車를 끌고/한낮의 거리에서 疏 外를 밀 동안" "어린 새의 質量" 등등 빈번하게 까다로운 한자어들 이 남용되고 있다. 지금의 언어 감각에서는 물론이고 1960년대에 도 그리 편하게 읽히는 문자는 아니다. 그럼에도 나는 이 고전적인 한자의 작위적인 표현에서 오규원의 시적 작업에 피할 수 없는 언 어적 유희를 통한 이미지의 상승을 발견한다. 이 시는 요컨대 "투명 한 心象"에서야 "조용히 사색"에 젖어들 수 있다는 것, 그래서 사람 의 인기척을 느낄 맑은 정신을 차려둘 수 있다는 것, 혹은 "소멸할 하루의 日程을 거두어들임"으로써 일상에 대한 깊은 성찰이 이루 어질 수 있다는 것을 보여준다. 이 과정을 이끌어오는 것이 그의 불 협화음적인 한자와 한글의 어색한 조합이다. "당신에게 외면당한 현실의/뒤뜰 구석에는/神의 왼쪽발/뒤꿈치가 摘發된다/분실한 잠 이/몇 송이 라일락꽃이 摘發되고/지붕 밑 서까래에서/낡은 돌쩌귀 가 摘發된다"(「現況(B)」)처럼 눈에 띄는 현상들을 '적발'의 대상 으로 반복함으로써 거듭 환기시키거나, "死語들의 기침 소리를 캐 내던 사내가/신에게 적발되어 神國의/말뚝에 매여 있네" "生木들 의 잎은 거울이라서"(「사랑 이야기」)에서 언어가 자칫 상투어로 말 라가다가 드디어 "거울처럼" 부서지기 쉬운 사어(死語)가 되어가 고 있음을 깨우친다. 그가 왜 이처럼 한자어의 의외로운 활용을 도 모하고 있을까. 그 이해를 위해 다음의 시를 인용한다.

言語는 추억에

걸려 있는

18세기형의 모자다.

늘 방황하는 기사

아이반호의

꿈 많은 말발굽쇠다.

닳아빠진 認識의

길가

망명정부의 廳舍처럼

텅 빈

像想, 言語는

가끔 울리는

퇴직한 外交官宅의

초인종이다.

—「現像實驗」부분

　문학청년의 끼가 아직 남아 있는 시인에게 맨 먼저 와 부딪치는
것은 역시 언어다. 그리고 그가 흔히 만나는 것들은 이미 상투어가
된, 그래서 그 시니피에의 싱싱함을 잃어가고 있는 말들이다. 그는
그렇게 언어의 죽어감에서 이른바 낯설게 하기의 실험을 통해 그
것의 어색함을 통한 시니피앙의 환기력으로 사어의 구덩이에서 끌

어울리는 것을 시의 작업으로 생각했을 것이다. 그래서 그것이 추억에서 문득 눈에 띄는 벽걸이의 구형 모자로, 방황하는 기사의 꿈많은 말발굽쇠로, 망명정부의 텅 빈 공간으로, 그리고 화사한 자리에서 이제 퇴직해 한적해진 외교관 사택의 초인종 소리로 옮겨가며 말의 생동감을 찾아내고자 한다. 그럼으로써 다시 싱싱한 생기를 되찾은 말들은 「포도 덩굴」에서의

　사랑하는 것들의 눈뜨는
　소리와
　사랑하는 것들의 눈 감는
　소리
　사이로 뻗어 있는
　싱싱한 포도 덩굴

같은 사랑의 아롱진 이미지를 아름다운 우리말로 생생하게 구현한다.

　그의 언어의 생경함을 깨우치고 살아 움직이는 말로 일구려는 시적 노력은 아마도 시인으로서 인식해야 할 이 세계의 불투명함과 수선스러움 때문일 것이다. "인식의 마을은 회리 바람이더라 흔들리는 언어들이더라/武裝한 나무들이더라/[……]/인식의 마을은 겨울이더라 強雪이더라/바람이 동상에 걸린 가지를 자르더라/싸늘한 싸늘한 積雪期더라 밤이더라" 하고 허심스럽게 관찰하며 '인

식의 마을'을 덮고 있는 혼란하고 싸늘한 세계를 향해 그는 도전을
감행하고 있는 것이다. 그 혼란과 싸늘함의 '마을'에서 시작한 그의
도전은 「그 마을의 住所」에서 "사지가 비틀린 햇빛의 통증"을 앓아
가며 찾아낸 "소름 끼치는, 소름 끼치는 울음을 우는/햇빛 속"에서
"나른한 잠을 즐기던 유령들이/시나브로 떨어져 죽는/編入된 하늘
의 一帶"를 찾아낸다. "그때 10년 만에/부스스 눈을 뜨고/한 발로
파도를 누르는 山./그때 10년 만에/처음으로 잠드는 바다"(「정든
땅 언덕 위」)를 그는 만난다. 이후의 그의 시는 이 지경에서 새로이
시작되게 될 것이다.

나는 여기서 덤을 붙이기 위해서가 아니라 그와의 영원한 작별을
돌이켜보기 위해 그의 애틋한 시를 좀더 읽어보아야겠다. 추상, 인
식, 현상, 환상 같은 탈실재, 비구상의 어휘들을 흔하게 맴돌면서도
그가 '사건'이란 분명한 구체성의 제목을 단 시가 딱 두 편이 있다.
그 두 편의 시들은 공교롭게도 똑같이 '죽음'을 말하고 있다.

골목에서
작년과 재작년의 죽음이
서로 다른 표정으로
만나고
그해 죽은 사람의
헛기침 소리 하나가

느닷없이

행인의 뒷덜미를 후려치고 간다

―「분명한 사건」 부분

눈을 반쯤 감은 어제의 죽음이

끌려오고

오늘의 거리를 구경한 나뭇잎의 神經이

공포의 그 순간이 끌려오고

―「무서운 사건」 부분

그의 첫 시집 표제작인 앞의 시에서 나오는 '분명한 사건'은 그의 연보에서 보이는 두 분의 계모와 이복동생의 죽음일지도 모르고 뒤의 '무서운 사건'으로 언급되고 있는 죽음은 누군가 탐욕과 허위의 삶을 마치면서 "24시간 1,440분 86,400초가, 차례로/검토되"면서 "순진한 미래가 체포되어 식탁에 오르"는 '공포의 순간'을 말하고 있다. 이 죽음이야말로 인간에게, 그리고 모호한 이 세계에서 가장 '분명한' 사건이고 가장 '무서운' 사건이 아니겠는가. 그 양상은 서로 다른 '표정'을 가지고 있지만 "과거가 소집당하고" "미래가 체포되어" 한 덩이 먹이로 식탁에 오르게 된다. 아, 이 '분명한' '무서움'의 존재론적 형태는 어이없는 환상, 구현되지 않을 추상의 모습이 결코 아니었다. 이 대목을 보면서 나는 10년 전 죽음을 바로 눈앞에 두고 있던 그의 얼굴을 떠올렸다. 공해 없이 깨끗하고 외진 시골에서 요양을 하며 대학도 쉬고 또 그 대학을 그만두며 조용히 투병하고 있던 그를 나는 오랫동안 보지 못한 채 소식만 들어왔었다. 그가 사범학교를 다녔고 그 덕에 초등학교 교사 생활을 하고 법대를 다녔고 군대 의무병을 마치고 서울의 출판사에서 '밥을 먹고' 지낼 때는 그가 시인이 되기 전의 이력이고, 나와도 면식이 없었기에 모르는 그의 생에에 내가 간섭할 일은 아니었다. 그러나 그가 시인으로, 출판인으로, 대학 시학 교수로 활동할 때는 많은 덕택도 얻었고 앞서 고백한 감사와 송구를 더없이 느끼면서도 '말 없는 우정'으로 지내는 게 예의일 수 있지만, 그가 '무릉'이란 복되고 영생을 누릴 이름의 시골에서 외롭게 투병할 때 그의 제자인 시인 이원을 통해 안부만 듣고 한 번도 찾아가보지 않았던 내 게으름은 참으로 회한에 찬 결례였고 돌이킬 수 없는 배덕이었다. 그 안타까움을 짐 지고 있던 참에 나는 서울대학병원의 면회가 제한된 중환자실에서 부인 김옥영 씨의 안내로 의식 없이 그저 누워 있는 그를 보았다. 어두운 방에 눈 감고 숨을 쉬는 듯 마는 듯 누워 있는 그의 얼굴에는 생명유지 장치의 여러 선들이 엇갈려 착잡하게 매여 있었다. 그것은 아주 구상적이고 피할 수 없는 생명의 마지막이 빚어내는 '분명한 사건'이었다. "아 순진한/미래가 체포되어" 침대에 묶여 있구나! 사흘 후 그는 이승으로부터 자유의 몸이 되었고 강화도 전등사 앞의 굵은 소나무에 한 줌 재로 묻혀버렸다. 너도 그 나무 밑둥치에 흙 한 삽을 떠 얹고 번거롭게 행갈이 한 조사를 읽었다: "문득 돌아보니, 규원이 자네가 없네, 둘러보아 찾아도 규원이 자네가 없네." 먼저 간 다른 친구들은 그들이 사위어감을 옆에서 지켜보았기에 그들의 마지막에도 존재감을 지킬 수 있었지만 숱한 소식으로만 그의 이름을 뇌이면서도 정작 그의 얼굴을 바라본 적이 하 오래되어 그가 이 지상에 없다는 것이 실감되지 않고 있던 참이었다. 나는 끝내 그와의 살아서의 35년, 헤어져서의 영원으로 그와 전별해야 했다: "없음이 있음을 피워내고/사라짐이 새로 돋아오름으로 탈바꿈하며/지금, 여기, 이 자리는/황홀한 역사를 뿌리고 있네." 나는 이렇게, 없는 오규원이 살아서 보여온 초연한 모습의 초상을 비구상으로 되살려내면서 이룰 수 없는 그의 환생을 덧없음으로 부르지 않을 수 없었다.

[오규원, 『분명한 사건』(문학과지성 시인선 R 11) 발문,
문학과지성사, 2017]

"평생이 이 순간임을,"

— 김형영 시선집 『겨울이 지나간 자리에 햇살이』에 비춰

"영혼을 파먹고 살았다./50년을 파먹었는데/아직도 허기가 진다"고 김형영은 「시를 쓴다는 것」에서 고백한다. 그럼에도 그의 허기는 전혀 탐욕스럽지 않다. 출판과 잡지의 편집 일을 한 것 외에 오로지 시 쓰기로만 보내기를 쉰 해 넘겼지만 그의 시집은 겨우 열 권이고 '전집'으로 묶여도 그리 두껍지 않을 그의 평생의 작업 정리도 그나마 '선집'으로 간추리고 만다. 이 결기가 그의 시적 자존심 덕인지, 결벽증 탓인지 모르지만, 그의 이 선집 마지막 「화살시편」 연작의 열번째 작품(「화살시편 10—돌아보니」)에서 "평생이 이 순간이구나"의 속뜻이 아프게 다가오는 걸 느끼며, 시인으로서의 그 절망적인 탄식이 그의 시 세계의 알맹이가 되지 않을까 싶어진다. 이 탄식은 그저 한평생 "헛것에 홀려/떠돌다/떠돌다 넘어져/돌아보니/아이쿠머니나" 비명을 지르게 되는 "천지 사방이 여기였구나"

의 깨달음에서만 비롯된 것이 아니다. 그에게는 인간이라면 으레 당하는, 당할 수밖에 없는 힘든 사태들, 그걸 이겨낸 뚝심을 되돌아보게 마련인 나이에 이르러 남보다 더한, 시인이기에 그 질감이 더욱 진한, 삶의 내력이 잠겨 있었다. 그것이 그의 육체적인 병과 그 것을 참아내며 기대게 마련인 신앙을 심신의 양쪽에 거느리며 시(인)의 생애를 알 박아온 것이다.

스스로 자기 삶을 네 단계로 나누는 사연에 육신의 아픔과 그걸 견뎌내게 한 신앙의 내력이 짧게 적혀 있다. 그가 시단에 데뷔하여 두 권의 시집을 낼 수 있었던 스무 살에서 서른 남짓에 이르는 시기, 그로부터 깊은 병에 걸려 투병하고 가톨릭에 입교하던 마흔 넘어의 나이, 거기서 많이 회복된 육신의 평온 속에 세계와 신앙이 교감하던 오십대의 10여 년,* 그리고 이제 자연 속에서 자아를 다시 다지는 육십대 이후가 그것이다. 그것을 시인은 스스로 정리하여 '관능적이고 온몸으로 저항하던 초기' '투병 중에 가톨릭에 입교하여 교회의 가르침에 열심인 시기' '종교의 구속에서 벗어나려는 시기' '자연과 교감하며 나를 찾아 나선 시기'로 설명하고 있다. 물론 이 시집의 시들은 시인 자신이 선정한 것이고 나는 다시 아픈 그의 얼굴을 떠올리며 그의 작품을 그의 생애와 얽어가며 읽고 있는 중이다.

* 나는 김형영의 다섯번째 시집 『새벽달처럼』(문학과지성사, 1997)에 대한 해설을 쓰면서 그 전의 네 시집을 참조한 바 있다. 그 글 「의식의 진화와 절제의 시학」은 나의 책 『21세기를 받아들이기 위하여』(문학과지성사, 2001)에 재수록되었다.

당연히 젊은 시인은 자기 현실에 저항하고 스스로의 존재에 번민하며 시의 언어로써 자신의 삶을 규정하게 된다. 피가 끓어오르는 젊은 나이의 그는 환한 보름달을 보며 충만감에 젖기보다 오히려 "어디 저승 같은 데서/쇠망치로 불덩이로/살모사의 혓바닥으로/울부짖는" 너를 보고 "내가 네 자궁 속에 빠지는 소리,/끝없는 소리, 소리./소리의 무덤"(「만월」) 속으로 빠지는 절망적인 열정에 빠진다. 그리고 스스로 "어둠을 헤매며/더러는 맞아 죽고/더러는 피하면서" "혼자서도 소리를 친다" "모기 소리로 소리를 친다"(「모기」). 하찮은 모기의 이 '저항하는 모기 소리' 때문에 유신 시절의 군사정권은 이 시집 『모기들은 혼자서도 소리를 친다』(문학과지성사, 1979)를 판금시켰는데 시인이 좀더 아프게 여긴 것은 "영원한 동경의 몸짓으로/아이의 울음을" "아이의 무덤 속에서"(「능구렁이」) 우는 울음이다. 미당의 정서를 연상시키는 뱀의 이미지는 곧 "널 따르는 동란"(「뱀」)의 노래이다. 김형영의 이십대는 그처럼 그의 나이에 고뇌하는 저항처럼 "지옥을 기웃거리는/한 마리 개똥벌레가 되"어 "죽음만이 우리를 미치게 하는"(「나의 악마주의」) 전율의 시기였다.

이십대의 이 절망적인 항의가 잦아들게 된 것은 그 이름이 복잡하여 알 수 없는 '조혈모세포 성장 기능 저하증'으로 생사를 가늠할 수 없는 병 때문이었다. 피가 모자라 육체적 고역을 당하며 그는 당연히 죽음을 상상하게 되고 그것은 병의 아픔보디 더 현실적인 세계 인식의 마디가 된다. "죽음아,/내 너한테 가마./세상을 걷다가 떨어진 신발/이제는 아주 벗어 던지고/맨발로 맨발로/너한테 가마"(「나그네 2」)라며 눈앞으로 다가온 죽음을 향해 부르는 그의 단말마는 장사익의 소리로 불려 내가 가장 아프게 듣는 「꽃구경」의 설움으로 다가온다. 나는 이 소리를 들을 때마다 "아들아, 내 아들아/너 혼자 내려갈 일 걱정이구나"라는 어머니의 안타까움보다 고려장을 당하는 그 어머니가 산속 크나큰 어둠 속에서 견뎌내야 할 공포와 외로움에 더 전율한다. "죄의 그림자가 앞서가는"(「통회시편 2」) 회개의 목소리로 "봄날의 축대처럼/당신 앞에 무너져 내려/우르르 우르르 무너져 내려" "살아도 살지 못하고/죽어도 죽지 못하"(「통회시편 5」)는 절대의 절망과 회오가 그 전율 앞에서 고해된다. 불행히 (그리고 또, 다행히!) 이 육체적 절망을 경험하지 못한 내게, 육신의 아픔보다 죽음의 배회가 더욱 두렵다. 그것은 존재의 부정이면서 확인의 계기가 되기 때문이다. 그것은 어쩌면 "아름다워 죄를 짓는" "스스로를 동여매며"(「통회시편 6」) 우는 울음이기에 더욱 통곡에 가닿는 절망이 된다.

그런데 시인 자신에게, 아니 그보다 그의 독자인 우리에게 다행스럽게도, 그는 의욕적인 의사의 치료와 그 스스로의 의지에 힘입어 그 치명적인 병을 이겨내고 그의 삶에 대한 의지도 넓어진다. 그 넓어짐은 우선 가톨릭에서 온 것이고 여전히 분방한 그의 시적 상상력은 종교로 향한다. 아마 어린 시절에 바라본 성모상이 병약하고 또 그런 상태에서 회복되기 시작한 그의 눈앞에 따뜻이 다가온 듯하다. 그는 베드로와 아우구스티누스만 아니라 한국의 첫 신부인 김대건에서 김수환 추기경에 이르기까지 종교시를 쓴다. 그러나 기독교 체험은 있지만 가톨릭에는 무지한 내게 다행스럽게도, 그의 시는 가톨릭 지향보다 가톨릭적 심성으로 바라본 자연과 사물에 대한 이해에서 더욱 따뜻한 시적 상상력을 발휘한다. 세계의 세속스러움과 성스러움이 이어지며 어우러져 그의 세계 이해가 확대되는 것을 보여주는 것이 「교감」에서의, "성 프란치스코와 새는/무슨 말로 대화했을까" 묻는 데에서이다. 시인은 그것이 "눈도 아니다./생각도 아니다"라고 부인하고서 "나 없는 내가 되어/가슴으로 듣는 말,/사랑의 숨결"임을 깨닫는다. 그것이 종교적 구원 혹은 부활이라면, 그것은 문학에서 시적 해방 혹은 세계와의 교감으로 바꾸어 적어야 할 것이 아닐까. 그는 드디어 "몸도 마음도 병이 들어/누운 채 바라보는 하늘이여/어디로 가는 구름 한 점이라도/반갑구나 반갑구나/살아서 바라보니 반갑구나"(「자화상」)라고 환호하는 스스로를 발견한다. 육체의 구원은 이렇게 내면의 소생을 거쳐 「교감」의 '사랑의 숨결'로 진화한 것이다. 그리고 「사랑의 꽃, 부활이여」에서 이 같은 탄성을 낳는다. "눈 뜨자,/신생의 눈을 뜨자/메마른 땅에서" "마른 나뭇가지에 벙그는 꽃처럼/이 봄에" 그리고 「소래사」에 봄이 오는 것을 보며 "겨울이 지나간 자리에 햇살이 졸고 있"는 평화로운 풍경에서 "다시 태어나면 찾아오려고/날이 새면 다시 찾아오려"는 삶의 원기를 얻는다. 그 깨우침 속에서 시인은 "내가 산 곳이 이 세상뿐이니/이곳보다 더 아름다운 곳 어디 있으리/내가 본 곳이 이 세상뿐이니/이곳보다 더 추한 곳 어디 있으리"(「인생」)라는 참으로 넓고 초속적인 달관의 세계 인식에 이른다.

그러고는 "지난해에도/지지난해에도/동내방내(洞內坊內) 시끄럽게 꽃피우"던 「올해의 목련꽃」이 "집집으로 호명하듯 피어서/저 좀 보셔요 저 좀 보셔요/속곳도 없이/소복을 펄럭이"며 불러대는 화사한 환호를 올린다. 그 광경을 상상하는 우리 시선은 황홀한 에로티시즘으로 올리는 이 세계의 환호에 응답하고 싶어진다. 그 부름과 응답은 "너도 없고 나도 없는/꽃 속에서의 두 영혼의 만남,/그건 생명의 노래"(「생명의 노래」)가 되리라.

육신의 회복과 정신의 부활을 치르면서 김형영의 시는 이 세계와의 교감과 공감을 싱싱하게 드러낸다. 그것은 육체의 쾌감만이 아니고 신앙의 은총 때문만이 아니며 그 둘이 시인의 안에서 '케미'의 작용을 일으키며 만든 교감일 것이다. 그 둘은 김형영의 시 세계를 지탱하는 두 기둥이 되어 이 세계를 바라보고 느끼고 생각하며 묘사하고 드러내는 장치가 된다. 그의 나이는 이미 지천명을 넘어 고희로 건너왔고 그의 정신은 드디어 세상과 따뜻하고 자연스레 넘나들이하기에 이른 것이다. 그 변화는 나와 세계, 자신과 이웃, 말과 시에 이르기까지 그 생애를 밀어온, 그에게 존재의 의미를 안겨준 것들과의 관계가 새롭게 정립되는 것이었다. 그가 예순에 이른 2005년 이후의 10여 년을 "자연에서 생명의 신비를 깨닫고 나를 찾아 나선 시기"라고 스스로 밝힌 이유다. 과연, 우선 그의 시 모습이 달라졌다. 짧아지고 어떤 때는 단 두 줄로 한 편의 시를 완성하는 변주를 보이기도 하면서 요즘 "시에 침묵이 사라졌다"며 「큰일이다, 아」라고 탄식한다. 그러나 조금도 일본의 하이쿠일 수 없는,

그러나 그에 못지않게 적은 어휘로 촌철의 형상을 잣는「화살시편」연작에 집중한다. 그것은 침묵이 언어라는 역설적 시학을 만들며 시 쓰는 행위에 대해 그가 근원적인 반성을 한다는 의지를 갖춘다. 전에는「시를 쓴다는 것」이 "영혼을 파먹는/그게 허영 때문인지" "모르겠다"며 '욕망의 구더기'라고까지 자책하고는, "이제 그만 깨이 날아다오./높이 날지 못하면 어떠랴./멀리 가지 못하면 어떠랴"고 자위하면서 "천 날을 견뎌 하루를 사는/하루살이라도 좋다./날아다오 날아다오"라고 소원하는 데서 드러난다. 그리고 "조금, 마시고/취해서/비틀거리니/행복하구나"(「조금 취해서」) 하고 작은 행복에 안도하고 아내에게「오늘은 당신 없이」산길 따라가는 '게으른' 산책에 걱정하지 않아도 된다고 믿음직한 안심을 전한다. '무애의 경지'에 이른 듯, 시인은 인격적인 신의 위세를 자연의 포옹으로 쓰다듬으면서 세계와 종교를 하나로 맺음을 지어주고 있는 것이다. 그것은 "너를 끌어안고서/네 안에 들어가려고,/너를 통해서/온전히 네가 되어보려고"「나무를 통해서」자연의 깊은 속뜻과 하나가 되려는 의지와, "바닷가 모래밭에/한 아이 구덩이를 파서/바다를 담"(「사랑의 신비」)으려는 아우구스티누스의 형이상학적 의지의 맺음이다. 인간이 나무 속으로 들어갈 수 없고 조개껍질로 바닷물을 옮겨 퍼 담을 수 없는 실재 세계에서의 불가능이 "태어난 지 세이레쯤 된/아기 옹알이"에서는 다음과 같은 사랑의 교류에서 가능으로 뒤바뀌는 사태가 된다는 것을, 그것이 시에서는 이루어질 수 있으리라는 소망을 드리운다.

엄마 젖가슴에 안겨
옹알거리는 아기

눈을 감아도 수호천사를 만나
무슨 생각을 나누는지
연신 하늘에 웃음을 보내는 아기

보이는 것 중에서 가장 신성한
이제 막 태어나는 아가 말

좋은 시인의 시도
태어난 지 세이레쯤 된
아기 옹알이 같은
눈에 보이는 음악이어라.

——「시」 전문

　김형영이 바라는 "가장 신성한 시"는 세이레쯤의 아기 옹알이 같은
것이어야 하며 그 옹알이 같은 시는 나무와 같은 온존함, 한없이 퍼
담는 어린아이의 순진한 고집으로 이루어질 '음악'이리라. 시든, 종
교든 혹은 사랑이든 속살거림이든, 이보다 더 아름다운 사태를 우리
는 일상으로 겪어내면서도 깨닫지 못하는 정황을 김형영은 가능한

한 가장 적은 언어로 형상하고 있는 것이다. 그는 끝내 시인이었다.

시에 대한 이 절정의 감수성이 「화살시편」으로 발사되기 시작할 즈음, 김형영은 40여 년 전에 겪었던 것 못지않은 병을 다시 만났다. 폐에 고장이 생겨 숨 쉬기가 가빠졌다. 근래의 그는 병원에서 진단을 겹으로 받은 후 처방받은 약으로 투병하고 있는 중이다. 매일 가던 산책길을 아주 짧게 줄였고 즐기던 소주는 아예 끊었다. 안부를 묻는 내 전화에 조금 나아지고 있다고만 했다. 정말 그대로라면 고맙고 고마운 일이다. 사숙하던 시인 미당 선생과 먼저 간 절친 최인호의 이름을 부르며 "사는 게 어디 뜻대로 되는 줄 아느냐?"(「화살시편 32」)라고 묻는 김 시인, 법정 스님이 장수를 축복하여 이름 한 '수광(壽光)' 형영, 일초(一超) 고은이 붙인 '수정(水頂)', 가톨릭 성자의 첫 순교자 이름을 세례명으로 받은 김 '스테파노' 형영, 막내인 내게는 둘째 아우뻘인데도 그 의연함이 여섯 아름에 이르기에 겸손해질밖에 없어 마침내 내가 지어 '송연(松然)'의 호를 드린 김 시인(「호(號) 이야기」). 부디 이 세상 물러날 순서를 내게서 채뜨려 빼앗아 가지 않기만을 바란다. "평생이 이 순간"(「화살시편 10」)임을 몸으로 알고 있다며 초연한 김형영 시인, 부디 착하고 정직한 그가 사리에 분명한 내 당부를, 차마, 밀쳐내, 버리지, 않으리라, 믿는다.

[김형영, 『겨울이 지나간 자리에 햇살이』 해설,
문학과지성사, 2021]

시대의 고통과 역사에의 열정

—— 정영현의 『꽃과 제물』을 읽으며

문학과지성사가 어떻게 알아냈는지 정영현의 『꽃과 제물』 간행에 대한 의견을 물어왔을 때 우선 반가웠고 감회가 새로웠다. 그러면서 내 뜻은 어떻게 해서라도 이 소설이 간행되어야 한다는 쪽으로 굳어졌다. 나는 이 작가가 내 가까운 친구의 동생이고 대학 시절의 내가 자주 찾던 그의 집도 삼선교를 지난 낙산 비탈에 있어 돈암동의 내 집과 가까웠기에 그 남매들과 만나 어울리는 일이 잦았는데, 그럼에도 그가 소설을 썼다는 사실은 이 작가의 이 장편소설이 1968년 『여성동아』 복간 기념 공모의 첫 당선작으로 발표되었을 때에야 알았다. 김지하와 같은 대학 같은 과 동기인 그녀는 이 작품의 당선 이후 몇 편의 창작물을 발표하고는 홀연히 미국으로 떠났고, 1987년 내가 미국에서 그를 만났을 때는 세 딸을 기르는 알뜰한 주부가 되어 있었다. 『여성동아』 복간 1주년 기념호에 '부록'

으로 간행된 『꽃과 제물』은 판권 관련 때문이기도 하겠지만 작가가 한국에 살지 않았고 창작 작업도 내려놓고 있어 문단에서는 물론 아마도 작가 자신에게서도 잊혀왔을 것이다. 염무웅이 근래 상자한 『문학과의 동행』(한티재, 2018)에서 "지식인의 정치사적 사건이기 때문에 그 소설적 형상화가 드문 것 같다"며 4·19문학이 빈약한 상태에서 그나마 귀중한 소산으로 전광용의 두 작품과 박태순의 단편과 함께 이 『꽃과 제물』을 든 것을 보고 나는 새삼 반갑고 기뻤다. 같은 4·19세대로서 당대의 기념적인 역사를 정면으로 재현하고 있는 작품이 세월의 안개 속에 숨어 있어왔음에도 그 소설을 기억해냈다는 것이 반가웠고, 1960년 학생혁명의 의미를 앞세워 우리 세대의 문화적 변혁을 자부하면서도 정작 그 문학적 실체를 보여주지 못했음을 섭섭해하던 차였기에 이 작품이 망각을 털고 우리 눈앞으로 부활하여 상면할 수 있게 된다면 정말 기뻐할 일이었다. 나는 문학과지성사 측에 이 작품의 간행을 적극 권했고 공적인 문화–문학사로나 사적인 내 우정의 기억을 위해 짓무른 눈으로 440여 쪽의 긴 소설을 교정쇄로 먼저 읽어보겠다고 자청했다. 이 독서는 나의 이십대 대학 시절의 젊은 고통을 상기시켰고 대학로와 북촌 그리고 세종로 등 학교 부근의 풍경과 격렬한 대학생 시위 현장을 무대로, 서로 어울리며 사랑하고 토론하며 고뇌하던 젊은이들의 순수한 열정들에 대한 그리움을 불러주었다. 그것은 아름답고, 아름답기에 슬프고, 그 두 세대 전의 순수한 고뇌와 분노가 젊은 시절의 벅찬 근대사적 계기를 이룬 혁명에 대한 감격과 함께

210

회상되었고 그 뜨거운 사건을 귀중한 민족사적 역사로 승화시킨 58년 전의 뜨거운 상징이 다정하게 내 속으로 안겨들었다.

장편소설 『꽃과 제물』은 네 개의 봄과 세 개의 여름으로 구성되어 있다. 그 세 개의 여름이 순환하면서 보여주는 것은 우리에게 되풀이 강요되었던 우리 근세사의 사태들이고 그것들이 안겨준 아픔과 긴장의 역사적 장면들이다. 그리고 네 대목의 장면으로 이어진 단 하나의 봄은 1960년의 4월로서, 오늘의 우리 역사에 획기적인 고비를 이룬 학생혁명이 폭발하고 드디어 우리 민족사에서 처음으로 밑으로부터의 변혁에 성공의 전례를 이루며 이후의 우리 역사 발전에 새로운 동력으로 작동하게 될 '4월혁명'으로 그 정신적·실천적 역사의 진행을 보여준다. 여름은 우리 과거의 아픈 진통들이 번지며 그 병통의 속을 쑤셔 헤집고 그 아픔으로 괴로웠고, 녁 장으로 건너뛰며 보여주는 하나의 봄은 여름에 드러난 한국사적 증상들을 하나로 뭉쳐 마침내 '혁명'의 열화로 폭발시키고 있다. 압박과 긴장의 여름과 잔인과 절망을 앓아야 하는 봄! 작가에게 격렬한 아픔과 번뇌를 안겨준 역사는 오늘의 우리를 형성시켜준 이렇게 반세기 전의 봄과 여름이었다. 세 여름은 식민지 시대의 가혹과 해방 공간의 혼란, 그리고 한국전쟁의 참혹이었다. 그 가혹과 혼란과 참혹을 이겨낼 것이 '찬란한 4월'의 '잔인한 봄'이었다. 식민지 시대의 탄압과 수탈, 이데올로기가 난무하며 당혹스럽던 해방 후의 곤혹이 겹친 여름에도 불구하고, 그리고 부정선거와 권력의 억압 속에서도 정의와 자유를 외치는 젊은 사자들의 절규는 뜨겁고 당당했다. 작가는 이 봄에서 여름으로의 자연스러운 연계를 '꽃과 제물'의 필연적인 인과로 바라보고 있다. 그는 식민지 시대의 탄압에 대한 견딤이 해방 공간의 혼란과 치열을 불러왔고 그것은 다시 한국전쟁의 처절한 고통과 상처를 남겼으며 그 모든 것들이 마침내 학생혁명의 동력으로 응집, 분화하여 폭발하고 있음을 본다. 이 연쇄의 역사가 우리 민족의 서사적 구조를 이룬다. 대학로에서 출발하여 세종로를 거쳐 경무대(현 청와대) 앞까지 이르는 1960년의 좁은 서울의 정치적·문화적 공간과, 거기서 권력과 그 무참한 힘에 대항하는, 그래서 피 흘리는 젊은 주인공의 안타까운 죽음을 만나게 되는 뜨거운 4월의 행진 속에서 작가가 확인하는 것은 "자고로 이 나라 백성은 진실에 대해 몹시 솔직했다. 거짓 앞에 오래 억눌려 있지 못했다. 그것은 일찍이 이 나라에 정신적 투쟁의 역사를 이루고 있었다"(p. 381)는 엄숙한 깨달음이었고, 그 인식은 우리의 역사, 아니 우리 인간사의 아름다운 진전 혹은 자기 각성으로 보아도 좋을 진실을 담은 힘찬 목소리로 울려온다.

이렇게 오늘 하루가 인간의 생명을 잃어가며 숱한 기이한 얘기를 낳고 있었다. 그리고 그것은 **제물로 바쳐진 목숨 위에 신화처럼 꽃을 피우고 있었다**. (p. 385, 강조는 인용자)

그래, 그랬을 것이다. 네 남녀 대학생을 중심으로 사랑과 정의, 고

212

뇌와 연민으로 엮이는 역사와 절정의 그 뜨거운 장면들은 그 이전의 격렬한 날들이 지워준 희생 위에서 이루어진 것들이다. 프랑스혁명이 그랬고 3·1운동을 비롯한 강인한 저항의 제물들을 바쳐 얻은 우리의 해방이 그러했으며 수백의 젊은 목숨을 바쳐 드디어 우리 역사에서 처음으로 가능할 수 있었던 밑으로부터의 주체적인 선택으로 성취한 시민혁명으로서의 4·19가 피어난 것이 그랬다. 제물을 바쳐야 대가를 허락하는 이 과정은 『꽃과 제물』이 힘차게 보여준 학생혁명 후에도, 1980년의 봄, 1987년의 봄, 그리고 가을 겨울의 촛불 시위를 거친 2017년의 봄으로 되풀이하며 오늘의 역사에 이르기까지 이 '봄의 역사'를 실제의 증거로 제시해왔다. 그 증언은 계시록적이다. 젊은 주인공 성규의 사유를 통해 작가는 분노의 항의가 하나로 뭉치는 모습을 가리키며 이렇게 말한다: "인간이 하나로 되었던 순간을 알 뿐이었다. 용기만 있다면 인간은 고독하지 않았다. [……] 일단 인간이 인간임을 위해서 죽음도 불사하며 행동하기 시작하자, 위대한 그 무엇이 인류의 운명을 승리로 이끄는 것이었다. [……] 아마 민족이 존속하는 한 영원히 멈추지 않으리라. 이러한 인간 정신은 역사의 발자취를 따라 곳곳에 한 줄기 찬란한 꽃을 피우고 있었다."(pp. 385~86)

기록된 공적인 역사를 기억하면서, 더불어 내 가슴속에 숨은 사적 회상을 뒤섞어 읽으며 나는 『꽃과 제물』을 통해 근 60년 전의 젊음에 흥분해 있었다. 여기에, 두 세대 전의 더러 달라진 표기 변화를 다듬으면서 1968년 여성지 부록으로 허술하게 발표된 후 '뒤안길'로 숨어버린 이 작품을 50년 만에 당당한 '문지 장편소설'로 발굴하여 간행하게 된 것을 참으로 뿌듯한 보람으로 여기지 않을 수 없다. 작가의 부군인 안병환 박사는 50년 전의 낡은 텍스트를 복사하여 보내주었는데 『북간도』의 작가 안수길 선생님의 자제다운 문학에 대한 사랑이 드러난다. 의사이며 미국에서 몇 차례 전시회를 가진 동생 정희현 박사의 표지화가 언니의 문학적 상상력을 훌륭하게 재생하고 있음을 나는 강조하고 싶다. 미국에서 정년퇴직한 의사로서 조국의 시단에 데뷔하고 시집(『부다페스트의 환생』, 시문학사, 2010)을 상자한 시인이면서 동양화를 그리고 있는 큰오빠 정두현 박사와, 이제 조국에 새 자리를 마련해 새 삶을 짓고 있는 둘째 오빠 정문현 박사의 응원을 나는 부러워하며 감사를 드린다. 그러니까 이 『꽃과 제물』은 한 가족이 일군 장편 서사이다. 미시 서사에 들린 오늘의 독자들이 이 거대 민족 서사의 틀과 인식을 새삼스러운 소감으로 대면해주기를 나는 거듭 바란다. 이 작품을 읽을 중심 독자층은 1960년대의 젊은이들이 아니라 21세기 10년대의 반세기 후배들일 것이다. 4·19학생혁명을 통해 자기 주체를 선언한 '한글세대'가 이미 팔십대에 이르렀고 그만큼 문학과 문화만이 아니라 지적·경제적, 그리고 마침내 사회적·정치적 모든 분야에서 한글문화의 모던 내지 포스트모던한 삶을 실 수 있게 된 현재적 사태의 근원을 알고 느끼기 위해서는 1960년대의 진상을 보아야 할 것이다. 이 작품을 통해 우리 역사에 근대성을 부여한 획기의 사태를 새로이 인식할 수 있다면 참으로 진지한 역사의식을 위해 보람 있는 일이 될 것이다. 그래, 오늘의 세대에게 반세기 동안 숨어 있던 뜻밖의 작품으로 우리 시대의 젊은 정신을 다시 고양할 수 있다면 그것은 오히려 행운이다. 4월의 꽃들이 역사의 소용돌이로 휘둘리는 고통을 이겨내기 위한 제물이 되어 마침내 아름답고 평화로운 오늘의 삶에 풍요한 자양으로 뿌려지고 다시 밝게 덥히는 언어들을 통해 생생한 현장감으로 육박해오는 역사적 장면들을 체험하고 깊이 내면화할 수 있다면 그것은 축복이다. 나는 다시 『꽃과 제물』의, 그 상징으로나 실체로서의 부활에 축하를 드린다. 그 축하는 미국에서 만년의 회상을 누리는 작가만을 향한 것이 아니라 자유와 민주주의의 일상화를 향해 부단한 걸음을 걷고 있는 우리의 젊은 독자들을 향한 것이기도 하다. 그것은 우리 모두에게 즐거운 추억이면서 정의롭고 자유로운 우리의 미래에 대한 신뢰이기 때문이다.

[정영현, 『꽃과 제물』 발문, 문학과지성사, 2018]

시대에 무릎 꿇었던 거물 애국자 정해룡

아무런 사전 정보 없이 김민환의 장편소설 『큰 새는 바람을 거슬러 난다』(문예중앙, 2021)를 읽기 시작했을 때 박경리의 대하소설 『토지』가 끝나는 해방부터 시작된다는 데에서 우리가 보기 힘든 해방 공간의 정황을 돌이켜볼 수 있겠다고 반가워했고, 형제간의 이념이 다른 모습에서 염상섭의 『삼대』에서 보인 세대 간 갈등 양상이 빚을 이념적 대립의 결과를 알 수 있겠다고 기대했다. 그 읽기가 계속되면서 소설적 허구가 아닌 실제의 이야기가 아닐까 하는 생각이 들었고, 그래서 검색한 인터넷에서 이 소설의 주인공 봉강 정해룡의 '잠들지 않는 남도의 정신적 뿌리'(「[독립운동가 열전 〈삶과 넋〉 49] '잠들지 않는 남도'의 성신적 뿌리, 봉강 정해룡」, 『매일노동뉴스』 2020년 3월 9일 자)를 읽을 수 있었다.

그는 보성의 명문가 장손으로 태어나 와세다대학 통신 과정을 이

수했고, 3천 석의 재산으로 독립운동 자금을 보내면서 구휼과 교육·문화의 민족 계몽사업을 해온 지방의 대단한 유지였다. 언론학 교수로 정년퇴직한 후 작가로 데뷔한 김민환은 이 거물 운동가의 행적을 조용히 뒤따르며 소설로 재구성하고 있다. 작가가 재현한 주인공은 양반의 체통과 품위를 새롭게 높이면서 주변 인물들에 두루 관대하고, 식민지 상태를 벗어나면서 심각해진 갖가지 착잡한 정치적·사회적 문제들을 싸안아 포용의 정신으로 개혁 실천한다. 단독정부 구성을 추구하는 이승만과 김일성과는 달리 남북의 화해와 민족의 통일을 추구하는 여운형을 지지하며 해방된 우리 사회의 독립과 번영, 화해와 통합을 꿈꾼다. 노비를 해방하고 토지를 소작농들에게 분배하며 지역의 갖가지 혼란을 수습하고 요구와 주장을 타협하여 온건한 개혁을 위해 헌신한다.

그의 품격과 바람과는 달리, 그럼에도, 그의 생애는 결코 순탄하지 못했다. 동경제대 출신의 동생은 월북하고, 그들은 여순반란 사태로 고역을 겪어야 했고, 아내는 조현병을 앓고, 제3의 노선을 표방한 그는 총선에서 떨어진다. 그의 재산은 한없이 졸아든다. 나라도 남과 북으로 갈리고 내란과 전쟁으로 더 이상 회복하기 힘든 파탄으로 몰려가고 만다. 작가가 이 같은 몰락의 과정을 담담하게 그려가면서 끊임없이 묻는 것은 나라와 민족을 하나로 모으려는 덕과 인의 품격 높은 정신과 꿈이 왜 늘 패배하고 현실은 더 참담해야하는가라는 역설에 대해서이다. 여기서 그가 이를 수 있는 것은 "남북을 분단한 시대의 실패"였고 "미국과 소련이 분단을 택한 그 순간에 패배가 예비되었다"는 결론에서 예감되는 남북한의 전쟁과 분단의 고착화였다. 정해룡의 실패는 그러므로 나라와 시대의 실패였다는 것이 당초 사회과학자였던 작가의 진단이다.

작가는 논픽션으로 분류될 수 있는 작품을 인간의 보편적인 존재론적 운명으로 확대하고 문학작품으로 비약 발전시키는 데 뛰어난 역량을 발휘하고 있다. 가령 해룡의 모친 윤씨가 사용하는 고급한 전통적 화법은 우리 언어미의 부활을 촉구하는 예술적 품위의 표현이다. 특히 대가의 인척 관계와 나이를 적는 작가의 버릇은 우리 전래의 가족 구조 면모를 알려주는 심층 심리 구조를 드러낸다. 사소하게 보이는 이 수법들은 이른바 포스트모더니즘의 이국적 시니피앙과는 또 다른 '낯설게하기'로 우리의 논픽션적 시선을 문학적 전망의 형식으로 재현한다. 그럼으로써 57세 이른 나이로 자신의 꿈을 사려야 했던 역사 속의 한 인물을 그의 삶과 꿈에 고난을 강제하는 세계의 고통과 보편의 인간 운명으로 형상화하고 있다. 포용하는 이상주의자의 끊임없는 추구는 그렇게 이 세상에 용인될 수 없는 소망인가. 이 작품은 이 세계의 그 시대적 억압을 폭로하고 있는 것이다.

[『중앙선데이』, 2021. 4. 24~25]

아름다운 작은 씨앗이 피울 제비꽃 한 송이

― 민병일의 『바오밥나무와 달팽이』 짚어 읽기

지난여름, 나는 『바오밥나무와 방랑자』(문학과지성사, 2020)를 읽은 날 밤, 생면부지의 작가에게 출판사를 통해 알게 된 전화로 이런 문자를 보냈다: "이 아름답고 예지에 가득한 보물을 조금씩 아껴가며, 하루에 두어 쪽 정말 아껴가며 보았습니다. 『어린 왕자』보다 통찰이 깊고 『싯다르타』보다 자유롭고 『크눌프』와 달리 밝고 「나의 청춘 마리안느」의 '아르장탱'과 달리 포용적이며 『데미안』보다 맑은 직관을 저는 보고 있습니다." 생텍쥐페리의 동화, 헤세의 소설들 그리고 쥘리앵 뒤비비에의 영화 주인공들이 우리에게 보여준 젊음의 방황, 진리를 향한 먼 걸음, 사랑을 위한 떠남을 나는 민병일의 이 '어른을 위한 동화'에서 예감했다. 작가가 보낸 답장에 대한 답장에서 나는 다시 그의 동화를 넘어서는 순진의 세계에서 "고통과 상처, 흠집과 어려움, 그 숱한 괴로움 속에서 어떻게 순결한 눈, 고

답한 정신, 사랑스런 지혜, 자연의 갖가지들에 대한 부드러운 친화를 쌓아 올릴 수 있었는지, 인간에 대한 경의를 느끼지 않을 수 없었습니다"라고 썼다. 그리고 얼마 후 그는 나의 기대와 예감에 맞추듯 장편의 『바오밥나무와 달팽이』의 완성된 원고를 내게 보냈다. 그것은 '어른을 위한 동화'의 이름을 등에 업은 '방황하는 인간을 위한 각성의 아가(雅歌)'였다.

나는 이 아름답고 슬기로움이 충만한 상상의 세계에 대해 매우 고단스러워해야 했다. 아름다움은 비평을 거부하고 슬기로움은 해설을 바라지 않고 아름다운 지혜는 뒷글을 반가워하지 않을 것이었다. 그저 아름답고 마냥 지혜로운 것! 마냥 순결하고 그 순수함 앞에서 우리가 입을 떼는 것을 부끄러이 여기게 하는 것, 그 앞에서 우리는 무슨 말을 지껄이고 글을 끄적거릴 것인가. 그럼에도, 작가에게 뒷글을 드리겠다고 한 약속 때문에, 그래서 무슨 덧붙이기를 해야 하긴 할 것이었다. 마침내 내게 와닿은 것은, 읽은 것 다시 읽기, 다시 읽으며 누리기, 누리며 다시 되씹기, 그래서 읽은 글 다시 읽기였다. 가난한 글쟁이, 결코 작가를 벗어나거나 비켜나, 더 누릴 수 있는 상상의 너비로부터도 자유로운, 가림 없는 작가의 상상력에 기대 다시 누리기─나는 물길을 찾아 한없이 뿌리를 뻗치는 바오밥나무의 원대한 사유의 움직임을 흉내 내며, 더없이 느린 걸음으로 우주를 헤매는 달팽이의 작고도 느린 걸음을 따라 그 질긴 발자국을 다시 밟는다. 그것은 내가 읽어본 바 없는, 그리고 그 사상가 발터 벤야민도 미처 쓰지 못하고 바라기만 한, 인용문들의 더미, 그처럼 가득 쌓인 더미의 헤쳐보기가 아닐까. 다시 읽기, 띄엄, 띄엄, 읽기, 그러다가 다시 돌아가 읽기, 건너뛰어 찬찬히 다시 읽으며 헤쳐보기…… 그렇게 또 하나의 메르헨을 지을 수 있다면 얼마나 행복한 읽기의 일이 될 것인가.

*

"낯선 것들 사이에서 낯선 길을 만들어가는 게 삶." 삶이란 이렇게 낯선 것인가. 어느 날 문득 눈앞에 띈 나무, 길, 익은 얼굴. 그럼에도 다시 보면 아무런 인연 없는 것들. 그래서 나는 '인연 없는 것들과의 인연'이란 말을 썼는가. 그래서 달팽이의 혼자 생각에 고개를 주억거린다: 그렇구나, "삶이 신기한 이유는 밖으로 길을 낼수록 내 안에 길이 생긴다는 거야. 참 희한하지. 길에는 얼마나 많은 삶의 은유가 새겨져 있을까!"(p. 188) 세상은 눈에 훤하지만 그 보이지 않는 안은 은유 덩어리. 그렇기에 삶은 수수께끼이고 끝없는 질문의 연쇄, 해답으로 향하는 문들이 즐비한 아케이드. 그래서 달팽이가 꽃 피는 바다에서 바라본 어부 할아버지는 '무량한 시간의 신화'(같은 쪽)였다. "삶이 남겨놓은 비늘 한 조각, 삶에 생채기 낸 어떤 순간의 얼굴, 사랑했지만 세월에 묻혀 까맣게 잊고 지낸 그리운 사람," 그리고 끝내 다다를 "시간의 먼지"(같은 쪽).

달팽이는 "맑은 공기가 있고 만년설 덮인 산에 나무숲이 울창한 별" 지구를 떠나 '파란별'을 찾아 나선다(p. 193). "?는 꿈"으로, 꿈을 꿈이 아니라 "깨어 있는 삶"(p. 47)으로 여기는, 그랬기에 늙은 속세의 지혜 '구루'로부터 추방당한, '숲속의 몽상가' 달팽이의 헤맴은 "사랑을 꽃피우는 바다"이며 "삶에 대한 열망, 즉 삶에 사랑을 꽃피우고 싶다는 뜨거운 마음"(p. 194), 그 아름다운 삶에 대한 열망을 그리워한다. 그럼에도, 아아, "누구든 사랑을 꽃피우고 싶지만 완성되지 않고, 완성될 수도 없고, 그저 시간의 점선을 따라 사랑이라는 이름의 꽃씨를 심으며 사랑을 위한 서시를 써 내려가는 게 삶 같다는 생각"(p. 195)을 짓는다. 이때 던지는 바오밥나무의 말 하나: "진정한 사랑만이 존재의 기적을 일으키는 것"(같은 쪽). 아아, 기적은 어김없이 '신기루'로 이 세상에 부재한 것일까. 그러나 할아버지는 그 기적을 신기루라고 생각하는 바오밥나무에게 "너야말로 존재의 기적을 보여주는 사랑의 나무"(같은 쪽)라고 명명한다. 기적은 깨우침의 내용이 아니라 깨우침이란 것 자체를 가리킨다는 진실을 할아버지는 간파하고 있었다.

여행이란 "자기 자신과의 고독한 만남"으로 생각하며 "꿈을 찾아가려는 의지"(p. 56)로 충만해 있는 달팽이가 만난 친구는 코끼리였다. 대초원별을 찾아가는 파란 코끼리는 세상이란 "우리가 알지 못하는 비밀과 보석 같은 이야기를 숨겨두고 있"는 이해할 수 없는 곳이다. 그래서 세상은 누구에게나, 달팽이나 코끼리에게도 "온전히 이해하기 어려운" "낯선 곳"이며, 삶이란 "그 낯섦을 하나씩 풀어가는"(p. 54) 것이다. 우리는 그래서 매일 똑같아 보이는 하루하루, 그 하나의 하루를 조금씩 다르게, 어떤 때는 아주 다르게, 만나고 경험하고 거기서 삶의 작은 자락, 혹은 드물게는 아주 큰 폭을 깨우쳐가는 것인가. 나날의 되풀이, 그 일상의 반복 속에서 키가 조금 자라고 혹은 슬픔이 좀더 깊어지고, 즐거움을 키우고 서러움을 늘리는 것인가. 그것이 한 생애인가. 낯섦을 낯익게 적셔가고 낯익음에서 새로운 낯섦을 찾아내고 그 수수께끼를 궁굴려보는 것, 그것이 무릇 생명 가진 것들의 날이면 날마다 하고, 겪고, 치르며, 되풀이하는 삶의 실제인가.

달팽이가 멈춰 앉은 '울티마 툴레'는 해왕성 너머의 별로 한 세기 전에야 허블 망원경으로 겨우 인간의 눈에 발견되었다. 태양 빛이 미치지 않기에 이 별은 춥고 외롭고 쓸쓸하다. 그 별에는 "고요한 침묵과 바람과 별빛 그리고 얼음의 신이"(p. 37) 지나간 적 있을 뿐이다. 그래서 "우주의 경이로움 앞에서 느끼는 숭고한 절망감"(pp. 36~37). 그렇기에 달팽이는 작은 소리로 알은척하는 씨앗이 반갑다. 그 씨앗은 꽃을 피울 수 있기를 기다리고 있었다. "언제까지?" 달팽이의 물음에 씨앗의 대답은 "그건 나도 몰라. 45억 년 후엔 이곳이 따뜻해질지 누가 알아." 그 45억 년은 지구의 나이겠다. 그럼에도 씨앗은 꿈을 안고 있다. "난 때를 기다리는 중이야. 아름다움은 어느 순간 태어날 테니까"(p. 39). 그래, 어느 순간 그 45억 년의 어느 순간에 생명이 솟아나고 인간이 태어나고 아름다움을 보고 그것을 만드는 솜씨가 빚어졌다. "45억 년 만에 처음 떨어진 투명한 물방울에 씨앗은 따뜻하게 저며오는 아픔 같은 것을 느꼈다." 그 "아주 미세한 균열"에서 느끼게 되는, "새순을 틔우고 꽃을 피울 것 같은 떨림!"(p. 40)

황금방망이 꼬리털여우를 만난 달팽이는 그의 신비한 침묵에서 "따뜻한 고독"(p. 83)을 느낀다. 명상을 끝낸 여우는 달팽이에게 "이해하려 하지 말고 마음으로 느껴봐"라고 충고한다. "'바라본다'에는 '나는 생각한다'라는 말이 들어 있단다." 그 말에는 "내가 꽃을 피우려 한다는 의지가 깃들어 있으니, 꽃이 피는데 어떻게 상처인들 아물지 않겠"(p. 85)냐는 것. 이 선문답에 이어, "명상은 침묵으로 마음을 봉쇄해 고독한 나를 만나는 일"이라는 말. "엄숙한 고독 속에서조차 느낄 수 없는 숭고한 고독을 느끼려는 게 명상"(p. 86)이라는, "매트릭스 세계를 넘어서려면 마음의 본체, 즉 심안(心眼)을 떠야"(p. 88) 한다는 까다로움. 그리고 명상에서 침묵을 만나리라는 달팽이의 짐작에 여우는 '유토피아'를 가르친다: "시간과 공간을 뛰어넘는" 곳, "네 마음이 꿈꾸는 곳, 네 희망이 그림을 그리는 곳"(p. 87). 그러니 그리되 실재하지 않는 곳, 그 유토피아U-topia 다움, 꿈꾸고 그리움만 보내는 곳, 이 세상에 없는 곳, 한데 마음속에 거듭거듭 다시 살아나는 것, 곳, 것들, 곳들.

달팽이와 바오밥나무는 바람 구두 신은 난쟁이와 함께 만난 장밋빛 할아버지에게 그가 고민하는 '사랑'에 대한 답을 듣는다: 사랑은 "간직하는 것!" 재우쳐 묻는 그들에게 할아버지는 시구절처럼 끊어 말한다: "부서지고,/찢기고,/병들고,/깨지고,/상처투성이인 채로,/사랑을,/간직하는 것이라네"(p. 68). "간직하다 보면 빛나는 게 사랑이거든." 생텍쥐페리는 어린 왕자로부터 사랑이란 '길들이기'라는 말을 들었던가. 달팽이에게 할아버지는 말한다: "고귀한 순결함은 간직하는 것이지. 상처투성이인 채로 간직하다 보면, 사랑은 저 스스로 빛을 내는 고귀한 위대함이 있거든. 그런데 우주에는 버려진 사랑이 너무 많아……"(같은 쪽) 쓸쓸한 것은 사람들이 스스로 버린 사랑이 "저렇게 거대한 은하수가 되어 빛나는 걸 모르고 아름답다고 감탄하"(p. 69)는 것. 결코 버리지 말지니, 도무지 버리지 않아야 할 것이, "부서지고, 찢기고, 병들고, 깨지고, 상처투성이인 채"임에도 '간직'하여 보듬음으로써 사랑으로 키워 빛나게 할 것. 사랑에 대한 또 하나 덧붙이는 정의, 끝없이 다시 고쳐 써도 바뀌지 않고 같은 뜻을 지켜낼 아름다운 그 말, 사랑. 그 사랑의 간직하기.

달팽이는 길을 지나 들을 질러가는 도중 한 갤러리를 만나고, 그 '숲길에서 본 시간개념, 혹은 보이는 것은 보이지 않는 것'이라는 제목의 전람회장에서 '그림 없는 그림'들을 관람한다. 그 이름이 '쿤스트'인 화가는 보이지 않는 캔버스의 흰 종이를 보며 당혹해하는 달팽이에게 "형상이 없어도 그림"임을 이렇게 설명한다: "예술은 도덕적 의무가 아니거든요. 예술은 들녘의 꽃이나 나무들처럼 저 스스로 자라 씨앗의 숨을 열고 꽃을 피우며 열매를 맺지요. 예술은 자연 속 대지의 숨 같은 것이에요. 〔……〕 새는 자유로운 비상을 통해 새가 되고 예술은 자유로운 상상을 통해 예술이 되죠"(p. 94). 작가는 무한 자유의 상상력 속에서, 그림 없는 그림이 형상을 키워내고 삶의 자장 속에 있으면서도 그것을 초월하고 불완전한 삶의 내면에 잠든 씨앗에 숨을 틔워준다. 여기서 이 무애의 사상가는 '존재하는 무(無)'(p. 95)란 개념을 보여준다. 그 반어의 논리는 "의식과 무의식의 경계를 해체시키려는 초현실적인 그림"(p. 96)일까? 그래, 작가는 그것이 "의식과 무의식을 해체하여 새로운 꿈을 그리는 초현실적인 그림"(p. 98) 같다고 말한다. "예술은, 캔버스 너머에 뜬 무지개 같은 것이랄까. 보이지 않는 이데아를 빈 캔버스에 그리는 일이기에, 아무리 그림을 그려도 결국은 보이지 않는 무(無) 같은 것이라는 말이야. 화가는 박제된 아름다움이 싫어서 빈 캔버스로 남긴 게 아닐까"(pp. 98~99). 그림 없는 그림이 우리를 '파괴'하고 비웃고 있으리라. 그러기에 형상 없는 백지의 화폭에서 '그 끔찍한 아름다움'을 보아내어야 할 것은 그 그림 없는 그림을 보는 이의 삶의 깊이, 그리고 거기서 솟는 한없이 자유로운 상상력이어야 하리라. "언어의 번개가 정신의 번개를 치게 하다니!"(p. 99)

달팽이와 바오밥나무는 "16만 3천 광년 떨어진" 대마젤란은하에서 "분홍빛 작약"을 "발그레한 아이 볼처럼" 꽃 피운 점방에 붙은

"당신이 잃어버린 '설렘'을 찾아드립니다"(p. 75)란 광고를 읽는다. 이 '설렘을 파는 점방'에 늘어선, 설렘을 사고 싶어 하는 이들의 기나긴 줄을 보고 지구는 이미 오래전에 '설렘'이 사라진 별임을 깨닫는다. 이들의 별에서는 "고등어처럼 싱싱한 설렘"(p. 77)이 사라진 지 오래였고, 꽃향기를 맡아도 설렐 줄 모르는 무감한 사람들의 고장이 되어 있었다. "하긴. 사는 것만 한 불가사의가 어디 있고, 사는 것만 한 전위예술이 또 어디 있을까. 산다는 건 영원한 미완성의 실험 작품이잖아" 말하며, "설렘을 잊고 사는 사람들의 설렘은 누가 가져간 것일까?"(p. 78) 탄식하는 달팽이와 바오밥나무 앞에서 점방 주인은 벌 떼처럼 몰려온 이들에게 꽃씨 하나씩 넣은 설렘 상자를 선물한다. 작은 내일이 안겨줄 소망을 잃고 큰 내일만을 기다리는 허망한 기대, 달팽이는 그런 지구인을 바로 보고 있는 것이다.

달팽이가 바로 보는 것은 그것만이 아니다. 아름다움은 가시를 품고 있다는 것! 장미가 달팽이를 향해 "알 듯 모를 듯한 말"을 주며 하는 "아름다움은 모순적인 거"라는 것! 이 말을 이렇게 뒤집는 것은 모순일까. "가시 속에는 아름다운 것들이 꿈꾸고 있어.""가시의 모순은 사랑의 모순 같은 거야. 가시에 찔릴 때의 쓰라린 고통 없이 진정한 아름다움은 드러나지 않는다는 뜻이지. 그게 가시의 비밀"(p. 108)이라는 것. 이 비의는 사랑, 아름다움, 행복 등 모든 환하게 즐겁고 멋진 말들 속에는 가시 같은 진실의 역설이란 아픔이 숨어 있음을 번개 같은 예감으로 번쩍 어둠을 밝힌다. "가시는

내면의 모순을 뚫고 올라온 존재의 고통을 보여주지. 존재한다는
건 갈망의 연속이니까. 장미꽃은 가시와 가시 사이에서 피어나"(p.
109). 그 말은 이런 열망으로 마디 짓는다: "장미의 완전한 고독이
담겨 있는 가시도 사랑해줘." 어린 왕자의 장미가 안기는 가시 돋친
사랑!

  그림 없는 그림이 세상의 꿈을 보여주듯 '들리지 않는 침묵으
로 들려오는 소리'로서의 "숲의 소리는 영혼을 별빛처럼 맑게 물
들"(p. 113)인다. 소리 수집가가 달팽이와 바오밥나무에게 들려주
는 '아름다운 소리'는 꽃과 벌레, 나무와 바람, 구름이 내는 소리들
이어서 "숲의 성자들이 내는 광채"(p. 112)가 된다. 그 아름다운 침
묵의 소리는 "내 영혼을 내려치는, 투명한 얼음장을 내려치는 무쇠
도끼"(pp. 113~15)다. 그래서 지하 창고에 모아 나눠 주기 시작한
"숲의 무늬만큼 다양한 소리가 들어 있는 유리병들." "꽃들과 나눈
희망의 언어, 나무들의 싱그럽고 푸른 이야기, 바람이 숲에 남긴 먼
나라 꽃 소식……"(p. 115), 그리고 그 많고 아름다운 말들을 넘어,
색계(色界)와 무색계(無色界)를 넘어, 들어서면 이르게 될 수미산
(須彌山)의 '청정한 침묵의 세계,' 거기 들려오는 침묵의 세계, 그 무
명(無明)의 우주. "소리가 소리를 벗으니 침묵만 남았다"(p. 120).

  그럼에도 몽상가 달팽이와 바오밥나무는 나쁜말별에 이르러 고
양이, 개구리, 참새, 하얀 민들레 등등에 두텁게 쌓인 나쁜 말들을

닦아내야 했다. 나쁜 말들이 쌓이면 그것들이 붙은 나뭇가지에서 자라고 그렇게 나쁜말별은 자란다. 그들이 그 별을 떠날 때도 "외계에서 날아온 나쁜 말들이 흰 눈처럼 소복소복 쌓이고 있었다"(p. 126). 그것들은 하얀 백지 위에 점점이 오점처럼 여기저기 찍히고 그걸 바라보는 우리 눈을 괴롭힌다.

달팽이가 프록시마 b별에서 만난 사진사는 인간과 세계에 대한 근원적인 질문을 던지며 자신의 사진기야말로 꿈이고 별이고 보석임을 설명한다. 달팽이는 '생명체들의 우주'인 유토피아로 꽃 피는 바다 이야기를 해준다. 여기서 행복의 실감을 얻는다: "사진사처럼 붉은 소파를 산꼭대기에 놓고 사진을 찍든, 꽃 피는 바다에 붉은 소파를 띄우고 사진을 찍든, 열정을 태워 새로운 세계를 만들어가는 게 행복이지 않을까. 행복이란 별을 따는 게 아니라, 꿈을 이루기 위해 별을 바라보며 별빛을 마음에 새기는 것 같아. 그래서 언젠가 그 빛이 자신의 마음에서도 빛날 수 있게 하는 것!……"(pp. 137~38). 그래서 우리가 그처럼 멀리, 아득하게 소망해온 행복이란 이렇게 자기 몸으로, 내 안으로, 그래서 자기 각성으로 돌아오는 것인가. 그것은 유예이고, 눈앞에 어른거리며 다가올 듯 멈칫거리는 미래인가. 그것은 그래서 작은 씨앗이고 그것이 꽃피어나기를, 그리고 바다에서 싹을 틔우고 자라 꽃으로 피우기를 기다리는, 우리에게, 우리의 작은 가슴속으로 옮겨오는, '사랑의 씨앗'(p. 151)일 것인가……

달팽이는 "낯선 별에 갈 때마다 존재에 대한 물음과 더불어 삶과 죽음에 대한 생각이 깊어질 수밖에 없었다"(p. 154). 그 길에서 검은 상복을 입은 달팽이를 만나고, 그로부터 "너희는 죽음을 준비하니?"란 뜻밖의 질문을 받는다. "삶을 생각하는 것만으로도 너무 벅차"기에, 그래서 "자신은 죽음을 초월한 특별한 존재라고 여"겨온 몽상가 달팽이에게, 검은 상복의 달팽이는 다시 "메멘토 모리를 생각해봤"(p. 155)는지 궁금해한다. 그리고 말한다. "죽음은 미완의 생을 완성시키는 종(鐘)이거든. 〔……〕 메멘토 모리는 생을 진실하고 고귀하게 만드는 삶의 언어"(p. 156)임을 가르친다. 삶에서 죽음을 기억해두고 죽음에서 미완의 생을 기대한다는 것, "죽음이란 잠시 유보된 생"(같은 쪽)이라는 것, 생과 사의 이해할 수 없이 교직된 그것이야말로 삶의 가장 충일한 역설이 아닐까. 자크 프레베르의 시 「장례식에 가는 달팽이들의 노래」 소리를 듣고 깨닫는다: "맞아. 삶이란, '죽음과 슬픔의 겨울을 지나 기쁨과 생명의 봄으로' 건너가는 축제야. 삶이란, 죽은 나무일지라도 기어코 씨앗을 틔워 가만가만 퍼져나가는 생명을, 생명력의 전율을 만드는 것이지"(p. 162). "삶은 추한 것들 한가운데에서 아름다움을 증명해야 하"는 것임을, "삶이 아름다운 건 죽음처럼 불멸을 말하지 않고 꿈을 꿀 수 있기 때문"(같은 쪽)이란 벅찬 역설을 달팽이들의 장례식에서 배운다.

몽상가 달팽이는 지구에서 네안데르탈인을 만난다. 사피엔스보다 앞서 살았던 이 선사 인간은 먼저 이승의 삶을 살며 땅에 그림을 그렸던 현자로서의 지혜를 달팽이에게 알려준다. "살아 있는 것은 모두 고독"한 존재라는 것, "외로움은 존재자의 특권"이며 "외로워한다는 건 살아 있다는 내적 각성"이라는 것(p. 173). 그 외로움은 "까마득히 먼 우주에서 들려오는 침묵의 소리도 느낄 수 있다는 말"이며 "내면을 들여다보라는 신호"라는 것, "상상해봐. 사막으로 된 고독의 밑바닥에 나무 한 그루만 동그마니 서 있는 풍경을, 사막이 아름다운 건 황량한 사막 맨 밑에 생각하는 나무가 있기 때문"이라는 것, "존재가 고독해지면 마음의 심연에 있는 생각하는 나무가 색색깔의 등불을 달"게 된다는 것, 그러니 "고독해진다는 것은 삶과 세계를 좀더 열정적으로 바라볼 수 있다는 것" "깊이 사색할 수 있는 등불을 켠다거나, 누군가의 마음에 등 하나 달아줄 수 있게 된다는 말"이라는 것, 그리하여 "나무들이 고독을 아름답게 생각하는 것은 고독에 반영된 불멸의 정신을 느낄 수 있기 때문이"라는 것(pp. 174~75). 살아-있음의 외로움에서 시작하여 나무가 지닌 '불멸의 정신'에 이르기까지 잇단 별빛의 이음처럼 이어지는 예지의 고리는 19세기 키르케고르에서 니체를 거쳐 사막의 어린 왕자에 이르는 고독의 성좌를 보는 듯하다. 그 '고독'은 "고독을 품은 채로, 언제나 신성한 모습으로 올곧게 서 있으려는 불굴의 정신" "고독을 좀더 사랑할 수 있을"(p. 176) 자아가 아닐까…… "외로움은 존재자의 특권이야. 외로워한다는 건 살아 있다는 내적 각성"이고 "외로움을 친구" "사는 동안 함께 살아가는 친구"임을 깨달을 때, 그 외로움은 내가 "아주 치열하게 살고 싶다는 고백"을 하고 있다는 것, 내가 "지금 꽃 한 송이를 피우려 한다는 신호이고, 지금 햇빛 한 줌을 잉태하려는 내적 계시이고, 지금 별 알에서 파란별로 깨어난다는 비밀을 말하는 거야"(p. 173). 그 외로움을 껴안는 서러운 환희……

이렇게 꽃 피는 바다별에 이르기까지 숱한 우주의 별들을 만나고 듣고 깨우쳐가며 "삶이란 결국 내면으로 가는 낯선 길이란 것"(p. 182)을 깨달아가고 있음에도, 몽상하는 달팽이는 "삶이란 어디서 와서 어디로 가는 것일까?"라고 2,500년 전의 싯다르타가 평생 괴로워해온 물음을 피할 수 없이 다시 만나야 했다. "삶이란 결국 내면으로 가는 낯선 길"임을 깨닫지만 동시에 이 몽상가는 '허무한 게 삶'이란 역설의 함정에 빠져든 것이다. 그 혼란 속에서 달팽이의 거침없이 자유로운 사유는 되풀이 규정하고 질문하고 다시 정의한다: "삶이란 빛을 내기 위해 끊임없이 연마되는 과정일 거야. 죽음만이 생을 완성시킬 뿐, 삶이란 쉼 없이 미완성의 껍질을 벗겨가는 과정을 통해 만들어지는 것! 설령 삶이 매끄럽게 연마되지 못하고 울퉁불퉁한 채 남거나, 한 점 빛으로 반짝이지 못하더라도 슬퍼할 건 없어. 〔……〕 나 자신 빛이 될 수 없다면 나무처럼 빛을 받아 반짝이는 괴물 같은 존재가 되면 돼. 그래, 어쩌면 우리는 삶을 연소시켜 사랑의 빛으로 변신해가는 괴물일지도 몰라. 사랑이라는 이름의 괴물, 평소에는 가만히 있다가 사랑의 빛이 충만해질 때 비로

232

소 본래 얼굴을 드러내는 괴물 말이야"(pp. 183~84). 그리고 "유한한 삶이란, 오지 않을 그 무엇을 기다리는 것처럼 고독이 투명해질 때까지 기다리고 또 기다리며 길을 찾는 것"(p. 184)의 아득히 쓸쓸한 여정의 외로움임을 예감한다. 몽상가 달팽이는 "바다에 시를 쓰는 시인처럼" 읊는다: "밤하늘이 별의 우주라면 별을 비추는 밤바다는 우주의 거울. 해와 꽃, 달과 강, 별과 섬, 별이 빛나는 밤에 별빛 스친 자리는 모두 별이 된다. 바다로 별이 진다. 이 바다 어딘가에 어머니의 어머니의 어머니가 억겁의 시간을 낳은, 어머니가 감춰둔 달팽이들의 그리운 숨결이 있겠지"(p. 186).

드디어 몽상가 달팽이는 꽃 피는 바다별에서 신성한 바오밥나무를 만난다. 그리고 그는 원초적인 여행에의 초대에 이끌려서인지, 먼 곳에의 동경 때문인지, 파란별을 찾기에 숲에서 추방당하다시피 했기 때문인지, '약간의 존재론적인 회의'에 젖으며 그가 찾는 파란별의 행방을 신성한 바오밥나무에게 묻는다. 달팽이는 먼지의 무게를 재야 한다는 바오밥나무의 충고를 듣는다: "우주의 가스와 먼지로 이루어진 별들의 고향에선 형형색색 불꽃놀이가 끊임없이 일어나고 있"기 때문이다. "별이 탄생해 고귀한 빛을 내려면 우주의 가스와 먼지가 필요하듯, 너도 별처럼 빛을 내려면 네 삶에 낀 먼지를 두려워하지 말"지니! 그리고 이어 달팽이에게 말한다. "누구든 자신의 생을 헤적여보면 슬픔이 새겨진 '눈물의 날'은 물론이고 좌절과 상처, 고독과 외로움, 불확실성, 사랑의 상실, 아픔이라는 이름의 가스와 먼지가 있단다. 살아가는 동안 네 몸과 정신에 긴 세속의 먼지는 네 안의 별을 탄생시키는 재료일 뿐이야"(p. 199). 이 깊은 예지에 이르러 나는 "자신도 우주를 만드는 작은 별 알이란 걸" 깨닫고 파란별을 찾아 우주의 곳곳을 헤맨 달팽이와 더불어 환한 기쁨의 빛을 반긴다: "내가 광활한 우주 속 하나의 별 알이며 빛을 뿌리는 별이라니…… 끝도 보이지 않고 가늠조차 할 수 없는 하나의 불꽃이며 작은 우주라니!"(p. 200) 그 깨우침은 작은 육체의 껍질을 찢고 번져나가는 무한 팽창이며, 보이지 않던 씨앗에서 고개를 꺾고 하늘을 바라보며 찾는 바오밥나무의 맨 위 잎사귀 끝에서 아른거리는 파란 하늘을 짚으려는 작은 손가락의 이 아른거리는 마디 끝 짓을 찾는 눈길이었다……

바오밥나무는 여전히 작은 마음으로 괴로워하는 몽상가 달팽이에게 '축의 시대'의 선지자들처럼, 그리고 두 차례 두 번의 지구를 덮은 전쟁을 겪은 지난 세기의 실존주의자들처럼, 괴로움에 젖은 몽상가에게 삶의 비의를 열어준다: "물론 사물에 나타나는 현상도 중요하지만, 잘 보이지 않는 본질도 중요하지. 별은 우주에도 있지만 네 마음에도 있어. 너는 네 안쪽에 있는 별은 찾지 않고 바깥쪽에 있는 별만 찾아다녔구나." 침묵할 수밖에 없는 달팽이에게 바오밥나무는 거듭 따뜻한 말의 힘을 진한다: "네 안에서 빛나는 별을 찾아봐! 어쩌면 네 안에서 잠든 빛을 일어서게 하는 게 진정한 별을 찾는 일 아니겠니?" "달팽이야, 네 안에 잠든 빛의 숨을 틔우도록 해봐"(p. 202).

그래, 여러 천년을 살아오며 땅속 생명의 자양을 품어 올리고 까마득히 땅 위의 살아 있는 것들 가운데 가장 높이 솟아 세상을 둘러보며 생명의 지혜를 들이마셔온 바오밥나무는 하루 해 질 때까지 걸어 한 뼘 거리를 겨우 옮기면서도 숲 밖의 세상을 상상해온 달팽이에게 자신이 평생 생각하고 생각해 깨우쳐온 지혜 한 자락을 안겨준다: "별은 우주에도 있지만 네 마음에도 있어. 〔……〕 보이는 별만 찾지 말고 보이지 않는 별을 찾아보렴. 별이 빛나는 이유가 무엇인지 아니?" 그리고 덧붙인다: "별들은 우리가 알 수 없는 외계 언어로 말하고 있을지 몰라. '네 안에서 빛나는 별을 찾아봐! 어쩌면 네 안에서 잠든 빛을 일어서게 하는 게 진정한 별을 찾는 일 아니겠니?'라고." 그리고 달팽이 스스로에게 '별 나무'라고 생각해보라고 권한다. "자신을 별빛이 새순을 밀어 올리는 '별 나무'라고 생각해봐. 별빛이 숨을 틔운 네 몸과 정신은 얼마나 눈부실까?"(같은 쪽) 이 위로와 격려의 지혜는 아마도 "안에는 또 얼마나 많은 허무의 그림자와 슬픔의 눈물과 시간의 생채기, 좌절이란 이름의 쐐기가 박혀 있는"(p. 206) 바오밥나무이기에 태어나고 깨우치고 쌓이고 가르칠 수 있는 말이리라. 그 고통과 고난의 응어리 없이 어찌 살아 있음, 존재하고 있음의 숱한 역설들을 눈 밝혀 볼 수 있을 것인가.

이런 현명한 바오밥나무 앞에서 몽상가 달팽이는 마침내 "자신이 몽상을 즐기고 꿈을 꾸던 숲으로 다시 돌아가기로"(p. 209) 한다. "내가 별의 이름을 부르는 곳이라면 별은 언제나 반짝이고 있을 거야. 삶에 대한 감사가 깊어지는 어느 날, 길가의 돌멩이, 보랏빛 제비꽃 한 송이, 싱그러운 바람 한 줄기, 나무에게서도 파란별을 찾을 수 있을 거야"(p. 207)라고 스스로를 챙기게 된다. 그리고 여러 천년의 고뇌에서 익혀온 지혜의 바오밥나무 말씀을 알아들을 수 있게 된 몽상가 달팽이는 마침내 자기 회귀의 지혜를 받아들인다. 숱한 말들의 현자도, 하 많은 언변의 인자들도, 손짓마다 한마디 말들을 던질 철학자 사상가의 지자들도, 결국 바오밥나무가 전하고 숲속의 한없이 느리고 게으른 몽상가 달팽이가 받아들인 한마디에 고개를 숙이고야 말 것이다: "삶이란 자기 자신에게 지나온 발자취를 이야기하며 시간 여행을 하는 것"(같은 쪽). 이 새삼스러운 각성에 이르는 긴 어려움은 "지상에 존재하는 모든 것은 별이다"라는, 위대한 모순의 지양 위에서 걸음을 멈춘다. 그럼에도 끝은 새로운 시작일 것이다. 민병일과 그의 무애한 상상력을 따라온 우리는 이 책을 덮고서는 다시 피곤한 일상의 번잡에 꼬리를 잡히고 말 것이다. 그럼에도 우리는 잊지 못해 기억의 한 조각을 더듬어 찾아내리라. 그가 심은 작은 씨앗 하나가 내 안 어디서 슬그머니 싹을 틔워, 제비꽃 한 송이를 피우며 하늘 어딘가에 숨어 있을 파란별을 꿈꾸고 있는 내 안의 안, 속의 속 한 조각으로 자라나고 있을 것을⋯⋯

[민병일, 『바오밥나무와 달팽이』 해설, 문학과지성사, 2023]

Ⅲ
기억 일구기

문단의 세대연대론

실마리

　필자가 속한 신문사에서 이십대의 평론가를 동원, 〈한국 현대 소설 50년〉 기념 시리즈를 마친 뒤 삼십대 후반의 중견 평론가를 만났다. 그는 원고지 열 장이 조금 넘는 적은 분량으로 50년의 우리 문학사를 훑어본다는, 무리 끝에 발표된 이 신진 평론가들의 글에 대해 여러 가지로 진지한 비판과 충고를 가한 다음 이런 말을 덧붙였다.

　"요즘의 젊은 세대들은, 우리의 그 나이 때보다 역사의식뿐 아니라 지식 자체도 모자라는 것 같애."

　모든 점에서 연상인 그의 이 촌평은 필자에게 여러모로 생각하게끔 했는데, 이보다 앞서 우리의 한 원로 작가는 젊은 작가 지망생

앞에서 강연 중에 "오늘의 젊은 작가들은 공부를 하지 않는다"라고
도 말한 적이 있었기 때문이다.

　── 1960년대 후반의 젊은 작가들은 정말 공부를 안 하는가. 혹
은 공부하는 내용이나 그 방법이 달라진 것인가. 오늘의 공부와
50년 전의 공부와는 같은 것인가. 이십대의 작가들이 사실 공부를
안 한다면 게을러서인가 또는 할 필요가 없어서인가. 또 하나, 그들
이 공부를 안(못) 하는 데 대한 전 세대의 책임은 없는가. 공부 안
한 세대에게 필요한 것은 충고인가 비난인가.

　선배 작가의 한마디를 사심 없이 받아들였을 때 생긴 이 소박한
질문들은 이미 수없이 제기되었을 터이고 또 이에 대한 대답들도
주어졌을 것이다.

　5·16 이후 유행어로 나돌던 세대교체론을 비롯해서 지금에도 세
대 간의 논쟁은 적잖이 일어나고 있다. 그렇다고 이 문제를 고찰할
필요성이 없어진 것은 아닐 것이다.

시대와 세대

　실존주의 학자들은 '시간'을 사계의 변화처럼 물리적인 흐름과
존재 속에서 인산이 끊임없이 걸단히는 과정의 두 가지로 파악하
고 있는데, 우리가 보통 시간이라고 할 때 이것을 완전히 구분한 것
은 아니었다. 카를 뢰비트Karl Löwith는 헬레니즘의 사관이 역사를

자연사적인 순환론으로 파악함으로써 역사로부터 인간의 의지를 구축한 반면, 헤브라이즘은 종말론적으로 시간을 이해함으로써 역사 속의 인간, 인간 속의 역사를 발견할 수 있다고 말한다(『역사의 의미』).

사실 '세계'를 의미하는 말로서 그리스의 용어인 '코스모스'는 공간적인 개념이고 유태인들의 '세큘라'는 시간적 개념이라 한다. 미국의 전위적 신학자인 하비 콕스는 로마의 초대 교부들이 세계를 코스모스로 번역함으로써 유태인의 시간적 세계 통찰을 공간적 파악으로 오도했다고 말한다(『세속도시』).

세계의 시간적 파악은 기독교적 종말론을 원용하지 않는다 하더라도 인류의 끊임없는 움직임을 필연적으로 긍정시켜준다. 그 '단절 없는 움직임' 또는 '변화'는 사관에 따라 '영원한 발전'이든 '나선형의 진보'이든 또는 '상승하지 않는 진행'이든, 전통과 연대 의식으로 우리 앞에 현존해 있는 것이고, 우리의 현재 앞에 역사적 세계는 다정한 숨결을 우리 의식과 육체의 한 부분으로 느끼게 한다. 이 역사의 흐름은 결국 끊임없이 생멸하는 세대로, 마치 제논의 화살처럼 전개된다.

이것은 역사가 세대의 연속에 따라 형성되는 것을, 하나의 세대는 매년 피고 지는 무의미한 단속이 아닌, 거대한 흐름의 동작에서 없으면 영원히 존재할 수 없는 하나의 의지임을 말해준다. 또한 세대와 세대가 무연한 것이 아님을, 하나의 세대가 독선할 수 없음을 의미한다. 세대라는 집합개념은 그러므로 시간 또는 자연과의 인식 관계에서 전개되며, 다른 세대와의 긴장 관계에서 역사의 걸음을 옮긴다. 그러나 여기서 결정론의 함정 속에 빠질 수는 없다. 다른 세대와의 연대성이 그 세대의 의지와 결단을 전폭적으로 제거할 수 없기 때문이다.

이리하여 아무리 정체된 중세 사회일지라도 세대 간의 대립감은 있었고 아무리 급격히 변하는 사회일지라도 세대 간의 다리가, 그들 간의 언어와 의사가, 단절될 수는 없다. 그러나 세대의 전이가 언제나 똑같은 속도와 똑같은 양상으로 이루어질 수 없음은 너무나 당연하다. 때로는 지극히 예각적일 수도, 때로는 참으로 완만할 수도 있다. 그것은 사회적 카타스트로프catastrophe나 이노베이션innovation에 대해 상이한 세대가 똑같이 적응할 수 없기 때문이며 일상적인 날 속에서 세대가 느끼는 권태감은 다르기 때문이다. 양차 대전을 터닝 포인트로 한 전후 세대가 보여준 예리한 대립이나, 종전 10여 년 후 경제적·사회적 안정기가 계속되자 구미에서 싹터 번져나간 '앵그리 영 맨'의 또 다른 반응이 이를 설명해준다.

한 세대의 특징은 당연히 그 외적 여건과 시간의 함수가 도입된 그 세대의 주체적 결단에 있다. 산업혁명을 전후한 세대상을 보면 볼테르의 인본주의적 세계관과 연결된 초기의 세대는 자연을 정복할 수 있는 인간의 능력에 깊은 신념을 자랑했지만, 거대한 기계화의 움직임 속에 인간이 짓눌리자 프랑켄슈타인에 역습당하는 암담한 기분으로 디킨스류의 사회소설이나 대륙의 사회주의 운동으로 전개되었다. 그러나 산업의 기계화가 성숙한 20세기 초에는 세기

말적인 비관주의에서 로맹 롤랑이 선언하듯 인간의 영원한 승리를 자축하는 낙관론으로 바뀌었다.

이러한 세대의 상이한 감각은 문예사조로부터 경제 이론에 이르기까지, 광범한 사회·문화 현상에 적용될 수 있으리라 믿는다. 즉 하나의 이벤트는 그것을 예감하는 사람과 겪는 사람과 뒤에 듣는 사람과의 시간적인 격차로 상이한 시각과 감응, 반응과 행태를 초래한다. 그러나 우리가 하나의 가치 체계로 이러한 변화를 본다면 반드시 올바른 방향으로 '현실적인 것은 이성적, 이성적은 현실적인 것'으로 평가를 내릴 수는 없을 것이다. 우리가 시간이란 것, 시간이 만드는 상황의 조화를 이해한다면 설령 그릇된 세대상의 교체라 하더라도 이질적이거나 증오의 적(的)으로만 보이지 않을 것이다. 아무리 악마적인 사건이라 하더라도 그것은 우리 전 세대의, 우리 세대의, 그리고 우리 다음 세대의 공유적인 사건인 것이며, 그 악마성을 제거하려는 노력은 어느 세대에서나 있는 것이다. 결코 '너는 너, 나는 나'의 피안절연성(彼岸絶緣性)일 수는 없는 것이다. 연대감 없는, '너와 나'는 세대 이전에 있어 선주민이 멸족한 땅에 새로 개척하는 이민족과의 관계보다 못하다. 그리고 우리 문단은 적어도 현대문학 발생 이후 유적지의 개척면이라고 생각하지 않을 것이다.

60년의 세대 변천

「해에게서 소년에게」의 신체시를 쓴 육당이나 몇 편의 시험적인 단편에 이어 장편『무정』을 발표한 춘원의 경우, 문학이란 사회개척과 국민 계몽 또는 '민족의 얼을 되찾는' 목적의 한 방편에 불과했다. 이 두 선구자의 문학적 공헌과는 별도로 그들의 문학 외적, 즉 사회적 목적을 위한 창작의 동기는 오래 기다리지 않아도 동인, 상섭 등 후배의 즉각적인 도전을 받았다. 우리 순수문학의 선구자로 볼 수 있는 동인 등은 문학을 문학으로서 존재하기를 요구한 것이다.

요즘 말로 '참여'나 '앙가주망'론이라 할 이 두 선구(先驅) 그룹은 이후 현재까지 계속 토론되어오는 주제의 선두 타자였다. 1920년대 중엽 소련의 독립운동가와 일본의 유학생으로부터 수입된 사회주의는 우리 문단에 소위 경향파 문학을 일으켰고 1930년대에 이 거친 물결이 진압되자 다시 시와 소설에 순수문학의 조용한 물결이 왔다. 해방이 되자 격돌한 좌우익 작가의 대결은 다시 정치에의 의식을 강요했고 6·25 이후 비극적인 전쟁에서 생긴 좌절감을 문학에 카타르시스하는 내성적 경향을 피웠다.

이 단순화한 도식에는 보다 많은 고찰이 필요하겠지만 사회의 변화에 대한 우리 문단의 반응은 10년 징도를 주기로 하여 세대교체가 이루어졌음을 말해준다. 서구식으로는 불과 한 세대 동안 5, 6회의 세대교체가 있었다는 것은 우리의 현대사가 그만큼 다사다난했다는 사회적 측면과 문예사조가 내적 신진대사를 통한 자생이 아니고, 전통에 토착화되기 전에 간단(間斷)없이 수입되어왔다는 문화적 측면 때문이다. 이로 말미암아 우리나라에서는 세대의 계기 현상이 아닌 공존 상태가 일어났고, 가치관의 변화가 아닌 같은 차원의 가치 대결이 있었다. 물론 현대는 다원화 시대라 하지만 우리나라의 경우는 논리적인 다원이 아니고 감정적인 혼돈이었다.

이 현상은 적어도 우리 문단을 위해서는 불행한 일이었다. 한 세대의 기질과 주장이 충분히 이해되고 그들의 가치관이 성숙하게 발현된 다음 안티테제가 내생할 수 있었다면 서구에서 고전주의 – 낭만주의 – 자연주의로 이행한 발전적 교체를 이루듯, 우리에게도 순조로운 세대의 전개 과정이 있었을 것이다. 그러나 한 작가가 데뷔한 지 10년도 못 되어 새로운 기치를 들고 도전하는 새 세대를 만날 때 그들 간의 대립을 문학론 속에서 해소시킬 여유와 능력을 갖출 수 없었고 따라서 문학 외적 대결로 격화되거나 불신, 혐오로 발전되기 십상이었다.

그러나 세대와 세대 간의 거리는 근본적인 단절을 의미하는 것은 아니다. 기질이나 사고 양식에 엄청난 차이가 있다 하더라도 하나의 이벤트에 대한 감응의 농도가 다르고, 그들이 보는 각도와 역점이 다르기 때문이며, 결코 이방과의 대화나 사생아적 이복은 아니다. 30년 전에 신기했던 여자의 파마가 이제는 너무나 당연한 모습이 되듯, 먼눈으로 변화란 것을 따뜻하게 이해할 때 한 울타리 안에서 새 세대의 색다른 기질은 전적으로 배척할 것이 아니다. 이해와 가치 평가는 다른 것이고, 따라서 새 세대의 논리를 비판하는 것은 당연하지만, 변해야 하는 동기와 그 밑바닥의 사상을 감정에 따라 바꾸어야 한다는 것은 스스로 단절을 선언하는 셈이다.

사람들이 흔히 두려워하는 것은 변화 자체인데, 우리 현실에서 템포가 지나치게 빠른 변화가 경외감을 일으키는 것은 당연한 한편, 그 두려움은 변화를 과감하게 받아들일 용기가 없었던 데에서 기인한 것 같다. 그러나 기존 관념이란 정적이지만 시간은 유동하고 그 유동이 수반하는 변화는, 응고된 사람에게 허무맹랑하고 무가치한 것으로 보일 것이다. 그것은 작가들이 그만큼 생생한 스태미나를 잃고 있다는 반증이기도 하다. 이것은 구세대나 신세대가 다 같이 받아야 할 충고이다.

세대의 연대 의식

몇 년 전 전전 세대와 전후 세대 간의 뜨거운 논쟁이 있었다. '전쟁의 독아(毒牙)에서 성장한' 전후 세대는 '서라벌 하늘'을 찾는 '아나크로니즘'과 '달걀을 깨뜨리고 나오는 병아리의 울음'에서 생명의 외경을 느끼는 '감상주의'를 신랄하게 비판했다. 그것은 우리에게 있어서는 안 될 죄악으로까지 보였다. 그러나 기성세대의 심상과 그를 키운 이 땅의 풍토를 내 것으로 깊이 이해했다면, 그들의 존재 가치를 전적으로 부인할 수는 없을 것이다. 전통의 건전한 수

수는 전면 부정이 아니라 부분 긍정에 있기 때문이다. 기성의 사명이 끝났다는 것은 그들이 과거에 지녔던 의의 자체를 부정하는 것이 아니기 때문이다. 이것은 서라벌의 시인과 병아리 울음의 작가나 신진이 주장하듯 아나크로니즘이나 감상주의의 소산이라고 인정할 때도 그렇다.

세대의 전개 과정을 보다 잘 이해하기 위해서 1960년대 중엽부터 일어나기 시작한 최초의 경향을 관찰해보자. 1960년대의 세대교체는 사회의 안정에 힘입어 우리 문단사에서 비교적 순조로웠던 것으로 보인다. 이것은 앞으로의 세대 변천을 이해할 수 있는 패턴이 될 수도 있을 것이다.

6·25를 전후해서 데뷔, 전쟁 속에서 문학을 시작한 '아프레게르'와 소년기에 전쟁을 겪고 회복기에 성인으로 형성된 '아프레-아프레게르'와의 사이는 10년 정도로 잡을 수 있는데, 김현 씨는 이를 '55년대 작가'와 '65년대 작가'로 분류한 바 있다. 전후 세대인 '55년대 작가'는 손창섭, 장용학, 서기원으로 대표되는 현재의 40세 전후 작가군이고 이어령 씨가 '제3세대'로 명명한 '65년대 작가'는 국어로 초등교육을 받기 시작한 김승옥, 유현종, 홍성원, 이청준, 박태순 등 30세 미만의 작가군이다.

불과 10년의 연령 차이는 사실 이 작가군의 성장기에 현격한 차이를 주었으니, 전 세대는 자의든 타의든 전쟁과 전쟁의 직접적인 피해에 참여해야 했고 거기서 생긴 문학은 다분히 즉흥적이고 패배주의적이었다. 주변 없는 사내가 악착같은 현실에서 박탈당하는 인간성, 가치의 상실 속에 막다른 골목에서 지르는 절규, 광적인 폭발로 자폭하는 좌절감, 현실은 막다른 벽이고 주인공들은 거기서 길과 의욕을 잃는다. 10년 전의 이러한 스토리 패턴은 후 세대에 와서 바뀐다. 천박해 보이기도, 말초적으로 보이기도 한다. 그러나 그 주인공의 껍질을 벗겨보면, 인간의 맨 밑바닥 심리 상태를 포착하는 김승옥의 현란한 단면들, 세계를 긍정하려는 유현종과 홍성원의 장단편들, 일상적인 데서 '비보통'을 찾으려는 박태순의 주인공들, 기존 모럴을 끊임없이 천착하는 이청준의 노력들은 오히려 모럴리스트로 지나치게 건강히 보일 정도다.

이러한 대비는 '65년대 작가'들이 '55년대 작가'보다 더 우수하다거나 문학적인 소득이 더 크다고 얘기하는 것이 아니다. 개개의 작가나 작품에 대한 평가와는 별도로 '65년대 작가'가 10년 전의 세대보다 행복하여 후자의 작가들이 겪어야 했던 패배주의적 좌절에서 일어설 수 있었던 사회적 분위기와 선배들이 받아야 했던 것들을 그들이 피할 수 있는 유리한 위치에 설 수 있었다는 사실을 설명해준다. 총흔을 직접 몸에 지니고 동료의 죽음을 옆에서 목격해야 했던 세대와 전쟁은 아득한 어릴 적의 기억이고 기껏 피해를 입었다면 그 강도가 다른 전쟁의 후유로만 당한 세대와는 세계의 진상 파악과 인간의 이해가 상당히 다르다. 그들 간에 관심한 문제성이 다르고 거기에 접근하는 길이 다르고 그다음의 파악이 다르다. 그리고 인간이 시대와의 교호 관계에 있고 문학이 이를 투영한 것이기 때문에 작품과 문학관이 다를 수밖에 없다. 여기에 젊은 세대를 인용한다면 더 확실해진다.

해방되던 해 출생한 이건영은 전쟁에 대한 기억은 전혀 없고 중학생 때 겪었던 4·19혁명도 자기네 것은 아니었다면서 "제 관심은 전쟁이나 혁명이 아니라 인간의 원죄입니다"라고 고백한 것이다. 그러나 '55년대 작가'와 '65년대 작가'는 전혀 독립된 것일까. 결코 이방인의 관계가 아니다. 설명을 위해서 배제되었던 양 세대 간의 중간 세대가 있었거니와 어떻든 이들 간에 전쟁이 개입되었다. 전자엔 전쟁 자체가 전면에 나와 있고, 후자에는 전쟁의 후유증이 숨어 있다. 사십대의 작가는 탄흔으로 전투를 즉시 상기할 수 있지만 이십대 작가에게는 "어디가 아픈지 알 수 없는 병의 진원" 밑에 전쟁의 후유증이 잠복해 있다. 그리고 더 젊은 세대에서는 전쟁의 흔적이 거의 가시는 것이다.

이런 상황에서 이십대에게 전쟁을, 전쟁의 아픔을 당해보라고 요구하는 것은 초등학생에게 전투에 가담하라고 요구하는 것처럼 무자비하고, 삼십대에게 왜 패배 의식에 사로잡혀 있느냐고 공박하는 것은 왜 바보가 아니었느냐고 윽박지르는 것과 같다. 세대마다 자기의 독특한 세계가 있고 그것은 흐르는 시대에서 이탈할 수 없듯이 하나의 역사 속에 자기 시대의 것을 자기의 것으로 맡고 있는 것이다. 역사에서의 세대는 한 민족의 의식의 흐름과 같다.

끝말

세대가 연대적이란 이야기에는 실상 장황한 설명이 필요 없다. 그러나 우리가 본질적으로 세대 의식을 이해하지 못함으로써 하나의 세대는 다른 세대에 신테제로 향하는 안티테제가 아니고 이질의 문화권이 상충하는 것으로 여겨오기 쉬웠다. 한 세대의 새로운 포즈는 패륜아의 어이없는 짓으로 힐책했고 전 세대의 사고방식은 노망한 노릇으로 도외시하기 쉬웠다. 우리는 서로를 이해하려는 노력 없이 서로를 비난하는 데 힘들여왔다. 여기에는 물론 정당한 가치 평가나 전통의 지속이 있을 수 없다. 연대감 없는 세대교체는 역사와 전통의 단절이다. 우리 역사에 흔히 전통이 없다고 말하는 것은 세대 간의 이해와 대화가 없었다는 이야기일 것이다. 근래 국학에 대한 연구열이 고조되고 우리 역사에 새로운 생기를 불어넣으려는 의욕이 솟는 것은, 상면해본 적 없는 훨씬 오래전의 세대와 새로운 대화를 건네려는 노력이다. 하물며 10년 전의 세대와 언어가 끊어질 수 있을 것인가? 우리는 너무 많이 세대교체론을 주장해왔다. 그러나 세대론적 연대 의식은 거의 외면한 채였다.

[『사상계』 1967년 10월호]

'작은 시작'의 의미

— 김은국의 『빼앗긴 이름』

역사에 대한 새로운 각성이 일기 시작하고 개인의식이 보편적으로 받아들여질 소지를 갖춘 이제, 김은국 씨의 『빼앗긴 이름』(시사영어사, 1970)을 맞이하는 것은 반가운, 그리고 의미있는 일이다. 우리에게 개체로부터 유리된 역사가 허상이며 시대에 대한 통찰 없는 개인주의란 비윤리적이라는 것이 진실로서 수긍된다면 『빼앗긴 이름』은 그 허상과 비윤리성을 허락하지 않는 실체의 도덕성을 보여주기 때문이다. 역사를 인식하는 데 느끼는 슬픔과 콤플렉스는 특히 우리 젊은 세대의 경우, 과거의 우리 조상들이 극복하지 못한 오류와 우둔 그 자체에 있다기보다 오히려, 이제 우리가 그렇게 받아들일 수밖에 없는 오늘의 우울과 무기력에 있을 것이다. 어떤 민족, 어느 국가에 선대의 치욕, 부질없는 불행이 없었던 적이 있었던가. 그러나 결코 생활에 의한 미화, 견강에 의한 부회 없이도 과거에 대한 솔직한 수긍과 그리하여 지니게 되는 자부를 획득하는 예를 우리는 자주 발견하게 된다. 그 가능성을 『빼앗긴 이름』의 작자는 오히려 '잃어버린 이름'이란 용어를 선택함으로써 전 세대의 무능력을 한 발 더 비판하고 있음에도, 역사에 대한 콤플렉스를 극복할 가능성을 이 소품적인 소설에서 찾을 수 있는 것이다. 이 때문에, 다시 패배주의적 폐쇄성에 젖어드는 우리 정신 풍토에 『빼앗긴 이름』은 '되찾아야 할 명목'의 사명을 새삼 강조한다.

일곱 개의 에피소드로 이어진 이 연작소설은 에피소드 하나하나를 모두 단 하루 동안의 이야기로 만들고 있다. 그러나 이 7일간의 기록은 1932년부터 1945년까지 14년을 압축시킨, 그리하여 그 당시의 사회사적 변동과 개인사적 성장을 총화시킨다. 일화적인 소품성이 장구한 시대소설을 연상시키며 단편 7편을 모은 구조를 가지고 있음에도 하나의 흐름을 느끼게 하는 것은 이 때문일 것이다. 따라서 이 작품이 지니는 특이한 성격은 인상주의적 조묘법(照描法)을 통해 전체적인 유기성을 선명하게 보여주며 한 소년의 성장이 민족 또는 사회란 전체의 변혁을 마치 경련을 일으키듯 민감하게 투영·연계시키고 있다는 점이다. 이것은 참으로 놀라운 효과다. 개인과 사회, 시간과 시대를 동시에 함축시키면서 양자 간의 완벽한 조화, 카뮈식의 표현을 빌리면 고독solitaire과 연대solidaire의 합일을 여기 이상으로 찾기 어려울 정도다.

이 같은 양극의 통합은 '작은 시작a small beginning'과 '역사를 함께 만들기the making of history-together'란 두 개의 테마에 선뜻 전달된다. 부정관사와 정관사, 단편적인 소량과 집합적인 뭉치, 그리고 시작함과 만듦의 이 대조는 서로 양쪽 끝에서 출발하여, 그러나 평행으로 빗나가지 않고 접점을 만나 융합되고 있다. 그 융합의 응어리가 작자가 날짜를 명기하는, 즉 이름을 빼앗기고 눈 쌓인 선조의 묘에서 속죄하던 1940년 2월 11일과 잃었던 이름을 다시 찾은 1945년 8월 15일 — 정확히 사계의 양단인 겨울과 여름의 정점이다. 이 비탄과 환희의 정점에서 개인의 가장 고양된 의식과 민족사의 가장 극적인 사건이 일치한다. 'a'란 부정형이 'the'란 구체적 정형으로, 그리하여 'beginning'이 'making'으로, 'small'이 'history-together'로 변신하는 것은 바로 이때이다.

주인공 '나'는 인텔리 기독교 신자이며 독립운동으로 투옥되었던 아버지의 맏아들로 태어나 돌잡이일 때 두만강 건너 만주로 간다. 부모의 품에 안겨 눈보라 이는 북만 국경에서 경찰의 검문을 받고 얼어붙은 강을 밟아 "조국 땅에서 쫓겨난 백성의 대열" 틈에 끼인다(겨울, 「도강」). 만주 미션스쿨에서의 교육 임기를 끝낸 소년의 가족은 고향으로 돌아온다. 그는 국민학교 2학년에 입학한 첫날, 관례에 따라 노래를 불러야 한다. 그가 아는 노래라곤 만주에서 배운 영어 노래뿐, 그가 새 친구들을 매혹시킨 「대니 보이」는 일인 교사에게 고자질되고 그리하여 그는 혹독한 구타를 당한다. 그가 노래 부르기 전에 느꼈던, "이제 여기 다시 한번 뿌리째 뽑혀져서 이젠 더 이상 우리 것이 아닌 땅, 외국이 아니면서 외국이 되어버린 땅에 이식되어 혼자 울적하게, 친구도 없이 어리둥절"하던 모국에서의 이국감과 실제로 부딪친다(여름, 「귀향」). 반장이란 이유로 휴일에 학교에 나갔던 4학년 소년은 평화롭고 해방된 주일의 기쁨을 잃었지만 담임이 일찍 보낸 덕에 아버지와 읍내 서점엘 간다. 거기서 예기했던 대로 담임이 찾아와 아버지와 책방 주인의 핀잔을 받는다. 이날 소년은 밤하늘에서 어떤 전율을 느낀다. "마음이 어지러워지고 아까 그 차겁고 어두운 밤하늘과 땅 위의 캄캄한 어둠 그리고 알 수 없는 공포에 사로잡혀 집 안에 뛰어들어오던 일이며······가 생각나면서 눈물이 고이기 시작하더니 주루룩 뺨을 타고 흘러내린다"(다시 여름, 「옛날 옛적 어느 일요일에」). 가방과 감자와 장작을 들고 학교에 갔으나 그날 아침, 수업은 없다. 새 이름을 등록하라는 것이다. 소년은 돌아와 아버지와 함께 경찰서로 간다. 거기서 '이와모토(岩本)'란 성으로 등록한다. 아버지, 할아버지와 함께 조상의 묘로 간다. 거기에는 흰옷을 입은 수많은 사람이 와 있었다. "모두 흰 눈을 뒤집어썼다. 무덤 앞에 꿇어 엎드린 사람, 비석의 눈을 쓸고 있는 사람, 그저 길 잃은 유령처럼 서성대는 사람······" 소년은 속으로 그만둬, 하고 외친다. "제발 그, 우는 소리, 훌쩍거리는 소리, 엉엉거리는 곡성을 그쳐줬으면 좋겠다······ 자기네의 망신을 그리고 불행을 울어대는 저 불쌍한 꼬락서니, 저 연약함, 저 자학에 넘친 비탄에 끝없는 분노를 느낀다." 그리하여 "오늘, 나는 내 이름을 잃었다. 오늘, 우리는 우리 모두의 이름을 빼앗겼다. 1940년 2월 11일"(겨울, 「빼앗긴 이름」). 6학년, 소년은 일본 황태자의 생일과, 미영(美英)과의 승전을 위한 연극에 일본군 중위로 출연하게 되어 있다. 공연 날, 그는 전쟁 물자로 쓰일 고무공을 수집했다가 전혀 이유 없이 일인 교사와 고등계 형사로부터 처참하게 구타당한다. "온몸이 퉁퉁 붓고 피를 흘리며 의식불명이 되어 업혀온" 그는 연극이 시작되기 전, 혼자서 공연장으로 가까스로 간다. 그리고 그의 대역자가 일장 연설을 할 순간에 그가 무대로 나가 괴이한 얼굴로 관객 앞에 나선다. 문득 보니, "아무런 울음소리도 나진 않는데 눈물이 그의 뺨을 흐르고 있고" 무서운 침묵 끝에 아이들도 모두 그를 따라 퇴장한다(여름, 「제국과 고무공」). 평양의 중학으로 진학한 소년은 비행장 건설에 사역 나가 있다. 어머니가 면회 온다. 그는 퇴학 원서를 담임에게 제출한다. 담임은 알고 있다. "네가 간다니 일은 그른 모양이군." 소년은 위병소를 지나며 외치고 싶어 한다. "그래, 누군가가 죽어가고 있다. 바로 너와 너의 제국이 죽어가고 있는 거야…… 그리고 봐, 난 지금 집에 가고 있잖니, 가고 있단 말야……" 그러나 집에는 아버지가 연행돼 가고 없다(다시 여름, 「누가 죽어 가고 있는가」). 미리 예고된 방송 시간에 할아버지와 소년은 라디오 앞에 앉는다. 일본의 항복, 해방. 돌아온 아버지와 읍내 유지들은 자치공안회를 조직하고 경찰서의 접수를 상의한다. 권총을 가진 소년은 저 나름의 방안을 제시한다. 중요 기관을 인수하고 왜경들이 숨어 있는 경찰서와 대치한다. 군중의 고함소리, 횃불 행진, 징과 꽹과리 소리, 그리고 총과 다이너마이트. 마침내 일인 경찰서장은 항복하고 무장해제한다. "환한 달빛에 적시운 아버지의 얼굴, 그 눈에 눈물이 반짝거리고 있음을 나는 본다. 그의 손을 쥔 나도 역시 떨고 있다…… 아버지가 다시 나직한 소리로 '이젠 너의 세계야', 한다. ……오늘, 오늘 밤, 나는 다 함께 역사를 만드는 사람의 대열에 끼인다"(같은 해 여름, 「함께 역사를 만들며」).

이 여름과 겨울 동안 소년은 성장한다. 이 여름과 겨울을 겪으며 소년은 '작은 시작'의 의미를 터득한다. 이 '작은 시작'을 통해 어린 소년에게 투영된 역사를 발견한다. 그는 공부 잘하고 예의 바르며 진지한 소년으로 자란다. 독립운동 때문에 투옥되었던 아버지를 존경하며 한말 군대의 상사였던 할아버지를 존경하며 목사인 외할아버지를 믿고 군인인 삼촌은 영웅처럼 보인다. 인텔리 기독교 신자의 좋은 가정, 과수원을 경영하는 넉넉한 살림 속에 자라난 그는 조숙하고 참한 아이일 뿐이다. 그러나 일인 교사와 한국인 고등계 형사로부터 구타당하고 "퉁퉁 붓고 온통 머큐름을 바른" "괴이한 얼굴"로 무대에 등장하며 눈물을 흘리는 데서(「제국과 고무공」) 그는 소영웅으로 비약하고 아버지를 중심으로 조직된 자치공안회가 경찰서를 비롯한 공공 기관을 접수하는 데 참여하는 모습(「함께 역사를 만들며」)에서는 소지도자로 군림한다. 작가가 내성적인 소년을 이처럼 극화시킴으로써 제4장 '빼앗긴 이름'이 던지는 충격적인 감동이나 「옛적 옛적, 어느 일요일에」에서 받는 목가적인 정서보다 밀도가 악화되고 때로는 희극적인 느낌마저 준다. 소영웅, 소지도자의 변모는 주인공 '나'와는 어울리지 않는 비약이다. 그럼에도 불구하고 이 소년에게서 비록 희극적으로 보이지만 그렇게 되지 않을 수 없는 필연적인 힘을 발견하게 된다. 이 힘은 이 착실한 소년으로부터 유관순을 연상시키게 하지만 결코 교과서에 나타나는 것과 같은, 단순한 소년다운 애국심, 맹목적인 어린이다운 영웅주의와는 다르다.

그렇다면 소년에게 확인되는 '힘'이란 무엇이며 어디서 솟는 것인가. 그의 반골적인 저항과 역사에 대한 참여는 유치한 집단에의 충성심 혹은 공소한 사회정의심에서가 아닌, 극히 개인적이고 자신에의 각성 — 보다 명백히 설명한다면 막막한 허무주의와 세계의 무질서에 대한 전율에서 솟아나는 것이다. 이 각성 — 허무와 전율의 발견이 곧 '작은 시작'의 수수께끼를 이룬다.

i) 저 위 하늘에 있는 사람이 지도를 그리는데 그 역시 한 번쯤 눈을 돌려 지구를 내려다보지 않는다면, 그의 지도에 지구란 건 없지 않을까…… 아니, 그가 내려다본대도 지구는 그저 보일락 말락 한 점이거나 고작해야 작은 별 하나일까……

수백만 개의 별들이 총총히 들이박힌 어두운 밤하늘을 올려다보고 있자니 머리가 어질어질해온다. 나는 고개를 떨구고 어둠에 잠긴 과수원이며 덤불 속의 반딧불이며 집 안의 부드러운 불빛을 바라보다가 다시 한번 하늘을 올려다본다. 그러자 왠지 모르게 나는 밤하늘과 섬찍하도록 광대무변한 천체, 그리고 구석구석에 내려앉은 어둠이 돌연 견딜 수 없이 무서워진다. 나는 얼른 집 안으로 달려 들어간다. (「옛날 옛적 어느 일요일에」)

ii) 그러나 죽검은 여전히 내 몸을 두들기고 있고 나는 죽은 듯이 조용하다. 하도 조용하고 잠잠해서, 마치 내가 아픔을 느끼지 않으려고 잠시 육체 밖으로 나와 있는 것 같다. 때려, 얼마든지 때려. 나는 신비로울 만큼 마음이 가라앉고 그리고 완강해진 느낌이다. 내 몸의 조각 조각이 살아나서 증오가 아니라 승리감을, 소영웅 심리가 아니라 긍지를, 그리고 위대해진 느낌으로 꽉 차는 것 같다. 울지 마…… 저들은 어이할 바를 모르는 사람들이다. ……죄인들과 악형을 저지르는 자들을 사랑하고 동정하라…… 그리고 다른 쪽 뺨을 돌려 대라…… 고통을 당함에 있어 고결하라……

그러나 그 내 나름의, 피학대에 가까운 환상, 아니 망상은 오래가지 못한다. 고통 속에는 고결함은 없고 다만 타락이 있을 뿐이다. 이제 내 속의 모든 감정은, 매질이 계속되어 갈수록 끝없는 경멸로 변하고 그 경멸은 뜨거운 증오, 강렬하고 거대한 증오로 돌변하면서 마침내 나는 고함을 내지르며 몸을 굽혀 바지를 치켜올린다. (「제국과 고무공」)

i)은 우주 속의 지구, 혹은 세계 속의 자아를 발견하는 파스칼적 각성이며 ii)는 인간이 인간으로부터 고통을 당하는 만인 대 만인의 싸움이란 홉스적 진상의 체험이다. 이 두 개의 모티브에서 김은국의 허무주의적 행동심리와 전율적 인간애가 출발한다. 이 '작은 시작'은 결코 작을 수 없음을 증명하면서 소년이 성장하여 『순교자』와 『심판자』의 인물들로 출현한다. 두 개의 모티브가 엄밀하게

가름할 수 없는 동일한 근원에서 솟았음에도 우주에 대한 허무적 각성과 인간의 무질서에 대한 혐오로 나누듯, 굳이 분류한다면『순교자』는 전자에,『심판자』는 후자에 접근하는 테마이다. 그러나 두 개의 전작에서 이 두 개의 모티브는 서로 교차하고 있다.

iii) "그 위대한 영웅들, 순교자들이 개처럼 죽었다고 말씀드리게 되어서 무한한 기쁨으로 생각하오. 흐느껴 울고 킹킹거리며 통곡을 하면서 개처럼 죽었소. 그들이 살려달라고 애걸을 하고 그들의 신과 서로 서로를 비난하는 소리를 하는 것을 들을 때 나는 즐거웠소. 개처럼 죽었단 말이요. 개처럼."

"그 사람[주: 신 목사]만이 내 얼굴에 침을 뱉을 만한 용기가 있었소. ……그 때문에 그를 총살시키지 않았던 것이오."(『순교자』 제18장)

iv) "난 일생 동안 신을 찾았소. 이 대위. 하지만 내가 발견한 것은 고통과 죽음, 가차 없는 죽음만이 있는 인간뿐이었소!"

"그럼 죽은 뒤에는?"

"아무것도 없소!" 그는 속삭였다.

"아무것도 없소!" 그의 얼굴에 나타난 고뇌의 빛은 참을 수 없는 것이었다. (『순교자』 제31장)

v) "이 골짜기의 피투성이 바닥을 내려다보면서 내가 어떻게 느꼈

지? 어떻게 느꼈는가 말이야? 말해볼까? 짐승처럼 느꼈어, 짐승처럼!"

"알았어, 이제 고만 해두어."

그는[주: 민 대령] 어두운 하늘을 올려다보았다. "깜깜한 밤에 나는 하늘을 보고 이 슬픔을 외쳐보지."라고 말하면서 눈물이 그의 눈에서 번쩍였다. "하지만 내 이야기를 들어줄 만한 게 저긴 아무것도 없단 말이야, 일겠나?" (『심판자』 제7장)

vi) "내 등 어깨 팔 얼굴을 후려치고 또 쳤어. 참을 수가 없더군. 그 이상 견딜 수가 없더군. 그런 모욕을 그 이상 받고만 있을 수가 없었어. 내가 그때 일어선 것은 육체적인 고통, 피가 나는 아픔에 못 이겨서가 아니야. 알겠나? 그런 모욕과 굴욕, 그 더러운 굴욕은 이상 더 참을 수가 없었기 때문이지! ……그의 채찍이 여전히 내려치는 동안에 내가 두 팔을 벌리고 벌떡 일어나서 채찍 꼬리를 잡고 매달려, 맹목의 격분을 못 이겨 있는 힘을 다해 그걸 잡아당겼다는 것뿐이야." (『심판자』 제10장)

두 개의 소설에서 뽑아낸 iii)~vi)의 네 부분이 『빼앗긴 이름』에서의 i)과 ii)를 그대로 발전시킨 것임을 너무나 똑똑히 발견할 수 있다. iii)의 신의 부재를 고백하는 신 목사의 고통, v)의 죽음에 대한 무자비한 전율과 슬픔을 토로하는 민 대령의 허무감은 i)의 우주적인 각성과 연결되며, iv)의 북괴 정보장교가 실토하는, 고문당하는 순교 목사의 비열한 저주와 신 목사의 고통에 대한 반역, vi)

260

의 역시 고문당하는 민 대령의 육체적 고역에 대한 저항은 i)의 일인 교사의 매질에 반역하는 소년의 고통과 똑같은 서술이다. 그리고 여기, 소년이 문득 일어나 일인 교사에게 대들 듯이, 그리하여 '소영웅 심리'에서가 아닌 반항으로 몸을 일으키듯 이 신 목사와 민 대령의 돌기를 목격하게 된다. 신 목사는 신과 심판을 믿지 않으면서 부흥목사로 나서고 남하를 거부하여 난민 구제에 몸 바치며 결코 인류의 구제를 기대하지 못하는 민 대령은 쿠데타의 지도자가 된다. 이것은 우리에게 가장 고통스럽고 가슴 아픈 아이러니다. 신을 부인하는 신 목사('신'과 '神'의 동음을 주의하라)가 적치하에서 마치 부활한 예수의 현현처럼 평양에서, 만주국경에서, 서해안에서, 동해안의 어촌에 나타난 것으로 전해진다. (김은국 씨의 첫 귀국 중 국내 교역자들이 신 목사의 신의 부인 부분을 들어 그를 반기독교적이라 비난했는데 신자들이 보다 주의할 것은 바로 신 목사를 예수로 상징시킨 이 부분이어야 할 것이다.) 또한 조용히 농사를 짓겠다고, 혹은 시골의 작은 중학교 교장으로 지내겠다는 민 대령은 군에 뛰어들어 마침내 반정부의 가장 극열한 행동에 뛰어든다. 이러한, 이 역사의 벼랑에서 저 역사에의 벼랑으로 지극한 개인주의적 허무감에서 격동하는 신 또는 영웅적 행동으로의 생의 비약élan vital이란 비밀은 김은국 씨의 줄기찬 탐구의 대상이다.

이것은 이미 지적하듯, '고독'에서 '연대'로 비약하는 카뮈의 테마이기도 하다. 허무 위에 선 책임, 패배를 예기하고 행동은 범인에게 괴이하게 보인다. 그러나 인류의 참담함을 통감하는 진지한 고통의 수락자인 이 작자의 문제의식에 깊은 공감을 느끼지 않을 수 없으리라. 그의 『순교자』의 헌사는 자신이 누구와 정신적 혈연을 맺고 있는가 잘 설명해준다. "이 책을 알베르 카뮈에게 바친다. '이상한 형태의 사랑'에 대한 그의 통찰은 나로 하여금 한국의 참호와 엄폐호의 허무주의를 극복할 수 있게 해주었다."

『빼앗긴 이름』의 헌사는 육체적 혈연에게 바쳐지고 있다. "나의 아버지와 어머니께, 그리고 나의 아이들을 위해"(도정일 씨의 번역은 이 헌사 번역에 오류를 범하고 있다). 그러나 이 자전적 소설은 『순교자』와 『심판자』의 원형을 이룬다. 허위를 깨뜨리고 진상을 발견하는 고통, 허무 위에 행동으로 돌진하는 무모한 용기, 사회와 개인보다 구체적으로 권력과 도덕과의 불가피한 충돌은 『빼앗긴 이름』의 소년에서 잉태한다. 그리고 오히려, 내밀한 생의 감각, 서정적인 회상, 단아한 성장기의 세계는 이 연작집에서 보다 큰 성과를 얻고 있다. 여기서 몇 가지 주목할 문학적 효과를 간과할 수는 없다. 우선 『빼앗긴 이름』의 전 작품을 통해 개인적 특유성을 가능한 한 배제하고 있다는 점이다. 두만강, 만주, 평양, 서울 등 네 개의 지명과 '신생과수원', 일본 이름으로 개명한 '이와모토' 등 여섯 개 외에는 일체의 '이름'을 빼앗고 있다. 더구나 '신생(新生)' '암본(岩本)'의 이름이 기독교에서 나온, 그리하여 이 소설의 불가피한 상징이라는 점을 생각한다면 새 이름이 무엇을 뜻하는가 하는 검토가 제기되는데 여기에 대한 해석은 영문판 해설자인 도정일 씨의 설명 — "특이한 세대에 나서 자라는 세대의 특이한 얘기 — 요컨대 특이한 '영혼의 성장사'를 보편화하려는 진지한 노력"(영문판 pp. 196~200)이란 해석에 동감한다. 모든 구체성의 제거가 갖는 효과는 도 씨가 지적한 것처럼 적극적으로 개인사의 보편화를 성공시키는 것이며, 또 한편으로는 소년기의 회상이란 소설의 성격에는 개체적인 것보다 분위기적인 서술이 보다 중시된다는 점을 들 수 있다. 성인이 된, 이제 어렸을 때를 돌아보는 데에는 '누가, 어디서'라는 것보다 '왜, 어떻게'가 현재적인 영향력을 갖는다. 이 점은 더욱이 자서전이 아니라 소설이기 때문에 보다 중요하다. (참고로 『뉴욕 타임스 북 리뷰』지는 이 책을 소설이 아닌 일반 도서로 취급하고 있는데 이 점에 다분히 회의적이다.)

또 하나 주목할 점은 대화를 제한 모든 지문이 현재형으로 서술되고 있다는 것이다. 이 소설이 회상하는 형태를 취하고 있다는 점을 감안한다면 과거의 사건을 현재 진행하고 있는 시제를 선택하고 있음은 특이하다. 여기서 다시 한번 공감되는 도정일 씨의 설명대로 "어린 주인공의 수난은 '역사적 과거'를 거부하면서 '……한다' '……하고 있다'의 영원한 현재만을 고집하려 하며 그렇게 함으로써 '형성되어'가는 영혼의 순진한 진행이 그대로 노출"(같은 책, p. 200)됨으로써 극적 긴장을 달성하고 있다고 여겨진다. 이러한 현재시제의 효과는 그의 단문 구조에서 더욱 훌륭한 성공을 거둔다. 두 편의 전작에서도 단문의 독특한 구조는 큰 호소력을 지니고 있지만 현재형의 단문 문장은 사태의 진행에 냉철한 객관성과 명료성을 강조한다. 예컨대 복문으로 연결시킴으로써 동시성과 복합성의 효과를 잘 드러내줄 시각적 묘사나 심리적 갈등 역시 단문 또는 단문을 모은 중문으로 처리하고 있으며 사건의 진전에는 종속접속사 대신 현재분사를 사용하는 분사 구문을 택하고 있다(이 책의 첫 문장은 그 좋은 예다. 즉 "…and the twilight, yes, the twilight," says my mother, closing her eyes for a moment). 그러나 영어 사용법에서의 외국인인 작가의 이 같은 문장 체질은 회상문의 현재시제와 함께 사태를 단순화시키는 것이 아니라 명료화시키며 독자로부터 소원해지는 것이 아니라 바로 눈앞에 전시시켜주는 것이다. 요컨대 그의 문장은 마치 이미 그려져 있는 그림을 내보이는 것이 아니라 화가가 독자의 눈앞에서 하나씩 하나씩 스케치를 진행하며 서서히 그림의 전모를 밝혀주는 것과 같다. 그는 차례차례 선을 긋고 또 이어서 독자에게 조금씩 조금씩 화가의 의도를 밝혀주는 입장이다. 독자는 이 화가의 붓이 움직일 때마다 긴장감을 느끼며 또 다음 것을 기대하며 무엇이 그려지고 있는가를 깨닫는 것이다.

이런 점에서 『타임』지가 『순교자』의 서평에서 칭찬하듯, 영어가 모국어인 이들보다 오히려 우수한 영어를 쓰고 있다. 그것은 특히 문장으로 커뮤니케이션하는 문학의 경우 놀랄 만한 성공이다. 이 성공은 역시 이민국의 언어로 모국에서의 회상기를 쓴 강용홀 씨의 『초당』과 이의경 씨의 『압록강은 흐른다』를 연상시키며 동궤에 놓인 이 두 소설과의 비교를 불가피하게 만든다.

잘 알려진 대로 강 씨의 『초당』은 1931년 미국에서 영어로 출판되었고, 이 씨의 『압록강은 흐른다』는 1946년 독일에서 독일어로 나온 것이며 그 한국어판은 전자가 1948년 사학자 김성칠 씨에 의해, 후자는 1959년 전혜린 씨에 의해 소개되었다. 두 망명 소설은 똑같이 자전적 성격을 갖고 있으며 1900년 전후로부터 한일합병조약과 3·1운동을 배경으로 하여 '나'가 미국으로, 독일로 유학하는 스토리를 갖고 있다. 두 소설은 미국과 독일에서 똑같이 높은 평가를 받았으며 한국의 풍물 소개에 큰 기여를 했다. 이런 모든 유사점에도 불구하고 양자의 기질의 차이를 발견하기는 아주 쉽다. 미국의 문학 풍토와 독일의 문학 전통이 다른 만큼 두 소설이 양국에서 호평을 받는 한, 이미 두 소설의 문학적 효과는 다른 기반에 두고 있음을 전제로 하고 있다. 이 점에서 김윤식 씨가 "전자(『초당』)는 미국적인 모험소설의 계보에 가까운 이그조틱한 점이 있다면 후자는 혼의 고독한 방황이라는 내성적 교양소설 — 독문학의 어떤 전통과 관계된 것이라 할 수 있다"(「유년시절을 그린 두 개의 소설」, 『사상계』 1970년 3월호)고 지적하는 데 동감이다. 김 씨의 상세한 분석은 강 씨가 마크 트웨인의 전통을 지[負]고 있는데 반해 이 씨는 헤르만 헤세의 영혼의 성장 기록과 관련을 맺고 있음을 입증한다. 사실 유성원의 「초당에 일이 없어」의 시조를 서두에 인용한 『초당』은 우리 고시조와 한시로부터 한용운의 시에 이르기까지 시에 대한 깊은 애정을 드러내고 있다. 작가는 율객을 동원시키고 시회를 소개하며 주인공 자신의 신동적인 시재를 자찬한다. 시가 있으면 빈한한 것이 오히려 마땅하다는 작가의 문화적 자부는 설, 제사, 결혼, 놀이 등 동양의 은둔국에 감추인 신비한 풍속의 미묘한 질서에도 깊은 정감을 표현하고 있다. 이것은 김윤식 씨의 비평처럼 과장적이며 수다스럽고 어색하다는 혐의를 벗기는 힘들지만 그렇다고 이그조티즘만으로 일관함으로써 호평을 얻었다고만 볼 수 없을 것이다. 여하튼 풍속에 주류를 두어 작자의 내성이 풍물에 파묻힌 힘을 가진『초당』과 대조적으로, 이의경 씨의『압록강은 흐른다』는 자아의 성장에 주력하면서 조국의 비극이 주인공 미륵의 개인사에 깊은 페이소스로 흐르고 있다. 그에게는 어린 시절의 갖가지 추억이 아름답게, 그러나 아름다움만으로 그치지 않고 영혼의 슬픔으로 승화되고 있다. 헤세의 많은 작품을 방불케 하는 이 소설에서는『초당』의 풍속학적 접근이란 요설과 시에 대한 과장된 자부심 같은 것이 억제되고 유맹(流氓) 지식인의 고독과 아픔이 절제된 시 자체로 표현된다.

이러한 양자 간의 차이가 쓰여진 국어와 그 나라의 전통 또는 작가의 개성에서 비롯되는 외에 집필된 시간적 차이를 가산할 수 없을까 싶다. 이것은 두 작품의 15년이란 상거에 후자보다 25년 늦은『빼앗긴 이름』을 추가하여 병렬시킬 경우 더욱 뚜렷해진다. 연대기적으로 보아『초당』이 민속적 호기심에 강한 유혹을 유발시키고 다시『압록강은 흐른다』는 망명한 식민지 인텔리의 개인적인 아픔에 주조를 둔 데 비해『빼앗긴 이름』은 전자의 민족사와 후자의 개인사란 두 원의 접점에 또 하나의 원을 그리고 있는 셈이다. 다시 본다면 강 씨의 윤구는 그저 즐거웠다는 소년기에의 추억을, 이 씨의 미륵은 즐거웠던 소년기를 벗어나는 성장(제명의 '흐른다'에 주의할 것)의 아픔에 공감을 얻고 있지만, 김 씨의 '나'는 내일을 향해 역사에 뛰어드는 소년의 용기에 힘을 주고 있다. 이것은 한국 지식인 세대의 변증법적 발전과 비교될 수 있을 것이다. 여기에 대한 좋은 예는 어린 주인공들과 그들의 아버지와의 대화에서 나타난 사회적 분위기를 읽을 때 나타난다.

vii) 우리집 사람들은 나를 귀족처럼 기르려 해서 내가 신식교육에 흥미를 갖는 것을 좋아하지 않으셨다.
"박사는 서양식 요술에서 생겨나는 것이 아니고 경서를 부지런히 공부해야 하느니라." 하고 아버지는 말씀하시었다. (『초당』, p. 191)

viii) 새 학교에 가고 싶으냐고 물어보았을 때 나는 별로 유쾌하지 않았다. 나는 외아들이기 때문에 망쳐지고 싶지는 않았다. 그뿐만 아니라 나는 한문이며 기타 한시 읽기를 좋아하였다. 나는 아버지를 믿었기 때문에 마음 놓고 대답했다.
"아버지가 원한다면 해보겠습니다." (『압록강은 흐른다』, p. 83)

ix) "넌 그걸 이렇게 이해하면 된다. 네 할아버지 세대는 대체로 산만하고 일의 처리 능력이 없었다. 목표가 없었을뿐더러 여러 가지로 어리석기도 했기 때문이지…… 그리고 나서는 '이렇게 돼서 미안하지

만 우리가 어떻게 달리 구해낼 길은 없었다'면서 나의 세대로 바톤을
넘긴 거야. 그래 우리 세대가 어떻게 했느냐고? 우리는 처음 항쟁을
시도했으나 허사였다. 하지만 계속했지." [……] "생존이지, 그야말로
생존, 살아남는 일이었어. 가족을 돌보고 후일을 위해 너 같은 아들이
나 키우면서 말야."

"그렇다고 저희 세대에 용서를 구하실 건 없어요, 아버지." 내가 말
한다. "……우린 결국 모두가 함께 있는 것 아니겠어요, 아버지? 우린
우리의 역사를 모두 나눠갖는 거예요. 그게 한 민족으로서의 우리의
운명이죠. 그렇죠, 아버지?" (『빼앗긴 이름』, pp. 266~68)

이 인용 부분의 시대는 앞의 두 개보다 뒤의 것이 한 세대 늦고 있
다. 이것은 시간이 결코 무료하게 흐르지 않았다는 증거다. 김은국
씨에 이르러 강·이 씨의 두 개의 전 세대적 기질은 종합되어 강 씨
의 '막힘'과 김 씨의 '흐름'에서 김 씨의 '열림'으로 발전된다. 따라
서 『빼앗긴 이름』의 소품적 외양과는 달리 자아의 확대와 시대적
의미라는 종횡의 교차에서는 중대한 가치를 지닌다. 일곱 개의 연
작은 『순교자』 『심판자』의 원형질인 동시에 『초당』과 『압록강은
흐른다』의 축적 위에 얻어진 성공이다. 그리하여 개인사와 민족사
가 일체화하는 지점에서 주인공은 미래를 향한 역사의 문을 열고
있다. 그리하여 이 소설은 다음과 같은 감격적인 묘사로 끝난다.

아버지가 내 어깨를 가볍게 치면서, 내 눈을 내려다보며 말한다. "됐

어 이제 끝났다." 아무 말 없이 나는 고개를 끄덕인다. 내 속의 격한 떨림이 조금씩 가라앉는 걸 느끼며, 아버지가 다시 나직한 소리로 "이젠 너의 세계야." 한다. 나는 아버지를 쓸어안는다.

[『문학과지성』1970년 겨울호]

---

* 본고의 인용은 다음 역본을 사용했다. 김은국,『순교자』(장왕록 옮김, 삼중당, 1964);『심판자』(나영균 옮김, 중앙일보사, 1968); 강용흘,『초당』상권(김성칠 옮김, 금룡도서주식회사, 1948); 이의경,『압록강은 흐른다』(전혜린 옮김, 홍익출판사, 1967).

허무주의적 낙관

　나로서는『어린 왕자』의 적격한 해설자가 될 수 없음을 먼저 고백해야겠다. 그것은 다음 세 가지 이유에서이다. 첫째, 내가 처음 생텍쥐페리의 이 동화를 읽었을 때는 거의 누구나 그렇듯 젊은 시절 나름의 독특한 증오감에 젖은 일상을 보낼 즈음이었다. 미움이란 것이 얼마나 멋있는 삶의 형태인가에 매혹되어 있을 때 우연히 보게 된『어린 왕자』의 정황은 유달리 인상적인 감동, 그 자체였다. 증오가 얼마나 허황한 것인가, 아이들의 순진함 속에 얼마나 깊은 사랑의 근원이 숨어 있는가를 깨달을 경우 흔히 그런 것처럼 나는 이 작품에 문학 그 이상의 의미를 부여했고 그 감동 때문에 해설자가 가져야 할 냉정한 자세를 포기하지 않을 수 없는 것이다. 둘째 번 이유는 내가 좀더 나이 들고 그리하여 세속적인 사랑이란 어려운 관계를 갖게 된 실마리가 갈리마르판의『어린 왕자』에서 일기 시작한 것이다. 생텍쥐페리 자신의 원색화로 장식된 그『어린 왕자』는 인간 사이의 관계 맺음에 얼마나 많은 훈련과 반성이 필요한가를 그 자신으로, 그리고 현실의 문제로써 내게 교훈을 주었다. 이제도 그 책의 표지만 보면 그즈음의 아픔과 즐거움, 고통스러움과 안온함이 함께 연상되어오는 것이다. 그『어린 왕자』가 내 책상의 가장 귀중한 자리에 꽂혀 있는 한 다시 한번 나는 감정의 중용이 갖는 미덕을 잃게 된 것이다. 그리고 마지막으로 아마『어린 왕자』의 독자들이라면 대부분 비슷한 경험을 갖겠지만 그리 길지도 않은 이 동화 자체가 평론가의 냉담한 시선을 거부하는 것이다. 내 개인적인 이력을 제쳐놓더라도 이 견해에는 많은 공감을 얻을 것이리라. 완벽한 순수함에서 방사되는 아름다운 상상력 그것이 동반하는 아가페적 사랑 그리고 그 모든 것들이 종국적으로 결론하는 허무함의 승화 ─ 들은 논리적인 분석이나 객관적인 논평을 하려는 당초의 의도를 무산시켜버리는 것이다. 요컨대『어린 왕자』는 인간이 내놓을 수 있는 책 중에 가장 순결하고 아름답고 비극적인 것의 하나다.

이상의 이유에도 불구하고 감상문을 작문할 용기를 갖는 것은 생텍쥐페리의 조언 때문이다. 그는 나라를 빼앗기고 자신은 미국으로 망명해 있는 1943년, 이 동화를 레옹 베르트란 친구에게 바치고 있는데 그는 그 헌사에서 "어른은 누구나 다 어린 시절을 거쳐왔기" 때문이라고 해명하고 있다. 나는 그 구절에서, 많은 어른 중 약간이나마, 그리고 작은 분량이기는 하나 나와 비슷한 체험과 감정을 겪었으리라고 추측한다. 그런 추측은『어린 왕자』에 대한 내 편견이 일으킬 어떤 잘못의 괴로움을 상당히 위안시켜줄 것을 믿게 한다. 요컨대 나는 그저 느낄 뿐, 말하면 그 값이 떨어진다고 생각하는 사람들 편에서 그들로부터 위안을 얻고 싶은 것이다.

마음으로 보라

후에 사막에서 어린 왕자를 만나는 비행사의 여섯 살적 경험은 이 동화의 제1주제를 이루면서 세계를 바라보는 가장 정확하고도 내밀한 방법을 제시한다. 코끼리를 통째로 삼킨 보아뱀의 그림은 어른들에게 무심한 모자로 보인다. 그것이 모자가 아니라는 사실은 어른들에게 설명을 해주어야 하고 더욱 잔인한 것은 어른들이 자신의 착오를 인정하지 않고 아이들이 터무니없다고 꾸짖는다는 것이다. 어른들의 총명함은 "브리지니 골프니 정치니 넥타이니 하는 이야기"로 판단된다. 그러나 어린이들의 화제는 "보아구렁이 니 처녀림이니 별이니 하는 이야기들". 어느 것이 보다 총명한 것인 가? 워즈워스의 유명한 "어린이는 어른의 아버지"란 시구에 감동을 받는다면, 그리고 누구에게나 어린 시절이 있었고 그 시절의 순결함에 정당한 향수감을 갖는다면 비행사의 수수께끼 그림은 모자가 아니라 코끼리를 통째로 삼킨 보아뱀이 옳다는 데 판정을 내릴 것이다.

생텍쥐페리 자신도 보아뱀 편에 서고 있다. 비행사가 사막에서 불시착하여 고장 난 비행기의 수리에 여념이 없을 때 느닷없이 나타난 어린 왕자와의 해후에 수수께끼 그림은 다시 한번 등장한다. 왕자의 주문에 따라 그려준 양은 모두 거절당하고 마침내 양이 보이지 않는 네모상자를 그려주었을 때 "이게 바루 내가 갖고 싶어 하던 그림이야!" 하는 왕자의 환성을 듣는다. 보이지 않는 것의 존재에 대한 투시…… 그것은 어린 왕자에게 소근거리는 여우의 말에서 그 구체적인 모습을 드러낸다. "내 비밀을 일러주께, 아주 간단한 거야, 잘 보려면 마음으로 보아야 한다. 가장 중요한 것은 눈에는 보이지 않는다."

'마음으로 보라'는 충고는 충분히 유심론의 경지에 이른다. 그러나 생텍쥐페리의 그것은 유심론이 흔히 빠지기 쉬운 신비주의적 환상이나 지나친 주관주의의 독단의 함정으로부터 벗어나고 있다. 그것은 두 가지 이유에서이다. 우선 그의 관찰력은 불교의 정관이나 중세 기독교의 묵상에서 나온 것이 아니라 행동의 신선한 동력에서 발산하는 직관에서 비롯된 것이기 때문이다. 모험을 사랑하는 비행사가 바로 생텍쥐페리 자신이라는 것을 생각해보라. 그는 사하라에서, 리비아에서, 안데스에서, 별밖에 보이지 않는 어둠 속에서, 세계를 가린 구름 속에서, 위험을 직감하고 출구를 순간에 포착한다. 사지에서 헤매며 신기루의 환영과 싸우면서 기갈과 열기와 씨름하며 그는 사태의 진상을, 눈에 보이지 않는 위기를, 어딘가 고여 있는 물소리를, 바람에 씻기운 낙타의 흔적을 간취하는 것이다. 그는 가만히 앉아서 마음을 팽창시키지 않는다. 생동하는 의식과 육체로 순발력을 발휘함으로써 사물의 진수를 정확하게 파악한다. 그가 신비주의의 그물을 찢고 환상의 의식을 깨뜨릴 수 있으면서 직관을 고도로 세련시킬 수 있었던 것은 오히려 그가 말르로보다 더한 모험에의 사랑을 지녔기 때문이다. 그럼에도 불구하고 그의 '마음으로 봄'이 독단에 함몰되지 않는 것은 어린이의 순결함을 고수함으로써이다. 그것은 참으로 위대한 인간적 미덕이다. 『어린 왕자』에 나타나는, 그의 어린이에 대한 신앙은 거의 절대적이다. 그에게 있어 어린이란 가장 중요한 상상력의 소유자다. 그의 성서적 어린이관(觀)은 어른에 대한 불신으로 유도된다. 어른은 순수한 상상력이 마멸되었을뿐더러 어린이의 발달한 상상력마저 짓밟는다. 생텍쥐페리는 동심의 순진한 상상력이 구차한 언어로 훼손되고 관심을 현상적인 것으로만 멈추게 하는 데 커다란 반성을 토로하고 있다. 어른들은 혼자서는 아무것도 이해하지 못한다. 그러니 언제나 그분들에게 설명을 해준다는 것은 어린이들에게 힘든 노릇이다. 그리고 비행기 수리를 중대한 일이라고 말했다가 "아저씨는 어른들 모양으로 말하는군……"의 핀잔을 듣자 비행사는 "좀 부끄러워"지고 마침내는 "마치며, 보울트며, 갈증이며, 죽음을 우습게 생각"할 정도로 바뀌어버리는 것이다.

'마음으로 봄'은 여우의 충고처럼 세계를 명징하게 통찰하는 방법이다. 가장 중요한 것은 현상에 있지 않다. 가시적인 것은 우리의 순수함을 잡스럽고 허황하게, 우리의 상상력을 메마르고 무미

274

하게, 우리의 관계를 탐욕스럽고 독재적으로 만든다. 어린 왕자가 다른 소혹성에서 만나는 '이상한 어른들'…… 자신의 명령을 거부할 것까지 명령하는 왕, 손뼉을 치게 해서 자신이 숭배받도록 하는 허영쟁이, 술 마시는 게 창피해서 술을 마시는 술고래, 별의 숫자를 헤아리며 자기 재산으로 생각하는 상인, 그리고 이들보다는 좀 낮지만 기계적으로 등을 켰다 껐다 하는 점등인(點燈人), 기록만 하는 지리학자들은 모두 현상에 집착한 데서 오는 착오자들이다. 실로 세계의 참모습은 결코 권력이나 허영, 자기포기나 부(富) 혹은 기능이나 지식으로 얻어지는 것이 아니다. '마음으로 보는 것'으로 얻을 수 있는 것은 전혀 다른 것이다……

너와 나의 관계

같이 놀자는 어린 왕자의 부탁에 여우가 거절한다. "난 너하구 놀수가 없단다. 길이 안 들었으니까."

여기서의 '길들인다apprivoiser'는 말은 『어린 왕자』의 핵심적인 용어이다. 'apprivoiser'는 '순하게 만들다' '제 편에 끌어들이다'란 뜻인데 이것은 이미 두 개체의 관계를 의미한다. 여우는 재우쳐 묻는 왕자의 질문에 '관계를 맺는다créer des liens'고 다시 설명하는데 정확히 'créer'는 '창조하다' '만들어내다'이며 따라서 '길들인다'는 것은 '관계를 창조한다'는 것을 의미한다. 이 '관계의 창조'에 대해 좀더 구체적으로 여우의 설명을 듣자.

"내게 있어서는 네가(어린 왕자) 아직 몇천만 명의 어린이들과 조금도 다름없는 사내아이에 지나지 않는다. 그리구 나는 네가 필요 없구 너는 내가 아쉽지두 않을 거야. ……그렇지만 네가 나를 길들이면 우리는 서로 아쉬워질 거야. 내게는 네가 세상에서 하나밖에 없는 아이가 될 것이구 네게는 내가 이 세상에 하나밖에 없는 것이 될 거야……"

그렇다면 이 '관계의 창조'로 무엇이 달라지는 것일까? 여우는 말한다. "내 생활은 변화가 없었다. 나는 닭들을 잡구 사람들은 나를 잡구, 닭들은 모두 비슷비슷하구 사람들두 모두 비슷비슷해. 그래서 나는 좀 심심하단 말이야, 그렇지만 네가 나를 길들이면 내 생활은 해가 돋은 것처럼 환해질 거야. 난 어느 발소리하구두 틀리는 발소리를 알게 될 거다. 다른 발자국 소리를 들으면 나는 땅속으로 들어간다. 그러나 네 발자국 소리는 음악 소리 모양으로 나를 굴 밖으로 불러낼 거야."

여우는 두 개의 세계에 대해서 이야기하고 있다. 서로 "필요도 없고 아쉽지도 않은," 그리하여 '변화가 없고monotone' '심심한 s'ennuyer' 관계 맺음 이전의 그것과 '아쉽고' '환해지는' 관계 맺음 이후의 그것이다. 마르틴 부버의 표현을 빌리면 '나와 그'의 관계와 '나와 너'의 관계다. 세계를 두 개의 근원어로 파악하는 부버의 경우 '나와 그I-it'는 이렇다. "인간은 사물의 표면을 헤매며 그들을 경험한다. 그는 거기서 사물의 구성에 대한 지식을 뽑아내고 그들로부터 경험을 얻는다. 인간은 사물에 속한 것들을 경험한다. 그러나 세계는 경험만으로 인간에게 현전(現前)하지 않는다. 그것들은 끊임없이 그것, 그이, 그녀 그리고 다시 그것으로 구성된 세계만을 인간에게 현전(現前)시킨다. '나와 너I-Thou'의 관계는 이와 다르다. 나는 내가 '너'라고 말하는 사람을 경험하지 않는다. 그러나 나는 그와의 관계에 근원어의 성역에 자리한다. 그로부터 한 발 나서기만 하면 나는 그를 다시 한번 경험한다. 경험의 행위 안에서는 '너'는 멀리 사라진다. 내가 '너'라고 말하는 사람이 경험의 가운데에 있어 그걸 모르더라도 관계는 존재할 것이다. '너'는 '그것'이 알고 있는 것 이상의 것이다. 여기에 어떤 거짓도 들어올 수 없다. 여기에 진정한 삶의 요람이 있다."(Martin Buber, *I and Thou*, Scribner)

관계의 맺음은 막막한 존재의 세계를 전폭적인 인격의 결합으로 일변시킨다. 어린 왕자는 자기 별에 두고 온 장미가 지구에 핀 수천 개의 장미와 왜 다른가를 깨닫는다. 그는 자기를 괴롭히는 새침한 장미와 이미 관계를 맺고 있었던 것이다. "물론 내 장미두 보통 행인은 너희들과 비슷하다고 생각할 거다. 그렇지만 그 꽃 하나만으로두 너희들을 모두 당하구두 남아. 그건 내가 물을 준 꽃이니까, 내가 고깔을 씌워주고 병풍으로 바람을 막아준 꽃이니까, 내가 벌레를 잡아준 것이 그 장미꽃이었으니까 그리구 원망하는 소리나 자랑하는 말이나 혹 어떤 때는 점잖게 있는 것까지라두 들어준 것이 그 꽃이었으니까. '그건 내 장미꽃'이니까." 이제 삶의 오의가 보인다. 그 숱한 아기들 중 더 잘난 것도 없는 제 젖먹이 아기가 왜 더

귀엽고 자기 생명과도 바꿀 만큼 귀중한가를, 그 숱한 선남선녀 중 더 이쁜 것도, 더 총명한 것도 아닌데 왜 자기 애인이 더 사랑스러운가를. 그것들은 모두 '내 것'이기 때문이다. 나와 아기, 나와 그 사람은 나와 그라는 여우의 말처럼 혹은 기계적으로 먹고 먹히는 인과적 존재로 떨어져 있는 것이 아니라 내가 젖을 먹이고 잠을 재워주는, 혹은 내가 다듬어주고 가꾸어주는 '나와 너'의 '관계의 창조'를 이루고 있기 때문이다.

그 관계 맺음…… 순결한 사랑을 가진 자처럼 아름다운 얼굴이 있을 수 있을까. 금빛 머리칼의 어린 왕자와 길들인 여우는 자기에게 아무 소용 없는 그러나 "금빛깔이 도는 밀을 보면 네 생각이 나구 밀밭으로 지나가는 바람 소리가 좋아질 거"라고 기대한다. 그리고 비행사는 어린 왕자를 안고 독백한다. "잠이 든 이 어린 왕자가 이렇게까지 내 마음을 깊이 감동시키는 것은 이 애가 꽃 하나에 대해서 충실한 것, 잠을 자는 동안에도 등불의 불꽃 모양 그 안에서 빛살을 내 쏘는 장미꽃의 모습 때문이다……" 비행사 역시 어린 왕자와 관계를 맺고 있었다. 그리고 여우는 관계 맺음—사랑의 영속을 위해 중요한 교훈을 마지막으로 추가한다. 참을성—"어떤 날이 그 밖의 날과, 어떤 시간이 그 외의 시간과 다르게 만드는" '예절 rite'이 그것이다. 'rite'는 의식, 하나의 제례를 치르기 위해 우리는 많은 정성과 기대를 바친다. 하나의 잔치가 앞서 있는 한 우리는 풍요한 소망과 관대한 심기를 갖는다. 우리는 아름다워질 수 있고 즐겁고 따뜻해진다. 이러한 예절이 지속될수록 우리의 사랑은 더욱

살찌고 순수해지며 영원해진다.

영원한 풍경

그러나 '영원'이란 무엇인가. 신이 없을 때 그 영원이란 어떤 모습을 갖는가. 유한한 생명체에게 영원이란 어떤 소용이 있는가. 그것은 길들임 ─ 사랑과 어떤 관계에 있는가.

아마 내가 지상에서 본 가장 아름답고 쓸쓸한 그림은 생텍쥐페리가 그린 『어린 왕자』의 마지막 그림일 것이다. 두 개의 선으로 두 개의 능선을 엇비슷이 그리고 그 위에 별 하나. 생텍쥐페리 자신이 "어린 왕자가 땅 위에 나타났다가 사라진" 이 지점에 대해 "이 세상에서 가장 아름답고 쓸쓸한 풍경"이란 소감을 적고 있다. 감히 말하건대 사랑이 무엇인가를 진심으로 아는 자에게 영원의 모습은 이렇게 아름답고 쓸쓸할 것이다. 무한한 비밀을 은폐하고 지극히 단순한 구조로 적요함을 감추고 있는 것. 그것은 생명의 종말 ─ 어린 왕자의 죽음과 같은 모습이다. "그 어린 왕자는 또 잠깐 망설이다가 몸을 일으켰다. 한 걸음 내디뎠다. 나는 꼼짝을 할 수가 없었다. 그의 발목께서 노란빛이 반짝하는 것뿐이었다. 그는 잠시 동안 그대로 서 있었다. 소리를 지르지 않았다. 그는 나무가 넘어지듯 조용히 쓰러졌다. 모래로 해서 소리조차 나지 않았다."

'영원'을 이야기하기 위해서 생텍쥐페리는 다행히 신의 존재를 믿지 않고 있었다. 그는 끝까지 범신론의 황량함에 젖어 있었고 그가 끊임없이 확인하는 것은 인간이었다. 그는 밤하늘의 지표가 되는 별을 사랑했고 사막에 무한한 감동을 느꼈으며 구름에 경외감을 바쳤다. 그는 광대한 자연에서 인간을 예찬했고 생명은 그 생명이 존재한다는 이유만으로도 그의 존경을 받았다. 작품에 나오는 그의 수많은 친구들은 모두 선량하고 성실하며 건강하다. 『어린 왕자』의 여러 어른들이 지닌 악덕조차 가장 인간적인 약점으로 묘사된다. 인간이란 모두가 그처럼 선(善)한가. 아니면 생텍쥐페리의 통찰에 어떤 잘못이 있는가. 다행히 둘 다 그렇지 않다. 오직 명징한 시선과 관계의 창조를 가진 자에게 이 세계는 아름답고 생동적인 것이다. 생텍쥐페리는 그리고 알고 있다. 그것만이 유한한 생명의 허무주의를 극복케 하는 것이라는 것을.

생텍쥐페리는 머지않아 소멸될 인간이 허무에 직면했을 때 어떻게 초극해야 할 것인가란 근원적인 문제에 아름다운 교훈을 주고 있다. 그는 허무 그것을 변화시킴으로써 우울한 비관주의를 밝은 신앙으로 바꾸어놓는 것이다. 피에르 시몽의 해설에 의하면 "행동하는 인간이 갖는 당연한 옵티미즘은 허무주의의 환락, 비극의 서정시, 지쳐버린 초인의 이유 없는 영웅주의에서부터 그를 면역시켰다"(『현대작가의 사상과 문학』, 오현우 옮김, 신양사, 1960, p. 229). 그리고 그의 신앙은 파울 틸리히가 말하는 바 '영원에 대한 끊임없는 관심'이다. 이 '영원에의 관심'은 사랑의 중세적 발광체인 신을 대치하고 있다. 그는 마음으로 가장 중요한 것을 봄으로써 세계의 진상과 진실을 포착하며 그것과 '관계를 맺음'으로써 신의 은총을 대신한다. 그것은 오늘의 인간이 이제 가질 수 있는 유일한 허무주의적 낙관이다. 그것의 구체적인 모습이 어린 왕자가 남겨놓은 '가장 아름답고 쓸쓸한' 영원의 모습이다. 그 영원의 풍경은 인간의 가슴속으로 돌아와 자신의 영혼을 영원하게 한다. "내가 별들 중의 하나에서 살구 있을 터니까, 내가 그 별 중의 하나에서 웃구 있을 테니까, 아저씨가 밤에 하늘을 쳐다보게 되면 별들이 모두 웃는 것으로 뵐 거야. 그러니까 아저씨는 웃을 줄 아는 별들을 가지게 될 거야!" "그리고 아저씨 설움이 가신 다음에는 나를 안 게 기쁘게 생각될 거야. 아저씨는 언제까지나 나하구 친구루 있을 거구, 나하구 웃구 싶어 할 거야, 그리구 그저 괜히 창문을 열 때가 있겠지……"

비행사는 어린 왕자가 웃고 있을 5억 개의 별로 만든 방울을 갖는다. 그 별의 모습과 방울 소리는 어린 왕자가 사라진 '가장 쓸쓸한' 풍경을 가장 행복하고 소망의 것으로 만들었다. 그래서 비행사가 문득, 혼자 웃을 때처럼 우리도, 『어린 왕자』를 읽는 우리도 창문을 열고 은밀한 웃음을 웃을 것이다. 그리고 어린 왕자가 비행사에게 선물한 별의 웃음으로 허무를 영원에의 순결한 사랑으로 바꾸듯, 하늘을 날다가 사라진 생텍쥐페리가 우리에게 선물한 『어린 왕자』로 해서 우리는 세계의 비밀과 사랑의 실체를 얻는 감사를 느끼게 될 것이다.

[『아동문학사상 6—쌩 떽쥐뻬리硏究』, 김요섭 엮음, 1971. 11]

미망을 거부하는 미망

─ 『새 옷 좋아하는 임금님』의 해학

화려하게 옷 입은 소년 임금님이 옷장에 늘어선 옷들을 하나하나 꺼내 본다. 그러나 모두가 못마땅한 듯, 입맛을 쩍쩍 다신다. 임금님은 꼬마 신하들을 불러 뭐라고 하명한다. 얼마 후 장난꾸러기 차림의 두 소년이 나타나 임금님에게 뭐라고 말한다. 기분이 좋아진 임금님은 신하에게 지시한다. 장면은 바뀌고 장난꾸러기 소년 둘은 텅 빈 베틀 자리에 앉아 텅 빈 몸짓을 쓰면서 노래를 부른다. 우리 임금님에게 세상에서 제일 좋은 옷을…… 하며 능청스레 노래를 부른다. 사람들이 나타나 소년들의 베 짜는 시늉을 구경하며 고개를 주억거리고는 감탄하고 이것저것 묻는 말을 한다. 두 소년은 더욱 신이 나 빈 가위질로 자르고 베고, 빈 바느질로 잇고 꿰맨다. 다시 처음 장면, 임금님은 자못 만족하는 모습이고 신하들은 황공스러운 얼굴이며 두 소년은 득의만면하다. 임금님은 옷을 하나하나 모두 벗더니 두 소년의 도움으로 새 옷을 입는다. 그러나 보이는 건 임금님의 맨 알몸이다. 소년 임금님은 보란 듯이 으시대며 앞서 가고 신하들은 황공스러운 듯. 그러나 더러는 무언가 꺼림칙하다는 얼굴로 뒤따르고 꼬마 소년은 짓궂은 표정으로 쑥덕이더니 뒷문으로 슬그머니 사라진다. 마침내 임금님은 거기로 나와 둘러선 꼬마 시민들 앞으로 온다. 모두들 고개를 숙이며, 그러나 곁눈질로 임금님의 보이지 않는 옷을 구경한다. 그때 꼬마 시민 중의 더 작은 꼬마가 소리를 지른다. "저 봐, 임금님 발가벗었잖아!" 사람들이 와 하고 웃는다. 그 앞에서도 웃었지만 소년의 소리에 뒤이어 시민들이 따라 웃고 신하들도 민망하게 웃고 당황하여 어쩔 줄 모르다가 겨우 위엄을 되찾더니 황급히 뒤로 사라지는 임금님의 뒷모습과 함께 막이 내리자 박수와 발장구에 어울려 꼬마 관중들의 웃음이 터진 것이다……

그때 물론 나도 웃었다. 이십수 년 전 국민학교 3학년 때든가 문짝으로 된 벽을 떼어 강당을 만든 시골 학교의 학예회에서 상급 학생들이 공연한 「벌거벗은 임금님」이란 연극은 그 후 시간에 닦이고 쌓이는 경험으로 밀려가면서도 때때로 어떤 경우를 닥치면 때로는 막막한 향수감의 한 모퉁이에서 문득, 고개를 내미는 것이다. 학예회가 있은 훨씬 뒤에야 그 연극의 작자가 안데르센이며 그에게는 『성냥팔이 소녀』니 『백조왕자』니 어린이의 슬퍼하고 싶어 하는 동심에 퍽 잘 어울리는 동화들을 쓴 분이라는 것을 알았다. 그러나 세상의 때[垢]와 더불어 연극 「벌거벗은 임금님」을 볼 때 웃던 웃음은 지금 새로이 읽는 『새 옷 좋아하는 임금님』(이하 『새 옷』)에 이르는 동안 조금씩 변해왔다. 아직 순진한 슬픔과 기쁨만을 느끼던 그때, 내 웃음은 가설무대의 배우가 알몸으로 나타났다는 희귀한 사건 그 자체, 그리고 짓궂은 장난으로 웃음기를 흘리던 두 소년에게 임금님이란 환상 어린 존재가 어이없이 속임 당했다는 사건 그 자체, 그리고 왕으로 분장한 상급생의 알몸이 통통하게 살이 쪘다는 사실 그것 자체에서 오는 웃음이었다. 짐작하듯이 그러나 『새 옷』은 그저 웃음이 아니다. 그저 우스운 익살도, 멋진 결말을 보는 통쾌감도 아닌 새로운 웃음을, 세상이란 그런 것이라는 사실을 재확인하는 겉늙은 웃음을 이제는 일으키고 있는 것이다.

이 '겉늙은 웃음'이란 이 동화가 이미 나에게 동화의 세계로부터 떠나 있음을 의미한다. 어린이의 특권인 환상적인 순수와, 순수한 환상으로부터 벗어나 있음은 슬픈 일이지만 우리가 영원한 어린이로 있음이 불가능한 한, 『새 옷』이 교훈적인, 새로운 모습으로 다가오는 것은 어쩔 수 없는 일이다. 그러나 그보다 이 동화가 지극히 해학적이라는 이유가 동화의 세계를 벗게 한다. 해학이 어른의 특유한 것이라면, 안데르센의 많은 동화 중에 유독 『새 옷』만은 어른의 것에 가깝다. 풍자가 인간의 어리석음에 대한 여유 있는 익살이라면 원고지 40매도 못 되는 이 짧은 동화는 인간 세계의 뿌리 깊은 한 약점을 정곡으로 찌른 훌륭한 풍자문학의 본보기적인 자산이 아닐 수 없으리라. 물론 이러한 사족들은 해학이니 풍자니 하며 스

284

스로 새 옷 좋아하는 지식인의 허세를 부릴 때 깨달은 뜻이다. 그렇다고 그 뜻이 결코 거짓일 수는 없다. 어쩌면 우리의 문화와 지식은 새 옷 좋아하는 사람들의 것인지도 모르기 때문이다.

다만 안데르센의 임금님은 실패했을 뿐이다. 아니, 끊임없이 발전을 요구하고 창조에 집념을 가진 사람들의 상당수가 실패했으며 벌거벗은 임금님은 그 실패의 전형일 뿐이다. 그의 실패에는 스스로 지니고 있는 약점과 그 약점을 이용하는 또 다른 사람의 악덕, 그리고 약점과 악덕의 미망(迷妄)에서 헤어나지 못하는 어른들의 또 다른 어리석음이 있다.

"해학은 약점을 보고 웃지 않고 경멸하지 않으며 온정과 사랑이 배합된 웃음을 주는" 또는 "위대한 해학가의 능력은 세계적이고 그 웃음 속에는 비극의 광채가 수반된다"는, 산타야나나 메러디스의 정의가 수긍된다면 『새 옷』은 그것의 가장 좋은 예가 될 것이다. 허영과 몽매와 고집을 주제로 한, 일종의 인간 희극이 동화적으로만 다루어졌기 때문에 『새 옷』이 따스한 애정적 인간애를 보인 것은 아니다. 새 옷에 대한 집념, 왕의 권위에 눌려 거짓을 참으로 잘못 보는 착각, 또는 이 집념과 착각 그 자체를 교묘히 활용하여 더욱 집념과 착각으로 인도하는 간계의 주인공들에게 짓궂은 익살이 있을지언정 야유는 서려 있지 않으며 이것이 우리 자신의 모습이다 — 라는 식의, 자기 과오에 대한 애정 아닌 혐기(嫌忌)는 기피되고 있다. 이것은 아마 안데르센이 동화작가라는 성격 — 어린이의 영혼 속에 밝은 삶과 따뜻한 비극애를 발견하는 순수한 통찰력과 승화된 영혼의 빛을 지닌 위대한 작가란 점 때문일 것이다.

그의 수많은 동화의 바닥에는 희극적 유머보다 비극적 환상이 깊이 배어 있다. 『인어공주』와 『성냥팔이 소녀』와 같은, 일방적인 울음을 강요하는 동화들이 속물성 또는 어린이다운 감상주의와는 차원을 달리한 승화된 시로 호소해오는 것은 승천(昇天)이란, 인간의 구원(久遠)의 꿈이 현세적인 고통에도 불구하고 아름다운 인내의 힘으로 순수한 집념을 지켜나감으로써 가능하다는 신앙고백의 비의를 가졌기 때문이다. 따라서, 지상의 사랑을 성취하지 못한 인어공주의 육신은 물거품이 되더라도 영혼만은 천사의 호위로 천상에 오르고, 섣달그믐의 혹한을 막으려고 팔아야 할 성냥의 불로 세상의 모든 밝음, 그리고 하늘의 밝은 자비를 목격하며 할머니의 품에 안기는 가냘픈 성냥팔이 소녀의 찰나적인 행복은 물론 환상이다. 그러나 전자의 파우스트적 테마와 후자의 성서적 지시는 결코 환상이 아니라 고양된 그러나 순결한 정신의 아름다운 승리란, 가장 현실적인 구원(救援)의 진리를 보여주고 있다.

안데르센이 어떤 내적 도정을 통해 비극이 삶의 궁극적인 소망——성서적 소망의 출발점으로 받아들이게 되었는지 나는 잘 알지도 못하며, 또 여기에 필요한 이야기도 아닐 것이다. 그러나 분명한 것은 비극을 통한 진상의 파악과 구원에의 각성을 얻은 사람은 인간의 어떤 과오나 악덕에도 구제의 유보를 주고 있으며 아름다움과 착함 이상으로 추악과 우매를 사랑하는 법이다. 앞에 든 비극시로부터 『다섯 개의 완두』 『야무진 양철병정』 『못난 오리새끼』
와 같은, 사랑을 통한 생명의 내밀한 존재 이유를 밝힌 동화를 거
쳐 『부적』 『영감님이 하는 일은 언제나 옳아요』 『분홍신』의 인생파
적 교훈에 이르기까지 선의의 익살, 나아가 선한 삶의 형태가 안데
르센의 동화에 부단히 작용하고 있다. 순수한 슬픔이 동반하는 아
름다운 승천을 기점으로 한 그의 인간 축도의 편형(扁形) 저쪽 끝에
인간의 공소한 허영을 나무라는 가장 사실적인 자리에 『새 옷』이
앉아 있다. 이 임금님은 『인어공주』나 『성냥팔이 소녀』보다 훨씬
현실적인 소망을 갖고 있다. 그러나 그 소망은 두 소녀처럼 무한한
영혼의 갈망이 아니라 "군대를 사열한다든가 극장 구경을 간다든
가 또는 말을 타고 멀리 숲으로 산책을 나갈" 때 자랑하기 위해 새
옷을 탐하는, 인간의 가장 부박하며 유한적인 욕망이다. 이러한 욕
망은 내성의 인내나 내적 단련과는 정반대의, 외적 공급으로만 이
루어진다. 자기 영혼의 구제와는 아무런 맥락이 닿지 않는 이 외적
공급에는 사(邪)가 끼게 마련이다. 『새 옷』에는 이 사가 두 사기꾼
으로 분장된다. (이 사기꾼은 그러나 임금님의 허욕을 깨우치려 파견된
전령의 인상을 준다.) 이 사기꾼은 현세적인 일에 도무지 불가능이
없어 보이는 임금님에게 희한한 제의를 한다. "자기 능력에 맞지 않
는 지위에 앉은 사람이나 자기가 바보라는 것을 모르는 어리석은
사람에게는 전혀 보이지 않는 옷을 지어드리겠습니다." 이 제안은
일단 수락되는 이상 결코 헤어날 수 없는 족쇄가 된다. 그 후의, 베
짜는 모습을 구경 온 신하나 전혀 실재하지 않은 옷을 엄숙한 표정

으로 입고 또 거리로 나오는 임금님의 경우에서 보듯, 한 번 착시가 허용되면 그 착시를 정시(正視)라고 우길 수밖에 없는 조건의 제안이 온다. 미망으로부터의 각성을 거부하는 함정이 왕좌의 권위, 신하의 충성 또는 바보가 아니라고 우기는 국민들에게 또 하나의 미망을 안겨준다. 그리하여 이들 몽매한 세속인들은 이중의 악덕을 지닌다. 새 옷을 입고 자랑한다는, 마땅히 앉을 자리에 앉을 자격이 있다는, 또는 환상이 아닌 진상을 보고 있다는 허욕의 오류와 그 오류가 진실이라고 믿으려 애쓰는 완매(頑昧)의 오류가 그것이다.

이 두 개의 오류가 간교한 사기꾼에 의해 농락당하는 장면은 참으로 희극적이다. 알몸을 온통 드러내고 근엄하며 자랑스러운 표정으로 활보하는 임금님, 허리를 굽히고 두 손으로 임금님의 옷자락을 받들어 올리는 "시늉"을 하는 시종들 그리고 "저 근사한 뒷자락 좀 봐. 잘도 어울리신다. 저렇게 어울리는 옷을 입으신 건 처음 봤어" 하고 감탄하는 거리의 시민들 — 완벽한 공염불의 놀음이다. 미망의 오류에서 비롯되는 놀이는 모두 이와 같다는 교훈을 웃기며 가르쳐준다. 그러나 산타야나의 정의에 가장 적합하도록, 이 희극적인 웃음을 뒤집으면 인간, 속세적인 모든 인간의 오류란 비극이 허울을 벗는다. 허욕과 완매라는 인간성의 근원적인 악덕이 일으키는 비극은 관조자의 눈에 희극으로 보인다. 따라서 우리 독자가 『새 옷』을 보며 짓게 되는 웃음은 자신의 나상을 보는 자조일 뿐이다.

그렇다. 이 동화의 어른들은 모두 우리 자신의 벌거벗은 모습이다. 새 옷을, 텔레비전을, 자가용을 탐하는 일상적인 허영으로부터 내적 자아의 발전과는 아무런 관계가 없는 영광의, 지식의, 권력의 또는 비극적 영웅과 같은 허위적인 포즈의 탐욕자에 이르기까지 우리들은 기실, 비극을 통한 정화를 모르는 비극 그 자체의 면모를 가지고 있다. 사실 일상적인 허영으로부터 천재와 영웅의 영광이란 내적 허영이 없다면 사회적 긴장이나 문화적 창의가 없을지도 모르며 역사의 진행도 그만큼 완만할지 모른다. 그렇다고 우리는 그 오류와 낭비를 부인해서는 안 된다. 그것은 또 한 번 착시를 정시라 우기는 오류를 범하는 것이다. 그러기에 사회에는, 역사에는 부단히 경고자가 요구된다. 『새 옷』의 경고자는 "저 사람 아무것도 안 입었네 뭐!" 하고 서슴없이 소리 지르는 소년이 맡고 있다. "어린이는 어른의 아버지"란 워즈워스의 짧은 시 「무지개」를 연상시키는 이 소년의 등장은 어린이를 신의 모형으로 설교하는 성서의 내의다. 부자가 천국으로 들어가기란 낙타가 바늘구멍으로 들어가기보다 더 어렵다는 성서적 인간관은 가난한 사람, 슬픈 사람, 애타게 소망하는 사람을 아름답게 그리고 부자, 권력자, 속세적 행복인을 궁지에 모는 안데르센에게 항상 깔려 있는 기본 정신이다. 그리하여 어린 경고자는 어른들의 무지를 깨우쳐준다. 그러나 다시 한번 세상의 희극적인 모습이 풍자로 다가온다. 소년의 천진한 부르짖음으로 임금님과 신하와 백성들은 자신들의 미몽을 깨닫게 된다. "임금님은 아무것도 안 입으셨대. 어떤 아이가 그러더라는데, 임금님은 발가벗었대"란 백성들 사이에 떠도는 말들, 그리고 "그렇다고 이제 와서 행렬을 중지시킬 수야 있나." 여전히 점잖게 걸음을 옮기는 임금님의 고집에 다시 한번 인간의 약점이 예리하게 지적된다. 무릇, 군중의 말은 진실이 아닌 이야기를 할 때 "잘도 어울리신다"고 일인칭의 정언형을 쓰지만 진실을 말할 때는 "어떤 아이가 그러더라는데"라고 간접화법의 부정언형을 쓴다. 이렇게 책임을 회피하는 군중 위에 연극은 계속 진행된다. ─ "중지시킬 수야 있나." 경고자의 발언은 책임 있게 전달되지 않으며 그 경고가 진실이라고 납득되더라도 무시되고 기피된다. 비록 안데르센이 그처럼 회의적이고 우울한 효과를 기대하지 않았다 하더라도 이제, 역사와 권력과 문명에 수없이 속임을 당하고 그럼에도 가면의 연극이 중지되기를 두려워하는 사례를 너무나 자주 목격해온 우리 독자에게는 마지막 해학에서 깊은 슬픔을 느끼지 않을 수 없다. 무엄한 그 소년의 핀잔처럼, 안데르센의 인간희화는 이 슬픔을 우리에게 함께 느끼려는 비극적인, 그러나 그런 인간과 문명에 애정을 거부할 수 없는 고통을 『새 옷 좋아하는 임금님』에게 보여주려고 했는지도 모른다.

[『아동문학사상 3 ― 안델센硏究』, 김요섭 엮음, 1971. 2]

왜 글을 못 쓰는가

— 이청준과 박태순의 경우

작가는 무엇을 쓰는가, 그는 왜 쓰는가, 그는 어떻게 쓰는가—하는 질문에 대한 대답은 아마 작가의 수만큼 많을 것이다. 그러나 수없이 제기되고 토의되며 자문되어진 이 원초적이고 고전적인 질문의 응답자들이 갖는 일반적인 태도는 '쓴다'는 일은 쓰는 사람의 결단에서 비롯된 것이며 어떤 점으로든 '행위 이유raison de faire'를 갖고 있고 더구나 그 '결단의 행위 이유'가 용납되고 있다는 전제를 시인하고 있다. 개인적으로나 사회적으로나, 어떤 가장 불행한 시기에도 불구하고 작가가 자기의 쓰는 행동을 계속하는 한, 설령 그쓰는 행위와 결과에 대한 절망적인 한계를 느낀다 할지라도 그러한 전제로부터 크게 벗어날 수 없었다.

『문학과지성』의 지난 호들에 발표된 이청준의 「소문의 벽」과 박태순의 「단씨의 형제들」도 아마 그 전제로부터 멀리 달아날 수는 없을 것이다. 박태순의 2대 장남 '단기호'는 '넥타이를 맨 사람들'의 '감동과 절망이 없는 곳'으로부터 '야성을 찾아' 시골 장바닥으로 뛰어들며 이청준의 '박준'과 그의 이상한 행위를 추격하는 '나'는 "이미 자신의 진술의 길이 막혀 있었음"을 깨닫고 하나는 정신병원으로 가며, 또 하나는 편집장의 자리에 사표를 던진다. 그들은 자기의 '쓰는' 행위에 대한 막막한 허망감을 토로하고 글을 쓴다는 행위 이유에 대한 한계를 스스로 밝혀놓은 것이다. 그럼에도 불구하고 이청준과 박태순은 그 작품들을 끝까지 '썼고' 또 그 작품들이 발표된 뒤에도 쓰기를 멈추지 않았다. 박태순은 샤머니즘에 빠져 있는 대중들 위에 군림한, 필시 '단기호'의 나쁜 후신일 신흥종교가를 만들어내는 「대지모신의 만족」(『월간문학』 1971년 6·7월 합병호)을, 이청준은 「소문의 벽」의 후기 겸 주역서로 보이는 「목포행」(『월간중앙』 1971년 8월호)과 「문단속 좀 해주세요」(『현대문학』 1971년 8월호)를 각각 내고 있는 것이다.

그렇다면, 이청준과 박태순은 솔직하지 못한 것인가? 아니면 쓰는 행위에 대한 자가당착에 빠져 있는가? 결코 그렇지 않은 것 같다. 그들은 작가로서의 질문을 거꾸로 한 것이다. 즉 작가는 무엇을 쓰지 못하는가, 왜 쓰지 못하는가? 어떻게 해서 쓰지 못하게 되는가? 이 질문은 서두의 긍정 질문형을 단순히 부정 질문형으로 바꾸어놓은 것이다. 그러나 그들은 '쓰는' 일의 행위 이유를 묻는 데서 출발한 것이 아니라 이 두 소설의 경우, '쓰지 않는' '쓰지 못하는' 것의 행위 원인에서 시작하는 것이다. 가령 박태순의 '단국천' 씨는

"다른 형제분들이 국가와 사회와 민족을 위해서 자기 일신을 돌보지 않고 있을 때 이분은 그러지를 않고 자기에 집착했었다." 그런 분이 "만년에 들어와서 엉뚱한 짓을 벌여놓고 있다는" 데에 단기호는 도저히 이해가 가지 않았다. 후에 그가 "무력하고 참담한 심정으로 아버지로부터 멀어져가고 있을 때 느낀 것은 이제 나는 아무것도 해볼 게 없는 인간이 되어버렸다는 거였어. 그래서 나는 어떤 정상적인 생활을 내가 할 수 있으리라는 조건을, 삶의 조건을 잃어버린 것만 같아"졌다. 단기호, 그의 아버지 그리고 누이동생이 모두 출분함으로써 '정상적인 생활'을 하지 '못하는' 이유는 무엇인가? 단기호는 아버지의 때늦은 첩살림을 "이해할 것 같았고" 누이동생 단기자의 떠돌이 생활을 막기 위해 자신의 떠돌이 생활 중에 상경한다. 그리하여 그의 긴 사설과 장문의 편지는 '정상적'으로 살지 '못하는' 이유의 해명에 바쳐지고 있다. 이것은 이청준의 편집장 '나'에게 보다 구체적으로 나타난다. 그는 퇴근할 때마다 "애초의 긴장은 짜증과 체념 속에 맥없이 허물어지고 그렇게 되면 술을 마시지 않을 수가 없어"지면서 자문한다. "도대체 작자들이 무슨 이유로 그처럼 한결같이 글을 쓰지 않으려고 하는 것인가." "도대체 원고가 잘 거둬들여지질 않았다. 무슨 이유에선지 요새 와선 통 필자들이 글을 잘 쓰려 하지 않는 것이다. 가까스로 글을 얻어내고 보면 이건 또 이쪽 편집 의도하고는 아무짝에도 상관이 없는 남의 소리이기가 십상"인 것이었다. 왜 글을 쓰지 않는가, 왜 자기 소리로 말하지 않는가 하는 짜증 난 질문에 젖어 있던 '나'가 문단을 나온 후 2, 3년간 정력적인 발표 후 "차차 사라지고" 마침내 "미쳐 보이고 싶은 증세"의 병을 가진 '박준'을 통해 "오늘 이 시대를 살아가는 한 개인의 정신의 궤적과 비밀"을 이해하려 드는 것은 너무나 당연한 태도이다.

박태순과 이청준의 두 중편소설은 이 '쓰지 못(안)함'이란, 정상적인 질문을 뒤집은 질문에서 '써어졌'다. 이 두 개의 질문은 그러나, 기초 문법의 연습이 아니라 그 사이 깊디깊은 심연이 가로놓인 입장의 현격한 거리에서 제기된 것이다. 두 작가의 경우, 물론 테마와 기술 방법, 플롯은 전혀 다른 경향으로 흐르고 있다. 「단씨의 형제들」은 한 가족의 사회적 산일 과정과 한 젊은이의 방황을 추적하고 있고 「소문의 벽」은 한 신진 작가의 정신병 원인을 찾고 있다. 전자는 과거에서 현재로 내려오고 있고 후자는 현재로부터 과거로 시간을 거꾸로 흐르고 있으며 따라서 앞의 것이 결과를 향해 진행되는 반면 뒤의 것은 원인을 향해 거슬러 오른다. 그럼에도 불구하고 뚜렷한 공통점이 있다. 즉 양자는 똑같이 한 인간의 삶의 궤적을 추구하고 있으며 그 궤적은 '야생'과 '광기'란 비슷한 감정의 상(相)으로 도달하고 있으며 더욱이 그 추구 과정에서 요설스러운 설명과 편지 또는 장황한 소설 줄거리와 편집자의 주변 이야기를 동원하는 데 일치하고 있는 것이다. 그 일치가 우연으로 보이지 않는 것은 같은 연배의 두 작가가 비슷한 문학관을 갖고 있다는 데서 온다기보다 오히려 '왜 쓰지 못하는가' 하는 부정적 질문이 제기되는 상황의 검증에 공통된 관심을 갖기 때문으로 보인다.

'왜 쓰지 못하는가' —— 하는 부정적인 질문이 재주 없는 문학청년이나 상상력을 상실한 무력한 노작가에 의해 제기되었다면 그것은 추악한 개인적 고백으로 떨어지고 말 것이다. 그러나 삼십대의 왕성한 젊은 작가들이 제기한 이 질문은 무엇을 뜻하는가? 개인적 무능력 때문인가? 우리가 결코 그렇지 않다고 장담할 때 두 작가가 공통으로 지니고 있는 처절한 고통은 어디서 오는가. 예민한 지성인이면 우리 이 시대의 사회 속에서 어쩔 수 없이 봉착하게 되는 일반적인 현상으로서의 '정상적이 아닌 조건' 때문일까. '일상의 함몰'로부터 탈출하려는 젊은이의 갈등인 「연애」에서 출발한 박태순, 내적 아픔의 원인을 찾아 기성의 윤리를 재음미하는 이청준의 치밀한 개인주의적 작품이 그렇다면, 이제 '쓰는' 일에 대해 새로운 성찰을 가하게끔 된 것은 어째서일까? 그들은 그간 무엇을 발견하고 어떤 점을 고민해왔으며 왜 써야 한다는 것을 반어적으로 질문해야 했는가. 그것은 두 사람의 순수한 개인적 문제인가 아니면 문학론 그 이상의 것인가. 이것이 그들 문학의 좌절을 의미하는 걸까, 그들이 바라보는 사회적 좌절을 반증하는 걸까. 이런 많은 질문들이 동시에 제기되어 '쓰지 못함'이란, 작가로서는 이상한 발언에 함께 뒤엉켜버리는 것이다.

박태순의 경우 주인공의 이름이 돈키호테를 연상시키는 '단기호'란 점에 먼저 주목할 필요가 있다. 그가 즐겨 쓰는 피카레스크가 세르반테스 시대의 형식이었다는 방증과 함께 16세기의 광적인 기사도 숭배자를 염두에 두었다는 자신의 고백을 생각할 때 이 점은 무척 중요하다. 그는 「단씨의 형제들」에서 1970년대의 한국의 돈키호테를 추적하고 있으며 그가 '왜 소설을 못 쓰는가' 하는 질문의 실마리는 여기서 암시되고 있다.

세르반테스가 불우한 생애 속에서 『돈키호테』를 구상하던 16세기 후반은 선교사 이그나티우스 로욜라까지 '그리스도의 기사'라 자칭하리만큼 기사의 이념이나 기사도가 최상의 미덕으로 존경받고 있던 때였다. 그러나 그 당시는 또한 절대왕국이 성립하던 '정치적 리얼리즘'의 새로운 철학이 싹트기 시작하고 있었다. 아르놀트 하우저에 의하면 "기사도의 이념 자체가 이 이상 새로운 사회 구조를 밑받침할 능력을 잃었다." 경제적·사회적 리얼리티의 합리적 모형과의 불상용(不相容), '풍차'의 세계와의 비시의성은 너무나 명백하다. 의협(義俠)에 대한 열성과 기사소설의 모험이 번창하던 1세기가 지난 뒤 기사도는 두번째 패배로 괴로워한다. 이 시대의 위대한 시인이며 극작가인 셰익스피어와 세르반테스는 당대의 입마개가 된다── 그들은 어디에서든 명백해진 사실을, 기사도는 한물갔으며 그것의 창조력은 하나의 허구가 되었다는 사실을 단순히 선언할 뿐이다." 이런 상황에서 나온 『돈키호테』는 "삶에 대한 기사적 태도를 아이러닉하게 취급한 것이 아니라 낭만적 이상주의와 현실적 합리주의의 두 세계를 상대화시킨 것"이며 "환상을 현실로, 현실을 환상으로" 받아들인 돈키호테의 희비극은 "하나의 사상에 대한 동시적 양면성"에서 비롯된다(Arnold Hauser, The

Social History of Art — Vol. 2 Renaissance, Mannerism, Baroque, pp. 131~36).

 돈키호테가 당대의 미덕인 기사도를 읊아 들이는 시대착오적 허구와 새로이 싹트는 합리적 현실주의에 대한 불신감의 산물이며 그의 광기 어린 모험이 두 가치관의 희화적 점검 행위라면 4백 년 후 박태순의 돈키호테는 어떤 '동시적 양면성'의 제물인가? 그의 단편들을 훑을 때 분명히 드러나는 것은 도시민의 감정적 문맹과 지방민의 사상적 문맹에 대한 증오다. 「연애」 「형성」 「뜨거운 물」 「벌거벗은 마네킹」의 '내촌동' 사람들은 "내가 살아 있다는 것은 무책임하게 살아 있는 것이 아니고 여기 지금의 조건에 최소한도의 필연성으로써 거역하지 않고 있기 때문에 살아 있는" 프티 인텔리이며 「정든 땅 언덕 위」로부터 「옥숭이의 출가」에 이르는 〈외촌동〉 시리즈는 "어떻게든 죽지 않고 살아나기 마련"인 본능적인 자연인들이다. 그는 이 두 개의 불연속선에서 "앉지도 서지도 않고 엉거주춤한" 자신의 모습을 「물 흐르는 소리」의 불상에서 발견한다. 그가 앉든가 서든가 택일에의 결단을 내려야 하는 것은 어쩔 수 없는 추세이며 결국 「단씨의 형제들」에서 서서 움직이는 돈키호테를 택하는 것이다.

 '단기호'가 양자택일의 입장에 서야 했던 것은, 그리고 돈키호테적 광기를 보여야 했던 것은 박태순의 경우 사회적인 고찰을 요구한다. 단기호의 아버지 단국철 씨 대의 "모두 제멋대로들"인 5형제는 '정상적인 것이 아닌' 한국의 현대사를 유형화시킨다. 맏이인 단국종은 개인적 도피와 민족적 구원을 위해 독실한 목사가 되기로 선택했다. 그러나 해방 후 친일파란 이유로 공산주의자에게 숙청당한 것은 토착화되지 못한 외래 종교에의 의탁이란, 당초의 패배주의의 당연한 결과이다. 역시 맏이와 같은 동기에서 그러나 공산주의를 택한 둘째 단국홍이 고향인 이북에서 출세하지 못하는 것은 일본서 대학을 다닌 식민지 지식인의 무기력 때문인 것으로 해석된다. 살아남은 셋째 단국철은 제3의 길을 택해 중국 토호의 딸을 유혹, 한몫을 잡고 해방과 6·25를 거치는 시운을 타고 대재산가로 부상하여 단기호의 아버지가 된다. 그러나 그는 만년에 "이상한 고독감에 사로잡혀" "사회적 체면, 사업, 가정을 헌신짝처럼 내버리고" 출가, 딸 같은 여자와 동거한다. 가장 광적인 한국사의 표면에 떠다닌 넷째는 이북에서 민청 간부로, 월남해서 숱한 청년단체로 갈팡질팡했고 국군에 입대했다가 인민군에 포로가 되었고 인민군대에서 다시 국군의 포로가 되어 거제도 포로수용소에서 총살당하는데, 불과 8년 동안의 이 분방한 전전은 자기 삶을 한 번도 제대로 살아보지 못한 광란기 젊은이의 전형적인 모습을 드러낸다. 막내 단국채는 그와 대조적으로 자기 삶에 충실하려 했으나 정신적 취약성 때문에 병원에 입원, 격리된다.

돈키호테가 라만차에서 중세의 기사담에 탐닉하고 있을 때 단기호는 자기 가계 이력에서 "세상이 혼란스럽다는 것을 자기가 혼란스럽다는 것만큼이나 잘 알게 되어버린 좀 특이한 감수성"의 지배를 받는다. 아버지의 "이상한 고독", 어머니의 광신, 두 누나의 절연, 어린 동생들의 궤도 없는 생활로의 함몰이란 개인사와 아버지 대로 하여금 타의의 삶으로 춤추게 한 사회사의 접점에서 그는 "본질적인 비참함에 대항하기 위해서는 어떤 극단적인 비참함의 상태로 몰고 갈 필요" 때문에 "끝 가는 데까지 타락해보는" 방탕한 여행을 계속한다.

"어떤 궁극적인 혼란, 인생을 산다기보다도 그것을 철저히 망가뜨리기 위해서 발버둥을 치는 듯한 그 모든 헤매임과 방황의 와중에 있어서는 바로 그렇게 힘껏 아우성을 치고 분노하고 고뇌하면서 발광하듯이 살아본다는 것 이외에는 어떠한 해답도 있을 것처럼 보이지 않는" 이 사회 속으로 무궤도한 돈키호테적 모험을 하면서 단기호는 두 가지 "정신의 무중력 상태"를 확인한다. 그 하나는 "신문의 차원"에만 한정되어 있는 "새로운 문맹자"들로, 내촌동 주민에 해당되는 이들 도시인은 "산다는 것의 진정한 절망도 회피하고 살아가는 가운데서 찾아지는 진정한 희망도 회피"하며 따라서 "근본적인 감동과 기쁨을 잃어버렸을 뿐 아니라 심각한 고통과 절망도 없는" 감정의 무중력 상태다. 또 하나는 "밑바닥 인생"의 정신의 무중력 상태로서 그들이 "비참함으로부터 헤어나지 못하는 것은…… 아무런 생각도 하지 않으려 하며 할 수도 없게 되어버린" '외촌동 주민'의 그것이다.

졸속한 근대화의 산물로서 감동을 잃은 도시인과 그 빌딩의 그늘에서 내일의 희망을 모르고 맹목과 본능으로 살아가는 밑바닥 인생, 그리고 그들이 자아내는 바람직하지 못한 허구와 패배에 대한 작가적 고민을 박태순은 지극히 현실적으로 받아들이고 있다. 그는 손창섭 씨에게 쓴 편지에서 이렇게 말한다.

　　이러한 사태(사회의 이중적 구조와 사회적 동질감의 상실)가 더욱 발전하면 그야말로 신분제도가 철저했던 중세 암흑시대를 동경해 마지않았던 불란서혁명 뒤의 앙샹레짐적 사태를 낳는 게 아닌가 합니다. 이미 그러한 증상을 보는 것 같습니다. 정치가는 정치사회라는 특수한 영역 속에서만 활동하는 사람이 되고 문학자는 문단이라는 한정된 울타리 속에서만 문학을 하고 근로자는 철저한 무관심 속에서 부당한 고용조건이 그저 당연한 듯이 힘든 일을 하며 살게 되는…… 분열증상이 일어나는 게 아닌가 느껴진다는 말입니다. 자기 나름으로 완성된 리얼리티가 사회를 열, 백, 천으로 쪼개어 각각 그것대로 특수하게 폐쇄된 분위기를 가지고 있다면 과연 젊은 사람들은 어느 쪽 리얼리티를 선택해야 하는 것입니까. 청평유원지의 리얼리티만이 옳다고 판단해야 하는지, 빈민촌의 리얼리티만이 현실이라고 믿어야 할 것인지 알 수 없어질 것 같으며, 이것도 저것도 아니라면 〈한곡조 골라잡아 꽝〉 하는 식으로 아무렇게나 리얼리티를 골라잡아야 하는 것입니까. (「문단로비」, 『월간문학』 1971년 1월호)

이 질문은 아무도 대답할 수 없는, 가장 어려운 문제이다. 분명한 것은 청평유원지와 빈민촌의 '동시적 양면성'에 대한 고민 때문에 작가 자신이 커다란 문학적 위기를 겪고 있으며 그는 적어도 현재로는 빈민촌의 리얼리티에 경향되고 있다는 점이다. 전태일 군 자살 사건의 르포를 쓴 이후 박태순은 확실히 장광설이 되어 자신이 현실적으로 느끼고 있는 고민을 문학적 육화 과정을 거치지 않고 그대로 노출시키는데 「단씨의 형제들」에서 그 요설이 가장 지루하게 나타난다. 이것은 그가 단기호로 하여금 "건강한 촌놈"이 되어 "피를 뜨겁게 해가지고 괴상하게 시달리고 있는 사람들의 세계를 극성스럽게 파고드는" 이성을 택하게끔 하는 것과 연관되어 '왜 글을 못 쓰는가' 하는 당초의 질문을 다시 제기하게 한다. 그는 '글을 쓰는' 일을 당연한 '행위 이유'로 전개할 때 그것이 '문학으로의 도피' 또는 '단순한 취미'에 그친다는 허구를 발견하며 '문학만의 현장'을 포기할 때 그 어느 현상에도 만족할 수 없으며 따라서 혼란의 와중으로부터 헤어나지 못하는 딜레마 속에 빠진다. 더구나 그가 택한 '야생'이란 것도 "하여튼 무언가가 근본적으로 잘못되어 있는 것 같지만 잘못의 세부사항을 따져보는 것이 허망한 것처럼 잘못의 본질적 이유를 발견코자 하는 일마저 무의미하다고 느껴질 때가 있어서 한 가닥 남은 염원"으로 잡아본 것이다. 여기서 실은 '정상적인 조건의 삶'을 왜 살지 못하는가 하는 그의 부정형 질문은 '왜 야성적으로 살아야 하는가' 하는 긍정형 질문으로 바뀐다. 물론 "거짓을 꾸미고 사는" 우리 사회의 "극도의 혼란 상태로부터 자기를 구출해내기 위해서"이다. 그러나 그 스스로 인텔리인 작가가 실제로 야성적인 삶을 살 수 있을 것인가에 대한 회의는 그가 근본적으로 '왜 글을 못 쓰는가'란 당초의 질문을 극복하지 못했다는 결론을 유도한다. 왜냐하면 그 자신의 문맥으로 보아 이 문제는 개인적 삶의 어떤 형태를 선택했다는 것으로 해결될 것이 아니며 현대사의 비극을 극복하고 오늘의 사회적 무중력과 폐쇄성을 지양함으로써 글 쓰는 행위 이유가 발견되기 때문이다.

이청준의 「소문의 벽」은 "정말로 미친 증세가 아니라 미쳐 보이고 싶은 증세"를 보이는 젊은 작가 '박준'의 작품과 행상을 더듬음으로써 "오늘 이 시대를 살아가는 한 개인의 정신의 궤적과 비밀"을 이해하고 "무의미한 혼란만 끝없이 계속되어오던 잡지 일에 대해서도 모종의 대답을 암시"케 하는 내적 스릴러다. 편집장인 '나'가 근래 갖게 된 의심 ─ 왜 작가와 필자는 글을 쓰지 않으려는가 하는 질문은 박준을 통해 실마리가 풀리며 그것은 비단 박준이나 편집장에 한한 것이 아니라 "자기의 시대를 위기의 시대로 받아들이는" "정직한" 지식인 모두에게 관계되는 것이다. 편집장의 상황 설명의 침착함이나 에피소드와 박준의 소설 줄거리 소개의 집요함에도 불구하고 이 소설이 전편을 통해 전율과 공포로 미만해 있는 것은 이 시대의 위기에 대한 너무나 현실적인 적시와 거기에 저항의 여지 없이 쫓겨 다니는 한 인간의 고뇌가 극적인 사태로 표현되었기 때문이다.

작가와 필자 그리고 편집자는 왜 자기 진술을 거부 또는 회피하는가, 박준은 왜 '내' 앞에서나 의사 앞에서 자신의 신원을 감추는가, 잡지사는 왜 작가의 작품 발표를 회피하는가, 편집장은 왜 퇴

302

근 때마다 술을 마시고 사무(私務)에 더 열심이며 그리고 사표를 써야 하는가 — 왜 사람들은 진술을 기피하는가 하는 질문과 그 상황의 이해 과정에서 우리는 우리 시대가 빠지고 있는 정신의 공황을 발견한다. 이 공황을 발견하는 우리의 고통을 무엇에 비교할 수 있을까. 그 막막함, 슬픔, 두려움 같은, 원초적인, 달리 표현될 수 없는 전율의 느낌뿐이다. 그것은 너무나 처절한 아픔을 수반하고 있어서 이청준이 제기하는 '왜 글을 못 쓰는가' 하는 오히려 우스꽝스러울 질문은 한 사회가 처한 상황의 가장 암흑한 비밀을 엽탐하는 절망적인 절규로 변모하게 한다. 박태순이 현실적인 삶의 비참함에 압도됨으로써 글을 쓰는 작업의 한계에 대한 신음을 냈다 한다면 이청준은 내적 삶을 비참하게 만드는 '소문의 벽'에 짓눌리는 참담한 비명을 듣게 한다.

소설은 우연히 만난 '박준'이란 젊은 작가의 밖으로 드러나는 증상과, 그 증상의 원인을 조금씩 풀어주는 그의 내적 고백 — 인터뷰와 작품을 교차시키며 '왜 미친 척하는가' '왜 글을 못 쓰는가' 하는 두 개의 의문에 대한 대답을 더듬고 있다. 그리고 그 두 가지는 '전짓불'이란 수수께끼가 풀리면서 동시에 해결된다. 박준은 신문사 인터뷰에서 이미 자신의 증상을 예고하고 있다. "작가는 결국 그 정체가 보이지 않는 전짓불의 공포를 견디면서 죽든 살든 자기의 진술을 계속해나갈 수밖에 다른 도리가 없는 사람들이다. 만약 그럴 수마저 없게 된다면 그는 아마 영영 해소될 수 없는 내부의 진술욕과 그것을 무참히 좌절시켜버리고 있는 외부의 압력 사이에서 미치광이가 되어버리지 않고는 배겨날 수가 없을 것이다." 당초, 박준이 작가란 '자기 진술'이란 임무를 지고 있음으로 해서 '왜 쓰는가'에 대한 긍정적 대답을 고집하던 것이 이청준에 의해 '그런데, 왜 쓰지 못하는가'란 부정형 질문으로 돌아서게 되는 것은 '외부의 압력'에 좌절된 광증으로 밝혀진다. 이것을 밝히기까지의 과정은 박준의 세 개의 소설로 전개된다. 그 처음은 어렸을 때부터 훈련돼온 가사 상태에서 완벽한 휴식을 얻는 한 젊은이의 "괴상한 버릇"이 주인공을 죽음으로 유도한다는 줄거리로서 "어떤 인간성의 비밀과 만나는 놀라움"을 안겨주는 것이다. 이것이 누구나 갖고 있는 "생존의 방정식" 뒤에 숨은 "내면의 비밀"을 염탐하는 것이라면 두번째의 「벌거벗은 사장님」은 운전수가 왜 파면되어야 하는가 하는 음험한 이야기에서 "인간성을 캐낸 데서부터 출발하여 한 걸음 더 나아가 어떤 식으로 그것을 이야기해야 하는가, 왜 그럴 수밖에 없는가"를 밝혀준다. 이 부분에서 작가가 왜, 어떻게 써야 하는가 하는 질문이 부정형으로 변하기 시작하며 그것은 사장의 비밀을 말하지 못하는 운전수가 고백욕을 채우지 못함으로써 운전 실수를 저질러 실직당하듯, 내적 비밀을 진술하지 못할 때 생기는 작가의 정신질환의 자각 증세에 근원하고 있음을 시사한다. 마지막 소설은 퇴근하던 버스 속에서 G가 문득 "음모 혐의"로 환상 심문을 받기 시작하여 자신의 "정직한 진술"을 입증하려는 끈질긴 노력이 좌절되어 유죄 선고를 받는다는 이야기다. 여기서 처음부터 끝까지 일관하여 자신의 무죄 입증 자료로 사용되는 '전짓불'에 대한 박준의 어렸을 때 기억은 너무나 생생하여 박준이 당하고 있는 무고한 위협뿐 아니라 오늘의 '글 못 쓰는' 상황의 원인이 되는 역사적 비극의 에 피소드를 이룬다.

경찰과 공비가 번갈아 장악하여 이적의 혐의로 양민을 처형, 학 살하던 6·25 직후의 전라도 어느 시골, 어머니와 잠자던 어린 박준 은 한밤중 전짓불이 비치며 "어느 편이냐"라는 질문을 받는다. 그 러나 그 전짓불의 주인이 누구인지 알 수 없는 한 그것은 결코 대답 할 수 없는 질문이었고 그럴수록 추궁은 더욱더 강경해진다. 얼마 전 동민들은 경찰로 위장한 공비를 환영했다가 학살되었으며 다시 정작 경찰이 들어왔을 때 속지 않기 위해 인민군 편이라 했다가 또 처형되었다. 그러니만큼 심문관의 신원이 밝혀지지 않는 한 그들 의 대답은 화를 입기 십상이었다. 박준은 그날 밤을 회상한다. "아 아 그 전짓불이 얼마나 원망스럽고 무서운 것이었는가를 지금도 잊을 수가 없군요. 사실을 말할 수가 없었어요. 그러나 어머니는 끝끝내 대답을 하지 않을 수 없었어요. 전짓불이 자꾸 대답을 강요 했기 때문이죠." 정확하게 대답하면 그들은 어느 누구의 편도 아니 며 "아무것도 모르고 그저 농사나 지어 먹는 사람"이었다. 그리고 이들이 '반동'으로 판결 난 뒤에야 그들은 전짓불의 정체를 알 수 있었다.

이것은 우리 민족사가 겪은 최대의 악몽이다. 우리의 어느 시대 에도 이처럼 절망적이고 긴박한 하룻밤은 없었을 것이다. 무수히 많은 색깔이 있음에도 불구하고 청(靑)인가 적(赤)인가 한 가지만을 선택해야 한다는 것, 상대방은 어둠에 가려져 있고 자신의 몸통만은 환한 불빛에 드러난 가운데 선택을 추궁당한다는 것, 그 철저한 고독 속에 어쩔 수 없이 내는 대답이 자신의 죽음을 의미할 수도 있다는 것, 여기에서는 대답이나 죽음의 준비도 할 수 없었고 자기 신원을 정직하게 진술한다 해서 어떤 의미가 있지도 못하다는 것 —— 이 가바한 상황은 우리가 붊과 20년 전에 체험한 현실이었다. 그리고 박준과, 박준과 비슷한 사람들에게 더욱 불행한 것은 그 체험적 현실이 지금 현재적 현실로 강압하고 있다는 것이다. 진술 공포증에 빠져 있는 박준 자신이 바로 그 현실이며 글을 쓰지 않는 많은 필자들이 그 현실이며 사표를 내는 편집장이 바로 그 현실이다. 그들은 박준처럼 심문관으로부터 처음부터 "음모피의자"로 자기 진술을 행하고 있으며 심문인의 정체를 모름으로 해서 정직한 진술을 행할 수 없었고 자기를 변명하기 위해 노력한다는 사실 자체가 '유죄'의 심증을 굳혀주고 설령 대답을 하지 않을 경우, 않기 때문에 '유죄'가 된다. 이것은 도대체 "초논리적인 독단"으로 이루어지고 있다. 전짓불의 독단은 이런 형벌의 선고를 내린다. "당신의 전짓불과 나에 대한 두려움, 그것은 이미 스스로 선택한 당신의 수형의 고통이지요. 그리고 당신은 그렇게 스스로 선택한 수형의 고통 때문에 이미 반쯤은 미친 사람이 되었거나 앞으로도 계속 미쳐갈 게 틀림이 없습니다."

그러나 이 환상의 처형이 결코 환상이 아닌 실재임을 작가는 강조하고 있다. 박준은 글을 못 쓰고 진술 공포증에 걸려 미친 흉내를 내고 있으며 그 처형자의 물리적인 표현인 정신과 의사 김 박사는 그 진술 공포증을 고치는 것이 아니라 그를 진짜 광인으로 만들어놓는다. 그리고 진술을 계속하려는 작가에게 압력을 넣고 복수를 노리고 있는 자는 어렸을 때의 어둠의 장막에 가린 전짓불의 사내처럼 소문의 벽에 숨어 감시의 눈을 부릅뜨고 있다. 기자의 질문에 박준은 다음과 같이 그런 사태를 명백히 지적한다.

　—당신(박준)은 아까부터 자꾸 전짓불의 공포라는 말을 써왔는데, 그리고 당신은 지금도 그 전짓불의 간섭을 받고 있다고 말했는데, 당신의 소설 작업과 관련하여 지금 당신은 어떤 곳에서 그것을 느끼고 있는지 좀더 구체적으로 말해줄 수 없는가.

　—말해줄 수 있다. 그것은 소문 속에 있다.

　—소문 속에라면, 실제로는 존재하고 있지 않다는 말인가.

　—실제로도 존재하고 있을 것이다. 정체를 밝히지 않기 위해 소문의 옷을 입고 있을 뿐일 것이다. 그래야 그것은 우리들을 더욱 효과적으로 복수할 수가 있을 것이 아닌가. 게다가 사람들은 원래 그런 소문을 좋아하기 때문에 그를 위해선 늘 두꺼운 소문의 벽을 쌓아주고 있는 것이다.

이 기사를 읽은 편집장은 "이번에는 정말로 모든 것이 명백해지고 있었다"는 소감을 적었다. 그렇다. 이제 우리에게도 명백해졌다—요즘의 작가와 필자들이 왜 정직한 자기 글을 못 쓰는지, 그들이 왜 회피하고 우회하고 그러면서 또 두려워하는지, 그러면서 그들이 강렬한 갈증에 얼마나 허덕이며 괴로워하는지. 그것은 자명하다. 박준의, 정신병 환자로 몰려가는 진술 공포증을 촉발하는 의사는 현실로 존재하는 것이다.

이청준의 '바준'은 글 쓰는 일을 자신의 작가적 양심과 사명으로 깊이 인식함에도 불구하고 자기 언어를 정직하게 진술할 수 없다는 현실에 갈등을 일으켜 "광기의 위장", 마침내 "광증" 그 자체로 "쫓겨"간다. 그에게는 달리 선택의 여지도, 여유도 없었고 현재로서는 그 광증으로부터 완벽하게 치유될 희망도 보이지 않는다. 반면 박태순의 '단기호'는 "모순과 비리"에 가득 찬 현실을 탈피하기 위해 일종의 광적 방랑을 하며 "야성"을 통한 구제의 가능성을 찾는다. 그로서는 쫓기다시피 파탄으로 투신하지만 야생은 분명히 현실의 고찰과 내적 판단으로 이루어진 선택으로 얻어진 결론이다. 우리는 여기서 현실을 보고 느끼는 두 개의 각도가 공통적인 과정을 거쳐 전개되는 양상을 발견한다. 박태순은 사회사의 관점에서서 혼란스러운 현실의 객관적 리얼리티가 서로 충돌하는 데서 일어나는 집단적 카오스 상태에 고민을 하고 이청준은 개인사적 체험이 왜곡된 현실로 더욱 강화됨으로써 내적 카오스에 압도되는 아픔에 괴로워하고 있다. 단기호는 혼란을 더욱 심각하게 만듦으로써 "끝 가는 데까지" 가본 그 마지막 자리에서 스스로 열리는 탈출의 길에 올라서며 박준은 자기의 고통을 은닉하기 위해 더한 아품으로 발전하여 드디어는 달리 길이 없는 한계에 이른다. 이 두 개의 과정 밑바닥에 공통적으로 흐르고 있는 것은 현실이 '정직한' 정신으로 하여금 파멸로 몰려가게 만들고 있으며 그것은 한 개인의 책임으로 귀속시킬 수 없다는 점이다.

작가가 상황으로부터 얼마나 해방될 수 있으며 절대적인 자유를 향유할 수 있는가에 대해서는 누구나 회의하고 있다. 사회적으로나 시대적으로 정신과 사상은 부단히 그리고 의식적으로나 무의식적으로 구속되고engagé 스스로 참여sёngageant한다. 그러나 언어적 참여가 가능한 한 작가가 현실에 대해 느끼는 저항은 자기가 처한 상황을 왜, 어떻게, 무엇으로 표현하느냐는 문제에 고심하게 된다. 현실이 모순으로, 갈등으로 파악될 때 그리고 그 모순과 갈등이 충분히 파악할 시야와 그것이 언어로 조형되고 당연히 표현될 자유를 가질 때 순수한 작가적 고민을 갖게 되며 작가가 '왜 쓰는가' 하는 질문을 제기할 때가 그런 상황에 대응된다. 그러나 '왜 못 쓰는가'란 자각은 작가적 영역을 벗어난 현실 자체의 것으로 확대된다. 그것은 모순과 갈등이란 현실관(現實觀)이 문제가 아니라 그 현실관이 용납되지 않고 혹은 작가의 폭으로써는 파악될 수 없는 장벽이 가리고 있기 때문이다. 박태순의 고민은 작가란 위치에서 현실이 장악되지 않는 한계에서 생기는, '글을 쓴다는 일이 무엇인가'의 회의이며 이청준의 아픔은 작가가 작가란 위치에 설 수 없는 현실의 억누름에서 생기는 '글을 왜 못 쓰는가'의 절망이다. 작가란 현실에 대해 얼마나 나약한 것인가 하는 무력감, 작가가 현실적으로 작가이기 어렵다는 절망감이 정신에 대한 회의를 수반하여 야성에 호소하고 혹은 광증으로 쫓겨가는 것은 너무나 당연하다.

작가는 그리고 정신은 최소한 자기의 존재 또는 행위 이유가 인정되고 따라서 그럴 수 있는 자유를 가질 때에 가능하다. 그들은 본질적으로 작가로서의 자기를 긍정하며 탄력적이고 능동적이며 개인적이고 인간스럽다. 그러나 그들의 행위 이유를 부정하는 힘은 무기질이고 배타적이며 강압적이고 집단적이다.「단씨의 형제들」에 나타나는 민족사, 피지배와 해방 후의 혼란과 6·25의 타율성에 이끌려온 역사,「소문의 벽」의 한 개인사를 집요하게 지배하는 전짓불, 그리고 그것을 전짓불로 치료하겠다는 의사가 바로 그것이다. 그것들은 한 인간을 상황으로써 압도하여 그 개인이 자유로워야 할 생명적인 유동성을 봉쇄하고 있으며 거대한, 그러면서도 숨겨져 있는 세력으로 억압하고 있다. 인간은 그 앞에서 인간이기를 거부당하고 있다. 작가가 여기서 그 힘에 저항하여 효과적으로 싸움으로써 작가가 될 수 있는가 없는가 하는 경계는 박준의 두번째 소설에 그어져 있다.「벌거벗은 사장님」의 운전사는 "사장님의 눈에 보이지 않는 감시"와 "목이 잘리지 않기 위한 이해 관계" 때문에 운전을 할 수 없게 된다. 감시와 생명에의 위협이 해소되지 않는 한, 작가는 작가로서의 싸움이 불가능하며 따라서 '글을 못 쓰겠다'는 절망이 생기고 그 절망이 카타르시스 되지 않는 한 광증으로 유도되지 않을 수 없다. 그렇다면 박태순과 이청준은 상황이 개선되지 않는 한 글 쓰는 일을 포기하든가 좌절될 것인가? 정답은 불가

310

능하다. 그러나 거의 확실한 것은 아마 글쓰기를, 작가이기를 계속할 것이다. 그렇다면 '자기 진술'이 아닌, '정직하지' 못한 글을 쓸 것인가? 물론 그것도 아닐 것이다. 그 대답을 얻어내는 것이 아마 우리 작가가 오늘에 처한 가장 중요한 모색점이 될 것이다.

두 작가는 지극히 내향적인 개인 의식에서 출발했다. 그들은 가령 박태순이 소시민적 일상성 속에 안일하는 무기력을 묘사하고 이청준은 기성 윤리가 전후의 젊은이들에게 얼마나 허황한 것인가를 천착함으로써 오늘의 우리 시대가 처한 기질적, 도덕적 의미를 탐구했다. 그러나 개인의 자아가 사회와 어떤 의미로든 연관성을 갖는 한 그들이 인간에 작용하는 사회에도 관심의 폭을 넓히는 것은 당연한, 그리고 바람직한 과정이었다. 그들은 접근법과 스타일을 달리하면서도 개인과 사회와의 충돌, 일시적인 것과 역사적인 것의 해후로 의식을 확장하는 데 공통 성향을 보여왔다. 그리고 그들은 그 끝에 개인이 사회로 말미암아 좌절되고 현재가 과거의 지배를 받거나 역사로부터 이탈되고 있음을 발견했는데 단기호와 박준에 있어서의 비극은 그런 끝 간 점이 작가적 양심을 각성시키는 타인의 것이 아니라 바로 작가인 그들 자신에게 있는 데서 발단된 것이다. 그들은 현실적으로 글을 쓰지 못하게 하는 여러 세력을 만났고 훼방되었으며 작가로서 감당할 수 없는 절박한 사태에 놓여 있음을 몸으로 느꼈다(「소문의 벽」의 몇 가지 에피소드는 자전적인 색채가 강하다). 그리하여 스스로 던져보는 질문 —— 작가는 왜 글을 못 쓰는가 하는 부정적 질문은 현실의 작가에 대한 방해를 적출하여 우회적인 방법으로 고발하는 것이다. 이청준의 경우, 그의 소설은 소설이 무엇을 말하는가로서가 아니라 소설과 소설가가 어떤 관계에 놓여 있는가, 즉 작가 자기 자신을 테마로 한 것이다. 그것은 근본적으로, 소설을 쓴다는 자신의 의무를 부인하는 것이 아니라 소설을 계속하기 위한 역설적 자기 확인이다. 그리고 소설을 통해 자기 확인하는 일은 참으로 내적인 결단에서 생겨나는 것이며 그 결단은 논리와 이해타산을 극복하고 있다. 그에게 있어 소설은 자기 생존 방식을 드러내는 가장 훌륭한 방법이며 따라서 자기가 생존하는 한, 그리고 소설이 자기의 확인이고 표현인 한 글 쓰는 일은 계속될 것이다. 이 신비한 결단력은 어렸을 때 죽었다는 그의 육촌형을 찾아가는 그의 독백체 소설 「목포행」에서 재확인된다. "소설에 갑자기 의심이 드는" 좌절감을 느낄 때, "소설로서 독자에게 무슨 말을 할 수 있다는 것은 이제 불가능하게 되어버린 것 같은" 때 허탕인 줄 알면서 그의 형의 소식을 찾아감으로써 작가적인 힘을 다시 소생시키는 주인공은 목포행 기차에서 자신을 이렇게 추스른다.

오늘은…… 글쎄 오늘은 저희 육촌형을 찾아가고 있기 때문에 벌써 어떤 힘이 생기는지 모르겠군요. 그러고 보면 전 역시 소설을 다시 쓰게 될 수도 있을 것 같긴 하군요. 육촌형을 찾아보고 오면 말씀입니다.

이제, '글을 왜 못 쓰는가' 하는 당초의 질문이 박태순 특히 이청준에게는 글에 대한 더욱 강한 집착을 의미하고 있음을 밝힐 수 있게 되었다. 그 자각증세 자체가 상황에 대한 보다 적극적인 이해이며 자신의 결단에 대한 새로운 확인이다. 그렇다면 이 새로운 이해와 확인이 어떤 형식으로 나타날 것인가. '정직한 작가'이기 때문에 감당해야 할 억압의 고통에 어떻게 맞설 것인가. 이 어려운 질문은 두 작가의 현명에 기대는 외에 속답할 수는 없다. 최근의 몇몇 작품을 보면 박태순은 리얼리즘의 경향이 많고 이청준은 독백체의 일인칭 수법에 의존하고 있다. 박태순의 그것은 소설로서의 구성력이 약화되고 이청준의 그것은 아마 항용될 수는 없을 것이다. 분명한 것은 그들이 어떤 형식을 취하든 '정직한 작가'이기를 계속하리라는 것이다.

[『문학과지성』1971년 겨울호]

이념의 현실화를 위한 조건

1

정치학과를 졸업했다는 것 외에, 정치학을 제대로 공부한 바도 없고 정치에 발을 들여 넣기는커녕 가까이에서 관찰한 적도 없는 나로서 정치학의 이론과 실제를 비교해보는 일은 무모하고 무책임하기 짝이 없는 일이다. 아무런 특별한 뜻이 없이 대학 입학 때 정치학과를 선택했던 것처럼, 이렇다 할 계기도 갖지 못한 채 문학평론 쪽으로 길을 바꾸었기 때문에 내가 이 주제에 대해 느끼는 당혹감은 더욱 커진다. 그러나 바로 그런 이유들로 해서 나는 내가 생각했던 바의 정치학과 내가 지금 여기서 바라보는 정치의 관계를 내나름으로 다루어보고 싶은 욕심도 생기는 것이다. 즉 내가 피상적으로 정치학을 아는 것처럼 정치의 깊이만을 보기 때문에 이른바 순진한 상태에서 그 양쪽의 어느 것으로부터도 편중된 오염을 당하지 않은 입장에서 정치와 정치학을 대할 수 있다는 것이다.

이렇게 해서 내가 이 글을 써보고 싶다는 유혹을 느꼈을 때 맨 처음으로 떠오른 회상은 이『정치학보』제4호에 게재한 내 글「현대에 있어서의 자유의 변질」이었다. 그 글을 쓸 때가 대학 3학년, 정치학 그중에도 정치사상사에 자못 관심이 높아졌을 즈음이었고 정치도 '학문'으로서의 마땅한 영역을 갖고 있다는 생각으로 정치학을 내 나름으로 인정하기 시작할 시절이었다. 정치학과 학생이면서 정치를 '학(學)'으로 인정하려들지 않았었다는 이야기는 우습게 들릴지 모른다. 그러나, 흔히 '정치과'라고 발음하는 사람들에게 '정치학과'라고 수정을 강요하면서도 나는 진정한 학문이란 예컨대 철학이나 수학 같은 것이며 정치란 실제에서 별로 벗어나지 않는다는 문리대생다운 막연한 현학성에 빠져 있었던 것이다. 실지로 당시의 많은 학생들이 저 1950년대 후반의 정치 열풍에 젖어 정치학과를 학문으로서의 매력보다 정치가로서의 출세의 수련기로 생각하여 지망했던 것이다. 그러던 내가 민병태 교수의 정치사상사 강의를 들으며 철학에 접근하는 정치학의 가능성을 깨달아가고 있었고 더욱이 법·경제 등 현실 과학처럼 정치도 당대의 철학적 이념 혹은 가치론적 이데아의 구체적 표현이며 학문이 이 이데아와 구체적 현실 간의 거리 사이에 위치하는 것이란 점을 생각하게 되었던 것이다. 여하튼 정치학을 학문으로 보기 전에 잡다하게 문학이나 철학 혹은 당시 유행하기 시작한 실존주의에 대한 짧은 독서와 낭만적인 사고가 바탕이 되어 관심을 갖기 시작한 정치학의 논문으로 쓴 것이 앞에서 말한 글이었다. 새삼 꺼내서 다시 읽어본 반세대 전의 이「현대에 있어서의 자유의 변질」은 거론하기조차 부끄러운 치기만만하고 어설프기 짝 없는 글이다. 아마, 이성에 대한 무한한 신뢰를 갖던 근대가 붕괴되면서부터 자유를 위협하는 세력이 이 정치 자체로부터, 그리고 인간의 내면으로부터 솟기 시작했고 따라서 자유에 대한 개념과 내용도 현대에 와서는 달라지고 달라져야 한다는 말을 하고 싶었던 것 같다. 따라서 이 글은 전혀 상투적인 착상일 뿐이다. 젊은 시절이면 으레, 아니 당연히 떠올린 자유를 생각했던 것이고 또 '자유의 변질'이라고 했지만 그 자유가 억제되거나 거부되어야 한다는 뜻은 추호도 없이 오늘에 와서 보다 착실하고 적극적인 자유를 획득해야 한다는 신념으로 일관해 있었던 것이다. 이 글이 실린『정치학보』가 4·19 직전에 간행되었다는 점, 또 이 학보의 여러 글들이 어떤 형태로든 자유 문제를 다루고 있다는 점으로 미루어 이 글에서의 '자유'의 의미가 짐작될 수 있을 것이다. 이 글을 쓸 때 또 내 나름으로 갖고 있던 자부가 하나 있었다. 이른바 정치학이란 사회과학 논문에 보기 드물게 시와 소설 혹은 철학이 인용되고 있다는 점이다. 그때 나는 외국의 정치학으로서는 시와 철학 등 비사회과학의 글들이 매우 자유스럽게 인용·원용되고 있는데 우리나라의 논문들은 왜 그렇지 못한가에 반발하고 있었다. 이것은 가령 플라톤이 철학자를 왕으로 삼아야 한다든가, 괴테의 파우스트가 스스로 다스린 왕국의 아름다움을 보고 "시간이여 멈추라"라고 외침으로써 사람보다 정치에서 영원성을 찾게 만들었다든가 하는 데서 암시를 받은 것이기도 하지만, 정치학이 끝내 인간의 행복한 삶과 관련이 된다면 어찌 문학이나 철학이 정치학 논문에서 배제될 수 있겠는가 하는 생각이 빚어놓은 것이다. 다시 말하면 정치의 시화(詩化), 정치학의 문학화에 대한 막연한 기대의 소산이었던 것이다.

요컨대, 17년 전의 졸고를 통해 지금 내가 말하고 싶은 점은 정치란 자유(여러 가지 자유, 시장 경쟁적 의미만 아니라 소득분배에 대한 경쟁적 자유까지 포함하여)를 확장하기 위한 테크닉이며 정치학이란 그 테크닉의 이념화이고 그 양자는 시 또는 문학이 상징하는 바의 아름다움으로 이어져야 한다는 것 등등이다. 나는 그 글을 쓴 지 얼마 안 된 4·19에 이런 나의 생각들이 실현될 수도 있다는 가능성에 감동했으며, 이듬해 5월 대학원에 진학한 지 얼마 안 되어 그 가능성의 쓰라린 배반을 목격했다. 그때 나는 공부를, 적어도 정치학 공부를 포기했으며 정치에 대한 관심도 구경하는 것 이상을 넘지 않았지만 그런 대신 정치적인 태도는 좀더 선명해지는 것을 스스로 느끼게 되었다.

2

나는 방금 정치·정치학·정치적이란 말을 썼다. 그 말들은 무엇을 의미하며 왜 구별하는가. 적어도 그것을 '구별'한다는 것이 오늘의 정치와 정치학의 실제를 말해주는 것일지도 모른다. 먼저 이 세 단어가 복합적인 내포를 갖고 있음에 유의하자. '정치적'이라면 실제의 정치에 표면화되지 않는, 정치에의 관심 지향을 의미한다. 예컨대 그는 야당 성향이 크다든가 혹은 영국식 대의제도를 지지한다든가 하는 것이다. 그러나 '정치적'은 그것만 말하는 것은 아니다. 정치가 아닌 것에의 관심이 필경 정치의 이념과 실제에 관련되는 것, 가령 대학교수가, 신문기자가, 작가가 자기 일을 하면서 취하게 되는 태도와 성향을 포함하기도 한다. '정치' 역시 권력의 획득·집행·효과에 따른 기능·과정·성격을 뜻한다. 그러나 여기에도 유보가 있다. '정치적'이 정치 자체는 아니면서 그것과 필연적인 연관을 갖듯이 '정치'란 형식과 제도·기능을 가졌음에도 불구하고 이른바 우리가 양식(良識)으로 부를 수 있는 정치를 벗어났거나 거기에 이르지 못한 것이 있다. 구체적인 경우를 들어, 대의정치의 구심적인 경우를 보자. 대의정치의 구심체로서 형식상 만들어놓은 국회가 대의를 하지 않고 흔히 말하는 것처럼 '행정부의 시녀' 구실밖에 못 한다면 그것은 엄밀한(혹은 좁은) 뜻에서의 정치는 아니다. '정치 부재의 정치'란 말이 여기에 해당될 것이다. '정치학'도 아마 두 가지 방향으로 나눌 수 있을 것이다. 하나는 실제 정치의 돌아감을 체계화하는 현실추수(現實追隨)적 방향이며 또 다른 하나는 설정된 정치적 가치관으로 실제 정치가 유도되도록 추구하는 이념제시 (理念提示)적 방향일 것이다. 이 양자는 긴밀한 상관성을 갖고 있겠지만, 그러나 쉽사리 혼동될 수 있는 것이 아니다. 정치에 대한 개념들을 이렇게 분류하고 그 내포의 복합성을 드러내려는 것은 흔히들 말하는 이론과 실제의 괴리, 학문과 현실 간의 거리로 오늘 우리의 정치와 정치학을 바라볼 수 없다는 것을 확인하기 위해서다.

가령 정치학은 이른바 정치가 존재할 때 가능하며 이론과 실제 간의 거리도 이때 존재한다. 정치란 것도 정치학 — 이념제시적 정치학이 있을 때 그 진정한 기능을 발휘하고 생동하는 정치학을 구성시킨다. 서구에서 정치학이 독립된 학문으로 등장하는 것이 신민들의 정치적 자유를 의식하고 국민국가가 성장하는 것과 때를 맞추었다는 사실, 동양의 전통 국가에서는 정치학이 치민술(治民術) 내지 행정 기술로 이해되었다는 사실이 이를 설명해줄 것이다. '정치적'이란 것도 마찬가지다. 정치의 정치다운, 정치학의 정치학다움이 전제될 때 정치적 태도도 설정될 수 있는 것이며, 정치적 태도의 설정이 확실하면 정치와 정치학도 그만큼 분명해질 것이다. 또한 정치가 그 사회의 보편적인 양식을 갖추지 못한 채 진행된다면, 예컨대 폭력으로 이른바 정치가 운영된다면 정치학의 존재 이유가 의심될뿐더러 정치적 태도도 기대할 수 없으며 정치 이외의 부분도 그것 나름의 독자성을 잃고 권력권 내에 포섭되어 정치화한다. 압력단체의 어용화가 그런 경우에 해당될 것이다.

이렇게 놓고 볼 때 우리의 정치학에 있어 이론과 실제를 생각한다는 것은 매우 어렵고 모호하다. 현실추수적인 학문이라면 현상적으로 일어나고 있는 여러 사상(事象)들을 분석하고 고증하고 설명하는 것으로 끝난다. 즉 이론과 실제 간에 거리를 두는 것이 아니라 실제를 이론이 사후 정리하는 것이다. 그러므로 이 정치학은 이론과 실제의 차이를 당초부터 인정하지 않는다. 이념제시적 정치학은 부단히 이론과 실제 사이의 거리를 확인하고 규명하고 그래서 그 사이를 좁히려 든다. 양자의 경우를, 이렇게 설명해보자. 대의제가 어떤 이유로든 존재하지 않는 사회에서 현실추수적 정치학은 대의제가 없는 실태로의 권력과 제도를 이론화할 것이며, 이념제시적 정치학은 국민의 의사가 표현되어야 한다는 이념이 제시된다면 정치가 그렇게 유도되도록 대의제의 수립을 요구하는 정치학을 펼 것이다. 이론과 실제 간의 거리는 이때 확인되고 그 거리의 좁힘을 위한 노력도 이럴 경우 이루어진다. 그런데 한 걸음 더 나아가 대의제의 수립을 제창할 발언이 그 사회에 없다면, 앞에서 말한 정치적 양식이 허용되지 않는다면 어떻게 될 것인가? 다음 세 가지 중 하나일 것이다. 첫째는 그 발언권을 포기하고 무화시키면서 대의제를 상정하지 않는 정치학을 전개할 것이다. 말하자면 현실추수적인 정치학으로 전환하는 것이다. 둘째는 정치학 자체를 인정하지 않는 것이다. 셋째는 이론과 실제를 완전히 별개의, 독자적인 것으로 분리시키는 길이다. 이것은 기술적으로 매우 어렵겠지만 전혀 불가능하지는 않을 것이다. 마치 지금은 사어(死語)가 된 고대 희랍어를 공부하듯이. 여하튼 이 세 가지 방법이 모두 우리가 바라는 바의 정치학을 위해서는 불행한 일이 될 것이며 대신에 정치학의 이론과 실제를 구별할 노고는 없어질 것이다.

그렇다면 우리의 정치학은 지금 어디에 와 있는가. 앞에서 말한 세 가지 중 어떤 길을 택하고 있는가. 정치학에 이념이 없고 정치에 정치다움이 없다면 이론과 실제의 구별이 어떤 의미를 갖는가. 아니, 이론과 실제를 구별하는 노고가 없는 것이 다행한 일일까. 우리의 정치학은 이런 물음에서 새로 출발할 수 있기를 바란다.

[『정치학보』7호, 1977]

IV
숨어 있는 기억들

눈 오는 밤

멀리 까마아득한 밤이었지만
역시 그때는 즐거웠어.

하이얀 눈이 온 세상을 덮던
겨울밤.

일선에서 휴가 온 큰형님과 함께
할머니와 할아버지를 뵈러
하이얀 오솔길을 걷던 그 밤은.

더욱
형님은 지금
원수의 총칼에 쓰러져
영원히 날 이별함에
눈 나린 그 겨울밤이
못 견디게 그리워진다.

아

눈엔 방울이 아롱져

바라보던 북쪽이 울적해지고

북극성

호올로

외로움이 흘러.

[『청람(靑藍)』, 대전중학교, 1954]

정야(靜夜)

어쩔 수 없는 인과(因果)로
뻐꾸기가 산에서 울 듯이
내가 운다고 합시다.

머언 젊음을 가슴속에
호올로 되씹어보는
가을날의 낙엽같이
내 마음이 낙엽 진다고 합시다.

귀뚜리 풀잎에서 한없이 울어대면
창백한 가을 창과
하룻밤을 드새어봅시다.

언제 파랑새가 찾아올 듯
자꾸만 기다려지는 밤에
별이 또렷이 빛남은
내 마음이 빛나는 까닭입니다.

어디서 코스모스 맑은 꽃잎이

소록소록 잠이 드는데

아무에게도 알리고 싶지 않은

깊은 밤의 고요한 기도 시간입니다.

[『학원』1955년 12월호]

난(蘭)

푸름을 향해 길게 목 늘인 넋이여
5월의 햇빛은 이렇게 외롭기만 한데
닿을 듯 닿을 듯 아득한 보람이런가.

정녕 진실을 향해 파고드는 외줄기 길은
노오란 꽃잎을 화사하게 피웠다.

오늘도 여로(旅路)의 향수는 먼데
언제 맺어질 열매를 위해
먼 나라의 습기를 머금은 바람에 흐늘거리는가?

기다림
기다림에 지쳐도 오오래 참아간
기다림 후
고히 어루만져줄 따뜻한 입김.

아아!
난이여.

[『대릉(大稜)』1956년 7월호]

거리(距離)

─ 차단된 거리에는 핑막한 강물이 흐르고
어둠을 뚫고 당신은 건너편 저만치서 웃고
있었습니다.

폭풍 직전의 바람과 구름이며 기상의 조화와
천년을 두고 이어오는 독초 속에서 당신의
손짓도 눈짓도 그리고 미소의 부름을 깨닫지도
응답도 못 하는지 언제나의 입상이 되어야 합니까?

가을밤의 풀벌레처럼 외로움에 젖었을 때
산화하는 의식 맨 안구석에 생명의 흐름이
당신에게 향한 채 눈물을 삼키고 응고되어야
하는 설움을 언제나 풀어볼 수 있겠습니까?

단절된 절벽을 넘어 당신과 합하는 날
미풍과 구름이며 푸른 하늘이 태양 아래서 빛나고
꽃은 아름답게 피었습니다
그때 피묻은 손에서 휘날릴 깃발─

―― 차단된 거리에는 굉막한 강물이 흐르고

여명을 뚫고 당신은 건너편 저만치서

확대된 밝은 얼굴로 시종 미소를 지었습니다.

[『대전일보』, 1956. 10. 11]

여상(旅想)의 빛

—— 정지영*작(作)

하얀 대리석 기둥에 기대선 향련의 얼굴은 돌처럼 굳어 있었다.

약간 네모진 얼굴 속에서 까만 눈동자만이 닿지 않는 어떤 곳을 무한히 꿰뚫고 있는 것처럼 보였다.

하늘에는 엷은 보랏빛 안개가 옅게 덮여 있고 그 사이로 희미한 햇빛이 굵게 줄을 그어 내렸다.

그리고 좀처럼 움직일 줄 모르던 그의 윤곽에는 갑자기 자기를 누르고 있는 어떤 참혹한 것에 대해서도 자신 있게 항거하려는 듯한 서글픈 안정의 빛이 조용히 떠올랐다.

그는 차츰 고개를 숙이고 알렌의 그 가냘픈 손가락이 무수히 담겨졌을 일기초(日記抄) 모양의 편지를 다시 한번만 읽으려 한다.

---

* 김병익의 아내, 이 글은 그녀의 유일한 발표작이기에 함께 싣는다.

5월 28일(1955년)

사람에게 영원이라는 것이 존재할 수 있다면 그것은 일순간에 있어서 자기가 체험하는 무한대한 사색의 작용에 불과한 것이라고 단정 지었어. 그 무한대한 사색의 작용을 체험할 수 있다는 것만이 누구나 갈망하는 행복의 정체일 거야.

많은 사람은 '영원'이라는 말을 가장 사랑하는 듯하고 흔하게 쓰지만 그러한 영원은 나에게는 슬프게만 생각되고 위태로워서 견딜 수가 없어.

향련! 우리는 왜 이처럼 생명의 압박감을 느끼게 될까? 그 생명과 영원이라는 것을 결부시킬 수 있다면 그것이야말로 우리의 삶의 궁극의 목적일 거야.

종교와 철학과 예술을 통하여 인류의 역사는 진보라는 하나의 테두리를 형성했지만 그 속에 섞어서 넘어가는 개체라는 것은 언제나 불완전하고 회의에 묻힌 별것이 아니라니…… 물론 부분이 전체를 구성한다고 하지만, 그리고 또 그것을 위대하고 거룩한 속성이라고 이름 짓지만, 그러한 논리를 인정하면 할수록 부분이 소유하는 것은 더욱더 작아지지 않겠어?

아프로디테!** 청년기란 히울 좋은 이름의 부여를 받는다는 것은

** Aphrodite. 로마의 비너스Venus(미와 사랑의 여신)와 같음.

다만 이 같은 주축(主軸) 없는 생명의 방랑과 고갈을 의미하는 것인가요?

7월 3일

따가운 7월의 태양과 푸른 하늘 아래서 타오르는 한 송이 칸나의 잎이 나의 모든 정신력을 마비시키고 말았어.

텅 빈 머리를 가지고 이리저리 뒹굴며 티 없는 하늘과 태양과 그리고 그칠 줄 모르고 타오르는 선홍색의 꽃잎만을 바라보며 온종일 무심히 보냈지.

여운 없는 교회의 종소리가 이 지저분한 도시의 일요일 중 빼놓을 수 없는 하나의 장식인 듯……

그런데 향련!

나는 지금 알고 싶은 여러 가지에서 아주 조금이라도 해답의 재료를 얻으려고 명작이라고 일컫는 소설을 읽었어. 그리고 그 책을 뗀 순간 놀랄 만큼 실망했어. 왜 어른들은 또 작가들은 대부분이 판에 박힌 듯 속된 테마가 아니면 글을 쓰지 않을까? 좀더 순수한 소년소녀가 생각하는 세계는 그려내지 못했을까!

(오후에 어머니와 같이 병원에 갔다 오다. 불안한 병세였다.)

7월 5일

벌써 나흘이나 학교에 나가지 못했어. 병세가 점점 험악해지는 것만 같애. 머리가 몹시 무겁고 피부의 감촉이 여간 이상하지 않아.

의사도 확실한 진단을 내리지 못하고 있나 봐.

내일 ×××로 휴양 갈 거야. 떠나기 전에 너를 한 번 만나봤으면 했지만…… 언제 또 돌아오게 될지…… 불길한 예감이 들어. 어쨌든 약속 없는 여행이야.

8월 10일

도대체 불가해한 이 세상의 모든 변이와 회전과 성쇠에 대한 일종의 반발적 자위책으로 나는 어떤 때 쉽사리 신의 존재를 인정하지 않을 수 없게 된다.

그리하여 전지전능하신 신 앞에 공손히 엎드려 괴롭게 생각하는 모든 것을 바치고 해명받을 수 있기를 얼마나 원했는지!

그러나 신은 나에게 아무것도 주지 않았다. 신의 계시에 대한 호기심 자체가 불순한 것일까? 나에게는 다음 순간 아무것도 느낄 수 없게 된다. 신의 존재를 긍정도 부정도 할 수 없어 한층 더 불가사의한 현실만이 쓰라릴 뿐이야.

그러나 향련! 나는 언제나 대자연과 친하였고 그 속에서 '신의 섭리'라고만 불러보고 싶은 위대성을 발견했어. (물론 내가 말하는 신의 섭리란 그것을 사용할 때 의식 속에 받은 인상에 불과하며 그 이상의 아무것도 의미하지 않아. 다만 자연을 보고 느꼈을 때 무어라 표현할 수 없는 어떤 것이라고만 생각해줘.)

아프로디테! 우리는 어떡하면 그야말로 영원히 이 대자연의 품속에 묻힐 수 있을까요? 우리로서는 도저히 체험할 수 없는 신에게 항상 구원을 바라고 기도드리는 불안한 존재이기보다는 차라리 신의 섭리로 자연스럽게 따로 나타난 대자연의 노래에 변함없이 살고 싶어요.

10월 7일

아 참 향련! 여태까지 내가 새로 온 이곳을 설명하지 않았군.

여기는 저녁노을이 무척 아름다운 곳이야. 신비스러운 연기가 서쪽 산에는 유백색으로 퍼져 있고 가끔 그 멀고 먼 산길에는 행상인의 그림자가 나타나곤 해. 그 흰 사람이 가는 산형의 선 위에 섰을 적에 넘어가는 태양은 하루의 마지막을 아주 찬란히 빛내고 있었어.

내가 물속의 고기를 세고 있을 때 갑자기 물빛이 번쩍이는 주홍색으로 되지 않겠어? 깜짝 놀라 저편을 바라보니 모든 것의 서쪽 나라는 가버리고 말았어 — 외로운 사람도 산새도, 그 아름답던 태양의 그림자도, 별 없는 하늘빛은 어쩌면 그렇게도 서러웠는지.

하루의 시간 중에 모든 것이 잠재 상태에 빠지는 순간이었으니까.

그러나 조금 있으면 나는 밤하늘 아래서 외롭지 않았단다.

개울을 끼고 남쪽으로 가는 길은 언제나 하얗게 아득했고 한창 그 길 따라 아버지의 차가 드나들고 있어. 한창 때면 동백꽃이 피어나는 산언저리가 참으로 아름다운 고적의 동산이었단다.

오늘은 어머니가 나를 위해서 원유회를 열어주셨지. 그런데 향련, 나는 그 화려한 파티 장소에서 문득 캐서린 맨스필드의 「가든 파티Garden Party」중에 나오는 로라라는 소녀가 생각났어. 그리고 어느새 로라가 보고 싶었어. 언덕 아래 오막살이집 관 앞에서 "인생이란Life is……" "인생이란……"이라고 로라는 맨 끝에 되풀이했지. 내가 곧장 나의 방으로 들어와 앉았을 때 어머니는 뒤따라 들어오시며 어디가 괴로우냐고 부드럽게 물으셨어. 나는 아무 일도 아니 하고 미소하였지. 그리고 어머니의 무엇엔가 은연중 감사했어.

11월 9일

향련! 아 — 괴로워.

나는 거의 한 달 동안이나 이 책을 열어보지 않았어. 너에게 보내는 나의 글발 속에 이런 말이 쓰여지지 않으면 안 되겠다니! 상상도 못 할 조그만 생물들이 나의 세포 속 조각조각 깊숙이 파고들어 1초 1초 이 우주의 조그마한 점인 나의 몸을 갉아먹고 있다는 사실!

저 그윽한 숲은 누구에게도 가슴 벌려 포근히 품어주는 여신과도 같건만 내 몸에서 풍겨 나오는 몇 억의 벌레들은 공중에서 헤매고 있어. 누구를 노리나 — 비참한 죄악의 존재여!

우리의 골수가 닦이고 닦이고 보이지 않는 다이아몬드가 될 때까지 그리고 화신(火神)의 명료한 불길에 타서 영혼의 정렬이 방랑하는 한이 있더라도 언제나 변함없는 푸른 숲과 무한한 창공의 별을 따라 언제까지나 우리가 가고 싶은 곳까지 여행하자고 했었지.

정말 슬프구나. 소름이 쪽쪽 끼친다. 나의 생을 빛내줄 이 지상의 모든 물건은 이제 나와는 멀리멀리 떨어져 가버렸어! 내가 동경하던 그 무대에 등장할 수는 없게 되었어.

아프로디테! 이처럼도 완전하게 주어진 무서운 숙명에 대하여 조용히 이끌려가는 것이 당신께 충실한 것입니까?

11월 10일

향련! 드디어 모든 것은 결정되었어. 어제저녁 서재에서 나오시던 어머니와 아버지의 비통한 얼굴 속에서 나는 즉각적으로 오늘의 이 결정을 예기했던 거야. 올 것은 다 오고야 말았어.

나는 여기서 3마일 떨어진 곳에 아담한 정원과 집을 가졌단다. 흰빛 난간이 쳐져 있고 지붕에는 빨간색 칠을 했어.

이제 나의 엄마와 아버지를 떠나서 그곳에 가지 않으면 안 된다. 나에게만 주어진 그 세계로!……

너와 같이 거닐던 은행나무 잎새 지는 산책로도 우리의 메마른 심혼을 적셔주던 도서실도 이제는 한편의 추억으로 소중히 간직할 때가 왔구나.

될 수 있는 대로 침착하려고 노력하지만 왜 이렇게도 허전하여 견딜 수가 없을까? 무엇엔가 몹시 의지하고 싶다. 그 의존할 수 있는 무엇을 구할 수만 있다면…… 아버지는 매일 나에게 한 명의 목사와 의사를 보내주실 거야.

창밖에는 회색빛 앙상한 나뭇가지가 티 없는 하늘을 들으려 하고 있어. 무엇에 맺힌 설움이길래 저다지도 투명한 하늘을 저주하는 것일까.

338

헤아릴 수 없는 잎새들의 초록빛 꿈이 그 가지 속에서 강파르게 뻗대고 있는지도 알 수 없다.

11월 11일

고민이 최고 절정에 달했을 때, 인간에게는 새로운 창조가 온다.

머리가 부서질 것 같은 절망과 사색의 덩어리가 나를 이처럼 무(無)의 정서 속에 인도했다.

어젯밤 나는 의자에 기대고서 까딱도 하지 않고 무엇이나 머리에 잡히는 대로 붙잡고 늘어져봤어. 헤아릴 수 없는 무엇들이 얽히고 얽히고 그만 공(空)의 색채가 되었고 그것을 보이지 않는 망치가 잔악하게 두드리고 있었어.

나는 눈을 감고 이제까지 생각했던 것을 하나씩 하나씩 떼어버리기 시작했다. 그리하여 나의 신은 가르쳐주셨다.

나는 신께 진실로 감사한다.

향련!

오랜 구렁텅이에서 나는 해방되었어. 육체적으로 다시는 소생할 수 없는 불치의 환자, 비참한 죄악의 존재라고 내가 이름 지었던 그것에도 신은 다른 어떤 것과 똑같이, 아니 그보다도 더 다정한 구원의 손길을 보내셨다.

불치의 환자에게는 모든 세속적인 것으로부터 쉽사리 이탈할 수 있는 마음의 조화를 부여하셨다.

모든 것을 단념할 때 위대한 빛과 힘이 나오는 것이라고 나는 왜 그것을 일찍이 알지 못했을까? 아니 지금은 그것을 또 반문할 필요도 여유도 없어.

그러나 향련! 너는 지금 어떨까? 아 — 이것은 아무리 해도 생각조차 슬픈 끝없는 괴로움일 것만 같애! 너를 볼 수 없다는 것, 너를 보아서는 안 된다는 것!

그럼 향련! 잘 있어.

저 붉은 노을을 너도 볼 수 있겠지.

엄숙한 산그림자가 애처롭게도 차츰 이 세상에 넓혀지는구나. 영원한 너의 이름이여.

— 외로운 승리자 알렌은 씀

알렌은 항상 자기의 본질을 추구하고자 불같은 투쟁을 하면서 외로운 고민에 빠졌다고, 그것이 얼마나 슬프도록 아름다운 모색이었더냐고 향련은 생각했다.

그는 언제나 어릴 때 놀던 시냇가를 그리워했으며 황금색 벼 이삭이 넓은 평원 위에서 파도 이루는 달밤에는 미칠 듯한 황홀경에 빠지는 것이었다.

또한 알렌은 자기를 둘러싼 환경에 대하여 문학과 철학에 또 자연과학이나 항상 흥미를 느끼던 사회과학에 대하여도, 그리고 그와 가장 가까운 학교생활 등 모든 현실적인 것은 자기의 이상과 궁극의 생의 목적을 위한 조그마한 주춧돌에 불과한 것이라고 했다.

그렇기 때문에 견실한 주춧돌을 쌓기 위하여 공부와 매일매일의

생활에 그의 최선의 성실과 자신으로서 대하지 않으면 안 된다고
말했다.

그리하여 부모의 골수로부터 물려받은 유전의 혜택과 더불어 명
민한 알렌은 수재라는 이름을 들었던 것이다.

그러나 이처럼 순수한 소녀에게 너무도 벅차게 밀려오는 자기
존재의 가치의식과 끝없는 회의와 압박감은 드디어 알렌을 실망
시키고 말았다. 이것은 어떤 사람에게도 그 성장 과정에 자연적으
로 돌아오는 정신 현상이었지만 알렌은 그것을 무난히 통과할 수
없었다.

하나의 인간에게는 두 개의 세계(영혼과 현실)가 건전하게 병행
될 수 없다는 결론이 얼마나 그를 슬프게 했던가?

지난날 알렌은 즐거운 아이였다.

흥미로 가득히 미만된 수업 시간 도서실 속에서 머리를 싸매며
두꺼운 참고서를 정복했을 때면 어떤 알지 못할 커다란 프라이드
가 흥겹도록 사무쳤으며 앞으로 닥쳐올 대학 생활에 대하여 찬사
를 들으면 정말로 알렌답지 않은 활발한 환희가 가슴을 뛰게 했다.

이것이 흔히 소녀들에게 있을 수 있는 현실 생활에 대한 매력인
것이라고, 그리고 이러한 종류의 것은 단순한 것이지만 앞으로 수
천 가지의 다른 현실에 대한 보다 달콤한 매력이 아이들을, 특히 자
기를 차츰 지금의 어른들과 같은 것으로 만드는 참으로 이상한 조
물주의 마력인 것이라고 생각했다.

그러나 이러한 기쁨에 가까운 생각이 영원히 지속될 수 없었던

이유는 무엇일까? 다음 순간 알렌은 유쾌한 자극성은 있지만 경박한 현실의 매력에 대하여 불안과 권태를 느꼈다.

만일 이러한 일에 흥미를 느껴 유쾌한 순간이 끝까지 연속되어서 생활의 전체를 이루었다고 하면 언젠가 돌아올 최후의 심판의 날 이제까지 자기가 만들어놓은 길은 실꾸러미가 얼마나 초라하고 불행한 것이 될까? 하고 알렌은 몸서리쳤다.

우주를 말하고 철학을 말하고 영원과 사랑을 무궁무진히 일깨워 주는 무엇이 필요할 것만 같다. 그런 것을 생각하다 머리가 부서져도 좋았다.

그렇건만 아무런 결론 없이 시간이 지나가면 갈수록 정신적 부담은 알렌을 무겁게 눌렀으며 그의 일기는 언제나 이런 것 때문에 우울하게 쓰여졌던 것이다. 그러나 향련은 그의 필치에서 알렌이 행복한 가정을 중심으로 한 그 생활과 앞날에 그의 방향에 있어서 아주 모르는 사이에 어느 정도, 세속적으로 끌리고 있는 것이 이러한 정신 작용에 침투되어 알렌을 한층 더 괴롭히고 있다는 것을 발견했다.

그리하여 끊임없이 두 세계가 정비례로 성장하고 알렌은 투쟁하지 않으면 안 되었다.

"애, 난 당최 요즈음 머리가 산란해서 어떡할 수가 없을 지경이야. 입학시험 공부도 해야겠는데 정작 내 머리를 점령하고 있는 것은 딴생각이니. 좀더 근본적 것을 배우도록 교육 제도가 되어 있었으면…… 왜 하필 이런 때 시험공부를 해야 할까? 확실히 우리에게 주어진 시간이 모자라고 또 순서가 바뀌었어"라고 하던 알렌의 말을 향련은 기억할 수가 있다.

그러나 이보다도 가장 크고 절실한 비극이 하나 왔다. 그리하여 이 비극은 나중에 이제까지 결정할 수 없던 두 개의 갈림길에서 괴로워하던 알렌을 자연적으로 한 세계로부터 이탈시켜버린 셈이 되었다. 즉 그 비극이란 향련과도 가까이 앉을 수 없는 말하기도 끔찍한 불치의 병인 것이다.

이 선고를 받던 날 알렌은 어떠했을까? 말할 것도 없이 그는 절망적이었다. 자기의 결코 이 세상에서 명랑하고 만족을 느끼던 인간은 아니었지만 누구보다도 명확하게 살아보려고 끝없이 사색했다는 것은 하나의 값비싼 일이 아닐 수 없다. 그러나 이제는 어쨌든 인간으로서 불구인 치명적 타격을 받았으므로 그 이상의 바랄 것은 없다.

생존경쟁에서 이미 한 계단 뒤떨어지고 미련 없는 죽음을 갖도록 생각할 수 있는 능력을 가진 인간이 못 된다.

알렌은 기막히게 몸부림쳤다. 그러나!

여기 우리가 기억하지 않으면 안 될 일이 있다.

또 알렌의 유일한 친구로서 진실로 경건한 미소를 짓지 않으면 안 될 일이 있다.

우리가 11월 11일의 알렌의 편지를 본 것처럼 신은 누구에게나 공평하셨다. 아니 그가 말한 것처럼 알렌은 보다 더 다정한 신의 공평을 분배받았다.

알렌은 끊임없는 회의와 고민 속에서 허덕였지만 이제 하나의 거추장스러운 세계를 버릴 수 있으므로서 우리는 도저히 느낄 수 없는 평화로 들어갔다.

그의 정신에는 이미 현실에 매력을 느끼지 않는 행운이 왔다. 세상에서 불치의 육체를 가진 알렌은 이제 그의 전원 속에서 무한한 세계를 맛볼 수 있는 것이다.

그에게는 병에 대한 공포도 더구나 죽음도 없는 것 같았다.

*

달빛이 휘영청 소나무 가지 사이사이에 스며 검은 그림자를 지었다.

힘차게 내려온 산의 두각과 험준한 바위가 무시무시하도록 건장한 이 계곡을 묵묵히 지키고 있는 것처럼 보였다.

밤의 물결이 찰랑거리는 모래밭 위에 움직일 줄 모르는 두 개의 그림자가 차가운 달빛에 비쳐 보라빛으로 되었고 이처럼 무거운 계곡의 침묵을 비웃기나 하는 듯이 가끔 산들거리는 바람이 이 두 그림자를 붙였다 떼었다 희롱하곤 하였다.

"자연도 모두 입을 다물어버렸구나, 꼭 너처럼."

향련이 조용히 말했다.

"자연이 침묵을 지킬 때가 있을까? 향련, 그렇게 생각하지 말아줘. 그것은 언제나 우리에게 생명과 노래를 불어넣어준다고 믿

344

어왔지 않아?"

알렌은 침착하게 말하려 했지만 그의 음성은 차갑게 떨렸다.

"우리에게 운명의 신은 오고야 말았어. 지상의 어떤 사람에게
도 그러하듯이…… 아 향련, 나에게 이 이상 더 괴롭을 주지 않기
를…… 나는 솔직히 말한다. 네가 내 옆에 있는 것이 몹시 저주되고
있어."

이렇게 말하면서 알렌은 무서운 전율을 느꼈다.

무엇 때문에 이런 말만 하지 않으면 안 되느냐고, 그처럼 떨어질
수 없는 향련이건만! 육체의 부자유는 나를 이처럼 죄악과 위선의
구렁텅이로 끌어넣는 것이냐고 무섭게 반문하면서 알렌은 한순간
도 자기를 제재할 능력을 잃었다.

그러나 다음 순간 알렌은 향련에게 미련을 주어서는 안 된다고
자기의 병든 몸 때문에 향련의 마음을 괴롭혀서는 안 되며 더구나
병균이 전염한다는 생각이 번개같이 머리를 스쳤다.

잠시 후 슬픔의 계곡에는 산새 울음 하나 들리지 않고 조금 떨어
진 곳에서 냇물의 흐르는 소리가 무심한 달님의 침묵을 조심스럽
게 깨뜨릴 뿐이었다.

그리고 하얀 모래밭 위에는 구별할 수 없는 두 쌍의 발자국이 어
디까지나 길게 박혀 있었다. 이 계곡 어느 곳에선가 갈라지리라는
듯이……

어느새 밤하늘에는 별이 총총하였다. 향련의 침실에서는 새하얀 종이 위를 빠른 속도로 달리는 펜촉의 경음만이 공기를 가볍게 흔들었다.

향련이 알렌으로부터 이 편지를 반은 것은 지금부터 사흘 전의 일이다.

그는 알렌의 거의 1년 간에 걸친 생활 기록에 깊이 공명했고 알렌을 구원한 신께 대하여 자기도 모르는 사이에 기도드렸다.

그리고 지금쯤은 알렌의 눈동자는 그 조그만 창가에서 저 총총한 별들의 속삭임을 구경하리라고, 또 향련과만 통하는 무선의 통신을 하고 있는지도 모른다고 문득 생각했다.

그러나 "너를 보아서는 안 된다는 것이 끊을 수 없는 슬픔"이라고 전날 계곡에서 말해버린 것과는 정반대인 이제야말로 솔직한 고백을 한 맨 끝 구절을 보았을 때 경건했던 향련의 마음은 흔들렸다.

신성하리만큼 아름다워진 알렌이 자기 때문에 마음의 그늘을 갖게 된다는 것은 향련으로서는 도저히 그대로 볼 수가 없는 일이었다.

알렌의 끔찍스러운 불치의 피부병, 그것의 얄미운 전염성 때문에 그는 갖은 위선과 변명으로 향련의 마음을 자기로부터 무관심하도록 하려고 기를 썼지만 종말에는 참을 수 없는 북받침에 솔직해져버렸다.

향련은 그때 알렌의 지나치게 예민한 우정을 원망했었지만 그의 말을 거역함으로써 그러한 성격의 알렌을 참담하게 하지는 않았다.

그러나 지금 향련과는 이미 생의 방향을 달리한 외로운 승리자 알렌이 향련의 추억을 잊지 못하고 또 자기와 같은 경지에 들어올 수 없는 것을 슬픔으로 간직한 이때 향련은 드디어 모든 것을 결정했다. 이제 알렌과는 다시는 만나지 못하지만 향련은 그와 같이 영원히 살려 한다. 전날의 건강하고 아름답던 '알렌과 향련' 그대로 간직하며……

*

아름다운 알렌!

그날 나는 계곡에서 한마디의 말도 없이 조용히 물러났어.

그리고 며칠 전 너의 마지막 편지를 받았을 때 커다란 죄악의 통 속에 들어박혀 있는 것만 같아서 견딜 수가 없었어. 너는 끝끝내 나를 위하여 모든 것을 솔직히 말하지 않았지만 알렌의 그 숨찬 무언의 부르짖음을 나는 영혼을 통하여 들었다.

운명 앞에 우리의 약속이 얼마나 미소한 것인 줄을 깨닫고 한없이 저주도 해봤지만 알렌! 역시 불가항력에 반항한다는 것은 어리석은 일이 아니었을까?

주어진 공간 속에서 주어진 시간에 가장 아름답고 안전한 길을 발견하기 위해서는 운명에 항거치 말아야겠어.

우리에게 주어진 이 슬픈 운명 속에서 우리는 영원해야 하고 아름다워야 하고 슬픔의 눈물을 흘리는 것이 참다운 것이겠지.

신은 나에게 알렌과 꼭 같은 종류의 기회를 주지는 않았지만 둘이 한 문에 들어가도록 마련하였다.

이제 우리는 번민과 애착에서 완전히 벗어나서 자유로운 세계를 추구할 수 있다는 것이 얼마나 기쁜 일인지.

나는 알렌으로부터 지금 "향련, 너는 지금 어떨까? 아— 이것은 아무리 해도 생각조차 슬픈 끝없는 괴로움일 것만 같애"라고 쓴 편지는 다시는 받지 않게 되었다고 굳게 믿어.

우리의 말은 광대무변한 음파를 타고 끊임없이 교환될 거야. 물어보고 싶은 것들의 그 해답이 우주에 가득 차 있을 거야.

알렌! 나는 지금 몹시 침착한 희열의 한 줄기를 느끼고 있어.

이 편지가 너의 손에 쥐어졌을 때 나는 ××로 가는 멀고 먼 레일 위를 달리고 있을 테지. 여명의 종소리 같은 네 모습을 그리며.

알렌! 아름다움은 슬픈 것, 슬픔은 참다운 것이었어.

그러면 안녕히.

— 1955년 11월 23일 영원한 향련은

*

　삼라만상이 정적을 축복하는 듯 자연도 모두 입을 다물어버린 슬픔의 계곡에는 까만 옷과 가슴에는 십자가를 건 향련의 모습이 매일처럼 나타났다.

　아마도 이 계곡에 울려오는 낙조의 여상(旅想) 속에서 향련의 가슴에는 찬연한 동그라미가 그려지리라.

　그리고—

　영원한 알렌과 향련의 발자국이 지워지지 않도록 또 광대무변한 음파를 타고 전하여오는 두 소녀의 슬프도록 아름다운 이야기가 무르익도록 자연은 묵묵히 지켜주었다.

[『구조(九鳥)』, 1956]

승화의 시

1. 카인의 항변

태초에 말씀이 있어 가로되, "나. 너를 세계의 한가운데 놓았다. 이로써 쉽게 그의 신변을 돌아보며 그중에 있는 모든 것을 보도록 하기 위해서다. 나, 너를 천상에 속하게도, 지상에 속하게도 하지 않고 또 사(死)와 불사(不死)의 것도 아닌 것으로 창조하였다. 너 자신 임의로 그것을 만들며 극기하는 자 되도록 하고자 하였다. 너 타락하여 지상의 금수가 되는 것도, 신과 같은 갱생함도 너의 마음에 있다. 오로지 너만이 발전을 가지고 자유로운 의지로 생장한다. 너는 너 안에 모든 생활의 종자를 가진다.

아버지, 당신은 어찌하여 저를 탄생시켰습니까. 그리하여 하나의 공간을 점하는 것 이상의 의미를 부여하여 이 같은 서러움과 괴로움을 지니게 하는 것입니까. 아버지 당신은 어찌하여 저에게 지혜를 허락하셨습니까. 그리하여 간사한 배암의 궤변 앞에 벌거벗은 수치를 감내해야 합니까. 아버지 당신은 어찌하여 저에게 마음을 주셨습니까. 그리하여 위대한 야망과 함께 연민의 정을 베푸셨습니까.

……저 모습과 이 기상.

태양이 지는 황혼에 부엉이가 하늘 낮게 선회하고 황량한 벌판에서 사고하는 공수표로 장갑한 바람에 날리우는 갈매기가 공포와 불안과 오뇌와 공허와 불신과 시기와 질투와 욕망과 실망과 포효와 통곡과 몸부림하는 것, 아버지 이것은 무엇입니까.

아아, 당신은 무엇을 위한 것이었습니까.

2. 벽

사면은 모두 회칠한 벽, 통로가 없다. 어디 바람 들어올 구멍도, 빛이 비칠 창도, 피곤한 몸을 쉬일 방석도 없다.

내가 잠을 깨어 K방을 둘러보았을 때야 비로소 내 위치를 깨닫고 이것이 모두 아버지의 솜씨라고 어렴풋이 직감하였다. 그보다 먼저 나는 목이 심히 말랐고 숨은 쉴 수 없도록 갑갑하였다. 나는 벽을 두드려보았다. 아무 울림도 반응도 없었다. 드디어는 세세히 벽을 조사하고 탈출구를 찾았으나 실망하고는 손가락으로 구멍을 뚫고 발로 차보기도 하고 몽둥이로 받기까지 했다. 나는 내가 지닌 모든 무기로 노력해보았으나 허사였다. 나는 펄썩 주저앉아 새삼스러이 왜 아버지가 나를 여기에 감금했을까 생각해보았다. 도시 알 수 없는 일이었다. 나는 아버지가 나를 석방시켜줄는지, 그러면 언제 해줄는지도 몰랐다. 다만 내가 그 전에 무엇 잘못한 것이 있나 보다고 짐작할 뿐이다.

무엇보다 목이 말랐고 갑갑했다. 울적 풀이로 벽에다 물을 그려보았다. 입으로 바람 소리를 흉내 내보았다. 그러나 여전한 것은 여전했다.

나는 여기를 탈출해야 한다. 마음이 끓어오른다. 분노가 뛴다. 어느 갈망과 절망이 분출한다. "탈출하자, 탈출하자." 아, 이젠 목숨이 없어져도 좋다. 탈출하자. 목이 마르다. 숨이 막힌다. 내 운명이 여기 종신역(終身役)이라도 좋다. 끝까지 끝까지 반항하여 탈출할 길을 찾자. 나는 여기서 무의미한 대로 무의미하게 머무를 수가 없는 것이다.

퍼뜩, 나는 위를 쳐다보았다. 아, 하늘, 하늘이 저렇게 높이 펼쳐져 있지 않은가. 하늘로 날자. 그러나 아버지는 나에게 날개를 주지 않으셨다!

이미 내 손과 다리에는 피투성, 땀이 눈을 따갑게 했다. 만신창이가 된 것이다. 그러나 나는 내가 살기 위하여 탈출해야 한다.

나는 최후의 힘을 모아 마침내 역사적인 도약을 시행하였다. 아, 위로 내 몸은 솟구친다. 올라라, 올라라. 나는 어딘지도 모르

는 공간을 비행하고 있었다. 앗! 커다란 폭음과 함께 나는 정신을
잃었다.

3. 찬미의 장

모든 사랑이여, 아름다움이여, 희열이여,
샘물 솟듯 마알간, 힘찬 감동,
어쩌면 나비 되어 날고 싶은 작약(雀躍)이여,
노래를 부르라, 찬양하라,
이 거룩한 섭리의 은총을.
5월의 라일락이 향기를 품고
미풍은 잔디를 넘어 구름을 재우다.
태양은 어쩌면 저 푸른 하늘 한가운데서
찬란한 광영(光榮)이듯 황홀히 빛나고
대기는 수정처럼 투명했다.
여기 내 동경이 제 모습을 지녀와
거룩한 동산은 꽃들을 피운다.
저 풀잎들의 밀어에 벌 떼의 용무(踊舞)
향훈(香薰)이 미만하는 수풀 사이로
새들은, 이름 모를 새가 울음을 운다.
여기 빛나는 말씀이 열매를 이뤄

찬란한 금빛 과일에 보람이 섰다.

표범과 사자와 독사 무리와

젖 먹는 어린이와 염소 송아지.

모두가 원만과 화평과 승리의 노래.

아아 사랑이여 아름다움이여 희열이여

영원한 나의 본향(本鄕)이여!

4. 기원

어두움 같은 적막 속에서

어디선가 울려오는 당신의 음성.

얼마나 오오랜 기다림이었던가

안으로 안으로 스며드는 마음과

열화처럼 일어나는 분노의 정을

바위처럼 바위처럼

산화하는 설움……

진정 당신을 향한 자세였기에

밤이면 밤마다

얼마나 은밀한 대화를 그려왔던가

── 좀더 가까이 오라

좀더 가까이 오라──

한 발 물러서면

다가서는 당신의 손길……

울음과 웃음이 슬픔과 만족이

한 송이, 백 송이 꽃을 피워

드디어는

신이여

승화의 길을 여시옵소서.

[『대학신문』, 1957. 11. 18]

나다나엘이여, 나는 그대를 보았노라

나는 아노라 그대의 텅 빈 마음을. 그대의 마음속에 무엇이 그대를 괴롭히고 그대의 밑 빠진 감정들이 그대를 무엇으로 만드는가를. 그대의 눈은 피로하구나. 빈 하늘을 쳐다보는 그대의 무거운 눈길 속에 무엇을 기다리는가. 그 기다림에 지쳐 늘어진 생기는 무엇인가.

그대는 때때로 못 마시는 술을 들이키기도 한다. 징그러운, 그러나 실의한 여인들이 뭇사내를 이끄는 거리에 방황도 한다. 그럴 때마다 그대는 더 깊은 허위와 공허로 채워오는구나. 그대는 다시 권태와 환멸에 빠지는구나.

친구여, 그대는 한없는 심연에 스스로 잠기는구나. 그대의 유일한 정열로서 자유와 존재의 근거를 찾으러 생명의 가치와 구원의 실마리를 찾으러. 그러나 그대는 무엇을 찾았던가. 무엇을 보았던

가. 세계에 던져진 억제할 수 없는 구토와 니힐의 함몰밖에, 그대는 무엇을 느꼈던가.

이제 그대가 존재와 무, 생과 사의 기로에서 선택을 강박당하는 자신을 발견하였으리라. 그렇다, 사느냐 죽느냐 그것이 문제로다. 모든 것은 그에 비롯하고 그것은 엄숙한 생에의 출발이다. 그리하여 나는 그대가 주저하고 있음을 본다. 그대의 성실하고 줄기찬 의식이 모든 것의 근본 문제에 도달했음을 안다.

그대는 이 절박한 문제에서 도피하려고 애도 썼다. 그대가 그대의 정신적 동료를 찾으려 노력한 것도 안다. 인간의 슬픔과 호소를 노래하는 브람스도 들었다. 고독과 구원을 애원하는 릴케도 읽었다. 그대의 자유가 마티외의 그것과 비슷함을 알고 흐뭇했다. 원죄 의식에 빠진 그대가 죄악과 인간의 본성을 보여준 카라마조프의 세계를 부감했다. 루오의 그림이 얼마나 깊은가에 그대는 한숨지었다.

그러나 그대는 무엇을 얻었던가. 그대의 사소한 위안은 되었을지언정 "오! 이것이다"라고 외칠 수 있었던가. '자라투스트라'의 초인은 너무 높다. 파우스트는 옛날이다. 그들은 모두 속임수이다. 오직 오늘날 인간은 프랑켄슈타인의 위엄 앞에 나약하게 떨고 있을 뿐이다. 그러나 그대가 더 증오하는 것은 이 세상에 무책임하게 내던져진 그대 자체의 존재이다. 내 아노니 그대는 신 없는 욥이다. 탄생을 저주하고 생명의 투척을 타기한다. 그대는 떨어져 나가 진물 흐르는 육체를 깨진 기왓장으로 긁으며 한탄하는 욥이다. 신선과 악마의 야릇한 내기에 탄식하는구나. 그대의 괴로움과 절망을 오열로써 외치는구나.

나는 그대가 조용한 밤이면 조그만 방 안에서 몸부림치는 것을 본다. 그대는 울 수도 없다. 차라리 울 수 있다면 얼마나 행복한 것인가. 시간은 초조하고 누구든 붙들고 몸과 몸을, 마음과 마음을 맞부딪칠 수 있기를 열망한다. 허나 모든 것은 실망되고 다시 그대는 무위한 시간을 보내야 한다. 그대는 죽음의 내를 기웃거린다.

그대는 나에게 아무런 말도 없다. 아니 할 수 없으리라. 그대는 다른 사람과 같이 있을 때는 오히려 부드러운 웃음을 지을 수도 있고 즐거운 대화를 할 수도 있다. 그러나 그대는 그 고역을 참는 데 얼마나 애써야 했던가. 그대의 고독의 심연을 메꿀 수 있는 것은 아무것도 없다. 그대의 용기 있는 시도도 더 비참한 결과를 가져오지 않던가. 그대는 인간의 행렬에 뒤떨어진 낙오자임을 느낀다. 가지런한 활자 배열 가운데 거꾸로 박힌 오자임을 깨닫는다. 그대의 어처구니없는 노력은 그 거리를 삭막해하는구나.

이에 이르러 그대는 다시 부딪치는구나. 삶과 죽음, 존재와 무— 어느 것이냐, 그대는 전율한다. 그대는 불안하다. 그대는 절망적이다.

사랑하는 그대여, 내 그대에게 무엇을 말할 수 있으리. 모든 인간적인 것에서 그대에게 무엇을 보여줄 수 있으리.

허나 내 그대에게 지극히 사소하나 지극히 중요한 말을 하리라. 나다나엘이여 가보라. 그대 고요한 숲속에서 모든 부질없는 것들을 떠나 깊은 간절함으로써 기원하라. 별이 빛나고 침묵이 미만한 순간에 그대의 영혼과 그대의 생명을 위하여, 그리하면 영원한 시간과 존재자는 그윽한 음성으로 계시하리라.

나다나엘이여, 나는 그대를 보았노라.

나다나엘이여, 그대가 무화과나무 밑에 있음을 나는 보았노라. 그대의 초췌한 얼굴과 피로한 눈빛을 보았노라. 나는 그대가 무엇을 갈구하는가를 읽었노라.

나다나엘이여, 이 사람을 보라. 나의 모든 영광과 빛은 이 인간 세상에서 이루어지노라. 나의 피와 삶은 이 인간 세상에 버려지노라.

나는 그대의 찾음을 아노라. 그대는 깊이 깨달으라. 세계의 근본 기저가 무엇인가를, 인간의 윤리와 도덕의 밑바닥이 무엇인가를. 인간들은 나를 떠났다. 그리하여 내일이면 화덕에 던져질 백합화의 세계에서 존재의 기저를 찾았노라. 아니면 여름 구름과 같은 인간 스스로의 가냘픈 본성에서 구원을 찾았노라. 그러나 그것들이 무어란 말인가, 무어란 말인가.

이미 그대는 이 모든 것들에 피로하였으리라. 잡으면 없어지고 또 그럴듯하게 보이는 그들의 실체가 무엇임을 그대는 너무 잘 알리라.

그렇다, 인간은 자꾸 되어가는 것이로다. 어제는 단절되고 미래를 향한 선택만이 남았을 뿐이로다. 인간은 되어가는 것이로다. 시간이란 되어가는 인간 자체이며 인간의 변성을 떠난 무엇은 아니로다. 그대 속에서 나와 그대 자신에게 갈구하는 시간의 선택 속에 그대는 존재하노라.

그리하여 그대는 끊임없는 문제에 부닥치고 여기서 절망도 하고 환희도 하느니라. 인간은 두 개의 상극의 종합이노라. 무한과 유한, 영원과 현실, 존재와 무, 선과 악, 긍정과 부정 그리하여 절망과 희열, 이것들은 시시각각으로 그대를 위협하고 그대를 괴롭히노라. 그대의 연약한 힘으로 어찌 감당할 수 있으랴. 그리하여 그대들은 편협히 어느 하나를 사랑하고 그에 빠져버리노라. 인간에게 슬픔이 오고 괴롬이 오고 고독한 것은 원인이 있노라.

인간이 어디서 왔으며 무엇이며 어디로 갈 것인가. 이를 성실히 알고자 노력하는 자는 궁극으로 나의 존재에 부닥치리라. 그렇다, 결론으로 나를 택하느냐 나를 버리느냐 이것이다. 이것이 곧 죽음과 삶의 문제로 어리석은 인간들이여 그대들은 무엇을 택하겠느냐? 나냐 허무냐, 존재냐 무냐, 그대 나다나엘이여, 그대는 무엇이냐.

나다나엘이여, 그대가 무화과나무 밑에 있음을 나는 보았노라. 나다나엘이여, 이 사람을 보라. 인간의 모습으로 그대 앞에 선 나를 보라. 그대에게 삶과 죽음의 선택을 던져주는 나를 보라. 그대의 목마름과 고뇌를, 그대의 증오와 사랑을, 그대의 나약함과 꾸준한 성실을, 그대의 정(正), 반(反)의 투쟁을 내 아노라. 나는 그대를 위하여 왔노라. 그대의 찾음을 위하여 왔노라. 그럼에도 불구하고 나는 그대에게 그대 자신의 선택을 요구하노라. 그대의 충심의 선택에 의하여 스스로의 길을 걷기를 바라노라. 이것이 엄숙한 진리의 길이로라. 이로써 혼돈한 세계에 찬연한 조화가 설명되며 부정의 바위 밑에 긍정의 따스한 대지가 숨 쉬노라.

하나 나는 애틋한 마음으로 그대를 부르노라. 그대들은 모두 잃어버린 양(羊)이노라. 내 피와 못 자국이 내 양들을 부르는 표적이노라. 그대는 듣는가, 그대는 보는가.

그대 나다나엘이여. 무화과나무 밑에 있는 그대에겐 무엇보다 결단이 필요하노라. 그대가 결단할 때에만 그대 실존의 참다운 시간이 있고 그대의 생명이 살아 있노라. 그대의 참된 실존의 순간은 백지 위에 그려진 검은 점선과 같은 것. 그대의 일상의 시간은 나락 가운데 있고 또 나락 속에 빠져들어갈 위협을 받노라.

그대가 안에서 충만하는 생명감을 지각할 그때, 그대는 지극히 사소한 물체와 그 움직임의 진의를 깨달을 수 있으리라. 그 사소함으로 그대 존재의 희열을 느끼며 환한 아름다운 세계를 즐거이 바라볼 수 있으리라. 또한 모든 것의 진지한 가치의 척도가 서고 도는 것에 매여 있는 요구에 흔연히 응답할 수 있으리라. 그 응답 속에 그대는 생명에 대한 감사와 외경을 느끼리라.

별이 져가누나. 그대의 나날의 침묵 속에 밤을 보내고 날을 맞으며 그대는 나의 말을 충실히 간직하라. 그리하여 순간순간의 부단한 결단을 감행하라. 그대의 무궁한 자유 속에 삶의 길을 찾으라. 이것이 그대가 살 수 있는 유일한 길이노라.

나다나엘이여, 나는 내 눈동자처럼 언제나 그대를 보노라. 무화과나무 밑에 있음을, 나의 나다나엘이여, 그대는 이 사람을 보라.

[『대학신문』, 1959. 10. 10]

현대에 있어서의 자유의 변질

—그 시론

1. 자유의 변증법

헤겔이 "세계 역사는 [……] 정신적으로 '자유'를 의식하며 그 '자유'를 필연적으로 실현한 발전의 모습을 보여준다"[1]라고 말하였을 때 그는 자유를 역사의 발전과 동일시하여 절대 이념으로 파악하였다. 이 의견에 전적인 지지를 할 수는 없으나 제도 이념의 투쟁이 이 자유를 위요하고 일어났음을 부정할 수는 없으리라.

인간에겐 본질적으로 행복 추구와 자기 실현의 욕구가 있다. 그러나 이들은 현실적으로 충분히 성취될 수 없다. 왜냐하면 첫째로, 인간은 존재 구조상 인간으로서의 한계 상황에 함몰되어 있어 내

---

1 G. W. F. Hegel, *The Philosophy of History*, trans. J. Sibree, p. 63.

재적인 제약을 받기 때문이며[2] 둘째로, 외부적 간섭 또는 강제로서 욕망추구의 방해를 받기 때문이다.[3] 그러나 전자의 경우에는 자유에 대한 사회 의식이 될 수 없으며 오직 후자의 경우에만 자유 문제는 도발된다. 인간은 언제나 행복과 만족을 추구하며 그것을 방해하는 외부의 간섭과 강제를 배제하여 그의 목적을 성취하도록 노력한다. 정치적 압제에 대하여, 경제적 구속에 대하여, 사상의 탄압에 대하여, 인간은 끊임없이 시대적 과제로서 자유를 추구해 왔다.

자유가 "본질적으로 제재의 결핍이며 그것이 발전할 수 있는 힘 즉 외부로부터 아무런 금지를 받지 않고 그 자신의 생활을 향유하는 개인의 선택을 말한다"[4]라고 정의할 때 자유의 개념은 어느 시대 어느 장소를 막론하고 타당할지 모른다. 그러나 자유가 개인적 욕구, 시대적 요구로서 인간의 불가결한 당위로 나타날 때 자유의 대상은 다르다. 개인의 행복관과 그 수단이 각각 다르며 시대의 일반적 지향점과 현실과의 차질이 각각 다르다. 자유스럽고자 하는 내용은 인간과 시대의 가치관에 의존하는 것이며 또한 인간과 시대는 다양하고 유동적이다. 따라서 자유의 정의는 일률적으로 내릴 수 있으나 그 내용은 변한다.

---

2   야스퍼스는 다음의 한계상황을 설정하여 인간의 존재론적 제한성을 밝힌다. 즉 ① 상황, ② 우연과 행운, ③ 고뇌, ④ 인간의 투쟁과 충돌, ⑤ 죄, ⑥ 죽음. 존 와일드, 『실존주의철학』, 안병욱 옮김, 탐구당, 1957, pp. 104~106.

3   이사야 벌린, 「자유에 관한 두 가지 개념」, 민병태 옮김, 『세계』 9월호, p. 21.

4   H. J. Laski, *Liberty in the Modern State*, p. 48.

제도는 고정적이고 정태적이며 유동적·동태적인 인간과 사회의 변화에 순응하지 못하는 것이 보통이다. 그리하여 이들 양자는 모순을 일으켜 충돌하고 여기서 새로운 제도를 요구한다. 그러나 구제도는 그들의 가치관을 지속시키려 하며 새 요구를 억압한다. 그러나 새로운 요구가 강력해지면 자유를 무기로서 사용하여 그들의 목표를 달성하고 자유를 획득한다. 이러한 혁명은 언제나 반복된다. 그때마다 새로운 자유는 요구되고 그 내용은 변질된다. 그리하여 역사는 변증법적으로 발전해왔다.[5] 로마 시대에는 귀족에 대한 시민의 자유가, 중세에는 이교에 대한 기독교의 자유가, 근대에는 절대군주에 대한 제3계급의 자유가 그 내용이 되었다.

그렇다면 현대의 자유는 어떠한가. 근대의 자연법 사상을 논거로 발전한 전통적 자유는 도처에서 딜레마에 빠져 있다. 인간 자신에 의해서, 또는 사회적, 정치적, 국제적 문제에 의해서 자유를 불신하여 그를 포기하거나 자유로부터 도피하는 이색적인 현상이 나타났다. 한편 자유에 대한 강대한 반대 세력은 이미 나타났다 사라졌거나, 오늘날의 자유민주주의와 그 지지자를 심각히 위협하고 있다. 여기에 현대 자유주의의 고민이 있고 비극적인 노력이 있다. 인간의 존엄성을 믿고, 자유스러움을 숙지하는 지성인에게는 자유의 새로운 활로를 발견하는 것이 그들의 시대적 과제이다. 이를

---

5 헤겔은 역사상 자유의 변증법적 발전을 다음과 말한다. "동양인은 일인(一人)이 자유임을 알았고 또 현재도 그렇다. 희랍 로마인의 세계에서는 소수가, 자유임을 게르만인의 세계에서는 모든 인간이 자유임을 알고 있다"(같은 책, p. 105).

위해서 전통적인 자유관을 재음미하고 베커C. Becker의 "생활의 민주주의 방법을 존속시키려면 자유의 개념에 더욱더 적극적인 내용을 부여하여야 한다"[6]라는 심각한 말에 동의하지 않을 수 없다.

2. 근대적 자유의 개념

근대적 자유주의가 발아한 르네상스는 중세의 기독교 시대에 대하여 단적으로 교회 권력의 쇠약과 과학 권위의 확대이다.[7] 중세인이 교회의 강력한 권위에 의하여 모든 정신과 제도를 교회가 통제하며 자유스러운 이성의 능력과 사회적 활동은 교회의 구속을 받았다. 한편 사회 조직은 봉건제를 기반으로 한 엄격한 카스트제도 하에 정태적·일원적이었다. 그러나 근대에 이르러 인쇄술의 발명, 지리적 발견, 자연과학의 발전, 부패한 교회에 대한 혐오, 고전에의 복귀, 제3계급의 발흥으로, 역사상 대변혁을 맞이하였다.

구시대와 신시대의 충돌에서 당연히 자유주의가 신세계의 필요에 응하는 새로운 이데올로기로서 나타났다. 근대인은 자유주의를 영구적인 질서로 보고, 자연법에 의거하여 인간의 이성과 개인적 사회적 자유를 자연의 법칙으로서 그 당위성을 주장하였다. 그리

---

6 Carl Becker, *Modern Democracy*, p. 62.
7 B. Russell, *A History of Western Philosophy*, p. 491.

하여 중세의 신에 대치하여 자연이 최고 권위로서 군림하고 자연의 발견과 그 법칙성의 추출이 근대인의 임무였으며, 여기서 중세의 질곡을 벗어나는 자유주의를 창도하였다. 따라서 근대의 자유는 자연법-이성-자유의 도식으로써 설명할 수 있다.

i) 종교

16세기의 종교개혁은 신앙의 비합리적인 카스트로서가 아니라 순수한 이성의 추구에 의하여 도달할 수 있다는 새로운 종교관을 의미한다. 모든 외적 권위의 — 교회의 권위까지 제거하여 오직 신과 직통할 수 있는 이성과 양심으로서 구원을 받고, 성서의 주관적 해석으로 그 길을 얻을 수 있음을 확신하였다. 계시적 신앙을 거부하고 합리적 신앙을 주장한 것은 이성에의 신뢰이며 자연의 일부분으로서 그 법칙성을 인간에게 적용한 것이다.

그리하여 신관과 자연관은 동일하게 이해되고[8] 인격신을 부정하여 자연신을 신봉함으로써 이신론deism이 대두하였다. 또한 성서의 주관적 해석은 신교의 분열을 초래하고 그 다양성은 마침내, 보쉬에Bossuet가 말한 바 무신론에의 문을 열었다.

그러나 결과적으로 이루어진 개인의 해방은 본래 종교개혁이 의도하는 바가 아니었다. 오히려 이단자뿐 아니라 타종파까지 강압

---

8 일례로 스피노자가 신이라 부른 궁극적인 실재는 완전한 비인격적 존재로서 사유와 공간적 연장이라는 두 속성을 가진 존재였다. 존 배그널 버리, 『사상과 자유의 역사』, 양병우 옮김, 신양사, 1958, p. 74.

하였다. 그러나 역설적으로 종교개혁은 자유주의를 촉진하였다. 그 원인은 첫째 기독교 세계의 대분열은 다수의 신학적 권위를 내세움으로써 교회의 권위를 전반적으로 약화시켰으며 둘째 개신교 국가에서는 교회의 최고 권력을 군주가 소유하여 교황권을 능가하게 되었고 셋째 구교에 대한 신교의 지적 권위가 개인의 판단 권위 즉 종교적 자유의 원칙에 있었던 까닭이다.[9]

종교개혁에 의한 인간의 해방 즉 이성과 양심 해방은 필연적으로 제기본권을 부수하였으며 서서히 사회적 기본권으로 확장하였다.

ii) 과학

문예 부흥과 함께 일어난 과학의 발전은 자연법칙의 발견과 함께 과학 정신, 즉 방법론의 확립이었다. 그들은 중세의 2대 원칙인 동일성과 방법론을 배제하여[10] 실험과 계산으로서 과학 태도의 자세로 삼았다. 그리하여 이성의 판단으로서 아무런 오류가 없는 것만을 진리로 믿었다.

귀납법의 시조 베이컨은 유명한 '4대 우상'[11]을 파괴하여 외적·전통적 권위로부터 오는 편집(偏執)을 지양할 것을 교시하고 연역법

---

9 존 배그넬 버리, 같은 책, p. 77.
10 H. Laski, *The Rise of European Liberalism*, p. 73.
11 4대 우상이란 개인적 편집의 '동굴', 언어의 소제인 '시장', 기성사상의 '극장', 인간성의 선천적 오류인 '종족'의 우상이다.

을 확립한 데카르트는 '데카르트식 회의'로서 진리에 도달하는 이성의 능력을 강조하였다.

때로, 이성에 배반되는 오류도 신학에서는 진리라는 이중진리설을 애매하게 취하기도 하였으나[12] 일반적인 방법론의 전개는 외적·기존적·관습적 권위를 지양하여 순수한 이성의 활동을 확립하는 것이었다. 그리하여 근대 과학의 자연의 발견과 과학 태도의 성립은 자연법 사상과 합리주의의 원천이 되었으며 자유의 존재 이유가 된 것이다.

iii) 정치

중세의 국가와 사회관은 교회중심의 일원적 세계관에 의하여 이념적으로 단일 신정하의 보통 사회였으나 실제적으로는 많은 다두정치polyarchy로 분산된 준 또는 잠재적 민족국가였다.[13] 그러나 근대에 이르러 민족국가가 대두되고 군주의 절대권 장악이 성공하자 최고 권위는 군주로부터 나왔으며 행위의 규제는 신적이 아니라 세속적인 것이었다.[14]

마키아벨리는 군주의 절대권을 찬양하여 목적을 위해 수단을 가리지 말라는 세속적 정치관을 주장하며 윤리와 도덕으로부터 정치

---

12 베이컨은 이성의 진리와 계시의 진리라는 이중진리설을 모호하게 표현하였다. B. Russell, *Ibid*, p. 542. 그 원인은 대부분의 사상가가 아직 완화되지 않은 강압을 회피하기 위한 것이었다. 존 배그넬 버리, 같은 책, pp. 130~40 참조.

13 E. Barker, *Principles of Social & Political Theory*, p. 13.

14 H. Laski, *Ibid*, p. 47.

를 분리할 것을 요구하였다.[15] 보댕은 국가의 주권은 군주가 장악하여야 하며 주권은 "시민과 신민을 초월한, 법으로부터 자유스러운 최고권력"[16]이라고 정의하였다. 그의 노력은 교회와 제후로부터 군주의 해방과 절대권을 희구한 것이었다.

군주의 절대권과 더불어 한편 자연법의 영향을 받아 자연상태를 가상한 계약론이 발전하였다. 홉스는 그의 『리바이어던Leviathan』에서 "인간은 전쟁 상태에 있으며 이 전쟁은 만인 대 만인의 투쟁"[17]으로 자연 상태를 상정하여 이중의 자연법칙으로서 "권리의 상호 양도 즉 계약"[18]을 맺어 인간의 평화와 행복을 보장받고 만인의 투쟁을 종식시킨다고 말한다. 국가는 그 계약의 수임자로 군주는 국민을 복종시킬 수 있는 강력한 권력을 소유할 것을 요구하였다. 이와 반대로 로크는 자연 상태는 이성과 자유의 상태로서 "자연 법칙을 소유하며 만민은 이에 복종한다. 그리고 자연법의 이성은 그의 지도를 받는 만인에게 평등, 독립 및 생명, 건강, 자유, 재산의 침해 금지를 가르친다"[19]고 해석하여 이를 더욱 안전케 하기 위하여 제1차로 국가를, 제2차로 정부를 계약하며 자연상태에는 시민정부가

---

15 *The Prince*(Niccolo Machiavelli, trans. Luigi Ricci)에서 다음과 같이 정치에서 윤리를 부정하도록 말한다. "군주의 다른 악덕은 그 본분의 선성에 의하여 존경되며 다른 선덕도 그것이 없으면 효과를 낼 수 없다"(p. 99).

16 E. Barher, *Ibid*, p. 15에서 재인용.

17 Hobbes, *Leviathan*, Oxford, p. 96.

18 *Ibid*, p. 102.

19 Locke, *On Civil Government, The Political Philosophies,* ed. Commins & Linscott, pp. 58~59.

최적이며 주권은 입법권에 있어야 한다고 주장한다. 홉스가 전제국
가를 희망한 것과는 달리 그는 현대 민주주의에 가장 중요한 이론
을 제공하였다. 한편 자연법은 국제법에도 나타나 그로티우스는 식
민지 개척과 민족국가 형성으로 야기된 국제 문제를 자연법으로서
해결·조정하려 하였으며, 시민권은 중세의 봉건 제도보다 로마법
을 채용히여 점차 제도적으로 인정되었다.

이리하여 자유를 기저로 한 민주주의는 제도적으로나, 이념적으
로나 진리로서 실현되기 시작한다.

iv) 경제

근대의 경제는 한편 제3계급의 출현과 중상주의, 또 한편 '자본
주의 정신'으로 발전해왔다. 그러나 자연법을 도입하여 경제적 자
유주의를 주장한 것은 18세기 케네와 스미스에 이르러서였다.

중농학파 케네는 자연법을 절대권, 보편적 영구불변의 성격을 가
진 모든 시대에 타당한 법이라 보고 자연법에 의하여 인간이 기본
적으로 가진 기본권은 인간이 그의 향수에 적합한 모든 사물에 대
하여 갖는 권리를 의미한다고 하면서 정의는 "이성의 빛으로서 규
정되어 자기 및 타인에 소속되는 것을 명확히 구별하는 자연적 최
고 규칙"[20]이라 보충하였다. 인간의 생존권과 사유제를 인정함으로
써 경제적 자유주의를 창도하였다.

20 최문환,『경제학사』, 일신사, p. 91.

스미스는 『국부론』에서 국가의 간섭을 배제하고 인간의 자유로운 경제 활동을 보장하려면 자연적 질서는 형성되고 사회는 점차로 발전한다고 주장하면서 레세페르laissez-faire를 역설하여 "간섭 또는 통제는 없어져야 하며" "자연적인 자유의 명백하고 단순한 제도가 스스로에 의하여 확립될 때" "보이지 않는 않은 손에 이끌려 전혀 자기가 의도하지 않은 목적을 촉진시킨다"[21]고 한다. 그리하여 개인의 자발성이 경제적 선의 근거이며, 국가의 진정한 정당성은 국가가 이러한 자극을 원조하는 데 있다는[22] 국가권력의 축소를 요구하였다.

이로써 산업혁명과 중상주의로 축적된 부로서 이룩한 자본주의의 발전을 제도로서 합리화시켰다.

3. 근대의 붕괴

근대 자유주의의 기저가 된 자연법 사상은 첫째, 자연현상의 조화와 질서에는 법칙성이 있어 신비적인 자연이 아니라 합리적, 이성적 자연으로 추리와 실험으로서 파악할 수 있으며, 둘째, 자연의 법칙성은 인간 자신에게도 내재하여 그 법칙 담당자가 이성이라는

---

21 A. Smith, *Wealth of Nations*, Modern Giant, p. 423.
22 H. Laski, *Political Thought in England, Locke to Bentham*. H.U.L. p. 194.

것, 셋째, 따라서 이성의 행위는 자연의 질서로서 타의 간섭을 받지 않으며 누구나 이성의 삶에 따라 행동하며, 넷째, 자연법은 사회에도 적용할 수 있어 이성적인 인간의 활동은 사회를 질서와 발전으로 보장할 수 있다는 것이다. 이러한 합리주의의 표현은 경제적으로 자본주의, 정치적으로 민주주의의 토대가 된다. 그리하여 19세기까지 이들은 상향저으로 발전하였다. 그러나 20세기에 들어서자 서구 문명에 대한 비관론이 일어나기 시작하면서[23] 근대의 붕괴는 선고되고 현대의 파멸적인 현상이 심각해졌다. 현대의 퇴폐적인 특성의 원인은 여러 가지가 있을 것이나 고도의 과학기술과 합리주의, 자본주의와 대중의 출현 등에서 그 요소를 추출할 수 있다. 여기서 이들 원인을 고려하면서 상관적이나, 편의상 인간과 사회로 구별하여 근대 문명의 붕괴와 현대의 비극을 살펴보자.

i) 인간

"끊임없이 노력하는 자를 우리는 구원할 수 있다"라는 괴테의 파우스트적 인간은 1세기 후 엘리엇의 다음과 같은 인간의 묘사로 변한다.

---

23 1918년 슈펭글러O. Spengler의 『서구의 몰락』 발간부터 적극적으로 논의되었다. 드 뷰스J. G. de Beus는 『서양의 미래』(민석홍 옮김, 을유문화사, 1957)의 서문에서 다음과 같이 말한다. "'서구문명은 종말에 가까워지고 있는가'라는 문제가 종전엔 학문적인 사고의 대상이었지만 이제는 생사의 문제가 되었다. 1차대전에는 천재의 눈에만 보이고 단순한 이론적 흥미의 대상에 불과하였으나 이제는 추악하고 긴급한 문제가 되었다"(p. 10).

우리는 텅 빈 사람들,

우리는 박제한 사람들,

서로 기대인 머리통엔

짚으로 그득하다[24]

　현대는 니체가 선언한 것과 같이 '신이 죽은' 세대이다. 신앙은
상실되고 따라서 모든 가치 기준 —— 종교·윤리·도덕은 그 근거를
상실하고 이성에 대하여 반기를 들었다. 헤겔의 합리주의가 극성
할 때 키르케고르는 고독과 절망에 번뇌하였고 쇼펜하우어는 "오
직 의지만이 정신의 영구불변한 요소"[25]라고 이성을 공격하였다.
현대 인간상은 의식의 과잉 상태에 있는 '예외자'와 무의식 상태의
대중이다. 전자는 현실을 거부하며 후자는 현실에 동화한다. 이들
은 모두 권태와 무의미, 무력감과 절망을 체험하며 심적으로 불안
정하여 근대의 이성인과는 전혀 다른 감정 인간이다.[26] 결국 근대의

24　엘리엇의 「The Hollowed Man」 초연. 이 시는 다음과 같이 인류의 종말을 상징적
　　으로 표현한다.

　　　This is the way the world ends

　　　This is the way the world ends

　　　This is the way the world ends

　　　Not with a bang but a whimper.

25　Will Durant, *The Story of philosophy*, p. 313.

26　현대인의 이성의 폐위에 대해서는 Hans Kohn의 *The Twentieth Century*, chp:
　　Ⅳ 참조.

합리주의는 현대에 이르러 전혀 반대형의 인물을 생산하였다. 합리주의란 본래 세속적이고 개인주의적이며 자연주의적이어서[27] 인간 자신에 대한 신뢰와 인간으로서만의 가치추구는 끝장에 허무에 도달하고 환멸을 느끼며 역설적으로 인간의 존엄성은 격하된다.

한편 고도의 과학 발전과 사회의 분화는 근대의 '만능의 천재'를 불가능케 하고 자본주의와 기계의 발달은 인간을 하나의 기계 또는 왜인(矮人)으로 조형한다. 무감각과 기계화한 인간은 이미 주체성을 상실하고 비개성화되어 인간은 소멸하고 기계의 일부분만으로 남는다. 현대 문명을 직시한 한 소설가는 다음과 같이 비관적으로 인간을 해부한다. 즉 그는 전 인류를 위협하는 최대의 위험은 기술노예라 단정하고 그 특성을 자동성, 획일성, 몰개성이라 지적한다.

"인류는 인간의 법률과는 아무 연분 없는 기술의 법률에 따라 생활하고 이에 적응하여야 하며 [……] 이 완만한 괴변 작용은 인류에 변화를 일으켜 자기의 감정과 서로의 사회 관계를 포기하며 사회 관계를 어느 형 속에 들어맞는 정확하고 자동적인 마치 기계 부분품의 상호관계처럼 맺어버린다. 기술 노예의 리듬과 언어가 사회 관계에 있어서도, 정치와 회화, 문학과 댄스에 있어서도, 모방하여 즉 기술 노예의 앵무새가 되어버린다."[28]

27 H. Laski, *The Rise of European Liberalism*, p. 70.

ii) 사회

극도의 자본주의 발전으로 현대에는 경제가 핵심적인 문제로 확대되었으며 산업혁명 이후 과학기술의 발전, 시장의 개척, 신자원의 계발로 경제 발전의 신기원을 이루었다. 그러나 경제의 번영 이면에는 심각한 사회적 모순과 비극이 축적되고 있었다. 이것은 곧 현대 사회의 특징적 현상이며 이러한 소지에서 반자본주의, 반민주주의 사상이 배태된다.

현대의 특징은 첫째로, 제4계급 또는 대중의 출현이다. 근대 자유주의 혁명은 소수의 부유한 교육받은 중산 계급에 의한 것이었다.[29] 그러나 제3계급이 획득한 자유를 농민과 노동자 등 망각된 계급에게도 부여하지 않을 수 없었다. 자본주의의 발전과 함께 노동자의 위치가 점중해지는 한편 불란서혁명, 차티스트운동, 선거권 확대로써 제4계급이 등장하였다. 종내에는 대중이 사회의 실질적 권력을 장악하며 사회는 그들의 지배하에 놓였다. 그러나 대중은 신빙할 수 없으며 사회를 왜곡하거나 인간을 말살한다. 여기에 대중의 폭정이 야기되며, 근대에는 1인의 전제에 대항하던 인간이 현대에는 대중의 전제에 대항해야 한다는 역설이 있다.[30]

둘째, 형식적 자유보다 실질적인 평등을 강조한다. 디즈랠리

28 콘스탄틴 비르질 게오르규, 『25시』 상권, 김송 옮김, 성공문화사, p. 78.
29 Carl Becker, *Modern Democracy*, p. 40.
30 한스 콘, 『현대사』, 민석홍 옮김, 을유문화사, p. 97.

Disraeli가 말한 '1국 내의 2개 국민'은 사회를 불안하게 할 뿐 아니라 평등 없는 자유의 가능성 자체를 회의하지 않을 수 없게 한다. 오랜 동안 자유를 위한 투쟁과 이성의 강조로써 평등은 무시되어 왔다. 그러나 자유가 국가의 지정된 목적을 실행하는 데는 평등의 존재가 중하다.[31] 따라서 현대의 딜레마는 자유를 침해하지 않고 어떻게 평등을 달성할 수 있는가이다.[32]

셋째, 사회의 다원화이다. 이는 이익집단의 발생과 사회 조직의 분열을 의미하며 또한 사회의 생산 구조 즉 직업의 세분과 공작 과정의 세분을 포함한다. 이익집단의 세력은 오늘날 국가와 예리한 대립을 노정하며 이것은 곧 사회 기능의 다원화와 사회 가치의 분열을 의미한다. 다원주의는 국가도 하나의 이익사회로 다른 이익 사회와 위치를 같이할 것을 주장한다. 한편 극도의 분업은 인간으로 하여금 한 가지 기능만 숙련케 하고 따라서 다른 기능은 무지하며 사회 전반적인 이해가 불가능해진다.

넷째, 사회 조직의 메커니즘Mechanism이다. 다원적인 사회 구조는 거대한 기계와 같아서 각자는 자기의 기능만 다할 때 부속품으로써 그의 역할은 무의식 중에 이루어진다. 이것은 자발적인 창의성을 불요하며 개성은 기계적 구조내로 함몰된다. 또한 매스 커뮤

---

31 H. Laski, *Liberty in the Modern State*, p. 51.
32 액턴Acton 경이 "평등에 대한 정열은 자유의 희망을 공허하게 한다"라고 말한 데 대해 래스키Laski는 "자유와 평등은 보완하는 데 있어 그렇게 대립적이 아니다"라고 반론한다. *Ibid.*, p. 51.

니케이션mass communication의 발전으로 세계를 일시에 볼 수 있으나 판단의 능력은 상실되고 책임 없는 매스컴에 자기 의사를 맡긴다. 그리하여 인간은 인격자로서가 아니라 개성 없는 하나의 원자로서 사회의 무기물적 구성원으로 존재한다.

4. 근대적 자유의 위기

근대의 붕괴와 더불어 인간과 사회적 특수 현상들로 자유는 심각한 위기에 처해 있다. 이미 반자유 세력이 나타났고 현재에도 위협하고 있으며 그것은 비자유민주국가뿐 아니라 자유민주국가 자체 내에서도 편만하고 있다. 하나는 전체국가의 형태로서 또 하나는 자유로부터의 도피로서 양면의 공격을 받고 있다.

물론 자유의 내재적 제한성은 어떠한 과격한 자유주의자라도 시인하는 바이며[33] 비능률적인 의회의 간섭을 지양하여 행정권을 강화하는 것은 당연히 인정해야 한다. 이들은 자유의 위협이 아니며 진정한 자유의 확립책이다.

그러면 현대의 자유의 위기는 어디서 오는가? 이것을 자유민주

---

33 "개인의 행위가 어느 제정된 권리를 침범하는 데 대한 정도를 참작하지 않는다면 타인에게 유해하거나 인간의 복리에 대한 충분한 고려가 부족"하기 때문에(J. S. Mill, *On Liberty, The Political philosophers*, p. 215) "다같이 침범해서는 안 되는 개인적 자유의 어떠한 최소한의 범위가 존재하지 않으면 안 된다"(이사야 벌린, 같은 글, 『세계』 9월호, p. 22)

주의 국가의 외부적 위협과 내부적 위협으로 나누어보자.

i) 외부적 위기

자유를 불신함으로써 자유에 도전하는 반자유주의 세력은 현대적 신화인 전체주의의 출현이다. 인간성의 상실, 사회적 혼란, 문명의 이기를 교묘히 사용하여 자유를 경멸 또는 위선한다. 전체주의의 구조로써 자유를 박탈하는 그들의 방법은 첫째 선전이다. 즉 반복하는 선전효과로써 이성을 상실한 대중을 자재로 조종한다. 선전은 판단과 이성을 상실하여 군중심리로 행동하는 대중을 교사한다는 점, 아무런 자유로운 의사 발언과 이의를 불허한다는 점, 대중에 적극적인 자유 담당자로의 형성을 회피한다는 점 등으로 비난을 받아야 한다.

둘째 단일 정당제를 고집하고 야당을 불법화함으로써 전제를 가능케 하고 정권의 평화적 교체를 불가능하게 한다. 이것은 국민의 정치적 참여로서의 참정권을 거부하는 것이다.

셋째 의회를 무력화함로써 권력을 집정자에게 집중시키며 국민의 정치적 자유 의사를 묵살한다. 현대 민주주의의 수훈인 의회의 고사는 곧 민주주의 제도의 고사를 의미한다.

넷째 집권자의 책임을 주관적인 도덕 규준에 의거함으로써 카리스마적 정치 체제를 확보한다. 이것은 집권자의 절대 권위를 장악하여 무류성을 강제하여 여하한 반항과 외적 제재를 불능케 한다.

이러한 전체주의 국가형태로서 파쇼-나치즘과 공산주의가

있다.

파쇼-나치즘은 제1차 대전 후의 혼란한 사회를 틈타 '국가의 영광'을 위해서 독재권을 장악하였다. 소위 '적과 동지'의 정치사회에서는 지배와 복종만이 문제되며 민족의 정당한 권리로서 생존권을 가져야 할 것을 주장한다. 프롬이 지적한바[34] 사도-마조히즘적인 지배와 복종의 약육강식, 비합리적 본능과 행동을 강조하였다. 한편 슈미트는 서구자유민주주의가 결단을 회피하고 탁상공론으로 국가 민족과 인류의 '유태적 종말'을 초래하고, 의회주의는 귀족주의로 운영되고 있으며 제2헌법 체계는 부르주아의 기득권 옹호에 불과하다고 통박한다.[35]

자본주의의 부패를 지적하며 프롤레타리아의 영원한 이상향을 꿈꾸며 일어난 공산주의는 그의 철저한 마르크시즘적 경제 이론과 종교적 신념으로써 현대의 가장 강력한 반자유세력으로 위협하고 있다. 그들은 유물사관, 잉여가치설, 계급설로써 자본주의와 서구자유민주주의에 도전하여 "푸롤레타리아의 민주주의는 서구식 부르주아 민주주의보다 수백만 배나 더 민주적이다. 소련식 소비에트 민주주의의 근본적 본질적 우월성은 그것이 인류 역사상 처음으로 착취 계급의 모든 특권과 부당 이익을 철폐함으로서 전 인민으로 하여금 참으로 그네들의 이익을 위하여 직접 국가 기관을 움

---

34 E. Fromm, *The Fear of Freedom*, p. 122.
35 김상협, 「민주주의의 새로운 위기」, 『정치학』 창간호, 한국정치학회, 1959, p. 6.

직일 수 있도록 하는 데 있다"[36]라고 주장한다.

공산주의는 파쇼-나치즘과 달리 깊은 이론과 평등에 대한 희구, 종교적인 열정으로 출발하였기 때문에 자유민주주의에 현존하는 최대의 외부적 위험이어서 시급한 정예적인 반론과 실현이 요청되며, 공산주의 이론이 허구적임에도 후진국에 주는 심대한 영향으로부터의 방어에 노력해야 할 것이다.

ii) 내부적 위기

존 듀이가 "우리 민주주의의 심각한 위기는 외부적 전체주의 국가의 존재 때문이 아니다. 그것은 외적 권위 규율 통일 지도자에 대한 신뢰 등이 승리를 한 제 조건이 바로 우리 자신의 태도와 제도에 존재한다는 그 이유 때문이다. 따라서 전장은 바로 여기 우리 자신과 제도 안에 있다"[37]라고 지적한 바와 같이 자유의 위기는 자유민주국가의 자체 내에서 심각히 야기되고 있다.

현대인은 고독과 무의미성을 절감하고 비개성화되어 프롬이 말한바 '자동인형적 동일화Automation conformity'의 심리 구조를 이루고 있다. 자동인형적 동일화란 개인이 그 자신으로 되기를 포기하고 전적으로 문화형이 그에게 제공한 개성의 종류를 채용하여 다른 모든 사람과 똑같이 되고, 또 그들이 되기를 바라는 대로 되어

---

36 김상협, 같은 글, p. 4에서 재인용.
37 E. Fromm, *Ibid.*, p. 3에서 재인용.

버리는 것이다. 그리하여 나와 세계 간의 틈은 소멸되고 따라서 고독과 무력감의 의식적인 공포도 사라지는 것이다.[38] 고독과 무력에 대한 또 하나의 반응은 의식 과잉심리이다. 현대가 만들어낸 이들 국외자Outsider[39]는 합리주의와 기계문명의 규격화를 증오하고 그것을 파괴하려 한다. 이들은 대상의 압도적인 힘에 저지될 수 없는 찬란한 고독을 사랑하며 세계의 파괴로서 스스로를 세계에 의한 파멸로부터 구하려는 전후의 절망적인 기도를 한다.[40]

이들 양자는 모두 주체성을 상실한 또는 과잉된 상태로서 자유의 담당자가 될 수 없다. 우리 사상을 표현할 수 있는 권리란 우리 자신의 사상을 가졌을 때만이다.[41] 그러나 우리의 것이 없을 때 그 권리란, 또 그것을 행사할 수 있는 자유란 공허한 것이 아닌가. 그리하여 회의와 불안에 싸인 그들에게 안전과 구원을 제공할 새로운 권위가 출현하면 모든 대가를 주고도 복종할 준비가 되어 있다. 따라서 우리 사회도 파시즘이 일어날 비옥한 땅이 될 위험 속에 놓여 있다. 현대의 자유가 과거의 그것과 다른 것은 바로 이 점이다. 과거의 자유가 외적 강제와 금지에 대한 반항임에 대해 현대는 모든 외적 자유가 허용되어 있음에도 내적인 자유의 능력을 상실

---

38 *Ibid.*, p. 160.
39 "Outsider"란 어휘는 영국 신진작가 콜린 윌슨Colin Wilson의 동명의 저서 (1956)에서 유래하며 이와 비슷한 말은 키르케고르Kicrkegaard의 "예외자", 카뮈의 "이방인" 등이 있다.
40 E. Fromm, *Ibid.*, p. 154.
41 *Ibid.*, p. 207.

한 것이다. 따라서 이것은 사회 제도가 문제가 아니라 인간 자신이 구원에 관한 문제로, 현대의 자유가 어느 시대보다 각별한 위기에 처해 있고 인류의 멸망까지 경고하지 않을 수 없는 것[42]은 이 까닭이다.

5. 적극적 자유로의 지향

이러한 상황에서 우리는 아직까지 고전적인, 자연 법리론에서만 추출한 자유를 고집해야 할 것인가? 먼저 자연법이란 희랍 스토아 사상에 연원한 것으로 근대에 와서는 계몽 사상의 사회철학이 되었다.[43] 그러나 자연법이란 하나의 허구에 불과하다. 로크는 자연 상태를 이성과 평화의 상태로 본 데 대해 홉스는 투쟁의 상태로 보고, 전자가 인민 주권설을 주장한 데 대해 후자는 군주주권설을 유도하였으며, 루소가 과격한 민주주의를 역설한 데 대해 흄과 버크는 온건한 보수주의로 반박하였다. 그것은 하나의 형식이요 내용없는 도식이어서, 이 속에 어떠한 내용이라도 임의로 삽입할 수 있다.[44] 근대의 자유주의는 전제 왕권에 대항하는 인간의 기본권 확

---

42 인류의 멸망은 무기와 물질에 의한 것보다 좀더 형이상학적인 정신적 멸망이 더 심각하다. 한편 토인비는 인류 이전의 지배자인 절충류와 곤충이 멸족한 것 같이 인류도 지구상에 멸망할지도 모른다는 비참한 경고를 한다(*Civilization on Trial*).

43 최문환, 『근세사회사상사』, 백영사, 1953, p. 126.

립에 있었다. 그러나 전제 왕권이 사라지고 기본권이 보장되었으나 오히려 더욱 심각해지는 자유의 위협에 직면한 현대에는 그것이 소극적 자유에 불과하고 새로운 자유의 이념을 도입해야 할 것은 당연하다. 즉 인간의 자유의 담당 능력 곧 주체성을 회복할 것과 모순투성이의 사회를 계획사회로 유치해야 한다는 주장이 곧 그것이다.

프롬이 자유를 '~으로부터의 자유freedom from'와 '~에 대한 자유freedom to'로 구분하고 있거니와 벌린I. Berlin도 같은 방법을 취하고 있다. 그는 소극적 자유와 적극적 자유로 분류하여 전자는 "주체자── 개인 또는 집단── 가 타인의 간섭 없이 할 수 있으며 또는 하여야 하며 또는 그가 원하는 바를 하거나, 하도록 하는 범위가 무엇인가에 관한" 문제이며, 후자는 "어떠한 자가 구체적으로 하나의 일을 하며 또는 하도록 규정할 수 있는 통제 또는 간섭의 근원이 무엇이며 또 누가 이것을 하느냐에 관한" 문제라고 말한다.[45]

현대 인간의 고독, 무의미에서 오는 자동인형적 동일화를 극복하여 적극적 자유로 지향하는 길을 프롬은 다음과 같이 말한다.

우리는 자기 실현이 사고의 행위뿐 아니라 인간의 전적인 개성의 실현, 정서적, 지적 능력의 활발한 표현에 의하여 성취될 수 있으리라

44 최문환, 같은 책, pp. 12, 8.
45 이사야 벌린, 같은 글, 『세계』 9월호, p. 21.

믿는다. [……] 환언하면 적극적·전체적·통합적인 개성의 자발적 행위에 있다. [……] 자발적 행위란 자신의 자유로운 행위이다. [……] 행위란 '어떤 일을 한다'는 것을 의미함이 아니며 인간의 정서적 · 지적 · 감각적 체험과 또한 인간의 의지 내에서 조작할 수 있는 질적인 창조적 행위를 말한다.[46]

　이러한 인간 형성의 기반을 위하여, 그리고 통하여 정부는 적극적인 활동을 하여야 한다. 이미 이러한 현상은 서구 자유민주주의 내에서 태동하고 있다. 경제적 무질서를 지양하여 통제경제로 경제안정을 꾀하고 있으며 기회 균등에 노력하여 계급의 유동화를 촉진하며 교육을 보급·강제하여 신뢰할 수 있는 시민으로 만든다. 그리하여 비합리적·무계획적 사회를 합리적·계획적 사회로 변성시키도록 노력한다. 따라서 당연히 국가 권력의 확대가 필요하고 행정권의 위치가 증가하며 이러한 현상은 결코 반자유적이 아니라 적극적 자유로 지향하는 길이 된다. 정부가 국민과 대립하여 강제력을 발동시킨다 하여도 정부의 그에 대한 합리적 근거와 수단이 있을 때 이를 용인하여야 한다. 이런 전제로, 정부의 권력 필요에 따라 사회, 문화, 경제뿐 아니라 개인의 사생활까지 침투하는 것도 용인하여야 한다. 진실로, 자유는 방종과 구별하여야 하며 우리의 방종과 오류는 외부적인 합리적 시정을 받아야 한다. 경험적 자

46　E. Fromn, *Ibid.*, pp. 222~23.

아를 강요하여 옳은 패턴에 서도록 함은 폭정이 아니라 해방이다.[47]

그러나 미래는 언제나 낙관할 것이 아니다. 적극적 자유의 실현 방도는 '졸렌Sollen'이지 '자인Sein'이 아니다. 주체성을 상실한 인간이 어떻게 자기 실현의 적극적 자유로 구출될 수 있는가는 비약의 균열이 있으며 국가 권력의 확대와 정부의 통제가 현대의 딜레마를 언제나 극복할 수 있다고 자신 있게 보장은 할 수 없다. 인간적인 문제뿐 아니라 사회적 문제까지, 종국에는 인간 자신의 문제로 귀속한다. 따라서 현대의 고민은 인간성의 부활이며 그것은 고난스러운 인간의 애절한 기원이기도 하다. 이때는 이미 정치적 문제가 아니라 신학적 영역의 문제로써 어쩌면 "신이냐 허무냐?"[48] 하는 양자택일의 실존자적 결단만이 남은 것이다.

[『정치학보』 4호, 1959]

47 이사야 벌린, 같은 글, 『세계』 11월호, p. 134.
48 '허무냐 신이냐?'의 양자택일에 관해서는 브루너E. Brunner의 동명의 글(『사상계』 1959년 3월호) 참조.

V
기억을 밝히다

인촌상 수상 소감

뜻밖의 인촌상 소식으로 들뜬 기쁨을 누르지 못한 순간에 이어, 제게 다가온 곤혹스러운 자문은 제가 이 무거운 상을 받을 수 있는지, 이 권위 있는 상을 받아도 좋을 것인지란 문제였습니다. 그 침울한 물음은 저 자신에 대한 근본적인 반성과, 시대와의 관계에 대한 성찰을 요구했습니다.

그래서 펼친 『인촌 김성수전(仁村 金性洙傳)』(인촌기념회, 1976)에서 제가 본 것은 그분이 태어난 이후의 두 세대에 걸친 우리 근대사의 참담한 질곡이었고 깊이 공감했던 것은 그 수난의 시대를 우리의 역사로 만들기 위한 그분의 고뇌였습니다. 가혹한 식민 통치에서 끝내 민족 자존의 길을 열고 신생 대한민국의 주추를 놓은 그분은 제 세대가 겪은 곡절과는 감히 견줄 수 없는 억압 속에서 좌우

명 '공선사후(公先私後)'를 지켜 기구한 우리 민족사의 체통을 바로 여며주셨습니다.

저는 인촌 선생님이 창업한 신문사에서 사회생활을 시작했고 그분이 사시로 제시한 문화주의를 새기며 글쓰기를 익혀, 제 평생의 길을 마련했습니다. 쉰 해 그 긴 걸음에서, 문화란 삶의 속살이자 사회의 품격이고 문학은 실재를 찾는 시선으로서 정치 없는 시대에서의 정치적 태도 선택이고 전망이 불투명한 미래에 대한 문명 비평임을 확인했습니다. 기자에서 평론가로, 편집자와 출판인으로, 제 생애를 문자 중심으로 엮었던 것은 이런 인식 덕분이었습니다. 그럼에도 짚어보면, 한 일은 눈에 띄지 않고 잡히는 것은 사소한 것들뿐입니다.

그 초라한 것들을 인촌 선생님의 큰 이름 앞에 부려주신 심사위원님들의 관대와, 상의 명예를 얹어주신 인촌기념회의 후의, 앞뒤에서 밀고 당겨주신 동료·후배들의 격려에 깊은 감사를 드립니다.

[제30회 인촌상 시상식, 2016. 10. 11]

공로상 수상 소감

제가 신문기자에서 밀려나 출판계로 전입하고서 정확히 25년 동안 책 만드는 일에 참여할 수 있었던 것은 제 생애에 참으로 다행한 운명이었습니다.

20세기의 마지막 사반세기 동안 우리나라는 정치적 자유민주주의와 경제적 근대화를 추구하며 정신적·사상적 억압으로부터 연구와 독서의 자유를 향해 문자의 해방을 열어가던 시기였고 우리 출판사들은 그 움직임들의 맨 앞장에서 사상과 표현의 자유를 향해 그 문화적 열기를 힘 있게 덥히며 책과 독서를 단행본 형태로 엮어 만들어가던 시절이었습니다.

또 이 시기에, 한자 겸용에서 한글 전용으로, 세로쓰기에서 가로쓰기로, 책의 저작권과 판권란을 확정하는 일로, 바쁘게 변하는 문화적 현대화로의 움직임을 열며 오늘의 사유와 정서를 문자로 펼치는 데 갖은 노력을 기울여야 했습니다. 오늘날 우리가 K-문화의 아름다운 정체성을 발휘하며 다양한 지적·감성적 내면을 드러내며 거두어들일 수 있었던 것은 한 세대 전의 이런 노력 덕분일 것입니다.

식민 상태와 전쟁, 혁명의 거친 시절을 견뎌내며 경제적 낙후를 이기고 뒤진 교육과 떨어진 문화 수준을 높이며 시민 교양이 깊어지던 참이어서 우리의 책들은 이런 가난한 시대의 억압적이고 힘들었던 사정을 펴고 부추기며 나라의 정신을 바로 세우는 움직임에 중심이 될 수 있도록 참 많은 애를 써야 했습니다.

이 의미 깊은 시기의 이처럼 활기찬 열기에 동참할 수 있었던 것은 저의 참으로 멋진 행운이고 제 젊은 시절의 보람 있는 참여였으며 독자로, 저자로, 그리고 출판-편집인으로 제 생애를 엮을 수 있었던 참으로 아름다운 축복이었습니다.

제가 이 감사를 누릴 수 있도록 처음부터 힘을 모으고 지혜를 닦아준 김현·황인철·김치수와 김주연·오생근 등 『문학과지성』 동인들을 짙은 그리움으로 회상합니다. 그분들과 엮인 제 평생의 인연은 동세대의 지적 동료이기를 넘어 동시대의 고통을 함께 이겨내도록 한 우정의 생애로 두텁게 묶어주었습니다.

출판에 무지한 저에게 그 지식의 초보와 현장의 실상을 안내해준 이기웅 열화당 대표에게 늘 감사하고 있음을 거듭 고백합니다. 가난한 출판업을 자랑스러운 직업으로 여며 지키고 키운 홍정선·이광호 등 『문학과사회』 동인들과 후배들에게 따뜻한 마음으로 자랑하며 앞으로의 기대를 밝게 걸고 있습니다.

무엇보다 오늘의 이 영예를 차려준 숱한 저자분들과 출판 선후배 동료들, 그리고 저희 책을 아끼고 우리 책 문화를 사랑하는 독자분들께 깊은 감사의 절을 올립니다.

22년 전 출판계 일선으로부터 물러나 기억으로부터 사라지고 있는 저를 잊지 않고 새삼 불러내 이 영광을 안겨주신 한국출판인회의의 두터운 뜻에 무거운 감동을 여밉니다.

문학과지성사의 첫 발행인 명의를 허락해준 정지영에게 이 특별한 자리를 빌려 애틋한 애정을 고백합니다.

감사합니다.

['2022 올해의 출판인' 공로상 시상식, 2022. 12. 6]

"대결 아닌 관용의 시대······
주저 말고 젊은 세대에 맡겨라"
── 조철환과의 대담

　김병익 문학과지성사 상임고문은 역시 어른이었다. 세월 속에 어쩔 수 없이 쇠약해짐에 스스로는 비애에 잠길망정, 자기 밖 세상은 따뜻하게 바라보고 여느 때처럼 큰 희망을 걸고 있었다. 겨울비 속에 나무 지팡이 짚고 느린 걸음으로 일산의 한 카페에 들어선 김 고문은 "생각의 속도가 예전 같지 않고 '노인의 비애'를 부쩍 느낀다"고 말했다. 그러나 두 시간 가까이 이뤄진 인터뷰 내내 "젊은 세대와 한국의 미래는 희망적"이라고 강조했다. 다만 제 역할에서 벗어난 우리 정치권과 언론에 대해서는 성찰과 분발을 당부했다. '균형감 있는 보수주의자'로 통하는 김 고문이 후배들에게 들려준 조언을 일문일답 형식으로 정리한다.

—코로나 시국에 어떻게 지내셨는지.

생각도 잘 돌아가지 않고 말도 자꾸 더듬게 된다. 자꾸 회상에 잠기는데, 주로 어린 시절에 대한 회상이다. 회상의 주제는 최근이나 한창때 일보다는 초등학생 혹은 중학생 때 일이다. 막상 인터뷰 약속을 잡고 난 뒤, 무슨 말씀을 드려야 하나 걱정했다. 바쁘게 돌아가는 요즘 시대상과 관련, 내가 말해줄 게 거의 없는 것 같다. 차 한 잔 마시면서 편하게 세상 얘기를 하겠다는 심정으로 나왔다.

—우리 사회 '어른'으로서 세대 단절에 대해 말씀해주신다면.

세대 간의 거리감을 제일 많이 느끼는 나라가 우리나라가 아닐까 싶다. 내가 태어난 시대는 식민지 시대다. 해방, 6·25전쟁, 4·19, 5·16, 유신을 거치며 탄압과 억압, 혼란, 저항의 시절을 보냈다. 1990년대 들어서야 사회가 안정되고 민주화도 이뤄지고 경제적 여유도 찾았다. 내게 손녀가 있는데, 1990년대 중반 태어났다. 프랑스에서 태어나고 한국에서 학교 다녔으니, 나와는 환경이 전혀 다르다. 할아버지 세대가 경험한 어려움, 혼란, 억압감을 느낄 수 없고 그래서 감정의 생성 조건 자체가 나와 다르다. 내 얘기를 요즘 젊은 독자들이 이해는 할지언정 적응하기는 어렵겠다는 생각이 든다.

―원로 대담에서 요즘 세태를 '예의 없는 사회'라고 개탄하셨다. 구체적으로 말씀해주신다면.

국민 일반은 안정되고 수준도 높아지고 예의도 차리게 됐는데, 지도자라고 할 만한 정치인들이 잔망스럽다고나 할까, 품위가 없어졌다. 지도자부터 품위와는 멀어지는 꼴들을 많이 보게 된다. 한 세대 전의 '3김씨'(김영삼·김대중·김종필)는 박정희 시대로부터 극복하는 과정에서 서로 경쟁하면서도 상호 존중하고 외견을 받아들였다. 요즘 정치인들은 국가의 방향성이나 정책이 아니라, 정치 지도자 부인네들이 무슨 일을 했고 어떤 옷을 입었는가에 더 매달리는 것 같다.

―언론도 그에 대해 자유롭지 못한 측면이 있다.

나도 그런 부분에서 신문을 좀 비판적으로 본다. 언론이 그런 묘사들은 피해줘야, 국민들도 정치인과 지도자들을 존중하지 않을까 싶다. (정치 지도자) 부인들이 어쩌니 저쩌니 하는 속물적인 보도가 나오면, 그게 정치의 진면목인 것처럼 잘못 전달된다. 이 부분에서 언론계 탓을 하고 싶다. 언론도 지도자로서의 마땅한 표정이나 화법이 아니라면, 그걸 가려주는 포용이 필요하다.

―사실 보도가 중요하다고 반박하는 분들에게는 어떻게 말씀하실 건가.

사실 보도, 언론 자유가 중요한 건 맞다. 그러나 그 자유에는 예의와 품위란 게 필요하다. 정치 지도자의 부인 이슈를 갖고 이렇게 화제를 삼은 적은 별로 없었다. 그건 양식으로 판단할 문제지, 옳고 그름이나 자유와 억압 그런 기준으로 따질 문제가 아닌 것 같다. 있는 걸 그대로 다 밝히는 게 언론의 사명이라지만, 가려야 할 건 가려주고 또 그런 사실이 있음에도 그냥 없는 것처럼 배려해주는 건 언론의 양식이다. 우리 사회 전반적으로 그런 분노와 경멸, 할큄의 정서가 강한데 그런 것이 자유이고 진실인 것처럼 오해하는 것 같다. 정치 지도자와 관련, 존중해줘야 할 부분에 대해서는 관용이라고 할까 못 본 척하는 부분도 필요하다.

—평소 젊은 세대에 대해 자주 기대감을 드러내셨다. 2년 전 인터뷰에서는 이준석 전 국민의힘 대표에 대한 기대감도 내비치신 바 있다.

나는 정치를 모르고 이준석이나 그런 비슷한 정치인들의 실제 모습을 모른다. '이준석이를 보고 배워라' 하는 뜻이 아니라, 젊은 세대의 등장에 주목한 것일 뿐이다. 당시는 이 전 대표가 기성 정당에서 선배들 위에서 정치를 시작했기 때문에 그 분위기가 신선하게 보였다. 프랑스나 이런 데서도 삼십대 대통령이 나오고 그랬다. 그런 게 부러워서 이준석 이름이 언급됐을 뿐이다.

—젊은 세대에 대한 긍정적 기대감은 유지하시는 건가.

그렇다. 1990년대 이후 태어난 사람들이 삼십대가 되어 사회의 주축이 되고 있다. 이 세대는 이전 세대와 달리, 식민지 콤플렉스와 분단의 억압감, 전쟁에 대한 공포감 그런 것을 느끼지 않고 자랐다. 우리나라가 세계적으로 자랑하는 디지털 기기를 생활 속에서 이용하고 적응한 첫 세대다. 앞으로의 세계는 디지털 문명세계이기 때문에 이 세대가 제일 자연스럽게 적응하고 우리를 이끌 것이다. 그래서 기대를 많이 하게 된다. 우리 세대는 우리를 둘러싼 시대와 세계에 대해서 늘 불만스러워하고 대결하고 싸웠다. 그러나 지금 젊은 세대는 자기를 둘러싼, 그리고 자기들이 이용하는 기기를 활용해 자기 자신과 세계를 위해서 누구나 보탬이 될 수 있는 세대다. 그런 운명적 혜택을 얻은 세대들이 자연스럽게 자란다면, 우리나라는 겉과 속이 다르지 않은 발전된 나라가 될 것이라고 기대한다.

　　　　　　　　　　　—젊은 세대에게 들려주실 말씀이 있다면.

　젊은 세대에 대해 내가 기대를 하고 좋게 긍정적으로 봐야 한다는 말을 하고 있지만, 실제로 우리 사회만이 아니라 인간에게 필요한 건 관용이라고 생각한다. 오래전부터 인간 역사 속에서 인성의 변화를 추구하며 바라온 게 관용이다. 실제로 인류 사회 자체가 전반적으로 그런 방향이고 수천 년 역사를 통해서 그렇게 조금씩 밟아왔다. 그 결과 오늘날 같은 세계가 됐다. 앞으로도 더 시정하고 계획할 일이 많겠지만, 제도적으로든 교육적으로든 인성의 개발을 통해서라도 그런 쪽으로 흘러가야 한다.

―극한 경쟁 때문에 요즘 젊은 세대가 가장 불행하다는
　　　일부 평가에 대해서는 어떻게 생각하시는지.

어느 시대나 갈등은 있다. 세대와 세대, 직업단과 직업단 간에 갈등은 있게 마련이다. 그러나 다행인 것은 이 세대의 가치관이 매우 다양해졌다는 거다. 희망이나 지향하는 바가 다양하게 됐다. 내가 어렸을 땐 '뭘 하겠냐' 물으면 무조건 '대통령 되겠다'는 어린애들이 많았다. 지금은 권투선수가 되겠다, 사진작가가 되겠다고 한다. 스스럼없이 옛날에 고려할 수 없던 그런 일이나 직업을 말한다. 그런 점에서 서로 경쟁한다 하더라도 그 경쟁은 선의의 경쟁이랄까, 서로 잘하기 위한 경쟁이 될 수 있다.

　　―젊은 세대가 이전 세대보다 미래지향적이고, 개방적이고,
　　　역사 현실에 대해서 더 관대하게 생각한다고 보시는지.

그거는 자신할 수 없다. 우리 세대처럼 격변을 많이 겪은 세대가 더 관대할지, 아니면 편하게 우호적 경쟁을 통해 성장한 사람들이 더 관대할지는 말할 자신이 없다. 다만 우리 사회가 좀더 화해와 관용적인 사회로 갈 수 있다면은 그런 기대를 할 수는 있겠다.

　　　　―우리 사회의 갈등 양상에 대해 말씀해주신다면,

사회 발전이라는 게 한편으로는 긍정적 방향으로 가면서도, 다른 한편은 그에 저항하듯이 부정적인 비판적 물결이 생기게 마련이다. 경제적으로 성장하면서 우리 사회는 사회 갈등이 상당히 줄

었다. 그런 점에선 많이 좋아지고 낙관할 수 있는데, 대가 없는 진전이란 게 없다는 생각이다. 이제는 작은 갈등을 보다 심각하게 생각하는 것 같다. 살짝 스친 것이 때론 더 큰 화를 불러내듯이, 그리고 막상 정면으로 부딪치면 웃고 지나갈 수 있듯이 사람들이 이중적이랄까 그런 심정인 것 같다. 큰 잘못에는 관대하게 넘어가기도 하고, 작은 결례에 대해서 오히려 크게 비난하기도 한다. 사람 사는 세상이란 게 그렇게 편하고 안정적이고 순조로운 것만은 아니라는 생각이 든다. 갈등의 총량은 줄었는데 작아진 갈등에 대해서 더 민감하게 생각하는 것 같다.

—요즘 언론에 대해 말씀하신다면.

내가 기자 생활을 하던 1960년대, 1970년대는 우리 사회가 전근대에서 근대로 넘어가면서 갈등을 일으키던 때다. 민주화하느냐, 경제개발로 가느냐 하는 갈등으로 언론이 권력으로부터 억압을 많이 받았다. 그래서 기자들의 우선적 관심사는 언론자유 문제였다. 그러나 지금은 언론자유란 말이 심각한 문제는 아닐 것 같고, 보도가 일으킬 순응적 효과에 주목해야 한다. 언론보도가 얼마나 사회의 중심적 문제를 짚으며, 사회를 앞으로 나아가게 하는지가 중요하다. 앞에서도 언급했듯이 사소한 세속적 문제, 예컨대 대통령이나 정치 지도자들 부인에 대해 얘기하는 걸 보면 언론이 과거에 비해 잘아졌다는 느낌이 든다. 그 부분은 우리 언론이 지양해야 할 일이 아닐까 싶다.

—윤석열 대통령에 대해서는 어떻게 생각하시는지.

좀 긍정적으로 보는 쪽이다. 딱히 정파적인 게 아니라, 신선한 통치력에 대한 기대감 때문이다. 전임 문재인 대통령 때도 초기에는 그랬다. 그러다가 정권 자체가 잘못을 저지르면 심경에 변화도 생긴다. 한 번 좋아한다고 해서 끝까지 지지하고 그럴 필요는 없는 것 아닌가.

—우리 상황에 대해 평가하신다면.

우리 역사에서 가장 행복한 시대가 지금 시대가 아닌가 싶다. 인류 전체적으로도 계속 발전하고 있다. 잠깐의 불화와 싸움 이런 게 있지만 발전의 격차나 갈등을 희석화시키는 단계에 있다고 본다. 우리 사회도 다행히 그런 단계 속에 합류하고 있어서, 참으로 '행운의 시대'에 살고 있다는 생각이다. 다만 미래에 대한 전망에서, 이전에는 백 년이나 70년씩 전망했지만 요즘은 변화의 속도가 빨라지면서 50년도 안 되고 30년밖에 못 하고 있다. 인류의 미래가 어떻게 될지 그만큼 예측하기 어렵게 됐다.

—역사에 대한 관대함을 강조하셨는데,
일본과의 관계에 대해서는 어떻게 생각하시는지.

나는 친일파도, 일본 때문에 탄압받은 집안도 아니지만 일본에 대해 좋은 감정이 없다. 그냥 평범한 식민지 백성이지만 알게 모르게 반일 교육을 받아왔던 탓일 수도 있다. 지금 와서 보면 일본이 성장을 멈춘 것 같다. 일본 사람들이 개방을 두려워하고 다양화를 억제하고 그렇게 해서 내부적으로만 단합한 탓인 것 같다. 2차대전 이후 일본에서는 한 정권이 거의 80년 동안 집권했다. 잠깐 1년 정도 야당이 집권한 적도 있지만, 정권이 바뀌지 않으니 활력을 잃은 것 같다. 우리는 전쟁도 있었고, 혁명도 있고, 여야 정권 교체가 번갈아 이뤄지면서 이제는 일본이 부럽지 않게 됐다.

> ─긍정적 사회의 구체적 모습을 '성장 없는 발전',
> '경쟁하는 공존' 등 형용모순 변증이라는 방식으로
> 설명하신 적이 있다.

그럴듯하게 그리 말했지만, 사실 설명하기가 까다롭다. 모든 사실에는 그걸 배반하는 현상이 뒤에 숨어 있는데, 그런 상태를 긍정적인 쪽으로 보고 싶어서 쓴 말이다. 예컨대 성장 없는 발전, 경쟁하는 공존, 인공의 자연화, 겸손한 자신감 같은 거다. '성장 없는 발전'은 자원 고갈이나 인간 삶의 조건을 악화시키는 기후변화 없는, 양적 성장이 아닌 지속가능한 성장을 뜻한다고 보면 된다. '인공의 자연화'는 제러미 리프킨이 『회복력 시대』에서 언급한 것처럼 시멘트화한 세상에 나무를 심거나 공기를 정화하는 등의 중요성을 말한다고 보면 된다.

[『한국일보』, 2023. 1. 21]

도저한 자유―지성의 부드러운 성찰

―― 우찬제와의 대화

반세기 넘게 한국문학의 현장에서 비평의 역사를 끊임없이 새로 써온 평론가 김병익 선생을, 2021년 7월 6일 오후 2시 서교동 문학과지성사 회의실에서 만났다. 깊은 기억을 돌아보고 현재 상황을 톺아보며 보이지 않는 미래를 내다보는 성찰의 말씀을, 시종 부드러운 어조로 전해주셨다. 한국문학사의 지성적 전통을 발견하고 지성과 문학적 품격을 접목하여 한국문학의 지성적 위의를 두드러지게 한 평론가, 4·19정신의 바탕 위에서 순 한글세대 이후 새로운 감수성의 근원과 맥락을 탐사하면서 한국문학장을 새롭게 열어온 평론가, 현실의 고통을 부드럽게 껴안으면서 깊이 있는 성찰을 통해 자신의 읽기-쓰기의 모든 순간이 새로운 한국 문화 형성의 궤적이 되기를 꿈꾸었고 결과적으로 시대정신의 심연에서 지성의 탈주선을 그렸던 문학가……

그런 김병익 선생은 최근에 〈만년의 양식을 찾아서〉 시리즈에 무척 공들이셨다.『시선의 저편』(2016)에 이은『생각의 저편』(2021)*이 바로 그것. 선생은『조용한 걸음으로』(2013)를 펴낼 때, "자유로운 읽기-쓰기" 혹은 "인문학적 읽기-쓰기"의 즐거움을 논하면서, "'만년의 양식'으로 얻은 자연의 선물"이라고 하셨다. 그 선물을 함께 나눠주신 데 경의를 표하면서 이 '만년의 양식' 이야기로 대화를 시작했다.

만년의 양식, 돌아보기, 내다보기

김병익 만년의 양식이라는 말, 참 멋있지요? 어려서는 그리움과 소망, 젊어서는 열정과 욕망, 중년이면 사유와 이해, 늙으면 예의와 관용, 이런 변화를 거쳐 다다르는 것이 '만년의 양식'이 아닐까 싶습니다. 이 말은 오에 겐자부로가 에드워드 사이드에게 보낸 서신에서 발견한 것인데요. 이 세계에 대해 조용히 사유하면서 약간 퍼테틱pathetic한 표정을 짓는 노인의 모습을 그리고 있어요. 밀려나거나 물러난 노년의 존재와 의식에 관한 여러 생각을 하게 하는 장면이었어요. 시간에 대한 예의랄까 삶에 대한 경의랄까, 그런 것도 떠오릅니다. 저 자신이 소망하는 모습이기도 해서 얻어다 쓴 것입

---

* 이 글에서의 인용은 모두 이 책이며, 이하 쪽수만 표기.

니다. 저는 신문사 문화부 기자, 동인지 편집자, 출판사 발행인-편집자, 저자, 역자, 평론가, 독자 등 줄곧 책과 인연을 맺으며 살아왔는데, 여전히 책과 더불어 만년의 양식을 일굴 수 있다는 게 감사할 따름입니다.

우찬제 그윽하면서도 퍼데틱한 표정이 떠오르네요. 『생각의 저편』에 덧붙인 글 「'늙은' 칼럼니스트의 심사」의 끝부분에서 "젊었을 때의 나는 거창하게 '문명비평가'일 수 있기를 꿈꾸었다"라는 문장의 서술자도 그런 모습 아닐까요? 엘리아스 카네티의 『군중과 권력』 같은 책을 읽을 때, 저는 자연스럽게 김 선생님을 떠올린 적이 있었는데요. 젊었을 때 문명비평가의 꿈은 어떤 것이었을까요? 그리고 "한갓 소망으로 그치고 만 것이 분명하지만" 같은 구절을 고쳐 쓰실 마음은 없으신지요?

김병익 방금 말씀드린 것처럼 저는 책을 매개로 한 지적 세계를 자유 지식인으로 살아왔습니다. 어떤 특정 분야에 매달리기보다 전체를 통찰할 수 있는 종합적인 시선, 포괄적 이해를 통한 역사적 전망을 지향하는 자유 지식인이고 싶었지요. 그런데 현실과 세계의 변화는 그 전체적 통찰의 너머로 늘 달아나는 느낌이었어요. 지난 몇십 년 동안 우리는 그야말로 대단한 인류사적 전환의 시기를 살아왔으니까요. 아날로그 체계에서 디지털적인 인식 체계로 바꾸었다는 것, 지구적 차원에서 우주적 시야로 확장했다는 것, 실제 세계에서 가상의 세계로 들어가기 시작했다는 것, 이제껏 인간사/인류사 중심이었던 역사도 선사나 미래사까지 확대되고 있다는 것, 더 나아가 인간이 다른 행성에 가서 살게 되는 미래사가 열릴 수 있다는 것, 또 인간의 개념도 태생적 인간에서 DNA 조작에 의한 디자인된 인간으로 바뀔 수 있는 단계에 와 있다는 것…… 이런 변화를 제 생애 안에 압축적으로 경험했지요. 대체로 밀레니엄 시기 이후 최근 몇십 년 사이에 일어난 일입니다. 유발 하라리 등이 보고하는 자료에 따르면 태초에 사피엔스가 말을 만들기 시작한 시기가 약 7만 년 전이고, 원시적 채취 사회에서 농업 사회로 전환하면서 공동 사회를 형성한 게 1만 년에서 5천 년 전, 문자를 만든 것이 5천 년 전, 구텐베르크가 인쇄 기술을 개발하여 지식 보급을 가능케 한 것이 7백 년 전쯤 된다고 하지요. 이런 인류사의 긴 시간대를 생각해보면 정말 짧은 시간 안에 많은 변화가 있었던 셈입니다. 나라 안으로 국한해보더라도 가장 후진적인 농촌 사회에서 선진적인 문명 사회에 이르기까지 다채로운 경험을 제 생애 안에서 다 하게 되네요. 그 변화를 어떻게 관찰하고 내다보느냐가 중요할 텐데, 저는 그냥 문명비평의 초보적인 단계에서 머문 정도일 것 같습니다.

'out of order'의 부끄러움과 미덕으로서의 부끄러움

선생은 언제나처럼 겸허하게 목소리를 낮추신다. 넓게 조망하고 깊이 성찰하지만 자신을 드러내는 일에는 어려워하신다. 결코 소란스럽거나 번쩍거리지 않지만, 선생의 말씀은 사태의 진상과 진실의 벼리 가까운 곳으로 우리를 안내한다. 하고 보니 선생의 책을 읽으면서 밑줄을 긋고 형광펜으로 돋을새김을 하고 포스트잇을 붙이는 자리가 많아지는 것은 무척 자연스럽다. 가령 「2020년, 그 설운 설에 '다시'」를 읽으며 이런 대목에 밑줄을 친다. "잘 살게 되었는데 잘 살기의 경쟁이 사회적 갈등을 심화했고 자기 성장을 위해 출산도 결혼도 단념함으로써 삶의 자연적인 단계들을 포기하고 오히려 혼자-살기, 홀로-죽기 판으로 졸아들고 있다"(pp. 149~50). 또 이런 대목에 형광펜으로 하이라이트를 하고 포스트잇을 붙인다. "내가 정녕 부정하기 어려운 것은 성장이 반드시 발전이 아니며 풍부가 풍요를 뜻하는 것이 아니고 그 발전과 풍요가 인간 행복의 지표가 되지 않는다는 것, 편리가 반드시 즐거움이 아니고 빠름은 오히려 두려움일 수 있고 개혁이 개선과 같지 않다는 것, 신념은 부끄러움을 모르고 권력은 정의를 버리며 문명이 공정함과 관계없고 진보가 평화를 괴롭힐 수 있다는 등의 것들이다. 그래서 희망은 실망을 불러오고 기대는 회의를 안고 있는 것이리라"(p. 150). 이렇게 상황이나 사태를 전면적으로 성찰할 때 부끄러움이 앞서고 희망적인 낙관은 뒷걸음질한다. 그도 그럴 것이 도처에서 여러 'out of~'의 상태를 관찰할 수 있기 때문이다. 『생각의 저편』에서 선생은 'out of order' 'out of system' 'out of being'이란 표현을 조금 다르게 풀어 쓰며 그 용처가 참으로 많음을 시사하셨다. 도대체 이

'out of~'의 상태를 어찌할 것인가?

김병익 정상에서 벗어난, 양식에서 엇나간, 체통으로부터 어긋난, 원래의 중심기둥에서 훌쩍 벗어난 그런 상태를 바로 봐야 한다는 거지요. 다 아는 얘기지만 절차나 형식, 양식 같은 것은 민주주의의 기본 프로그램으로, 우리가 존중하고 수행해야 하는 기본 틀 같은 것이지요. 그런데 그런 중심 기둥으로부터 벗어나면 어찌 되나요? 만약 왜곡된 정치적 현실, 일그러진 사회적 풍향 이런 것들이 주류를 관통하면 그건 너무 절망적이겠지요. 하지만 누구나 그런 상태에 처할 수 있기에 부끄러움의 정조나 윤리가 매우 중요합니다. 어쨌든 잘못되었다는 것은 상식적으로 당자들에게 부끄러움을 야기하는 것이니까요. 그 중심기둥으로부터 벗어나 혼자 있을 때 원초적인 정조가 부끄러움이고, 그것을 반성적으로 의식화하면 윤리적인 죄의식을 느끼게 될 것입니다. 저는 윤동주에게서 참 아름다운 부끄러움, 미덕으로서의 부끄러움을 보게 됩니다. 돌이켜보니 1970년대 유신 시절, 글을 쓰면서 부끄러움이라는 말을 참 많이 썼데요. 내가 다 책임질 수 없지만, 그럼에도 그 사태로부터 자유로울 수 없는 죄스러움이나 유감, 이런 심정을 부끄러움이란 말로 쓴 것이 아닌가 그런 생각이 듭니다.

청소년기 한때 기독교 신앙을 받아들인 적이 있고 실존주의에 심취한 적이 있는 선생은 우선 부끄러움의 담론을 펼친다. 대학에서 정치학을 전공한 선생이 보시기에 특히 작금의 '정치적 인간'의 현 주소는 무척 유감스럽다.

김병익 큰 눈으로 볼 때 우리 사회는 그동안 대단히 발전했어요. 경제적으로나 과학 기술 그리고 문화적으로나 정말 비약적으로 좋아졌지요. 그런 여러 변화와 발전에도 불구하고 정치적 인간은 그다지 발전적으로 변화하지 못한 것 같습니다. 우리뿐만 아니라 외국도 사정은 비슷한 것 같아요. 가령 미국도 최근 도널드 트럼프 시절 가중된 정치적, 사회적, 경제적 불평등 문제가 진지하게 논의되고 있던데요. 『불만 시대의 자본주의』에서 조지프 스티글리츠도 매우 혹독하게 비판하고 있더군요. 물론 공공 영역에 대한 사유나 인권, 여성, 소수자 문제 등 여러 제도적, 문화적, 인식적인 측면에서 성장한 부문도 많이 있지만 여전히 '정치적 인간', 좁혀 말해서 정치인들의 품격은 별로 성장하지 못한 것 같아, 정치학을 전공한 저로서는 억울하고 안타깝습니다.

에고센트릭egocentric을 넘어 큰 눈, 먼 눈으로 역지사지

우찬제 정말 정치적 인간의 '실격' 문제는 중요한 것 같아요. 정치적 인간의 문제를 포함한 공공 영역 전반의 공진화가 매우 요긴한데요. 그래서 선생님께서는 이해와 성찰을 위해서는 "세계를 큰 눈으로 보고 먼눈으로 받아들"(p. 163)여야 한다고 줄곧 강조해오신 게 아닐까 싶고요. 그런데 그게 참 쉽지 않습니다. 어떻게 하면 "바로 보되 약자와 패자의 아픔을 부드럽게 싸안으며, 옳음을 추키되 고집 센 미움을 풀어"줄 수 있는 경지에 이를 수 있을까요?

김병익 무엇보다 자기의 자리 안을 고집하고, 실리적인 관계에 휩쓸리는 영토화된 사고로부터 벗어나는 게 좋을 것으로 보여요. 그야말로 멀리, 크게 바라보고 수용하기 위해서는 에고센트릭의 시점을 버려야 합니다. 영토 바깥, 금 밖의 시선으로 접근할 때 진실한 이해의 지평에 가까이 접근할 수 있을 테니까요.

우찬제 언제나 자신의 가장 큰 적은 자기 안에 갇히는 것이지 싶습니다. 선생님께서 관찰하신 "out of~"의 상태에 빠지는 원인 중의 하나도 그럴 것입니다. 그런데 선생님, 그 "out of~"의 상태를 넘어서기 위해서, 우리는 여기서 무엇을 어떻게 해야 할까요? 기본적으로는 선생님께서 강조하시는 "인문적 덕성과 윤리적 관용" 그리고 "공감의 진화", 이런 쪽에서 시작해야겠지요?

김병익 잘못, 부정, 부도덕에 대해 반성하고 새로운 삶의 지평을 열기 위한 노력은 다각적으로 전개되는 게 좋을 것입니다. 그동안 저도 이런저런 얘기를 했지만 결국 긍정과 부정의 변증법적 관계에 대한 인식의 폭이 확대되고 심화해야 하지 않을까 싶네요. 좋은 것이 있으면 그 대가를 지불해야 한다는 것, 어려운 것이 있으면 그 성취 과정에서의 노고를 인정해야 한다는 것이지요. 부정과 긍정 양면을 동시에 성찰할 수 있는 인식의 태도를 먼저 정립하면 좋겠어요. 요컨대 자기중심적인 에고센트릭의 틀을 벗어나야 합니다. 예전부터 역지사지를 강조했잖아요. 비록 오래된 낡은 말이지만 생각할수록 의미심장하게 다가와요. 세계나 인간이나 사태에 대해서 우리가 이해하고 접근할 수 있는 가장 정당한 태도는 거기에서 비롯되는 것이 아닐까 짐작합니다. 자기 허물을 겸손하게 인정하고 타인의 덕성이나 성취를 존중하고 공정하게 평가할 수 있는 예지도 거기서 비롯될 것입니다. 그런 바탕 위에서 고장 나고 탈 난 삶의 지형을 웰빙의 지평으로 전환해나갈 수 있기를 소망합니다.

허망하기에 희망한다!?

그런 긍정적 전환과 질적 변화에 대한 선생의 소망은 도저하다. 아주 짧은 시간 동안 경제와 문화, 지식 등 여러 면에서 이른바 "압축 성장"을 해온 분단국가에 살면서 선생은 늘 문제 상황에 대면하여 다채로운 지성의 성찰을 종합하기 위한 모색을 게을리하지 않았다. 신문사 기자로 출발한 선생이 만년에 칼럼 작업에 공들인 것도 이런 사정과 관련되리라. 실제로 선생의 〈만년의 양식을 찾아서〉 시리즈를 읽다 보면, 선생께서 관찰하고 발견한 문제들, 그리고 그 문제의 강을 건너기 위한 지혜의 향방에 대한 부드러운 안내를 따라가면서, 새 출발의 가능성을 가늠하게 된다. 때때로 선생의 문장은 뮤즈의 축복 속에서 비범한 아우라를 형성하기도 한다. 가령 「고흐의 증례」에서 오랜 문우인 마종기 시인에게 보낸 메일의 한 대목을 인용하고 있는데, 무척 감동적으로 다가온다. "이 세계가 허망하기에 신뢰를 지켜야 한다는 것, 이 시대가 죄스럽기에 존중할 것이 있어야 한다는 것, 이 사회가 위선이기에 관용이 필요하다는 것, 인간들이 포악한 존재이기에 선의가 피어나야 한다는 것, 삶이 고통스럽기에 유머가 허용되어야 한다는 것"(p. 73). 이런 인문적이고 윤리적인 마음의 무늬 위에서라면 다시 희망을 노래할 수 있지 않을까?

김병익 8주에 한 번씩 쓴 글들입니다. 7주 동안 생각하고 궁리하고 탐문하다가 한 주 동안 썼는데, 때때로 시적 영감처럼 예기치 않은 표현들이 떠오를 때가 있어요. 마종기 시인에게 보낸 메일도 그런 경우였지요. 많은 분이 그 대목을 말씀하시던데, 어쩌면 절망스러운 현실일지라도 결코 절망하지 말고 정녕 진정한 삶의 희망을 좇아야 한다는 생각은 우리 4·19세대의 집단무의식의 하나가 아닐까 싶기도 합니다. 내면의 깊이나 정서적 각성, 윤리적 덕성 같은 것은 개인의 존재를 값지게 하는 상징적 자산입니다. 교육이나 사회적 계도, 경제 사회적 복지 같은 것으로 도움을 줄 수는 있지만, 기본적으로는 개인에서 출발하는 것으로 생각합니다. 긍정적인 측면에서의 옛 선비 문화가 그랬듯이, 경제적으로는 가난하더라도 개인의 덕성이나 각성으로 분출되거나 전파된 내면의 무늬들이 문화를 고양하고 삶의 양식을 진화의 방향으로 이끄는 데 도움이 되는 분위기가 형성되기를 바랍니다. 예컨대 제가 여러 책에서 발견하여 나름대로 강조한 '검소한 풍요'나 '성장 없는 발전' '경쟁하는 공존', 이런 것들도 대개 개인의 덕성과 각성, 그리고 그것들의 회통과 교감 없이는 성찰하기 어려운 것들이지요.

빛나되 번쩍이지 않는 덕성과 부드러운 성찰

우찬제 『시선의 저편』에서 두 번에 걸쳐 "빛나되 번쩍이지 않는[光而不輝]" 경지를 강조하신 바 있습니다. 방금 말씀하신 개인의 덕성과 관련하여 매우 중요할 것 같습니다만……

김병익 정민 교수의 책을 읽다가 개인적인 덕성을 생각하며 쓴 말인데 문화나 국가 차원에 적용해도 되겠네요. 1980년대 중국의 덩샤오핑이 강조한 도광양회(韜光養晦)를 겹쳐서 생각해봐도 좋겠습니다. 자신을 드러내지 않고 때를 기다리며 실력을 기른다는 이 말은 당시 중국의 대외 정책의 기조였어요. 오늘날 중국이 G2로 도약하게 된 먼 원인 중의 하나가 아닐까 짐작하는데요. 나한테 빛나는 장점이 있더라도 번쩍거릴 정도로 요란하게 드러내지 않고 안으로 숨기고 말을 줄이며 내적 성찰을 거듭하며 겸손한 자부심을 키우다 보면 개인의 덕성이나 조직의 덕성도 자연스레 함양될 것으로 봅니다. 이런 '광이불휘'나 '도광양회'에 터를 두고 성찰하노라면 상반되어 충돌하고 소용돌이치는 것들을 한꺼번에 싸안으며 종합적으로 진실을 발견해나갈 수 있을 것으로 믿어요. 발전보다는 인간의 행복을 추구하는 부탄의 경우, '경쟁 없는 공존' '성장 없는 발전'같이 모순된 것들을 종합적으로 성찰할 수 있는 국민적 덕성을 지닌 대표적인 사례로 봐도 좋지 않을까요?

며칠 전 세계무역기구에서 우리나라를 개발도상국에서 선진국으로 격상시켰다네요. 세계 첫 사례라던데, 그것을 당당하게 받아들일 정도로 단기간에 압축 성장해왔지요. 그 때문에 지나치게 번쩍이는 측면도 보게 됩니다. 지닌 것을 너무 자랑하거나 드러내려 하다가 자기 함정에 빠지지 않을까, 그런 우려도 있지요. 다만 식민지와 분단, 전쟁과 군사독재 등을 겪으면서 반성도 많이 하고 극복하려고 싸웠던 경험이 여전히 긍정적인 DNA로 작용할 수 있지 않을까 짐작합니다. 국가 지향에 대한 엄정한 반성과 진지한 성찰을 통해, 개인적 덕성과 국가적, 국민적 덕성이 공진화하면 좋겠습니다.

우찬제 지금까지의 말씀 중에서 드러나기도 한 것 같습니다만, 선생님 인생과 비평의 열쇳말 열 개를 골라주시지요. 그리고 그 열쇳말을 가로지르며 선생님의 중핵적인 '인생 질문'을 제시해주시면

414

좋겠습니다.

김병익 글쎄요. 어쩌면 그랬다기보다 그러고 싶었던 것일 수 있겠는데요. 우선 '삶'이라는 말을 많이 썼는데 존재 자체에 대한 탐문을 위해서 불가피한 것이었겠지요. 비평을 하면서 '진실' '이해' '성찰'을 자주 강조했습니다. 실존주의 의식 속에서 '절망'이란 단어를 많이 썼고, 긍정과 부정 그 양면을 한꺼번에 포괄할 수 있는 '역설'이라는 말도 참 많이 썼더군요. 이런 명사들을 형용하는 말들이 따라옵니다. '부드러움' '조용함' '따뜻함' '순결', 이런 것들은 저한테 모자란 것이기에 관심을 보태고 추구하려 했던 것이지요. 그 열 마디를 모아서 본다면 '삶을 향한 부드러운 성찰'이라고 종합할 수 있을까요? '삶'은 대상(對象)이고 '부드러움'은 양상(樣相), '성찰'은 행한다는 행상(行狀)이겠는데요. 그저 그러고 싶었다는 겁니다.

당신의 육체적 쇠락을 말씀하시면서 선생은 새로운 세대에 대한 부드러운 기대의 정념을 보인다. 새로운 미래 세대를 적극 성원하는 선생은 그러면서도 여전히 새 세대와 대화하면서 역동적으로 읽고, 돌아보고, 내다보고, 쓰는 자유로운 지성(선생은 자유-지식인이라고 말씀하셨지만 나는 슬그머니 자유-지성으로 바꾸어 쓰고 싶어진다)으로 지혜를 계속 나누어주실 것으로 믿는다. 이 도저한 자유-지성의 부드러운 성찰은 더욱 깊어질 것이다.

[『대산문화』 2021년 가을호]

책, 그 질긴 인연

『녹색평론』의 기획 '내 인생의 책' 원고 청탁을 받고 먼저 쓴 석학들의 글을 보면서 내게 떠오른 '책'이란 개념은 지적·정서적 원천으로서의 책에 겹쳐, 아니 그보다 앞서, 생활의 근거와 실용적 방편으로서의 책이었다. 그러니까 읽고 배우고 느끼는 존재로서보다 내게는 책이 경제적·직업적 생애의 밑천과 의지가 되었다는 새삼스러운 깨우침이었다. 그제야 돌이켜보니, 나는 독서인의 역할보다는 출판인, 편집인, 문학평론가 그리고 때로는 감히 저자와 역자의 역까지 감당해왔더랬다.

그것이 차마 운명이라고까지는 말하지 못하겠다. 책에 관한 여러 일을 돌아가며 맡긴 했지만 그 어느 쪽에도 자랑할 만한 성과를 이루지 못했고, 나름으로는 최선을 다한다고 노력했지만 그 무엇에도 내 모든 삶을 걸 만큼의 보람과 만족을 느낀 것도 아니었다. 그럼에도 삶의 대부분에 주눅 들어 하며 책 속에서 혹은 그 가장자리에서 맴돌았고 산수(傘壽)를 넘은 나이에도 책으로 생애를 회고해 달라는 청을 받았으니, 그 질긴 인연은 지울 수 없이 끈질기게 나를 붙들어온 것이었다. 나도 이 문자들의 세계에 혼연히 단절할 용기를 갖지 못했다기보다 차라리 못 채운 인연에 아직 연연해하고 있는지도 모를 것이, 이미 『글 뒤에 숨은 글』(문학동네, 2004)을 통해 책으로 점철된 생애를 고백했음에도 이 원고 쓰기를 흔쾌히 수락하고 다시 그 쓸거리들을 붙든 것이 그러하다. 내가 여기서 여러 사연들을 고스란히 보고하기보다 경중경중 점묘하기로 작정한 것은 책에 대한 내 이런 모호한 애증과 아직도 그 사연들을 벗어나지 못한 매어있음으로부터의 탈출을 욕망한 때문일지도 모른다.

출판기자에서 문학평론가로

신문사 수습기자의 딱지를 벗어나면서 발령받은 곳이 문화부였고 거기서 맡은 분야가 학술과 문학이었다. 여러 해 터울이 나는 선배들은 이미 연극, 미술, 과학 등 전문 분야를 담당하고 있었고 빈자리가 마침 그 까다로운 자리였다. 말단 기자였기도 하지만 내가 관심을 가질 만한 분야였기에 나는 즐겨, 그것도 열심히 이 일을 했다. 마침 문학에서는 4·19세대가 피어나기 시작하고 학계에서는 한국학이 돋아나기 시작하던 때였다. 그리고 문학이든 학술이

든 그것들이 문자로 표현되는 것이기에 나는 책을 상대로 해야 했다. 나는 '일조각'과 '민음사'를 들락거리며 신간을 통해 새로운 문학적·학문적 의제를 찾아야 했다. 그래서 자연스레 출판도 담당하게 되었고 아직 미숙했던 일간지의 출판면도 의례적인 신간 소개와 서평으로만 끝낼 일이 아니었다. 출판계 역시 외판 전집류에서 단행본으로 옮겨가며 새로운 형태로의 움직임을 보이고 있었던 것이다.

그때의 갖가지 모든 일들이 어쩌면 그리 반갑고 신선했는지. 나는 무엇이든 기사화될 수 있다고 믿었으며 언제든 기사 쓸 준비가 되어 있었고 또 부지런히 썼다. 그 기사 쓰기는 취재를 넘어 비평적 작업으로 발전하기도 했고 기획 취재로 번지기도 했다. 사건이 아니라 경향을, 묘사가 아니라 평가를 해야 하는 문화면 기사의 성격으로 인해 나는 훈련을 받고 지적 자양을 키울 수 있었다. 당시 『동아일보』 서평란은 '공정을 위해' 서평자 이름을 밝히지 않았는데 그를 기회로 기자인 내가 쓴 서평을 끼워 넣기도 했고, 책을 통한 학문적·문학적 동향을 정리하기도 했다. 자유로이 쓰고 기획하고 취재하도록 허락하고 지도해준 당시의 문화부장 작가 최일남 선생은 문화부 기자로서의 자세 잡기에 있어서 내가 '멘토'로 모셨다고 고백해야 할 것이다.

출판 기자로 내게 인상 깊게 두고두고 회고되는 이야기를 다시 꺼내야겠다. 1971년인가 박경리 선생의 대하소설 『토지』 제1부 다섯 권이 간행되었다. 며칠 사이 그 책을 모두 읽고 감동했다. 이미 인사를 드린 바 있는 작가를 만나고 싶었고, 인터뷰가 아니라도 그런 감동적인 대작이 창작된 자리, 그러니까 방 안 모습이며 책상과 펜, 그 근처에 쌓였을 책이며 파지들과 집필 공간을 그저 구경하며 느끼고 싶었다. 일체의 인터뷰를 거절하고 있었던 그를 찾아 나는 아침 일찍 정릉 자택으로 갔지만 문전에서 거절당했고 오기로 다시 찾은 이튿날도 마찬가지였다. 면담은 고사하고 문안으로 들지도 못하고, 그러니 아무것도 못 보고 느낄 것도 없이 된 출행이었다. 나는 섭섭한 정도를 넘어, 화가 나 있었다.

이틀 후 신문 지면으로는 긴 서평이 게재되었다. 얼마 후 뵌 박 선생님은 그 소설에 대한 이런저런 글 가운데 내 것이 가장 마음에 들었다고 했다. 아마 자신의 고집 때문에 피하지 못한 실례를 보상해주기 위한 말이었을 것이다. 이때 나는 두 가지 경험을 했다. 작품이 나쁠 때면 서평을 쉽고 요연하게 쓸 수 있지만 뛰어난 작품에 대해서는 그것이 감동이란 감탄 외에 무엇이 왜 어떻게 좋은지 밝히는 일이 힘들다는 것이 그 하나였다. 또 하나는 작가란 위엄 있는 자리를 견디기 위해 어떻게 처신해야 하는가였다. 박 선생님은 그를 찾아온 내가 신문기자였고 매스컴의 속절없는 부황에 젖어 들지 않기 위해 애써 나와의 만남을 거절했다고 했다. 내가 '작가의 도저함'을 생각할 때마다 떠올리는 것이 이 말을 하는 박 선생님의 그 품위 있는 모습이다.

기자 생활에서 늘어난 글쓰기 작업이 '문학비평'이란, 내가 바라지도 마음먹지도 못한 역으로 확장된 것은 대학은 후배지만 문학에서는 선배로 불러야 할 김현 때문이었다. 젊은 필자를 선호한 내가 신문기사 장만에 많이 의지하게 된 그는, 문단 활동에도 야심적이어서 한글 세대의 존재감을 높일 동인지를 추진했고 어느 날 그 취지를 설명하면서 나의 참여를 요청했다. '평생 평기자'로서의 생애를 바라온 나로서는 응할 것이 아니었다. 그런데 주간지에 크게 보도된 새 동인지『68문학』의 명단에 내 이름이 들어 있었다. 나는 그에게 항의를 했지만 결국 피할 수 없이 동인으로서의 책임을 져야 했다. 이미『사상계』에 청탁받아 신문기사를 늘인 듯한, 문학비평은 아닌 문단에 관한 글을 발표하긴 했지만, '문학평론가'의 명의를 얻게 된 것은 이때였다. 나는 추천제나 신춘문예의 통상적인 절차를 밟지 않은 평론가였기에 '업둥이'의 자의식을 가진 대신 누구에게도 매이지 않는 자유로움도 동시에 누릴 수 있었다.

편집자에서 발행자로

『68문학』은 창간호가 종간호가 되고 말았지만, 역시 김현이 새로이 제의했고 나도 적극 참여한 계간지가 이후의 내 생애에 진로이자 족쇄가 된『문학과지성』이었다. 서울에서 열린 국제펜대회가 김지하의「오적」으로 소란스러울 때 김현이 내게 찾아와 계간지 발간을 제의해왔다. 그는『창작과비평』쪽의 참여론에 맞설 순수문학파의 자리를 절실하게 원하고 있었고, 나는 '연탄가스를 마신' 언론

420

의 무기력을 이겨낼 대안을 바라고 있었다. 의도는 달랐지만 목표는 쉽게 합의되었다. 동인도 김치수, 유학에서 돌아올 김주연으로 정하고 가장 큰 문제인 자금은 후에 인권운동가로 활동하게 될 내고교 동창 친구 황인철 변호사에 기대기로, 그 간행은 『창작과비평』을 발행했던 일조각에 부탁하기로 했다. 그 합의는 순조롭고 빠르게 진행되었고 마침내 1970년 9월 초에 창간호가 나왔다. 어느새 이른바 '4K'*의 하나로 편집동인이 된 나는 잡지 편집자로서 기획, 필자 섭외, 그리고 비평의 글쓰기를 해야 했다. 내 작은 머리로는 감당하기 힘든 기자-편집자-평론가로서의 직분은 젊고 의욕적이라는 점에 덧붙은 겁 없는 뻔뻔함 덕분에 감당하게 된 것이었다. 어느 날 한 시인이 여럿 모인 자리에서 나를 지적하여 한국 문단에서 파워가 가장 센 사람이라고 했다. 주변을 둘러보니 부인할 수 없이 요즘 말로 '문학권력자'가 되어 있었다. 그즈음부터 나는 식사하자는 저자에게 차로, 차 마시자는 문인에게 전화로, 만남의 수위를 낮추도록 애써야 했다.

1974년 10월 한국기자협회에 스캔들이 일어나면서 뜻밖에 내가 피할 수 없이 기자협회 회장으로 나서야 했다. 문화부 기자로서는 전례 없는 일이었다. 당시 유신으로 정국은 강퍅했고, 언론계에서는 기자협회 개편이 기자노조 조직과 연계된 작업으로 인식되면서 발행인들은 협회장 출마를 억제했던 것이다. 나는 자기가 소속

* 『문학과지성』 창간 멤버인 김병익, 김주연, 김치수, 김현을 가리킴.

한 단체의 회장으로 나선 것이 '허락받지 않은 외부 활동'이 되어, 신문사에서 무기정직 처분을 당했다. 취임 1주 후 10·24 자유언론 실천이 선언되고 언론자유운동이 전국적으로 확산, 수행되어가는 것을 뒷바라지하며, 내 평생 처음으로 취재의 대상이 되어가며 이 운동에 적극 참여했다. 그리고 『동아일보』 백지광고 사태가 나고 이듬해 봄, 국제기자협회에의 보고서 제출을 빙자해서 중앙정보부는 나를 연행했고, 재임 6개월 만에 회장직에서 물러나야 했다. 요컨대 나는 실업자가 된 것이다.

처음에는 봄날의 휴가 같던 실업자 생활이 점점 암울해지기 시작할 즈음, 이때 다시 내 변신을 요구한 친구가 김현이었다. 프랑스 유학에서 예정보다 일찍 돌아온 그는 동인들과 함께 내게 출판사 설립을 권고했다. 기자로서 출판을 담당했고 출판사 사정을 보아왔기에 나는 출판업에 내 자신을 맡기고 싶은 생각이 전혀 없었다. 그런데 김현은 우리 계간지 발행을 우리 스스로 해야 한다는 명분, 또 어떤 동인이 당할지도 모를 실직 사태에 대처해야 한다는 현실적 이유를 들어 출판사를 만들어야 한다고 강요하는 것이었다. 그 이유는 충분한 설득력을 가지고 있었고 나는 명분에는 늘 패배하고 말아야 했다. 그래서 동인 다섯 명이 자금을 갹출해서 출판사를 창업하기로 했고 자연스레 실업자인 내가 그것을 맡기로 정해졌다. 다행히 '일지사' 상무로 근무하던 이기웅 씨가 퇴사하고 자신이 이미 별도로 가지고 있었던 출판사 '열화당'에 노력을 집중하기로 하여 우리와 같이 사무실을 쓰기로 했다.

'문학과지성사'의 출판 등록일은 1975년 12월 12일로, 청진동의 한약방 2층 건물에 7평짜리 사무실을 얻어 열화당과 함께 문을 열었다. 시인 고은 선생의 염불로 고사를 지낸 회사는 처음부터 운이 좋았다. 나는 열화당 이기웅 사장으로부터 교정부터 출판사의 여러 일들을 배우고 익혀가며 조판·인쇄·제본사들과 서점까지 그의 소개로 관계를 터나갔다. 그리고 처음 낸 조해일, 홍성원, 황순원의 소설집과 『문학이란 무엇인가』 『역사란 무엇인가』 등의 이론서들이 호조였고, 드디어 『난장이가 쏘아올린 작은 공』으로 문학적으로만이 아니라 재정적으로도 크게 성장했다. 사무실을 곧 25평으로 넓히면서 일조각으로부터 계간 『문학과지성』을 인수해 왔다.

　이즈음의 청진동 사무실은 일종의 문학인들 쉼터가 되었다. 근처에 '창작과비평사' '세대사'가 가까이 있어 글쟁이들이 어느 한 곳에 들르면 근처의 이웃으로 순회를 하는 것이었고, 그래서 커피와 바둑, 그리고 저녁 자리가 이어졌다. 그러나 그때의 내 심사가 즐거웠던 것만은 아니었다. 피로했고 수선스러웠고 안으로는 암울하기까지 했다. 처음 총판의 거래를 튼 '진명서적'에서 28만 원을 수금하여 받아온 날의 쓸쓸한 체념은 지금도 잊히지 않는다. 나는 처음으로 '어음'이란 것을 구경하며 내가 드디어 장사를 하게 되는구나 하는 스스로를 향한 안쓰러움을 지울 수 없었다. 영업을 하는 장사꾼의 내 면모를 상상조차 해본 적이 없었던 것이다.

　그러나 문학과지성사는 잘 자랐다. 마침 전집 출판이 시들해지면서 단행본으로 독자들이 시선을 돌리기 시작했고, 박정희 정권의 성장 정책이 가져다준 경제적 번영과 함께 그 독재권력에 억압받는 지식 사회의 비판과 사유가 책을 통해 진지하게 번지고 있었다. 이른바 사회과학 독서가 18세기 프랑스의 철학책처럼 새로운 진보적 이념을 키우기 시작하고, 마르크시즘이 프랑크푸르트학파의 비판사회학 소개를 통해 스며들기 시작했다. 독재권력에 대한 저항과 좌파 진보주의 사상에 예민했던 정부는 검열과 금서로 이런 풍조를 억압하려 들었지만 그런 억압에 출판인이나 독자들이 조금도 굴복하지 않았다. 금서임에도 불구하고 운동권 서점은 진열대 아래에 숨겨 사회과학 도서의 지하 유통망을 구축하고 있었고, 가혹한 검열을 뚫고 '불온서적'은 여전히 간행되고 있었다.

억압이 실행될 수 없도록 만든 가장 큰 기술적 수단이 복사기였다. 누구나 소유·사용할 수 있는 복사기는 문제의 책들, 문건들을 복제하여 단행본으로 문서로 유통시킬 수 있었다. 그래서 번지기 시작한 것이 현실비판서와 좌파 진보적 이념 도서들의 왕성한 발간 작업이었고, 그 왕성한 열기를 끝내 못 이긴 정부는 '마르크시즘을 비판하는 도서'의 발행을 권장하는 쪽으로 선회했지만 여기서 뚫린 출판의 자유운동은 점점 더 규모와 강도를 높여가고 있었다. 작은 구멍이 큰 제방을 허물어뜨린 것이었다. 이념의 '비판' 도서는 이념의 '소개' 도서로, 그것은 다시 이념 '전개' 도서로 수위를 높여가다가 마침내 마르크스의 저작, 김일성의 책 등 출판의 모든 금지된 선을 넘고 지워버리는 데까지 이르게 되었다. 오죽하면 '좌파 상업주의'란 말이 나올 정도로 현실지양 의식이 넘치도록 만연하게 되었을까.

문학과지성사도 이런 흐름의 전개에 기여했다고 자부하고 싶다. 우리는 출간할 책을 동인들 동의하에 결정했고, 모든 원고의 적어도 초교는 내가 직접 보았다. 신문사 체험 덕분으로 내게는 검열을 피하는 기술이 예민하게 익어 있었다. 가령 '마르크스의 위대한 책'으로 된 번역문을 역자의 동의를 얻어 '마르크스의 문제적인 책'으로 '의도적인 오역'을 하는 식으로 검열관의 눈길을 피하곤 했다.

그렇게 나온 것이 정문길의 『소외론 연구』(1978)와 조세희의 『난장이가 쏘아올린 작은 공』(1978), 그리고 김학준의 『러시아 혁명사』(1979)였다. 정문길의 저서는 청년 마르크스를 통해 산업사회의 소외 문제를 다룬 것인데, 그 훌륭한 역작을 한마디도 뱉을 수 없는 '마르크스'란 이름 때문에 포기할 수 없었다. 그래서 저자와 상의해서 첫 장의 제목 '마르크스의 소외 개념'을 '1830년대의 소외 개념'으로 바꾸었다. 이름을 연대로만 고치고 원문을 그대로 살린 이 책은 기적적으로 납본을 받았고, 매년 1쇄씩 다시 찍었다. 조세희의 연작소설은 문학 독자를 넘어 운동권과 기독교계를 통해 급격하게 확산되었는데, 그 서정적인 제목과 동화책 같은 표지화로 검열의 눈길을 돌리는 데 성공했고, 뒤늦게 그 작품의 성격과 영향력을 당국이 깨달았을 적에는 이 작품이 이미 동인문학상을 수상하고 연극, 영화로 제작되었을 때였다. 금서 처리하기에는 너무 늦어버렸던 것이다.

또 '러시아'든 '혁명'이든 그 단어를 입에 담을 수 없음에도 김학준의 『러시아 혁명사』가 금서의 줄을 넘을 수 있었던 것은, 그 책이 여권의 유력자가 운영하는 잡지 『세대』에 연재되었다는 점, 저자가 서울대 교수라는 점 위에 김 교수의 로비가 작용한 것으로 짐작된다. 어떻든 처음 일기 시작한 금서 정책에 대한 교묘한 회피술과, 당시의 뜨거운 이념적 열기 덕분에 이후의 좌파 이념 도서 간행의 물꼬를 열 수 있었던 사태의 진행 과정과, 그러기까지 고심한 나 자신의 회고는 지금은 오히려 아슬아슬 즐겁기까지 하다.

나는 여기서 두 가지 더, 일반 독자는 모르고 출판계도 그저 지나친, 그러나 나로서는 자랑하고 싶은 점을 보태고 싶다. 나는 '판(版)'과 '쇄(刷)'를 엄격히 구분했다. '판'은 원고를 편집 조판해서 찍어낸 '에디션edition'이고 '쇄'는 같은 조판면을 인쇄하는 '프린팅printing'이다. 그러니까 원고를 새로 조판하거나 고치거나 덧붙일 경우 발행의 숫자가 바뀌고 같은 판을 계속 그대로 다시 찍으면 쇄가 된다. 그것을 당시 출판사들은 모르거나 의도적으로 무시해서 판과 쇄를 구분하지 않았(못했)고, 많은 경우 가령 '3쇄'라고 표시해야 할 것을 애매하게 '중쇄(重刷)'로 표기했다. 판권란의 이 모호한 판과 쇄 표기는 출판사의 세금 고지를 줄일 수도 있었지만, 문공부는 그 구별 없이 쇄가 바뀌는 대로 납본을 요구했다. 그것은 초판 1쇄는 검열에 통과했지만 같은 판 3쇄는 판금당하는 것 같은 어이없는 일을 만들어냈다. 나는 이 판과 쇄를 구분하여, 가령 판권란에 '제2판 제3쇄'로 표기함으로써 간행의 기록을 분명히 했다. 판권란의 이 프로토콜은 이제 보편화된 것 같다.

또 한 가지 스스로 자부하는 것은 인세제의 확립이다. 한 세대 이전의 출판계는 자비출판이 아니면 많은 경우 원고료 혹은 매절로 계산했고, 시행되고 있는 인세도 저자와 출판사 간에 분쟁을 일으키곤 했다. 나는 일률적으로 10퍼센트로 정하고 그렇게 저자에게 지불하도록 했다. 번역의 경우(국제저작권협회에 가입하기 전이어서 원작자 인세는 고려되지 않았다)도 그랬고, 편역일 때도 역자는 원고료지만 편자에게는 5퍼센트 인세를 지불하도록 했다. 이 인세제의 확립과 판권란의 분명함이 그 후 출판 자유의 발전과 국제저작권협회 가입을 이루면서 우리 출판계에 바르게 정착되어갔고, 우리 도서 문화도 체계와 질서를 제대로 잡아나갈 수 있었다. 문학과지성사가 작업을 시작할 때 우리나라의 출판 사정은 그 규모에서 빈약했고 그 절차와 프로토콜도 미비했으며 신문 등 매스컴의 도서 이해 수준도 매우 천박했다. 우리가 오늘의 출판 대국으로 성장하는 데는 이 같은 혼란과 시련이 있었고, 지금 나는 이 시대에 많은 가슴 뜨거운 동료들과 함께 한국의 출판인으로 활동할 수 있었던 행운에 깊은 감사를 드린다.

발행자 겸 저자

기자로 사회생활을 시작하고 기사 쓰기에 흥이 나면서 나도 신문 아닌 지면에 언제쯤이나 청탁받을 수 있을까 바라며 부러워했다.

그런데 그 기회는 생각보다 빨리 왔다. 문학이며 학술을 담당하고 출판사를 들락거린 덕택일 것이다. 먼저 신문사 자매지인『신동아』에 매달 학술·문학의 동정을 소개했고, 이따금『여성동아』에 글을 쓰기도 했는데 1967년엔가『사상계』에서 문학에 대해 글 청탁이 왔다. 그 청탁이야말로 참으로 감격스럽고 자랑스러웠다. 우리가 젊었을 때 모두 읽고 배우며 감동하던『사상계』에서라니! 나는 너무 감동하면서 중압감에 눌려버리고 말았다. 수십 장의 파지를 내면서도 글은 딱딱하고 새로울 것도 전혀 없는 평범한 내용이 왜 그리 힘들게 막히는지.

아마「문단의 세대연대론」이었을 것이다. 그때 나는 잡지에 쓸 긴 원고에 훈련되어야겠다고 생각했다. 우선 짧은 신문기사 문체를 벗어나야 할 일이었다. 이중한이 편집장으로 일하는『세대』가 '한국 대학의 연구 풍토'를 취재, 연재해달라는 부탁을 해와 나는 드디어 긴 글을 써보기 시작했다. 이렇게 내 둔재를 탓하며 나는 이런저런 형태의 여러 글쓰기 훈련을 통해 압축된 일간지 기사의 문체를 벗어나 긴 글을 쓰는 훈련을 했다. 그러면서 문예출판사에 조지 오웰의『1984』번역 간행을 부탁했다. 깊은 밤 옆에서 깊이 잠이 든, 젖먹이 나이를 겨우 넘긴 딸의 얼굴을 보며 그 아이의 참담한 앞날에 대한 전율 속에서 그 미래소설을 번역하던 어둠을 지금도 기억한다. 어떻든 1968년에 나온 그 책은 내 이름을 달고 나온 첫 책이었다. 이후 헤아려보니 비평집, 산문집 등 저서가 30권, 오웰의 소설을 포함한 번역서가 12권, 편서가 5권이었다. 많지도, 게으르지도 않은 소득이리라.

　순수·참여론 이후, 특히 유신 이후 지식 사회는 어떤 형태로든 우리 현실에 대해 뜨거운 논의를 벌였다. 문학의 현실 참여론에서부터 리얼리즘론, 민중(문학)론, 대중문화론에 이르기까지 토론은 활발했고 여기에 많은 글들이 요구되었다. 나는 교정까지 보는 출판사의 작은 일에 매달리면서도 빠르고 정력적으로 글쓰기를 감당해야 했다. 내가 편집과 집필에 더 노력하게 된 것은 내가 책상물림 체질이기도 하지만, 친구들로부터 사장 노릇하면서 글쓰기에 게을러졌다는 말을 듣지 않기 위해 안간힘을 썼기 때문일 것이다. 어떻든 평균 3년마다 비평집이 나왔고, 그 원고를 정리하면서 버리기 아까운 잡문들을 다시 모아 산문집이란 이름으로 간행했다. 그리고 그 책들은 거의 모두 재쇄 없이 판매가 저조해서 출판사에 손해만 끼쳤다. 그럼에도 내가 책 내기를 그치지 않을 수 있었던 것은, 내가 대표로 있는 출판사에서 간행하거나 내 체면을 보아 출간을 거절하지 못하는 후덕한 동료 출판인들 덕분이었다.

　그래도 짚어두고 싶은 책이 없는 것은 아니다. 김현, 김주연, 김치수 등과 함께 이른바 '문지 4K'의 공저로 민음사에서 나온 『현대 한국문학의 이론』(1972)은 내 이름이 '공저' 명의 속에 들었지만 처음으로 '저'를 붙인 책으로 4·19세대의 비평문학적 자기표현의 첫 책이란 점에서 꽤 주목받았다. 『동아일보』에 연재하여 일지사에서 간행해준 『한국 문단사』(1973)는 내 단독 첫 저서로 기념될 만한 것이기도 하지만, 도대체 '문단사'란 그 존재 자체가 모호한 분야

의 역사를 내 나름으로 열심히 묵은 잡지와 책들을 들춰가며 신문
에 연재하고 난 뒤 낸 것으로, 이 작업에서 나로서는 중요하게 여겨
야 할 소득을 얻었다. 무엇보다 그 취재는 한국문학을 전공하지 않
은 내게 나름대로의 한국문학사에 대한 지식과 체계를 만들어주었
을 뿐 아니라, 식민지 시대에 처음으로 서구 문학과 문화를 들여오
면서 작가로서 지식인으로서 고통스럽게 불우한 길을 걸어야 했던
선대들의 고난과 열정에 깊은 연민이 돋았고, 그들을 통해 이 세계
에 대한 이해와 공감을 얻을 수 있었다는 점은 이후의 문학과 문학
인에 대한 내 긍정적인 태도를 굳혀주는 데 보탬이 되었다.

　산문「지성과 반지성」은 유신시대 우리 지식 사회에 대한 내 나
름의 비판적 성찰이었다. 1970년대 초 박정희는 장기 독재정권 유
지에 집념하여 비판 세력을 가혹하게 배제하는 한편, 이용할 수 있
는 지식인들에게는 당근을 던지기 시작했다. 나는 그 시절, 이 사
회가 총체적인 반지성의 세계로 타락하고 있다고 진단했고, 그 비
판들은 내게 '반지성'이란 말을 가르쳐준 미국 사학자 리처드 호
프스태터의 말에 의탁함으로써 검열의 가혹한 눈을 피할 수 있었
다. 아마 권력 편에서 보기에 못마땅할 것은 분명했지만 삭제를 강
제하며 처벌할 만큼 꼬투리를 잡기는 힘들었을 것이다. 그렇더라
도 그 글쓰기는 큰 용기를 요구했고 결국 단행본『지성과 반지성』
(1974)은 3쇄에서 판금 처분을 당하고 말았다. 내 단독 첫 비평집
은 1976년『한국문학의 의식』이란 이름으로 나왔다. 순전히 동화
출판공사의 임인규 대표와 이근배 시인 덕분이었다.

이후의 책들은 내가 글쟁이이고 출판사 운영자이기에 감행할 수 있었던 무료한 책들이다. 출판인으로서의 습관으로 내가 쓴 글을 모아 책으로 엮기는 하지만 있어도 좋고 없으면 시간과 종이를 절약할 잡서일 뿐이다. 그 책들 가운데 문학과지성사에서 간행할 때에는 판권란에서 어쩔 수 없이 나를 '저자 겸 발행인'이란 한 줄로 요약한다. 내가 감당하기 힘든 직함이라도 어엿한 대접을 받는 평론가로 행세하고 싶은 허영심이 있었고 그 책의 발행자가 나였으니 그 '1인 2역'의 직분은 부끄럽지만 내가 동의하지 않을 수 없었다. 사실은 동의라기보다 그 두 가지가 내 삶의 궤적을 그어가면서 길지만 초라할 수밖에 없는 내 생애의 보호막이자 삶의 원천이 되었기에 그 질긴 인연을 오히려 감사히 여겨 운명의 업(業)으로 누리고 받아들여야 할 것으로 승복하게 된 것이었다.

세대에서 세대로

계간 『문학과지성』의 폐간은 1980년 창간 10주년호를 만들기에 열중하던 7월 말에 문득 뉴스로 들어 알게 되었다. 많은 작가와 지식인들이 통의동의 사무실에 마치 문상하듯 찾아와 위로와 격려를 해주었다. 대부분은 『창작과비평』이 폐간된 것은 당시의 현실감각으로 이해되지만 『문학과지성』의 폐간은 납득할 수 없다고 했다. 나 역시 그랬다. 그러나 몇 달 후에 훔쳐본 한 정부 보고서에서 『창작과비평』『문학과지성』『뿌리깊은 나무』『씨올의소리』등을 폐간함으로써 비판적 지식인들의 발언 원천을 제거했다는 내용의 대목을 보고, 우리 잡지가 비록 온건했지만 지식 집단을 이루고 있었기에 그 폐간은 피할 수 없었던 것으로 판단되었다.

다행히 우리는 젊은 평론가들을 많이 포용하고 있었다. 나는 잡지나 출판사를 위해 후배들을 키워야 한다는 입장이었고 김현은 후배와 제자 들을 살펴 모아오고 있었다. 이미 오생근, 김종철을 동인 체제에 끌어들인 우리는 더 후배인 이인성, 홍정선, 권오룡, 정과리, 성민엽 등을 모아 그들로 하여금 무크지『우리 세대의 문학』을 편집하도록 위촉했다. 그 무크지 작업은 여러 해 계속되었고 그 동인들은 마침내 1988년 계간『문학과사회』를 창간했다. 제호를 바꾸고 새로운 동인들로 주체를 옮긴 것은 내 주장이었다. 어차피 세상은 바뀌고 의식도 변하게 마련이며『문학과지성』은 10년 동안 그 나름의 문학적 역할을 다했기에 새로운 후배들에게 자신들의 잡지를 만들도록 해야 할 것이고 그 독립성과 세대적 의미를 확인해주기 위해 제호와 주체를 바꾸어야 한다고 생각한 것이다.

변혁은 그것만이어서는 안 되었다. 1990년 김현이, 그리고 3년 후 황인철이 작고했다. 문학에서, 그리고 법조계에서 새로운 물결을 이끌어온 내 가장 가까운 친구이자 문지사의 두 기둥이 잇달아 암으로 세상을 떠난 것이다. 나는 전부터 생각해온 편집동인 체제를 이용해서 문지의 세대 승계를 추진하기로 했다. 정관을 작성하고 주주를 제한적으로 선정하며 개인 회사 형태를 주식회사로, 그래서 세대에서 세대로 전승하는 체제로 바꾸었다. 나는 우리나라의 유수한 출판사들이 창업주 개인의 신상 변동에 따라 명운이 바뀌는 것을 보아왔고, 그것을 벗어나기 위해서는 우리의 경우 동인 체제의 세대 계승을 해야 한다고 생각했다. 모든 것은 거의 내 뜻대로 되었다. 1994년 1월 문학과지성사는 40여 명의 주주로 구성된 명실상부한 주식회사로 변환되었다. 그리고 3년 임기의 대표 자리를 두 번 치르고 2000년 새로운 세기가 시작되면서 나는 3월의 주총에서 대표로부터 '고문'이란, 아무 책임도 질 일 없는 명의만의 자리로 드디어 물러날 수 있었다.

나는 '서기 2000년'이란 연도에 주목했다. 이때면 내가 문학과지성사 대표의 2기를 마치는 해이고 62세의 정년 나이에 이르렀으니 그만두기에도 마땅한 시기이기도 했다. 그러나 더 중요한 것은 내가 21세기의 도도한 새 물결을 감당할 수가 없다는 자각이었다. 국제적으로는 독일이 통일되고 소련이 해체되는 거대한 세계사적 변화가 이루어졌고, 국내적으로도 이에 못지않게 군사정부가 물러나고 시민 정권이 수립되고 있었으며 우리 사회는 권위주의적인 성격에서 벗어나 미세권력의 내면화가 시작되고 있었다. 무엇보다 내가 경악한 것은 새 차원의 인류사적 문명으로의 혁신이었다. 나는 1990년대 말경 몇 차례 강연에서 이제 우리는 단순한 시간의 변화로 새로운 달력의 세기를 맞는 것이 아니라 DNA의 생명공학으로 인간에 대한 정의가 바뀌는 시대, 그리고 디지털의 가상현실로 아날로그적 실재관이 변혁을 맞는 전기(轉機)에 처해 있다고 말했다.

정말 그랬다. 문화는 5천 년 동안 발전하고 산업의 혁명까지 맞았지만 이제 세계와 인간은 다시 한 단계 비약해 인류세(人類世)로 전환하고 있었다. 무엇보다 6세기 동안 문명 발전의 동력이 되었던 종이책이 비종이책으로 바뀔 것이며 소통은 새로운 인터넷 도구로 빠르고 보편적이고 전통의 과정과는 전혀 다른 방식으로 진전될 것이었다. 나는 이러한 세계사적 변모와 분화석 성격, 문명적 도구의 변화에 적응하기에 너무 많은 나이의 아날로그 세대였다. 이제 물러날 때가 온 것이다. 마침 출판사도 IMF의 충격에서 벗어나고 있었다. 나는 퇴임을 선언했고 후계자도 선출되었다. 그리고 나의 출판인으로서의 생애도 이로써 끝내게 된 것이다.

그러나 퇴임식을 마치고도 문지 주주로, 이사로, 고문으로 인연은 이어졌다. 그리고 매주 화요일 오후 문지 동인들과 친구들이 문지 회의실에서 모여 바둑도 두고 이어 저녁식사를 하는 관례는 계속되었다. 문지 제2세대 동인인 홍정선의 주선으로 나는 인하대 국문과 초빙교수로 3년을 근무했고 이렇게 저렇게 쓴 글들은 여전히 문학과지성사에서 간행해주었다. 그리고 뜻밖에 들어온 제의를 사양 끝에 결국 맡아, 문예진흥원이 새 정권에서 체제 개편한 한국문화예술위원회의 초대 위원장으로 근무하게 되었다. 나로서는 처음 해본 관료직이었고 그것은 내 성격으로나 능력으로나 익숙지 않았다. 그러나 내가 출판사에서 쭈그려 앉아 책 만들기에만 골몰하는 동안 세상이 엄청 변했다는 것을 실감할 수 있었다.

가령 문화라 할 때 내가 떠올린 것은 고전적인, 이른바 고급문화의 그것이었지만 이제 해체주의적 문화 실천이 활발했고 문화 장르의 내부적 변화만이 아니라 그것들 간의 '크로스오버'와 새로운 문화 장르 개발이 전개되었으며, 무시되던 대중문화가 가장 영향력이 큰 힘으로 당당하게 있었고 그만큼 문화운동가들의 노력이 활발하게 전개되고 있었다. 요컨대 새로운 세기의 문화는 그 자체로 디지털적 성격을 획득하면서 아날로그적 문화관을 벗어나고 있는 중이었다. 이러한 변화를 보고 배우면서 2년이 지나자 나는 마침 일어난 사건을 빙자해서 내게 버거운 자리로부터 물러나는 데 성공했다.

다시 독서인으로

그때가 2007년 7월이었다. 나는 비로소 일로부터의 해방감을 느꼈다. "이제 책이나 보며 자유롭게 지내자"란 정년퇴직자들이 으레 품음직한 각오를 다졌다. 그럴 만도 했다. 문학과지성사와의 관계를 비롯하여 책과의 인연이 내 평생을 얽었다. 신문사에서 시작된 내 사회생활은 학생 시절의 연장선에서 책과의 관계를 깊게 했고 10년 동안의 기자 생활을 벗어나 새로 시작된 작업이 책 만드는 일이었다. 명색 문학평론가란 직무도 책을 읽어야 가능한 일이었고 내 생계는 물론 책 만드는 일에서 채워질 수 있는 것이었다.

이렇게 책과 관계를, 아니 그걸 너머 책과의 인연을 말한다 해서, 내가 책을 즐겼거나 충분히 그것을 누렸다고 말하는 것은 물론 아니다. 나는 출판하기 위해 원고를 읽고 교정보고 편집했을 뿐이었고, 청탁받은 원고를 쓰기 위해 필요한 책이나 대목을 읽은 것이다. 그러므로 '책이나 읽자'라고 하는 내 자의식에는 좀더, 책의 자유로움을 누리자는, 책의 실용성으로부터 벗어나 이른바 '자유 독서'로의 소망을 품고 있었다. 원고나 기사 혹은 강의 등의 실용적 필요성에 맞추는 책 읽기를 벗어나, 보고 싶은 대로, 흥미가 이는 대로, 눈길이 끌리는 데로, 공부가 아니라 관심이 가고 즐길 수 있는 데로, 목적을 위해서가 아니라 쓸모없음의 비실용적인 쪽으로 내 독서가 이루어지기를 바란 것이다. 그때 책장에서 내 시선을 먼저 잡아당긴 것이 도스토옙스키와 카뮈의 전집이었다.

대학 시절 정음사판의 『카라마조프가의 형제들』에서 읽은 감동은 군대 사병으로 근무하면서 오히려 되살아나, 시인 황동규로부터 영어 번역판 『악령』과 『백치』를 빌려 읽었다. 군복의 큰 주머니에 포켓판 책을 넣고 다니며 외출 나와 다방에서, 일 끝낸 막사에서 틈나는 대로 '아껴', 그래, 영어사전 없이 모르는 채 그냥 넘기기도 하면서 정말 한 쪽 한 쪽 넘기는 것을 아까워하면서 이십대의 전방 사병인 나는 도스토옙스키를 아껴가며 읽었다. 그 후 기자 생활 중에 정음사판 도스토옙스키 전집을 구해놓고 신년 연휴 때마다 읽겠다고 머리맡에 두었지만 몇 쪽 못 읽고 밀어두었었다. 카뮈는 그의 첫 소설 『이방인』이 이휘영 선생의 번역으로 나오자 서울대 학생이던 형이 고등학생인 내게 선물해주어 처음 그 이름과 작품을 알았다. 주인공 뫼르소가 감방에서 하는 긴 독백이, 그 얼마 전 읽은 헤세의 『크눌프』에서 주인공이 자신을 방랑하게 만든 운명의 신에게 길게 항의하는 대목과 겹쳐 교회에 열성이던 내 청소년기의 내면을 뜨겁게 달구어준 바 있었다. 대학 시절 그의 『페스트』와 『전락』에서 실존적 삶의 범례를 찾았던 나는, 군대 사병 시절 김은국 Richard Kim의 영어판 『순교자』가 던진 번열에 불붙어 『타임』이 그 문학적 맥락의 선구로 짚은 도스토옙스키와 카뮈를 노후의 한가에 의탁하여 이제 본격적으로 다시, 그리고 새로, 읽어보기로 했다. 마침 도스토옙스키는 '열린책들'이 그 전집을 간행하고 내게 한 질을 기증해주었고, 카뮈는 그의 작품 모두를 혼자 번역한 김화영의 후의로 '책세상'이 그 전집을 보내주었다. 그것들이 책장에서 내 눈길을 기다리고 있었다.

내가 드디어 목적과 실용으로부터 해방된 순수한 책 읽기로 들면서 집은 것이 그 도스토옙스키와 카뮈였다. 나는 어떤 이유로든 톨스토이보다 도스토옙스키를, 사르트르보다 카뮈를 더 좋아했다. 내가 실존주의의 정념에 젖어 들었을 때 공감하며 감동했던 작가들은, 이제 그들의 생애보다 훨씬 더 많은 나이의 나에게 여전히 진지한 정신으로서 머리맡에 서 있었다. 그런데 이 독서 즈음 나는 내 읽기 능력에 한계를 느낀 점이 있었다. 읽긴 읽되 내가 줄을 치며 외고 싶은 대목들이 곧바로 머릿속에서 달아나 사라져버리고 마는 것이었다. 원래 내 기억력이 빈약한데 글을 쓰기 위한 자료로 읽는 것이 아니고 말 그대로 '자유' 독서이기에, 그것도 이제 심하게 늙어 훼손된 내 뇌리에서 그것들이 도망치는 데는 속수무책이었다. 그래서 나는 그 읽기에서 줄 쳐야 할 부분을 문자로 잡아두기로 했다.

감명받은 구절, 재미있는 대목, 아름다운 말, 옛일들을 환기시키는 부분을 만나면 그 대목을 옮겨 적고 내 느낌이나 생각들을 자유롭게 덧붙이기 시작했다. 그 처음은 배수아의 상편 『북쪽 거실』을 읽으면서부터인데, 의식과 주제가 현저하게 달라진 이 작가의 변신을 보며 그녀의 가혹한 내면에 숨은 구절들이 놓쳐서는 안 될 감동을 일구고 있어 그걸 메모하기 시작한 것이었다. 그게 질긴 버릇이 되어 내가 읽은 책은 그 흔적이라도 남겨두기 위해 어떤 책에서든 내 눈을 거쳐 머릿속을 거쳐가, 기억해두고 싶은 대목을 옮겨 적게 되었다. 그것이 '마지널리언'이라는 것을 신문에서 우연히 발견했고 서구의 몽테뉴나 파스칼로부터 마르크스를 거쳐 오늘날에도 지식인들에게 한결같이 수행되는 '독서 작업'임을 알게 되었다. 그것을 나는 '댓글 붙이기'라고 하여 보는 책마다 메모를 해왔는데, 지난 몇 해 사이 그것은 또 하나의 글쓰기가 되어 지금껏 아마 천 쪽 가까이 되지 않았나 싶다. 그중 약간은 소설가 현길언 선생의 청으로 그가 주재하는 계간 『본질과 현상』에 게재되기도 했다.

토마스 만의 작품들로 문학 명작들에 대한 댓글 붙이기는 이어졌고, 이러한 내 뒤늦은 '자유 독서'는 하릴없이 시간의 지평만 훤히 열린 이후의 생활에 가장 중요한 일거리가 되었다. 그러면서 나름대로 내 취향이 모아지고 있었다. 문학이 줄어든 대신 다른 분야, 특히 과학과 전기 부문의 책들이 자리를 넓혀갔다. 잡히는 대로 읽은 회고록으로는 넬슨 만델라가 감명 깊었고 찰리 채플린과 살바도르 달리의 자서전이 재미를 넘어 감동적이기까지 했다. 과학은 미적분도 못 익힌 채 교육을 끝냈기에 나는 그 이론의 속을 전혀 이해하지 못한 채 과학자들의 생애와 진리를 향한 열정에 감복해서 아인슈타인과 퀴리 부인의 전기들을 열심히 보았지만, 미국『와이어드』편집장인 케빈 켈리의『기술의 충격』에서는 정말 충격을 받았다. 현대 기술에 대한 낙관적인 전망을 펴고 있는 그가 기술진화론을 통해 그 진화의 오메가는 신이 아닐까 하고 말하는 대목에서 나는 뜻 모를 감동을 받았다. 중세에 신학, 근대에 인문학이 지식 사회를 주도했다면 현대는 과학이 지배할 것임을 이때 나는 분명하게 보았다. 최근에 본 피터 왓슨의『컨버전스』에서 이제 인간의 화제는 이념이나 정서이기보다 과학과 기술에 집중되고 이것들이 보편적 주제가 되고 있음을 확인하면서, 케빈 켈리가 말하는 바이오, 인포, 로보, 나노, 곧 생명공학, 정보공학, 인공지능, 미세 공학의 전도에 문명사적 전망을 모아보게 된다.『노동의 종말』에서 내미래관을 뒤집은 제러미 리프킨의 역서들을 거의 모두 찾아 읽게되면서부터 과학의 미래에 대해 갖게 된 기대감과 불안감은, 아날로그 문화와 디지털 문명 사이에 끼인 여전히 미숙한 내 의식에 혼란을 키우며 더 많은 공부의 필요성을 안겨주었다.

내가 노후의 자유 독서에 젖어 달리 시간 보낼 거리를 못 찾으며 사고 얻은 책들과 뒹구는 참에, 우리 출판계는 정말 감탄할 정도로 괄목할 발전을 이룩하며 큰 힘을 발휘하고 있었다. 세상에, 내가 생각지도, 알지도 못하는 책들이 얼마나 숱하게 쏟아져 나오는지 나를 어리둥절하게 만들면서 우리 지적 풍토를 참으로 풍요롭게 넓히고 있었다. 4만 개가 넘는 출판사들이 이 땅만이 아니라 이 세계의 곳곳에서 나온 갖가지 책들을 포함해 한 해 근 5만 종을 간행하고 있었다. 아프리카의 원시인들에 대한 인류학적 연구에서 실리콘밸리의 첨단 과학에 이르기까지, 남미의 환상적 리얼리즘에서 중국의 고전 연구로, 제4차 산업혁명의 미래에 대한 기대에서 세계의 경제적 불평등에 대한 신랄한 비판과 성장 없는 경제 발전 연구로, 오스트레일리아 서북부 원시 지질지대의 여행기로부터 파리 쉬르레알리슴의 거리 산책에 이르기까지 그 주제와 관심, 접근과 사유의 내용은 한없이 넓고 다양했다.

우리나라가 어떤 처지에 놓이든 그래도 내가 낙관적인 전망을 버리지 않게 된 것은, 이처럼 한없이 폭주하는 우리 국민들의 지적 욕구와 그 다양한 시선을 보고 있기 때문이다. 그리고 이 책들을 내는 저자들과, 특히 많은 외국의 언어와 갖가지 전문 분야들을 소화해서 옮기는 역자들의 놀랄 솜씨에 감탄하며 우리의 문화적 지평이 얼마나 크고 넓어졌는지 감동하게 된다. 그 책들은 출판사 운영 경험을 가진 내가 봐도 손익계산을 외면하기도 했고, 가령 최근에도 사륙배판 천 쪽의 스티븐 네이페·그레고리 화이트 스미스 공저 『화가 반 고흐 이전의 판 호흐』나 피터 왓슨의 『생각의 역사』, 그리고

440

사륙배판 천8백 쪽의 이상섭 역『셰익스피어 전집』같은, 독자들의 수용 능력과 편의를 고려하지 않은 대작들이 거침없이 쏟아져 나오는 데는 차라리 경탄할 수밖에 없는 것이다.

이 지식과 사상의 난장(亂場)에서 내가 신문 신간 소개란과 '예스24'를 통해 알고 구하여 읽는 책들은 과학, 역사, 사회, 자서전과 회고록들이고, 더러 문학작품도 끼지만 이른바 동서양의 고전과 오늘의 처세와 경륜은 외면하는 편이다. 고전은 그것이 품고 있는 깊고 영원한 지혜를 존중하면서도 겉핥기로나마 대충 그것이 말하는 바의 덕성을 값싸게나마 보아왔기 때문이고, 처세는 그 인위적인 태도 교육이 못마땅해서, 경륜은 그 오만한 자신감에 질려서 보기를 단념하고 있다.

그러나 디지털과 아날로그 간의 논쟁, 기술 발전과 그것의 해독, 경제성장과 인구 양극화 문제 등 많은 현재적 문제들이 일종의 새로운 비판적 문제의식으로 파고들며 사유의 지평을 열어주고 있다. 앞으로의 세계는 그 문제들이 어떻게 갈등과 지양의 길을 잡느냐에 따라 움직일 것이다. 이런 거창한 문제들을 독학자의 우직한 독서로 탐구한다는 점에서, 내가 기사들 이야기들만 보다가 스스로 망상에 사로잡힌 촌뜨기 기사 돈키호테와 비슷하게 되는 게 아닌가 하는 걱정을 갖긴 한다. 그럼에도 어떻든 나는 그런 역사의 성찰과 미래의 전망을 홀낏거리면서 내 나름의 21세기 문명비평에 관심의 눈길을 모으고 있다.

만의 나이로도 여든을 넘긴 올해 초, 석 달 동안 나는 네 권의 두꺼운 책을 보았다. 앞에서 말한 네이페와 스미스의 화가 고흐의 전기『화가 반 고흐 이전의 판 호흐』, 사르트르와 하이데거의 실존주의자들 이야기를 재미있게 추적한 사라 베이크웰의『살구 칵테일을 마시는 철학자들』, 그리고 한 시대의 지식의 집중화 현상을 다룬 피터 왓슨의『컨버전스』, 그리고 같은 저자의 20세기 지적 사유를 편람하는 천3백 쪽짜리『생각의 역사 Ⅱ』였다. 공교롭게 모두 감당하기 힘든 무게와 두께를 가진 책이고 그 내용은 겉핥기로 도 보았다고 말하기 힘들, 넓고 크고 혹은 까다로운 책이다. 그것들 읽기의 피로에 심신이 탈진하는 것을 느끼면서도 나는 예술가의 광기와 철학자들의 세계 인식, 과학의 미래와 지식의 역사 근처를 끈덕지게 헤맸다.

그렇다고 해서 내가 이 세계의 앞날에 대해 나름대로의 어떤 핵심이나 전망을 발견할 정도에 이른 것은 아니었다. 그 내용들, 논리들, 언어들에 젖어 들면서도 내가 확인한 것은 이 세계의 미래에 대한 암담한 관점, 더욱 이해할 수 없는 인류사의 진행, 그리고 그 가운데 한없이 졸아들고 보잘것없어지는 내 자신의 존재와 생명이었다. 내 인생의 책은 그래서 결국 그 전망의 무망함, 그 진행의 맹목, 그 현상의 암울함을 깨닫게 하는 것이 아닐까 싶어진다.

책이란, 그리고 그 책 읽기란, '인생'이란 진지한 존재와의 관계 속에서 그것의 존재론적 무화(無化)를 깨닫게 하는 것일지도 모른다. 독자→기자→편집자→저자→역자→발행인, 다시 독자로의 귀환이란 끈질긴 인연에도 불구하고, 나는 충만했던 것도 아니

442

지만 공허를 벗어난 것도 아니었다. 그 모호하면서도 지우지 못하고 있는 책과의 인연이 오히려 오늘도 1880년대의 우리 지식사회사를 탐색하는 박천홍의 『활자와 근대』를 새로 펼치게 만드는 것이 아닐까. 결국 책과의 미진한 인연은 내게 삶을 덧없이 얽는 장식일지도 모른다.

[『녹색평론』 2018년 5/6월호]